U0439223

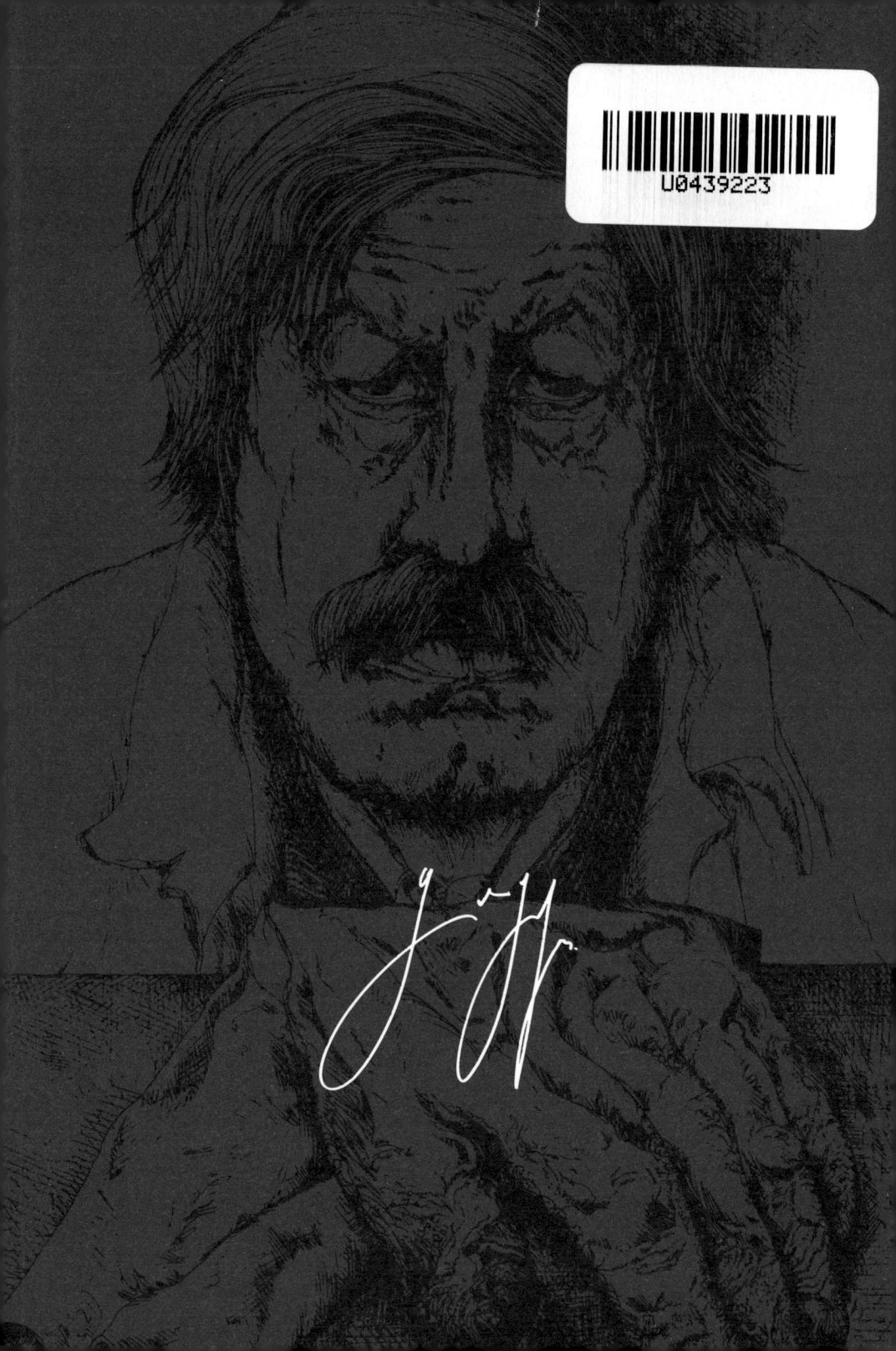

格拉斯：文与画

Grass-Lesebuch

〔德〕君特·格拉斯 著
Günter Grass

蔡鸿君 选编

蔡鸿君 等译

人民文学出版社

著作权合同登记号　图字 01-2020-1849

Günter Grass
GRASS-LESEBUCH
Copyright © Steidl Verlag, Göttingen 2015
Chinese language edition arranged through
HERCULES Business & Culture GmbH, Germany
Simplified Chinese copyright © People's Literature Publishing House, Beijing, 2024

图书在版编目（CIP）数据

格拉斯：文与画 ／（德）君特·格拉斯著；蔡鸿君选编；蔡鸿君等译． —北京：人民文学出版社，2024
 ISBN 978-7-02-018103-2

Ⅰ．①格… Ⅱ．①君… ②蔡… ③蔡… Ⅲ．①文艺—作品综合集—德国—现代 Ⅳ．① I516.15

中国国家版本馆 CIP 数据核字（2023）第 144148 号

责任编辑	欧阳韬
装帧设计	刘　远
责任印制	宋佳月

出版发行　人民文学出版社
社　　址　北京市朝内大街166号
邮政编码　100705

印　　刷　北京盛通印刷股份有限公司
经　　销　全国新华书店等

字　　数　324千字
开　　本　890毫米×1290毫米　1/32
印　　张　17.25　插页1
印　　数　1—3000
版　　次　2024年6月北京第1版
印　　次　2024年6月第1次印刷

书　　号　978-7-02-018103-2
定　　价　198.00元

如有印装质量问题，请与本社图书销售中心调换。电话：010-65233595

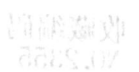

目次

走近格拉斯·蔡鸿君 ································· 001

小说

铁皮鼓（节选）·胡其鼎 译
木筏底下 ·· 005
猫与鼠（节选）·蔡鸿君 译
童年往事 ·· 020
狗年月（节选）·刁承俊 译
元首的爱犬——亲王 ······························ 028
比目鱼（节选）·冯亚琳 译
比目鱼是怎样被捕捉到的 ························ 034
大脑产儿（节选）·郭力 译
亚洲之行 ·· 040
母鼠（节选）·魏育青 译
梦中母鼠 ·· 053
相聚在特尔格特（节选）·黄明嘉 译
旅店之夜 ·· 071
局部麻醉（节选）·刘海宁 译
我的牙科医生 ······································ 077
铃蟾的叫声（节选）·刁承俊 译
墓地约会 ·· 086

001

辽阔的原野（节选）·刁承俊 译
　　　在中国地毯上 ································· 096
　　我的世纪（节选）·蔡鸿君 译
　　　1900 年 ····································· 105
　　　1927 年 ····································· 107
　　　1959 年 ····································· 110
　　　1968 年 ····································· 112
　　　1999 年 ····································· 116
　　蟹行（节选）·蔡鸿君 译
　　　"古斯特洛夫号"被三枚鱼雷击中 ············· 122

自传

　　剥洋葱（节选）·魏育青 译
　　　层层叠叠洋葱皮 ····························· 133
　　盒式相机（节选）·蔡鸿君 译
　　　劣迹 ······································· 156

随笔·林茹 译

　　关于写诗 ······································ 174
　　我们在联邦共和国写作 ·························· 175
　　图画改良不了世界 ······························ 176
　　我现在是作家还是画家？ ························ 178

演说·林茹 译

　　即兴诗人的自白 ································ 182
　　德国的文学
　　　——访问亚洲旅途中的报告 ···················· 186
　　文学与神话
　　　——在拉提（芬兰）作家大会上的演讲 ········· 195

戏剧 · 蔡鸿君 译

　　洪水（两幕剧） ······································· 202

诗歌 · 蔡鸿君 译

　　幽睡的百合 ······································· 256
　　风信鸡的优点 ····································· 258
　　洪水 ··· 260
　　夜里的体育场 ····································· 261
　　施工 ··· 261
　　佩皮塔 ··· 262
　　家庭 ··· 263
　　信念 ··· 263
　　没有尽头的床单 ··································· 264
　　轨道三角地 ······································· 265
　　忧心忡忡 ··· 267
　　樱桃 ··· 268
　　新船下水 ··· 269
　　在蛋里 ··· 270
　　诺曼底 ··· 272
　　海战 ··· 272
　　准时 ··· 273
　　狄安娜——或者目标 ······························· 274
　　雾 ··· 275
　　短路 ··· 276
　　三周之后 ··· 277
　　幸福 ··· 277
　　一百度的时候 ····································· 277

血球 …… 278
萨图恩 …… 279
我的橡皮 …… 281
谎言 …… 283
上相 …… 284
阿多诺的舌头 …… 284
所有的人 …… 285
我们的梦在升腾 …… 286
鼓励安娜 …… 287
检查 …… 288
自恋者 …… 289
没有雨伞 …… 290
对策 …… 290
错误 …… 291
滑稽地在双人床上 …… 292
并非苹果 …… 293
广告 …… 293
拾来之物——给不读书的人 …… 294
碎片 …… 294
只有四行 …… 295
镜中像 …… 295
遗产 …… 296
我的旧打字机 …… 297
启程之前 …… 297
争论 …… 297
蘑菇 …… 298
为了你 …… 298
为了告别 …… 298

临终圣餐	299
信任	299
搁浅	300
一个奇迹	300
事后	301
雪中起舞	301
其实	303
同样的旋律	303
无耻	303
来自习惯的床	304
预防牙疼	304
抗感冒良方	305
门上的祝辞	305
固执己见	305
预防措施	306
球是圆的	306
硬与轻	306
示众	307
愚蠢的奥古斯特	308
疑惑	309
好主意	310
我的污点	311
秋季的收获	312
十一月在途中	313
大胆的爱	314
晚年的欢乐	315
我的自来水笔	315
谁在听我说	315

必须要说的话 …………………………………… 317
垂柳 …………………………………………… 321
带来欢乐的 …………………………………… 322

我的艺术生涯 · 蔡鸿君 译

学画生涯 ……………………………………… 325
图书封面 ……………………………………… 351
版画 …………………………………………… 375
友人肖像 ……………………………………… 399
素描 …………………………………………… 415
水彩画 ………………………………………… 453
陶艺与雕塑 …………………………………… 485

格拉斯生平与创作年表 · 蔡鸿君 编译 ………… 515

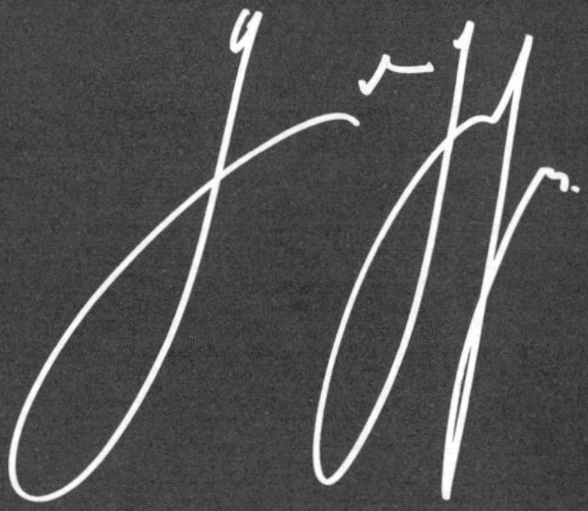

走近格拉斯

蔡鸿君

一 | 来自但泽

1999年9月30日13点,瑞典文学院宣布将1999年诺贝尔文学奖授予德国作家君特·格拉斯,颁奖的理由是:格拉斯"在语言和道德受到破坏的几十年"之后,为德国文学带来了新的开始,他在"清醒的黑暗的虚构故事中展示了历史遗忘的一面",他的《铁皮鼓》是二战之后世界文学最重要的作品之一。瑞典文学院还称他1999年的新作《我的世纪》是"按时间顺序伴随二十世纪的注释,并且对使人愚昧的狂热显示了一种独特的洞察力"。瑞典文学院每年通常都是在10月10日左右宣布诺贝尔文学奖获奖者,1999年却提前到了9月底。对此,瑞典文学院秘书长霍拉斯·思达尔先生说:"我们这一次很容易就做出了决定。"瑞典的评论家们强调指出,经过调整的评委会恰恰十分赞赏格拉斯"在德国战后历史不同时期不屈不挠的、时而也不受欢迎的政治热情"。

格拉斯在得知获奖后接受记者采访时说:"我感到高兴和自豪。我不禁问自己,海因里希(即1972年诺贝尔文学奖获得者海因里希·伯尔)会怎么说。我觉得他一定会表示同意。我一直在努力继承他的传统。"有趣的是，当年伯尔在得知获奖时曾经惊讶地问道："为什么得奖的不是君特·格拉斯？"毫无疑问，格拉斯和伯尔当之无愧是二十世纪下半叶德国文坛最耀眼的两颗明星。

1927年10月16日，格拉斯出生在但泽（现今波兰的格但斯克）一个小贩之家，父亲是德意志人，母亲是属于西斯拉夫的卡舒布人，他还有一个妹妹。爱好戏剧和读书的母亲让格拉斯从小就受到文学艺术的熏陶。格拉斯的童年和青少年时代正值纳粹统治时期，他参加过希特勒少年团和青年团，未及中学毕业就被卷进战争。二战后期，他应征入伍，参加的军队是武装党卫军，这是2006年他自己在自传作品《剥洋葱》里向外透露的。1945年4月，十七岁的格拉斯在前线受伤，不久又在战地医院成了盟军的俘虏。1946年5月，他获释后回到家乡但泽。

但泽这个城市在历史上被波兰、俄罗斯以及德国的前身普鲁士争来争去，就像是被猛兽争来夺去的一块肥肉。在六百多年的时间里，但泽一直是德意志和波兰两大民族之间反复争夺的焦点。俄罗斯、奥地利、普鲁士第三次瓜分波兰时，这个海港城市被划归普鲁士。第一次世界大战后，德国战败，但泽成为自由市，由国际联盟代管。希特勒以但泽走廊问题为借口，1939年9月1日，纳粹德国军舰炮击但泽的波兰基地，标志着第二次世界大战正式爆发。二战后，根据《雅尔塔协定》，重新划分了欧洲各国的版图，但泽划归波兰。居住在但泽的德意志人遭到驱逐，向南迁移到德国。数百万人被迫背井离乡，这中间就有格拉斯一家，但泽对格拉斯来说是他的出生地，也是他心头永远的痛。格拉斯虽然只是少年时代在但泽居住，时间也并不算太长，但每当他想起但泽时，内心总感到很沉重，青少年时期留下的印记非常深刻。格拉斯的小说创作常以故乡但泽为母题，写的是家乡但泽，故事则与二十世纪德国那段黑暗、恐怖、荒诞的岁月联系在一起，他从中一面体验苦难，一面感受罪责。

流亡到德国西部的美英法占领区后，他当过农民、矿工和石匠学徒，1948年初进杜塞尔多夫艺术学院学习版画和雕刻，后又转入柏林造型艺术学院继续深造，1954年与瑞士舞蹈演员安娜·施瓦茨结婚，育有三男一女，1956年至1959年住在巴黎，在那里完成了《铁皮鼓》，后来迁到柏林。1978年，格拉斯与安娜离婚，次年与来自东德的管风琴师乌特·格努奈特结婚。

1979年9月下旬，格拉斯和新婚妻子乌特一起访问中国，是由时任联邦德国驻华大使的魏克德先生邀请的。这是格拉斯第一次也是唯一一次来中国。他们去了北京、上海、桂林、广州、香港，在香港购买了一对戒指，格拉斯戏称为"婚戒"，两人一直长期戴在手上。格拉斯回德国后写了一本书《大脑产儿或德国人正在死绝》(*Kopfgeburten oder Die Deutschen sterben aus*, 1980)。在这本书里，他提到在北京大学和上海外国语学院朗读了他的新作《比目鱼》。

格拉斯具有很强的政治责任感，二十世纪六十年代中期，他积极参与联邦德国左翼政党——社会民主党的竞选活动，他与社会民主党前主席、前联邦德国总理勃兰特交情甚笃，不仅为他竞选站台，而且多次陪同他出国访问。小说《蜗牛日记》(*Aus dem Tagebuch einer Schnecke*, 1972)追述了他参加1969年竞选活动的经历和对纳粹统治的思考。数十年来，格拉斯一直积极参与德国社会活动，对德国时政、新闻事件、文化热点，直抒己见，写了大量的政论、随笔、演讲。

自1996年起，格拉斯一家定居德国北部临近吕贝克的小镇贝伦多夫(Behlendorf)。之所以选择这里，可能是出于他的"但泽情结"，因为北部德国城市吕贝克的气候环境跟但泽非常相似。2015年4月13日，君特·格拉斯因病在吕贝克去世。

格拉斯获得过无数德国和国外的文学奖项，其中包括德语文坛几乎所有重要的奖：四七社奖、毕希纳奖、冯塔纳奖、巴伐利亚学院文学大奖、托马斯·曼奖、汉斯·法拉达奖等。四七社奖是二战后早期德国文学团体中最重要的奖。毕希纳奖是最重要的德语文学奖。另外他还获得过法国、意大利、西班牙的三个大奖：法国最佳图书奖、意大利蒙德罗国际文学奖、西班牙奥斯图林王子奖。1999年，他获得诺贝尔文学奖，确实是实至名归。

二 | 小说家格拉斯

格拉斯最重要的文学成就是他的小说创作。1958年，德国文学团体"四七社"在阿尔盖恩的大霍尔茨劳伊特聚会。格拉斯朗读了尚未完成的长篇小说《铁皮鼓》（*Die Blechtrommel*）的第一章，受到了与会者一致赞扬，格拉斯为此也获得了该年度的"四七社"文学奖。小说以作者的家乡但泽以及战后联邦德国为背景，采用第一人称倒叙手法，再现了德国从二十世纪二十年代中期到五十年代中期的历史，揭露了希特勒法西斯的残暴和腐败的社会风尚。翌年，《铁皮鼓》正式出版，评论界对它倍加赞誉，称之为联邦德国五十年代小说艺术的一个高峰。小说很快就被译成十几种文字，畅销国外。1979年，联邦德国著名电影导演沃尔克·施隆多夫根据小说改编拍摄了同名故事片，公映之后，大受欢迎，并且相继获得了联邦德国最高电影奖——金碗奖、法国戛纳电影节最高奖——金棕榈奖以及美国电影艺术与科学学院最佳外语故事片奖——奥斯卡金像奖。

格拉斯在完成《铁皮鼓》之后，写了中篇小说《猫与鼠》（*Katz und Maus*）。这本书同样也是以但泽为背景写的，叙述了在纳粹统治时期，但泽的一个循规蹈矩的中学生约阿希姆·马尔克，受英雄崇拜宣传的毒害走上毁灭道路的故事。《猫与鼠》被列入德国中学生的选修课本。《狗年月》（*Hundejahre*）是格拉斯的第三部小说，这部小说篇幅也特别长，同样也是以但泽为背景，叙述了马特恩和阿姆泽尔这一对性格迥异的伙伴的坎坷经历，反映了德国自纳粹上台至战后经济奇迹的风云变幻，图拉和燕妮的少女形象也刻画得栩栩如生，牧羊犬"亲王"成为元首宠物的故事入木三分地讽刺了"狗年月"的荒诞现实。

《铁皮鼓》《猫与鼠》《狗年月》各自独立成篇，在内容、人物、情节、时间顺序等方面并无直接的联系。但是三部作品写的都是但泽这个地区在二战前后这一时期的故事，所以有一些学者提出了"但泽三部曲"这个说法。1974年，《铁皮鼓》《猫与鼠》《狗年月》一起改版重印时，经格拉斯本人同意，加上了"但泽三部曲"的副标题。此后，越来越多的评论家注重对这三本书的整体研究，大多数人认为三者之间有着互相关联的内在联系：三部小说不仅有着共同的时空范围（二十世纪二十年代中期至五十年代中期德国历史和现实以及但泽地区的地理环境），而且还有一些贯穿始终而时隐时现的人物。更重要的是它们有着共同的主题：探索德意志民族为何会产生纳粹法西斯这个怪物；在艺术风格上，它们也有许多共同的特点，"代表了作家创作中的一个统一的发展阶段"。

《比目鱼》（*Der Butt*）出版于1977年。这部长达六百九十三页的巨著通过一条学识渊博而又会说话的比目鱼和渔夫艾德克的故事，通过九个不同时代的厨娘，勾勒出了人类发展进程的九个重要阶段，故事中融入了大量历史人物与事件，现实与虚幻同步，叙述与议论交织，再现了欧洲历史的风云变幻，在某种意义上描绘出了西方文明史的一幅缩影。从新石器时代一直写到二十世纪七十年代，诗歌、童话、神话和民间传说穿插其间，现实和历史相互交织，展现了一个光怪陆离、神奇虚幻的世界。这本书在德国非常受欢迎，第一版就发行了四十五万册，作者的版税收入高达三百万马克。1978年5月，格拉斯拿出《比目鱼》的部分稿酬在柏林艺术科学院设立了"德布林奖"，以奖掖在文学上做出成就的青年作家。格拉斯把德国著名作家阿尔弗雷德·德布林视为他的老师，他曾经写过一篇文章《我的老师德布林》。

格拉斯在创作上有一个习惯，他往往在大部头的作品完成之后要么是画画或者雕塑，要么是创作一本篇幅比较小的作品，比如在《铁皮鼓》之后创作了《猫与鼠》。1979年，他在《比目鱼》之后创作了《相聚在特尔格特》(*Das Treffen in Telgte*)，这本书是格拉斯献给"四七社"之父汉斯·维尔纳·里希特的一部借古喻今的中篇小说。它通过描写1647年夏天一群德国作家在明斯特与奥斯拉布吕克之间的特尔格特的聚会，反映了300年以后的"四七社"作家的活动。读者从西蒙·达赫、格里美豪森、马丁·奥皮茨、安·格吕菲乌斯等经历了"三十年战争"的巴洛克时期的德国作家身上，不难看到里希特、格拉斯、伯尔、赖希-拉尼茨基、恩岑斯贝格尔这一代德国战后作家的影子。

《母鼠》(*Die Rättin*，1986)这部长篇小说仍然保持了作家惯以动物隐喻人类的特点，构思奇诡，故事怪诞，通过第一人称叙述者与一只母老鼠在梦中的对话，展现了从上帝创造世界直到世界末日的人类历史，反映了作家对于处在核时代的人类社会的思考与忧虑。

格拉斯与许多德国作家相比有一个突出的特点：他喜欢在作品中反映重大的历史主题。1989年至1991年期间，德国发生了一个巨大的变化，就是二战后期分裂的东德和西德，重新统一了。格拉斯对东西德统一的进程始终持他自己的观点，他不赞成这么快统一，反对西德和东德以经济的方式统一，当时西德几乎等于是把东德全部买下来了，国家统一这种改变并不能通过这种形式来完成。东德经济之所以垮了，其中的一个重要原因是西德很多财团买下东德的企业之后就把它们关掉了，这对改变东德的状况并不能带来根本性的帮助。长篇小说《辽阔的原野》(*Ein weites Feld*)，以两个德国重新统一这一政治事变为背景，通过波茨坦的冯塔纳资料馆工作人员之口，叙述了在民主德国生活了四十年的主人公武特克在1989年至1991年期间的生活经历及其对这一巨变的思考，格拉斯通过这个酷爱德国的十九世纪大作家冯塔纳作品的主人公，有机地将1870—1871年的德国统一和1989至1991年的德国统一作为一个整体加以反思。评论界对这本书众说纷纭、毁誉参半，最著名的事件就是，德国最有名的文学评论家赖希－拉尼茨基在德国最重要的期刊《明镜周刊》发表文章，批评这本书，刊物封面是赖希－拉尼茨基把《辽阔的原野》一撕两半的一张拼出来的照片。这件事也导致这两位有几十年渊源的作家和批评家彻底决裂。赖希－拉尼茨基被称作德国文学教皇，因为他长期任《法兰克福汇报》评论版的主编，所以在德国文坛上很有影响。

《铃蟾的叫声》(*Unkenrufe*, 1992) 以第一人称的口吻，叙述一个鳏夫——德国美术史教授亚历山大·雷施克同一个寡妇——波兰女镀金技师亚历山德拉·皮亚特科夫斯卡在花市上邂逅，并从相遇、相识、相知到结为连理，最后共同罹难他乡的故事。

《我的世纪》(*Mein Jahrhundert*) 是格拉斯在1999年出版的一本很独特的书，这本书有一百个章节，每一章通过不同的人来叙述当年发生的一件事，这里面有普通老百姓也有德国皇帝，从这一百年德国发生的这些事反映二十世纪德国的全貌。从体裁上来说，很难将其准确归类，作者本人称之为"故事集"，从1900年到1999年每年一章，以"我"的口吻，或者通过当时的对话、书信、广播等形式，回顾或者记录了一百年来在德国发生过的或者与德国有关的重大历史事件以及似乎不太重要的事情，涉及政治、军事、科技、文化、体育各个领域，试图从不同的角度向读者展现一幅二十世纪德国的全景图。1900年这一章写的是中国的义和团运动，德国皇帝派德国军队参加八国联军出征中国。

《蟹行》(*Im Krebsgang*) 这本书出版于2002年，也就是格拉斯获得诺贝尔文学奖之后出版的。这本书是中篇小说，篇幅不是很大，它触及德国的一个禁区。二战后期，德国的一艘船"维廉·古斯特洛夫号"被苏联潜艇击沉了，当时好几千德国难民葬身海底。长期以来，无论德国政界还是德国老百姓对德国民众在二战中经受的苦难，都是避而不提的，都在回避这个话题。格拉斯认为，德国普通老百姓也是二战的受害者，他在钩沉"维廉·古斯特洛夫号"沉没这段历史的同时，巧妙地将其与现时主线串联在一起，通过书中的叙述者，向读者展现了德国的现实生活，叙述了一个新纳粹分子戏剧性地向犹太人复仇的故事。再现历史，昭示后人，反思往事，重在教育，是《蟹行》这部小说的中心主题。书名《蟹行》直译是"按照螃蟹的走路姿势"，书中主人公声称：为了寻找资料，在历史的故纸堆里前后翻腾，东寻西找，与时代斜向地相遇，有点像是按照螃蟹的走路姿势，它们总是假装出向一侧后退的样子，然而却以相当快的速度前行。

三 | 自传性作品

  格拉斯的小说都是以自己的个人经历为背景虚构创作的，而他的三部自传性的作品《剥洋葱》《盒式相机》《格林的词语》则运用了许多虚构文学的表现手法，向世人展现了作家藏在"一页又一页纸之间"（格拉斯语）和"一本又一本书之间"（格拉斯语）的生活经历。这三本书里既有作者本人的经历，也穿插着一些虚构的成分，作家笔下的人物时不时也粉墨登场，既有虚构的世界，又有现实生活，虚虚实实，彼此交叉，相互渗透。格拉斯自己多次说他不会写回忆录，因为回忆往事总是可能既有现实生活，又有很多虚构的东西。

  《剥洋葱》（*Beim Häuten der Zwiebel*）这本书是一本自传作品，记录了格拉斯从十二岁到三十二岁的生活经历，全书共十一章，从1939年第二次世界大战爆发写起，一直写到他在巴黎的简陋条件下完成他的成名作——长篇小说《铁皮鼓》，记录了一个年轻人的成长经历。他把记忆比作洋葱，把回忆往事比喻为"剥洋葱"，每一层洋葱皮的下面都隐藏着许多经历乃至秘密。他在书里首次披露自己年轻时参加武装党卫军（Waffen-SS）这段经历，而此前，他一直只是声称自己在二战后期当过防空炮兵。为了袒露这个埋藏心底六十年的秘密，年近八十的老作家选择了他自己历来表示怀疑其真实性的回忆录这种形式。"这事令我心情沉重。我这么多年来的沉默是我写作这本书的原因之一。这事必须讲出来，终于讲出来了。"（格拉斯语）剥过洋葱的人都知道，在剥去一层层洋葱皮的这个过程中，刺激的气味会让人流泪。可以想象，剥洋葱对作者也是一个"痛苦的"过程，格拉斯写作这本书的经历，是流着眼泪回忆的一段心路历程。

《剥洋葱》这本书在2006年出版的时候不仅在德国，而且在国际上引起了很大的波澜，因为在这本书里格拉斯第一次向世人公开他自己在纳粹统治后期入伍时候加入了党卫军。党卫军这个军事组织在二战以后被定为是一个犯罪组织，对于像格拉斯这么著名的作家，这么多年，既使不说隐瞒，而只是说没有向外界公开这件事，就足以引起各方争议了。面对众多责问，格拉斯建议大家先去看看这本书，并且在极少的场合公开做了解释。他在接受德国著名记者乌里希·维克特采访时说，关于自愿报名从军，他当年是报名参加国防军，结果后来却被分配到党卫军。关于秘而不宣的原因，他说："这事一直埋藏在我心底。我也说不清楚是什么原因。它一直缠绕着我，始终出现在我的面前。我以前觉得，我作为作家和这个国家的公民所做的一切，与我年轻时带有纳粹时代印记的行为，完全是针锋相对的，这就足够了。我也没有意识到自己有罪。我是被征入党卫军特种作战部队的，没参与过任何犯罪行动，但我一直觉得有朝一日必须在一种更大的相互关联中对此予以说明。直到现在，我克服了内心的阻力，终于拿起笔来撰写自传并将我的青年时代作为主题时，这一机会才得以出现。这本书记述了我十二岁到三十岁这段时间的生活。正是在这样一种更大的相互关联中，我可以敞开谈论这些。"

《剥洋葱》是一部内容极为丰富、文学色彩很浓的作品，它不同于一般的回忆录，不是完全按照时间顺序回忆往事，在每一个章节里都将历史和现实生活拉近，将两个叙述层面交织在一起，格拉斯以一种"双螺旋"的叙述方式，一会儿以第一人称叙述，一会儿又改用第三人称，试图向读者说明这段藏有秘密的青年时代是如何深深地影响了自己的写作及作家生涯的。书中没有对事件和人物的详细记录，甚至几乎很少提及具体的人名。每一章都谈及一个主题，在叙述一件或几件经历的同时，加入了许多小事和细节。在阅读的过程中，人们不难体会到这位老人对隐瞒参加武装党卫队这段经历的悔恨和羞耻，格拉斯的文学作品几乎都是与纳粹德国、第二次世界大战、德国战后历史联系在一起的，对于纳粹思潮，作家不仅深恶痛绝，而且竭力通过笔下的人物形象努力揭示其之所以曾经在德国能够蛊惑人心、盛行一时的深刻原因。书中现实生活和真实人物与作家小说中的奥斯卡、马尔克、图拉交织在一起。夸张一点地说，《剥洋葱》这本书可以被视为是开启文学巨人格拉斯全部文学创作的一把钥匙，同时也让读者思考一个问题：如果没有早年在纳粹思潮蛊惑下自愿从军，而后秘藏的"褐色"历史这段经历，是否会产生现在的格拉斯和"但泽三部曲"。

与《剥洋葱》书里引起巨大反响的政治内容相比，《盒式相机》(*Die Box*, 2008)叙述的是家庭私事、日常琐事，有很多作者本人和家人的生活细节，可以看作是一本用文字组成的格拉斯的"家庭相册"。格拉斯的家庭是一个"拼凑起来的家庭"。他结过两次婚。1954年与瑞士舞蹈家安娜·施瓦茨结婚后，育有三男一女，后来安娜有了新欢，格拉斯搬了出去。1979年，格拉斯与乌特·格努奈特结婚后，认领了乌特的两个儿子，并和他们一起生活。在与安娜分居期间，格拉斯还先后与两个女人同居，她们分别与格拉斯生了一个女儿。"曾经有一位父亲，因为上了年纪，他把几个儿女叫到一起，四个，五个，六个，总共有八个，在较长时间的犹豫之后，他们总算满足了父亲的愿望。"(引自《盒式相机》)作者以这段颇具童话色彩的文字开场，"导演"了一场让子女们自说自话来回忆早年的生活经历和自己眼中的父亲。全书分为九章，每个章节均由父亲开场，依次引出几个与不同时期相关的子女相聚，一起回忆他们的父亲。格拉斯通过子女们的东拉西扯，展现了自己从二十世纪六十年代初一直到九十年代末的生活轨迹。

格拉斯的第三部自传体作品是《格林的词语》(Grimms Wörter, 2010)。格拉斯总是不断地在创作形式上做一些新的尝试，或者说，是一种挑战。作者在《格林的词语》里进行着新的尝试，对作者本人、对读者，尤其是对外国读者，都是一次难度很大的挑战。格林兄弟是德国重要的语言学家，搜集编撰了《格林童话》，晚年致力于编纂《德语词典》(Deutsches Wörterbuch)，这是一本影响巨大的德语词典，其对德语的意义就如同《牛津英语词典》对英语的意义，可以说是这本词典奠定了德语文学发展的一块很重要的基石。格拉斯重笔描述的是编纂工作的艰巨，格林兄弟对编纂工作的执着，他们的家庭、朋友、崇拜者，还有与不时催问编纂进度的出版人的关系。在叙述格林兄弟的同时，格拉斯随时都能够信手拈来自己生活中的相似片段，他所参与的一些重大政治活动和他的政治主张，也不时地出现在字里行间。格拉斯在写格林兄弟的同时，也把自己放在里面了，他本人不断地出现在书里，跟格林兄弟走过了相当一段历程。他在历史与现实之间，在格林兄弟的时代与自己的生活经历之间频繁穿越，超越时空，以德语文字作为桥梁(Wortbrücken)，把他自己与十九世纪的格林兄弟联系在了一起。他近距离地观察格林兄弟工作，与格林兄弟交谈，他尾随着在柏林动物公园散步的格林兄弟，坐在动物公园卢梭岛的长椅上，一边倾听他们的谈话，一边构思着《辽阔的原野》里的人物冯提。

对于绝大多数语言，这是不可翻译的一本书。为什么不可翻译呢？《格林的词语》共有九章：A, B, C, D, E, F, K, U, Z。每个章节的章节名均选用一个以这个字母开头的单词或词组，每一章里大量地使用以这个字母开头的词汇，每一章都以该字母为核心，频繁地玩弄只有懂得德语的人才能明白的和懂得德语的人也未必能明白的文字游戏，每一章提到的人物也大多是以这个字母为姓氏起始字母的人。正因为如此，要把该书翻译成外文，几乎是不可能的，这座桥梁是以德语文字作为材料建造的。迄今包括英文、法文、西班牙文等大语种都没有翻译，唯一一个例外是荷兰语，因为荷兰语和德语接近。荷兰语的译者延·吉尔肯斯（Jan Gielkens）把格拉斯几乎所有的小说都翻译成了荷兰语，他成功地翻译了这本书，迄今为止只有荷兰语出版了《格林的词语》。这本书的副标题是《爱的表白》，格拉斯作为一个德语作家，他对德语语言的贡献是非常大的，有很多习惯用语现在或者今后肯定会出现在德语词典里，另外他自己也把语言作为一个和百余年前的格林兄弟沟通的一座桥梁，作为一个语言大师也通过这种方式向前辈、向德语这种语言表示他的致敬。遗憾的是，即便懂德文也并不一定能看懂这本书，如果不翻译成其他外文的话，其他国家的读者也没有办法欣赏到这本书里面所含的魅力，这是很遗憾的事。

《剥洋葱》《盒式相机》《格林的词语》这三部作品各自独立，表现手法各具特色，体现了格拉斯在艺术创作上不断创新的追求。它们都不是严格意义上的自传或者回忆录，而是格拉斯以独创的文学形式，把个人的人生历程和文学创作生涯，置于一个历史、文化、政治的大背景之中，通过有选择地回忆和联想一些历史事件，反思和探讨作者本人所关心的问题。它们读起来既像是在读自传，也像在读小说，也许这正是历来排斥写自传的文学巨匠格拉斯力图创新并追求的一种文学体裁——自传体小说或小说式的自传。

四 | 诗人格拉斯

格拉斯虽然是以长篇小说《铁皮鼓》《猫与鼠》《狗年月》"但泽三部曲"闻名，但他的文学生涯却是以写诗为开端的。1955年他的《幽睡的百合》（*Lilien aus Schlaf*）在南德广播电台举办的诗歌竞赛中获得三等奖。1956年的诗集《风信鸡的优点》（*Die Vorzüge der Windhühner*）和1960年的《轨道三角地》（*Gleisdreieck*）既有现实主义成分，又受到了表现主义和超现实主义影响，联想丰富，激情洋溢，具有较强的节奏感。1967年的第三部诗集《盘问》（*Ausgefragt*）政治色彩较浓，格拉斯也一度被称为"政治诗人"。

格拉斯几乎在写诗的同时也创作剧本。早期的剧作如1954年的《还有十分钟到达布法罗》（*Noch zehn Minuten bis Buffalo*）、1957年的《洪水》（*Hochwasser*）、1958年的《叔叔，叔叔》（*Onkel, Onkel*）和1961年的《恶厨师》（*Die bösen Köche*），明显受到法国荒诞派戏剧的影响。后来他还写了两个剧本，即1966年的《平民试验起义》（*Die Plebejer proben den Aufstand*）和1969年的《在此之前》（*Davor*），试图将戏剧情节变为辩证的讨论，力求揭示人物的内心矛盾。格拉斯自称这两出戏是布莱希特"从叙事戏剧发展到辩证戏剧"方法的延续。然而，《平民试验起义》却歪曲了布莱希特在东柏林工人暴动期间的形象，因而遭到普遍非议。格拉斯总共创作了十一部剧作。

六十年代末以后，格拉斯没有再写过剧本，但是始终没有停止写诗，而且许多诗歌都与他当时正在写的长篇小说有关或者就是小说中的组成部分，比如他在写长篇小说《比目鱼》时，就写了大量类似题材的诗歌，其中一部分出现在小说里，后来他还出版了一本配诗画册《当比目鱼只剩下鱼刺的时候》（*Als vom Butt nur die Gräte geblieben war*）。他的诗集还有《崇拜玛利亚》（*Mariazuehren*, 1973）、《啊，比目鱼，你的童话有个坏结局》（*Ach Butt, dein Märchen geht böse aus*, 1983）、《伸舌》（*Zunge zeigen*, 1988）、《十一月的国家》（*Novemberland*, 1993）、《拾来之物——给不读书的人》（*Fundsachen für Nichtleser*, 1997）等。格拉斯的诗歌绝大多数是"即兴诗"，以日常生活为题，散文式的语言风格，以幽默讽刺见长，长短不一，不带激情，以诗配画，或者诗画合一，有的诗歌也成为小说的组成部分。

多年来，格拉斯在完成一部长的作品之后，总是改换一种创作方式，抑或写诗，抑或绘画，他称之为"换笔"。格拉斯自称："我在一部散文作品完成之后，总是喜欢换一种创作工具，改变一种创作形式，我有这种迫切的需要，想要做一些轻松愉快的事情。"他感到，就工作程序而言，这是一段幸福的时光：一种创作慢慢地转入另一种创作。在2002年完成中篇小说《蟹行》之后，格拉斯潜心雕塑创作，雕塑了许多跳舞的男女人像，同时以此为题写诗，出版了诗集《最后的舞蹈》(Letzte Tänze)，收入了三十六首诗歌和三十二幅绘画。诗歌的主题是作家本人迷恋的跳舞、肉体的爱和日见衰老，而绘画表现的则是跳舞和性交的男女。对于诗集的书名《最后的舞蹈》，格拉斯说："这里使用的是复数，也就是说，总是还会有下一个舞蹈。到了我这个年纪，终点已经隐约可见。"德国文学评论家赖希－拉尼茨基在诗集出版当天，就向德通社记者发表谈话，他说："《最后的舞蹈》是格拉斯迄今为止最富个性化的一本书，以同样的视角和幻想，将诗与画融为一体。格拉斯在日常生活中发现了特殊的东西，散文的魅力使他着迷，他将散文提升为诗歌。"曾经激烈批评格拉斯的小说《辽阔的原野》的赖希－拉尼茨基认为：长期以来，诗人格拉斯一直没有引起人们的足够重视。"格拉斯作为诗人是没有任何前人作为榜样的，他作为诗人从一开始起就非常独立。"《最后的舞蹈》里的绘画主要是炭笔素描，格拉斯直接画了许多正在尽情享受床笫之乐的男女。这些画如果不是出自格拉斯这位文学大师之手，肯定会被人称作"儿童不宜"或者"色情文学"。不少绘画中插入了诗歌，作为一个整体，很难看出作家抑或画家格拉斯是先作诗还是先绘画。

2006年8月，格拉斯在自传《剥洋葱》里首次披露了他曾经参加过党卫军的秘密，一时间，格拉斯遭到来自国内外的一片指责，他作为"德国良心"的名声受到了极大的损害。在这场轩然大波之后，格拉斯出版了诗集《愚蠢的奥古斯特》（又可翻译成《愚蠢的八月》，*Dummer August*），收入了四十一首诗歌和二十八幅绘画。诗歌的主题大多是作者对这场风波的感受和思考。

格拉斯晚年的很多诗歌都带有浓重的政治色彩。《十一月的国家》为题的十四行诗，是在二十世纪九十年代初期德国社会右翼思潮盛起的背景下写的。2012年4月格拉斯在《南德意志报》发表的《必须要说的话》(Was gesagt werden muss)则几乎引起一场外交风波。德国纳粹在二战期间迫害屠杀犹太人，长期以来，德国社会总是对此抱有愧疚，不仅给予以色列全方位的支持，而且对其在中东的强权政策默不作声，以色列问题一直是德国政府和媒体的禁忌话题。在德国，谁也不能批评以色列，谁也不能批评犹太人，不少德国政治家因此而下台。德国人总觉得德国这个民族因为迫害犹太人被永远地钉在耻辱柱上，所以在涉及以色列的任何问题上都避而不谈。德国绝大部分的作家是不关心政治的，不会在自己的作品中反映政治主题。格拉斯却总是很积极地在作品中表露自己对一些政治问题的看法，他认为，有正义感的作家，批评以色列的一些做法是必须的，他在这首诗里批评以色列自己拥有核武器而不让其他国家拥有核武器并拒不接受国际社会的检查。格拉斯在诗中写道："核大国以色列 / 危害着本已脆弱不堪的世界和平"。他认为以色列政府对伊朗的军事恐吓，是对世界和平的潜在威胁。这首诗在德国引起很大争议，以色列甚至公开表示永远禁止格拉斯进入以色列。其实，这首诗只是格拉斯批评以色列"必须要说的话"的很小一部分：格拉斯去世后，人们从他的遗作中发现，至少还有八十五首未发表的诗歌，内容都是批评以色列的。将来整理发表之时，肯定又会引起一场风波。

《蜉蝣》(Eintagsfliegen，2012)是格拉斯生前出版的最后一本诗集，收入了八十七首诗歌，一百余幅钢笔画描绘了千姿百态的各种蜉蝣。标题"蜉蝣"(Eintagsfliegen)本意为各种朝生暮死的浮游类飞虫，或指转瞬即逝的现象。这些诗歌的主题是老年，死亡，对故人的缅怀，对德国的爱，以及政治讽刺。诗人在诗集的最前面写道："满怀感激缅怀赫尔穆特·弗里林豪斯。"赫尔穆特·弗里林豪斯(Helmut Frielinghaus，1931—2012)是格拉斯许多作品的责任编辑，书里有一首诗是格拉斯为他写的讣告。《必须要说的话》也被收入诗集《蜉蝣》，格拉斯将"核大国以色列"(die Atommacht

Israel）修改成"核大国以色列的当今政府"（die gegenwärtige Regierung der Atommacht Israel）。

《万物归一》是格拉斯的遗著，其中包括九十六首诗歌、散文诗、记录、故事，六十五幅插图，都是格拉斯用软铅笔绘制的素描。这本书的原名"Vonne Endlichkait"是格拉斯出生的但泽地区的方言，直译为《论有限性》。中文译者根据德文的原意，选取了这个书名。这本书是格拉斯去世前完成的，他本人还参与了这本书的设计装帧。原定于2015年7至8月出版，作者本人将于2015年6月12日首次朗读书里的章节，并为新设立的"格拉斯文献馆"揭幕。遗憾的是，作者没有能看到这本书出版。

五 | 画家格拉斯

格拉斯是一位经过专业训练、技法娴熟、富于创新精神的画家和雕塑家。他曾经自豪地说：我"能用炭笔、钢笔、粉笔、铅笔和毛笔作画，而且左手和右手都行"，我从绘画中"为写作吸取了许多东西，如长时间的思考，修改的乐趣……最喜欢站着工作……"。格拉斯的许多绘画作品常常产生于文学作品之前，并且影响着文学作品。

格拉斯自称绘画是他的第一职业，三岁时开始有意识地画铅笔画，上小学时，他就喜欢绘画，当时一位教图画课的女教师对他影响很大。格拉斯说："就职业培训而言，我只是雕刻家和版画家，我学过石刻和石雕，在杜塞尔多夫艺术学院和柏林造型艺术学院分别上过三年；当作家，我是自学成才的。"十三四岁时，他立志以绘画、雕塑或舞台美术作为自己的终生职业。第二次世界大战延缓了格拉斯画家之梦的实现。直到1947年底，他才在杜塞尔多夫艺术学院注了册。然而，当时学校由于缺煤被迫暂时关闭，他只得先到"格贝尔与莫克公司"当了一段时间石匠学徒，主要任务是帮助修复战争期间损坏的纪念碑和缺胳膊少脑袋的雕像。1948年初,杜塞尔多夫艺术学院复课,格拉斯开始了正规的绘画学习,主攻雕塑,老师是塞普·马格斯(Sepp Mages)。格拉斯后来回忆说:"我从他那儿学到了很多东西,他对我的帮助很大。后来我们发生了争吵,但他仍然帮助我转到另一位老师的门下,这就是奥托·潘科克。"奥托·潘科克(Otto Pankok)是德国二十世纪二三十年代著名的表现主义版画家,对格拉斯的版画创作影响很大。1952年底,格拉斯离开杜塞尔多夫,前往柏林造型艺术学院,投师于卡尔·哈通(Karl Hartung)的门下学习雕塑。这对师生感情甚笃,格拉斯在雕塑方面主要得益于哈通。1967年8月哈通去世时,格拉斯特地撰写了一篇悼文,发表在8月4日的德国《时代》周刊上,表达了他对恩师的怀念之情。他还与哈通的部分学生在"柏林S美术馆"联合举办了题为"卡尔·哈通和他的学生"的纪念画展。1956年,格拉斯以优异成绩毕业并获"艺术大师的学生"荣誉称号。

  1955年,格拉斯在南德电台诗歌竞赛中获得三等奖,很快又应文学团体"四七社"的邀请赴会朗读作品。1956年初,他与第一位夫人安娜移居巴黎,埋头写作《铁皮鼓》。由于时间关系,他暂停了雕塑,但却从未放弃作画,而是既写诗又作画。正如他自己所说:"在写诗和作画之间出现了一个有机的、相互作用的过程,……常常是在一首诗的前面画上一幅画,由这幅画再产生第一句诗,或者顺序正好颠倒过来。"他的第一部诗集《风信鸡的优点》(1956年)就是由四十一首诗和十幅钢笔画插图组成。此后的两本诗集《轨道三角地》(1960年)和《盘问》(1967年)也各有十八幅炭笔画和十幅铅笔画。这些绘画作品主要是素描,使用的是钢笔、炭笔、铅笔,线条简练,构图别致,技巧娴熟,风格粗犷,有的画幅较大,占了满满两页,有的具有很强的装饰性,许多作品系信手挥就,是"无须换笔的作品"(格拉斯语)。插图的内容总是与诗歌内容紧密配合,为诗歌提供了形象的脚注。

  将文学作品的主题变为作画的对象,是格拉斯几十年美术创作的一个突出特点。《恶厨师》是格拉斯1961年出版的剧本，厨师因而也成为他多幅版画和雕塑的主题。在写《蜗牛日记》（1972年）期间，他创作了大量表现蜗牛的蚀刻铜版画，就连这时画的自画像也有两只蜗牛，他有意将其中一只嵌在自己的左眼里，以此象征他作为一个作家和政治活动家对事业所持的坚忍不拔、始终向前的决心。格拉斯1975年访问印度时，对斗鸡印象深刻，并且在《大脑产儿》一书中有所描述，此后创作了几幅斗鸡的铜版画和石版画。二十世纪七十年代中期，他潜心于宏篇巨作《比目鱼》（1977年）的写作，在此期间，比目鱼自然成为绘画的中心主题，他创作了大量比目鱼的版画，后来，名为《当比目鱼只剩下鱼刺的时候》（1977年）的配诗画册几乎与小说同时面世。写《母鼠》（1986年）和《铃蟾的叫声》（1992年）时，他画了许多形态各异的老鼠和蟾蜍。《辽阔的原野》（1995年）是作者对东西德重新统一这一巨变的反思，他画了大量头戴礼帽的人物或人物背影，似乎是要表达自己对统一后的德国在政治和社会等方面变化莫测的思考。晚年，格拉斯又改画彩色的水彩画，出版了配诗画册《拾来之物——给不读书的人》（1997年），这时，他甚至干脆就把诗歌直接写在画上，真正做到了诗画合一。1999年，他出版了故事集《我的世纪》，同时推出文字版和插图版两种版本，插图版中的一百幅配合故事内容的彩色水彩画全部由作者本人绘制。

　　谈及文学与绘画之间的关系，格拉斯说："我一直都在画画，如果我不在画画，那就是因为我正巧在写作，或者专心一意地不做任何事情。……在绘画时可以找到更加简洁的表达方式。早在我把关于比目鱼的童话写成一部长达七百多页的长篇小说之前，我就已经将这条大鱼画了出来，用的是毛笔、羽毛笔、易断的炭条和软铅笔。当这条会说话的比目鱼有机会发言的时候，一些并非作为插图的铜版画也同时问世，它们表现的是和这个叙事文学素材相同的主题。……诗歌和绘画同步发展，彼此相互关联。绘画常常是画出来的诗歌，而许多诗歌则编织成了一幅绘画……对于我来说，绘画在写作中延续，从绘画的结构中又可以引出转向叙事文学阶段的倾斜，因此,'你首先是作家还是画家'这个问题,从来就不会让我操心。从字面上或者从画面上来说,这是一些灰色的东西(Grauwerte),它们为我们的现实涂色、分级,使之变得模糊,使之变得透明。只有纸是白色的。必须给它涂上斑点,用反差强烈的或断断续续的轮廓画赋予它生命,或者将词句移植上去,它们讲述的总是最新的事实,而且每一次都不会相同。""如果绘画的想法占主导地位,那么写作的过程就会引起绘画的过程。两者恰似雌雄同体,相互促进。绘画与写作之间的矛盾在对一种图像构思的塑造过程中相互抵消,有些适合入画的被写成了文字,有些则被作为画按字面的意义加以处理。"

格拉斯在文学上始终不断创新,在绘画方面也富于创新精神。1972年,格拉斯在四十五岁的时候,开始转向版画创作。在此后的十五年中,他大约制作了三百幅铜版画和石版画,前者约占五分之四,表现的主题有羽毛、鱼、女人、鹅、鸡、手套、生姜、烟头、厨师、蟹、指甲、蘑菇、人物肖像、玩具娃娃、老鼠、蜗牛、鞋,其中尤以鱼类最多,计有鳗鱼、比目鱼、颌针鱼、海鲂、鲽鱼、鲈鲉、石斑鱼,对各种鱼观察准确,刻画内行,甚至就连鱼鳞的纹路也清晰可辨。二十世纪七十年代中期,格拉斯创作了一系列蘑菇雕塑,后来又将其演变成蘑菇状的帽子。二十世纪八十年代初,格拉斯改用陶土制作雕塑,创作了"手套""鳗鱼""无须鳕鱼""大西洋鳕鱼头""蝗虫""天鹅的脖子""双重的蜗牛"。在完成长篇小说《比目鱼》之后,格拉斯利用创作间歇,雕塑了一系列不同大小的比目鱼。奥阿是《比目鱼》中的女主人公,格拉斯先用陶土雕塑了一系列奥阿像,然后又用青铜浇铸。如果说,格拉斯在早期的素描和版画作品中,很少表现自然风景,那么从二十世纪八十年代末以后,格拉斯则在一系列炭笔画中展示了自然景观与物体的周围环境,画中出现的大多是枯树、朽木、濒临死亡的森林,表达了他对生态环境日益恶化的忧虑。

格拉斯的绘画作品属于写实风格,他用画笔表现最多的还是他身边的静物和熟悉、爱好的东西，如咬过的苹果、掐灭的烟蒂、眼镜、钥匙、羽毛、鞋、土豆皮、穿破的皮鞋等。格拉斯烟瘾极大，烟斗几乎从不离手，因此在他的画中经常出现堆积如山的烟头、盛满烟头的烟灰缸、燃烧的烟斗。鳗鱼是格拉斯爱吃的一种食物，他的早餐总有一截鳗鱼；他还擅长烹饪蘑菇，常常喜欢去林间野地采集蘑菇。因此，长期以来，鳗鱼和蘑菇一直都是他画里的主要内容，各种形式的鳗鱼和蘑菇在他的画册中占了很大的篇幅。自称"作家必须写'性'，我时刻在想'性'"的格拉斯，也对画中的鳗鱼、蘑菇和蜗牛赋予了某种"性"的象征意义。在德国民间，鳗鱼往往被视为性的象征，在画家格拉斯的笔下，得到了夸张性的表现。在他的画中，鳗鱼和蘑菇与男性生殖器毫无二致，蜗牛则被作为性的刺激物。男性生殖器变形为蘑菇、石块、烟蒂、拇指、舌头，鳗鱼大摇大摆地在阴道穿梭，而蜗牛则吸附在《比目鱼》中女主人公的脸上和阴道口。格拉斯还喜欢在画中表现人与动物的对立，通过蟹、鳗鱼、甲虫、蛾、老鼠等动物，引起联想，从而阐释动物的象征含义。

　　格拉斯很少画人物，除了一些自画像外，只为个别熟悉的作家画过肖像，如马克斯·弗里施（Max Frisch）、西格弗里德·伦茨（Siegfried Lenz）、海因里希·伯尔等。格拉斯对绘画理论也有一定的研究，并且就某些画家的作品做过报告，写过评论文章，例如《蜗牛日记》的最后一章就是论述德国画家丢勒铜版画的论文。格拉斯擅长设计书籍封面，他迄今出版的绝大多数作品均由他本人设计绘制封面。这些封面的共同特点就是画与书的内容及标题密切相关，例如《铁皮鼓》（1959年）画的是一个胸前挂着铁皮鼓的少年；《猫与鼠》（1961年）是一只脖子上戴着铁十字勋章、虎视眈眈的猫；《比目鱼》和《母鼠》（1986年）则分别画了一尾冲着人的一只耳朵娓娓述说的比目鱼和一只硕大无朋的老鼠；小说《相聚在特尔格特》（1979年）以三百多年前经历了"三十年战争"后一群德国作家的聚会为背景，曲折地反映了第二次世界大战后德国重要文艺团体"四七社"的有关活动，画家格拉斯巧妙地在封面上设计了一只从砾石里伸出来、握着一管羽毛笔的手。

雕塑，是格拉斯在战后最先学的手艺，不是用陶土，而是比较硬的材料，如砂岩、壳灰岩（Muschelkalk）、大理石凿刻。在杜塞尔多夫艺术学院和后来搬到柏林以后，则主要使用一种耐火黏土，塑形之后再做出石膏模子，早期做的雕塑大都是少女、鸡、鲽鱼、鸟，可惜保存下来的很少。格拉斯后来的雕塑作品大多也是以动物、人物作为创作对象。他的人像雕塑模特基本上都是自己的家人，比如他的几个孩子、妻子乌特、怀孕的女儿劳拉。格拉斯喜欢做菜，尤其擅长烹饪比目鱼。他写了长篇小说《比目鱼》，画了大量比目鱼的版画，而且制作了一些比目鱼的铜质雕塑。德国自2006年起设立的奖励最佳年度长篇小说的"德国图书奖"，就是用格拉斯的铜质雕塑《手抓比目鱼》（Butt im Griff）作为这项德国最重要的长篇小说奖的奖杯。格拉斯后来回忆道：在写作《母鼠》期间，他得到了一只老鼠作为圣诞节礼物，伴随着长篇小说《母鼠》，他不仅画了大量老鼠版画，而且也制作了很多老鼠的雕塑。格拉斯晚年的雕塑主要是人物，尤其是成双成对跳舞和搂抱性交的男女。

作为艺术家，格拉斯非常乐于尝试新的艺术形式，除了版画和雕塑，他还用多种画笔创作，如铅笔、炭笔、墨水、粉笔（Rötel）、钢笔、水彩，他还将文字和绘画糅合成一体，文字部分用手写体，大多是他的诗歌，与主题相近的绘画组合为诗画合一的艺术品，比如《伸舌》（1988，墨水画）、《拾来之物——给不读书的人》（1997，水彩画）、《最后的舞蹈》（2003，炭笔画）、《愚蠢的奥古斯特》（2007，炭笔画）、《蜉蝣》（2012，钢笔画）等。

1955年，格拉斯在斯图加特的"鲁茨与迈耶尔美术馆"举办了第一次个人美术作品展览，此后几乎年年参加多人画展或举办个人画展，最多的时候，一年中多达十一次。迄今为止，他已经在美国、英国、法国、日本、荷兰、丹麦、波兰、南斯拉夫、中国等十几个国家举办过数百次个人画展。1979年9月，在格拉斯访问中国期间，联邦德国驻华使馆特地在使馆为他举办了画展，使我国美术界和文学界人士也有机会欣赏到他的美术作品。1995年底，德国著名的艺术收藏家彼得·路德维希（Peter Ludwig）专程拜访了格拉斯，对他的绘画和雕塑艺术给予高度赞扬，认为它们体现了德国战后的时代精神，表现了作者对历史事件的反思，因此决定一次性收购了他的近百件作品，包括素描、版画、雕塑、水彩画等，时间跨度近四十年，这些作品收藏在路德维希国际艺术中心（Ludwig Forum für Internationale Kunst）并在德国各地巡回展览。本书全部插图（含六幅作者像）均由君特·格拉斯创作。

格拉斯是一位高产多栖的作家和艺术家，既写小说、诗歌、戏剧、小品文，也从事绘画、雕塑等艺术创作。格拉斯的文学与艺术创作，不仅是德语世界的伟大成就，也为世界文坛与艺术界增添了一笔宝贵的财富。

伟人已逝，作品永存。

值此人民文学出版社推出新版《君特·格拉斯文集》的机会，从卷帙浩繁的格拉斯作品中选出这个读本，希望读者能够一卷在手，走近格拉斯。

2019年10月26日
于德国小镇尼德多费尔登

文学格拉斯

小 说

文学格拉斯

铁皮鼓（节选）

胡其鼎————译

木筏底下

在此地，躺在疗养与护理院里用肥皂水刷洗干净的金属床上，在背后贴着布鲁诺眼睛的玻璃窥视孔的视野之内，回忆并描绘卡舒贝闷烧着的土豆秧堆里冒出的烟柱以及十月的雨的阴影线，可真不是件容易事。如果没有我这面鼓（只要熟练而有耐心地敲打，它便能回忆起全部必需的细枝末节，供我去芜存菁，把主要内容记录到纸上），如果我得不到疗养院管理处的同意，让这面鼓每天同我聊上三到四个小时，那么，我便会成为一个连有据可考的外祖父母都没有的可怜人。

不管怎么说，我的鼓告诉我：一八九九年十月的那天下午，正值南非的奥姆·克吕格尔[①]擦他的反英浓眉的时候，在迪尔绍与卡特豪斯之间，比绍的砖窑附近，在四条同样颜色的裙子底下，在浓烟、畏惧、呻吟、斜雨和圣者名字的痛苦呼唤声中，在两名农村保安警察毫无想象力的盘问以及他们被烟熏迷糊了的目光底下，矮而宽的约瑟夫·科尔雅切克使安娜·布朗斯基受孕，怀了我的妈妈阿格内斯。

安娜·布朗斯基，我的外祖母，在那天黑夜里就改换了她的姓：在一位施圣礼向来慷慨大度的神甫帮助下，她改称安娜·科尔雅切克，并跟随约瑟夫，尽管没去埃及，至少也到了莫特劳河畔的省城。在那里，约瑟夫当上了一名筏夫，摆脱警方，获得暂时的安宁。

为了增强悬念，我先不讲莫特劳河

[①] 奥姆·克吕格尔（1825—1904），原名保鲁斯·克吕格尔，又名奥姆·保罗，1880年领导布尔人抗英，1883年任德兰斯瓦尔总统。1899年10月，英国殖民当局入侵，克吕格尔战败，1900年9月逃往欧洲。

河口那座城市的名称，尽管它是我母亲的诞生地，现在就值得讲出来。一九〇〇年七月底，正是人家决定把帝国战舰建造计划翻一番的时候，我的妈妈在太阳位于狮子宫时见到了世界之光。自信而放荡，慷慨而虚荣。星相图上的第一宫，也称命宫，待在那里的是易受影响的双鱼座。太阳的位置与海王星冲①。海王星住在第七宫或室女宫，这将带来混乱与麻烦。金星与土星冲，谁都知道，土星兆肝脾不调，俗称晦气星，它入主摩羯宫，毁于狮子宫；海王星向土星献鳗鱼，并得到鼹鼠作为回敬；土星爱吃颠茄、葱头和甜菜，它咳出熔岩并使葡萄酒变酸；土星和金星一同住在第八宫，亦称死宫，这预兆意外死亡；与此相反，在土豆地里受孕的事实，许诺土星在亲人命宫里的水星保护下得到冒极大风险的幸福。

　　写到这里，我必须插进一段我母亲提出的抗议，因为她始终否认我外祖母是在土豆地里受孕的。据她讲，虽说她父亲在土豆地里尝试这样干（她最多承认这一点），但是无论他的位置或者安娜·布朗斯基的位置都没有选择好，未能创造有利条件，使科尔雅切克成为胎儿之父。

　　"这必定是在那天夜里逃跑的路上发生的，可能在文岑特伯伯的棚车里，甚至可能在我们到了特罗伊尔，在筏夫们那里找到了落脚安身的地方以后。"

　　我妈妈总爱用这样的话作理由，来确定她的生命起源的日期。于是，本该知道实情的我的外祖母，却一个劲儿地点头，并说："不错，孩子，这必定是在棚车上，或是到了特罗伊尔以后的事情，在地里是不可能的，因为那天又刮风，又下雨。"文岑特是我外祖母的哥哥。他妻子早年亡故之后，他曾去琴斯托霍瓦朝圣，得到琴斯托霍瓦的圣母②的神谕，要把她当作未来

---

① 太阳系中，除水星和金星外，其余的某一行星运行到跟地球、太阳成一条直线而地球居中时，叫做冲。
② 琴斯托霍瓦的圣母，挂在琴斯托霍瓦一所寺院里的一幅圣母像，历来认为是圣路加（《圣经》故事中的早期教会人物，原为医师，曾随保罗到各地传教）所画。据传，1655年，但泽被瑞典人围困，曾赖此像的神力解围。次年，波兰国王约翰·卡西米尔宣布圣母马利亚为波兰女王。此为波兰最著名的宗教圣物之一，每年有大批香客前去朝拜。

的波兰女王看待。从此以后，他成天埋头在离奇古怪的书籍里搜寻，并发现每一个句子都证实圣母有权要求得到波兰王国的王位。他把料理家务和种那儿亩农田的事都交给了他的妹妹。他有个儿子名字叫扬，当时才四岁，身体瘦弱，动不动就爱哭。扬不但放鹅，还收集彩色小画片；这样小小的年纪就集邮，真是不祥之兆。

我的外祖母拿着土豆篮，领着科尔雅切克，回到受天国的波兰女王保佑的农舍。文岑特听完事情经过，拔腿跑到拉姆考，一通敲门，把神甫唤了出来，让他带上施圣礼的一应杂物，去替安娜和约瑟夫证婚。神甫睡意正浓，致完被连连的呵欠拖长了的祝福辞，拿到一大块肥肉作为酬劳，告别了被祝福者。他刚转身离去，文岑特便牵马套上棚车，铺上干草和空麻袋，让新郎新娘上车，让冻得发抖、低声哭泣的扬坐在马车夫座位上自己身边，再让牲口明白，它现在得笔直地冲进茫茫黑夜：新婚夫妇要求快马加鞭。

在始终还是黑沉沉但行将消逝的夜里，马车抵达省城的木材港。朋友们收留了这对逃亡的夫妇；他们同科尔雅切克一样，都是当筏夫为生的。文岑特可以走了，他驾着小马返回比绍；一头母牛，一只山羊，一只母猪和若干小猪，八只鹅，看门狗，都等着他去喂食。他还要让儿子扬上床睡觉，扬已经有点低烧了。

约瑟夫·科尔雅切克躲藏了三个星期之久，蓄起头发，理了一个分头，刮掉了小胡子，搞到了证明历史清白的证件，冒名筏夫约瑟夫·符兰卡找到了工作。这个筏夫符兰卡，在一次斗殴中被人从木筏上推下水去，淹死在莫德林往南的布格河里，不过警察局对于此事一无所知。为什么科尔雅切克非得口袋里揣着他的证件才去找木材商和伐木场谈工作呢？因为他过去有一段时期不当筏夫，而在施韦茨的一家锯木厂干活。由于他，科尔雅切克，把一道栅栏油漆成刺激性的红白两色[①]，老板便同他争吵起

[①] 当时的波兰国旗为红白两色。

来。老板说他故意挑衅，便从栅栏里拔出红色和白色板条各一根，用这些波兰板条揍科尔雅切克的卡舒贝人的脊背，把板条打个粉碎，成了一堆红白两色的劈柴。这一来，挨揍的那个便有了充分的理由。当天夜里，毫无疑问是在满天星斗的夜里，他一把火把这家新建的、油漆一新的锯木厂烧了个红光冲天，向虽被瓜分却因此而统一的波兰致敬①。

就这样，科尔雅切克成了纵火犯，而且成了一名惯犯，因为自那以后，在整个西普鲁士，锯木厂和林场都为红白两色的强烈的民族感情提供引火物。每逢事关波兰前途的时候，即使在发生那几场大火的时候，童贞女马利亚总要参与，据目击者（其中可能还有活到今天的）称，他们见到一位头戴波兰王冠的圣母，站在许许多多正在倒塌的锯木厂屋顶上。据说，每回大火起时总要在场的民众都同声高唱《圣母颂》，而且还宣誓赌咒。因此，我们有理由相信，科尔雅切克几次纵火的场面，必定庄严肃穆。

纵火犯科尔雅切克被人控告，受到通缉，而筏夫约瑟夫·符兰卡则历史清白。他父母双亡，做人不怀恶意，孤僻褊狭，不仅没有人找他麻烦，而且几乎没有人认识他。他把自己的嚼烟分成每天一份，直到布格河收容了他。他留下的遗物是一件短上衣、口袋里的证件以及三天的烟草。溺毙的符兰卡不可能再来报到，也没有人问起淹死的符兰卡而让有关的人为难。于是，与这个落水鬼体格相似，同样有一颗圆脑袋的科尔雅切克，先是战战兢兢地钻进他的短上衣里，然后摇身一变，成了这个有官方文件证明历史清白的人。他戒掉了烟斗，嚼上了烟草，甚至继承了符兰卡的性格特征和讲话的缺陷，在此后的岁月里，扮演了一个干活卖力、勤俭节约、说话有点结结巴巴的筏夫的角色，乘着木筏，跑遍了涅曼河、布布尔河、布格河和魏克塞

① 波兰建国于公元965年，1772年、1793年和1795年三次被俄、奥、普瓜分。1871年，德意志帝国建立，被普鲁士瓜分的波兰领土成为西普鲁士和波森两省。

尔河①的林区和河谷。他甚至在马肯森指挥下的王储轻骑兵团②里当上了一名下士,因为符兰卡没有服过兵役。可是,比这个落水鬼年长四岁的科尔雅切克却当过炮兵,在托恩留下过一份糟糕的档案记录。

强盗、杀人凶手和纵火犯中间最危险的分子,还在抢劫、杀人、放火的时候,就等待着机会,去获得一份体面而稳当的职业。其中有一些,或者煞费苦心,或者碰巧走运,找到了这样的机遇。假冒符兰卡的科尔雅切克是一个好丈夫。他改掉了自己的纵火恶习,甚至一见火柴就浑身哆嗦。摆在厨房桌子上洋洋自得的火柴盒,只要被这个可能发明过火柴的人看到,就非遭殃不可。他随手就把这种犯罪的诱惑物扔到窗外去。因此,对于我的外祖母来说,要能按时做出热饭热菜来,是一件很不容易的事。全家人经常坐在黑魆魆的屋子里,因为没有引火物点燃汽油灯。

然而,符兰卡不是一个霸道的人。星期天,他带着他的安娜·符兰卡到下城的教堂去,并允许她当年在土豆地里那样套穿四条裙子;她已经正式嫁给了他,并在结婚登记处办了手续。冬天,当河流冰封、筏夫们都闲着的时候,他就老老实实地待在只有筏夫、舵工和造船工人居住的特罗伊尔,照管他的女儿阿格内斯。阿格内斯的性格看来像她父亲,因为她不是钻到床底下便是藏在衣橱里。逢到客人来时,她就坐在桌子底下,抱着她的破布娃娃。

对于这个小姑娘来说,最要紧的便是藏起来,在藏身处找到类似于约瑟夫躲在安娜的裙子底下时所找到的那种安全,同时也找到乐趣,但是与她父亲所找到的不同。纵火犯科尔雅切克吃够了被人追捕的苦头,心有余悸,完全能够理解他女儿需要庇护的心理。因此,有一天需要在这一间半住房像阳台似的突出部盖兔舍时,他就替阿格内斯用木板隔出了一个小间,完全适合她的身材大

① 波兰名为维斯瓦河,拉丁名为维斯杜拉河。
② 但泽附近驻扎轻骑兵近卫旅,旅长奥古斯特·封·马肯森(1849—1945),第一团团长是王储威廉(1882—1951)。

小。我妈妈小时候就坐在这样一间小棚里，玩她的娃娃，慢慢长大。后来，她已经上学的时候，据说她扔掉娃娃，玩起玻璃珠和彩色羽毛来了，并且第一次表现她对于易破碎的美有感受力。

由于我急于预告我自己生命的起源，读者或许能允许我将"哥伦布号"在席哈乌船坞下水那一年，即一九一三年以前的事情一笔带过，因为符兰卡一家像随波逐流的木筏，平平安安地度过了这一段光阴，只是到了那一年，始终没忘记追捕假符兰卡的警察局才找上门来。

麻烦事是这样开头的：同每年夏天一样，一九一三年八月，科尔雅切克出发去基辅。他将从那里放大木筏下来，归途取道普里皮亚特河、运河和布格河，到莫德林再入魏克塞尔河。他们总共十二名筏夫一起出发，先乘锯木厂雇的拖轮"拉道纳号"，从威斯特利希新航道溯着死魏克塞尔河上航至艾因拉格，随后入魏克塞尔河，逆流而上，经凯泽马克、莱茨考、查特考、迪尔绍和皮埃克尔，到托恩停泊过夜。锯木厂新老板在这里上船，他也要去基辅监督这次木材购买事宜。这就是说，"拉道纳号"清晨四点解缆开航时，他已经在船上了。科尔雅切克第一次看到他是在船上厨房吃早饭的时候。他们面对面坐着啃面包，咝咝有声地喝着麦茶。科尔雅切克一眼就认出了他。这个宽肩膀的秃顶让人取来伏特加，给大家把喝空的茶杯斟满。吃到一半，坐在另一头的人还在倒酒时，他开了腔作自我介绍："这么一来，你们就知道了，我是新老板，姓迪克尔霍夫。敝人是讲究秩序的！"

筏夫们按照他的吩咐，顺着座位的秩序，一个挨一个地自报姓名然后干杯，伏特加咕嘟一口灌下时，辣得喉结直跳。科尔雅切克先干了酒，随后报了自己的姓——"符兰卡"，一边眼睛死盯着迪克尔霍夫。他像前几次一样点头，也像前几次重复别人的姓那样重复了一声："符兰卡。"尽管如此，科尔雅切克觉得，迪克尔霍夫重复这个已淹死了的筏夫的姓时，加重了语调，不是尖锐地加以突出，而是带着沉思的味道。

"拉道纳号"在领水员们轮流协助下，灵巧地避开沙洲，逆着浑浊的潮水，沿着唯一一条可辨认的航道隆隆向前驶去。左岸右岸，堤坝后面，清一色都是已收割的农田，不是一望平川便是丘陵起伏。树篱，田间小路，长满金雀花的盆地，零零散散的农舍之间一片平原，像是天然的骑兵冲锋的战场，专为左边在沙盘里变换队形的波兰长枪骑兵师、为跃过树篱的轻骑兵、为年轻骑兵军官的梦想、为已在此地进行过并将屡屡重演的战役而设，同时也为这样一幅油画而设：鞑靼人伏在鞍上策马奔驰，龙骑兵的马前腿悬空而立，长剑骑士倒下，骑士团团长血染长袍，胸甲上则无一处创伤，马索维恩公爵①砍倒一人；还有那些马，马戏团都没有的良种白马，烦躁不安，满身流苏，肌腱画得那么逼真，鼻孔鼓着，呈洋红色，往外喷气，穿透这鼻息的是系着三角旗、矛尖朝下的长枪；高擎的马刀，把天空和晚霞分割成条条块块；那里，在背景上（因为每幅油画都有背景），在黑马的后腿之间，紧贴地平线的是一座平和的小村落，炊烟袅袅，矮墩墩的农舍，干草的屋顶，布满苔藓的墙；在农舍里，贮存着漂亮的、准备来日大显身手的坦克，到那时，它们也将进入画面，在魏克塞尔河堤坝后面的平原上长驱直入②，有如夹在重甲骑兵之间的小马驹。

　　快到符沃茨瓦维克时，迪克尔霍夫用手指弹了弹科尔雅切克的上衣说："请告诉我，符兰卡，在多少多少年以前，您有没有在施韦茨一家锯木厂干过活，后来把厂子烧了？"科尔雅切克很费力地摇头，仿佛得了硬脖症，同时使自己的眼睛流露出忧伤和倦意。见了这样的目光，迪克尔霍夫就不再问下去了。

　　布格河在莫德林与魏克塞尔河汇合。"拉道纳号"拐进布格河时，科尔雅切克同全体筏夫一样靠在船栏杆上，朝河里啐了三口唾沫。迪克尔霍夫拿着一根雪茄站

① 马索维恩是魏克塞尔河中段的独立的公爵领地。1225年或1226年，马索维恩公爵康拉德一世曾向德意志骑士团求援，以抵御普鲁士人；1410年坦能贝格一役，骑士团被歼，有两位马索维恩公爵迎战骑士团。
② 此处指1939年9月1日，纳粹德国入侵波兰。

在他身旁,问他借个火。这个词儿,"火柴"这个词儿,像一个寒噤从科尔雅切克背脊上直流下去。"伙计,我只是问您借个火,用不着脸红嘛。难道您是个大姑娘吗?"

他们已经过了莫德林,这时,科尔雅切克脸上的红晕方消。这并非羞惭的红晕,而是他在锯木厂放的那场大火映照在他脸上经久未消的余晖。

"拉道纳号"在布格河逆水上行,穿过连接布格河与普里皮亚特河的运河,经普里皮亚特河进入第聂伯河。在莫德林到基辅这一路上,科尔雅切克-符兰卡和迪克尔霍夫之间再也没有进行过交谈可供复述。在拖轮上,筏夫们之间,烧火工与筏夫之间,舵工、烧火工和船长之间,船长与经常更换的领水员之间,自然发生过一些据说是男子汉之间通常出现的那种事情,也许当真如此。我可以想象出卡舒贝筏夫同那个舵工之间的争吵,他是什切青人,或许由于他而酿成一次反叛:在船上厨房里举行了会议,抽签选出首领,下了口令,还磨快了短剑。

撇开这个不谈吧。那里既没有进行政治性的争论或德国人与波兰人之间的械斗,也没有由于社会不平酿成严重的暴动而耸人听闻。"拉道纳号"添足了煤,继续它的航程,有一次(我想,那是刚过了普沃茨克),船撞到了沙洲上,但是它靠自己的动力摆脱了。船长巴布施,新航道人,同一名乌克兰领航员激烈地争吵了几句。就是这些,在航行日志上再无别的记载。

倘若非得让我写一本科尔雅切克的思想日志,或者锯木厂老板迪克尔霍夫的内心世界日记的话,倒是可以有好几种写法,而且惊险动人。嫌疑,证实,犹豫,几乎同时迅速地消除了犹豫,如此等等。他们两个都胆战心惊。迪克尔霍夫比科尔雅切克害怕得更厉害,因为现在是在俄国境内。迪克尔霍夫可能同当年可怜的符兰卡一样,被人从甲板上推落河里,或者,到了基辅以后,在木材堆积场上,由于它面积极大,一望无际,一个人进了这样的迷宫,很容易失去他的护卫天使,迪克尔霍夫可能由于巨木堆突然崩塌,难以阻止,终于被压倒而丧生。也可以写他如何遇救脱险。他被一个名叫科尔雅切克的人搭救。此人先把锯木厂老板从普里皮亚特河或布格河里捞起来,然后在基辅那个没有护卫天使的木材堆积场上,当巨木像雪崩似的倒塌时,在千钧一发之际,把迪克尔霍夫拽了出来,使他幸免于难。那将是多么动人的一幕啊,如果我现在可以这样向你叙述的话:那个被淹得半死不活的或者险些被碾成齑粉的迪克尔霍夫,虽然呼吸还十分困难,眼睛里还存留着死神的阴影,却立即凑到假符兰卡的耳边悄悄地说:"谢谢,科尔雅切克,谢谢!"随后,在必要的停顿之后,又说:"我们之间恩怨相抵了——过去的事就让它过去吧!"

他们客客气气,可有些干巴巴,尴尬地微笑着,互相看着对方泪珠闪闪的男子汉的眼睛,畏畏缩缩地握了握对方长有老茧的手。

这种场面,可以在仇家解怨的影片上看到,如果导演不乏才思,又让两个仇人结成伙伴,历尽艰难曲折,干出千百桩冒险事来,再加上演技精湛,摄影上乘,那就更使观众如醉如痴了。

但是,科尔雅切克既没有机会把迪克尔霍夫淹死,也没有把他从滚落的巨木这死神的魔爪下营救出来。迪克尔霍夫盘算着自家公司的赚头,在基辅买下了木材,监督工人把木材扎成九个木筏,同往常一样,用俄国货币预支给筏夫们相当一笔定钱,随后上了火车,经华沙、莫德林、德意志艾拉乌、马林堡、迪尔绍,回到他的公司。公司的锯木厂坐落在克拉维特尔船坞和席哈乌船坞之间的木材港。

在我让筏夫们辛苦几个星期从基辅顺流而下,经过大小河流、运河,最后进入魏克塞尔河以前,我先要考虑,迪克尔霍夫是否已经确有把握地认出了符兰卡就是纵火犯科尔雅切克。我可以说,只要这位锯木厂老板坐在这个不怀恶意、为人随和、尽管孤僻褊狭却仍受大家喜爱的符兰卡身边,他就不希望这个旅伴是那个胆大包天、为非作歹的科尔雅切克。

直到他坐上了火车车厢的软席,他才放弃了这一希望。火车到达他的目的地,但泽车站(现在我才把这个地名讲了出来),迪克尔霍夫已经打定了自家的主意。他让人把行李扛上马车,拉回家去,自己空身一人,精神抖擞地到附近设在维本瓦尔的警察局去。他跳上石阶,走进大门,细心寻找,很快找到了那间办公室,室内的布置显出客观公正之貌。迪克尔霍夫做了一个仅限于陈述事实的扼要报告。锯木厂老板不是控告,仅仅请求警察局调查一下符兰卡是否就是科尔雅切克,警察局一口答应。

在木筏载着芦苇棚和筏夫们沿河而下的几星期内,许多有关的官厅填写了一份又一份证明材料。有西普鲁士第某某野战炮兵团列兵约瑟夫·科尔雅切克的服役档案。这个品行不良的炮兵曾被关过两次禁闭,原因是喝得烂醉,大喊半是德文半是波兰文的无政府主义口号。相反,下士符兰卡曾在朗富尔的第二轻骑兵近卫团服务,在他的档案里并没有发现这种污点。符兰卡表现出色,他身为营部传令兵,在演习时给王储留下了良好印象,并得到一枚铸有王储头像的塔勒①作为赏赐。这位王储口袋里总是带着这种银币。可是,在下士符兰卡的服役档案里却没有提到这一塔勒的赏钱,而我的外祖母则大喊大哭地说确有其事,那是当她和她的哥哥文岑特被传去审问的时候。

她不仅用这一塔勒的赏赐来证明纵火犯的罪名是诬陷不实之词。她还可以拿出文件来证明,约瑟夫·符兰卡早在一九〇四年就已经参加了但泽下城的志愿消防队,到了冬天,在筏夫们暂时歇业的几个月内,他当了消防队员,救过大大小小的几次火灾。还有一份材料证明,一九〇九年,特罗伊尔的铁路主要工程段发生大火,消防队员符兰卡不仅扑灭了火灾,而且救了两名机修徒工。被请来作证的消防队队长黑希特也谈了类似的内容。据审讯记录所载,黑希特说:"救火的人岂能是纵火犯!霍伊布德的教堂失火时,他一直在救火梯上,这情景至今还历历在目。从灰烬和火

---
① 旧时德国的一种银币。

焰里升起一只长生鸟，它不仅扑灭了火，这场人世间的大火，而且还给我主耶稣解了渴。我直言相告：谁要把这个头戴消防队员防护帽，有优先通行权，受保险公司宠爱，口袋里总是有劫后余灰（也许是他救火时掉进口袋的，或者是他捡来作为辟邪物）的人，谁要把他，把这只壮美的长生鸟说成是大红公鸡①的话，谁就不得好报，该用磨石挂在这种人的脖子上……"

读者将会看到，志愿消防队队长黑希特是一个能言善辩的神甫。在对科尔雅切克-符兰卡一案调查期间，他每逢星期日，便站在朗加尔滕的圣巴巴拉教区教堂的布道坛上讲着同样的话，把他对该进天堂的消防队员和该下地狱的纵火犯所做的比喻，喋喋不休地灌到他的教区信徒的耳朵里去。

可是，调查该案的警察局刑事官员并不到圣巴巴拉教堂去，而且，长生鸟这个比喻，在他们耳朵里非但不能证明符兰卡无罪，反倒成了一个冒犯当今的大不敬的词儿，因此，符兰卡当志愿消防队员的活动，结果反而露出了蛛丝马迹。

不少锯木厂的证明，这两个人出生地的证明，都陆续取到。符兰卡诞生在图赫尔，科尔雅切克是在托恩生的。老筏夫和两家远亲的证词中，有细微的不一致处。天网恢恢，疏而不漏。调查已经有了眉目。这时，大木筏恰好到了帝国境内，一过托恩，便受到暗中监视，筏夫们上岸，也有人盯梢。

过了迪尔绍，我的外祖父才注意到有人盯梢。他已经料到了。这当口，可能由于一种近乎消沉的懒散怠惰，他并未在莱茨考和凯泽马克之间设法脱逃；这个地段，他了若指掌，加上器重他的筏夫们的帮助，他还有可能逃之夭夭。一过艾因拉格，木筏互相碰撞，缓慢地漂入死魏克塞尔河。一艘单桅渔船，贴着木筏驶来，甲板上有多

① 德国谚语"把大红公鸡放到屋顶"即"放火烧屋"的意思，此喻纵火犯。

015

少人哪！它越是不想引人注目，却反倒更引人注目。刚过普莱能村，从岸边芦苇丛中钻出两艘海港警察局的摩托艇，划破死魏克塞尔河越来越咸的、宣告港口将到的河水，在两岸之间来回穿梭。通往霍伊布德的桥那边，穿蓝制服的警察布置了警戒线。一眼望去，克拉维特尔船坞对面的木材堆积场，几个较小的船坞，越来越宽、向莫特劳河突出的木材港，各家锯木厂的装卸码头，有本厂职工在等候的码头，处处都有穿蓝制服的警察。唯独河对岸席哈乌一带没有，那边旌旗林立，那边正发生着别的事情。那边大概是有什么船下水，那边人头攒动，海鸥乱飞，那边在庆祝——是为我外祖父举行庆祝会吗？我的外祖父看到木材堆遍布穿蓝制服的警察，看到两艘汽艇越来越预兆不祥地驶来，把恶浪掀上木筏，他才明白了花费偌大的费用，布下天罗地网，是专为收拾他的。到了这时，昔日的纵火犯科尔雅切克的心才觉醒了。他这才唾弃了温和的符兰卡，脱下志愿消防队员符兰卡这张人皮，大声而毫不结巴地宣布同口吃的符兰卡一刀两断，并开始逃跑。他从一个木筏跑到另一个木筏，在这宽阔而摇晃的平面上奔跑，光着脚在这粗糙的木排上奔跑，从巨木到巨木，在木筏上向席哈乌跑去。那里，旌旗迎风招展，一条船停在船台上，龙骨已浸在水里；那里，没有人在喊符兰卡或科尔雅切克，正在做精彩的演讲：我把你命名为陛下的轮船"哥伦布号"，直航美国，排水量四万吨以上，三万马力，陛下的轮船，一流的休息厅，二流的大餐厅，大理石体育馆，图书阅览室，直航美国，陛下的轮船，稳定器，散步甲板，"天佑汝，头戴胜利花冠"①，船首的本土海港旗帜，海因里希亲王②站在舵轮旁。而我的外祖父却光着脚，几乎脚不沾圆木地向铜管乐队奔去。有这等君主的国民啊，他从一个木筏跑到另一个木筏，国民向他欢呼，"天佑汝，头戴胜利花冠"，汽笛齐鸣，所有船坞的汽笛，停泊在港内的轮船、拖轮和游艇的汽

---

① 普鲁士国歌的起首句。
② 指海因里希·封·普鲁士亲王（1862—1929），德国海军大元帅。

笛,"哥伦布号",美国,自由,还有两艘汽艇,其乐无穷、疯疯癫癫地在他身边飞驰,驶过一张又一张木筏,陛下的木筏截断了他的去路,真是败人兴致。他正要姿势优美地一跃而过,却又不得不停下来,孤单单站在一张木筏上。他已经看到了美国,这时,两艘汽艇打了横,他别无去路,只好跳水——有人看到我外祖父在泅水,向一张朝莫特劳河漂浮的木筏游去。由于有那两艘汽艇,他不得不潜水,由于有那两艘汽艇,他不得不永远待在水下。木筏在他头顶上漂浮,而且不再停留,一张木筏再生一张新的:你的木筏所生的木筏,一张又一张,永世不竭:木筏①。

两艘汽艇停了发动机。一双双严酷无情的眼睛搜索着水面。可是,科尔雅切克一去不复返了,他告别了铜管乐,汽笛,船上的钟,陛下的船,王储海因里希的命名演说,陛下的疯狂乱舞的海鸥,告别了"天佑汝,头戴胜利花冠"以及为陛下的轮船从船台下水时润滑用的陛下的软肥皂,告别了美国和"哥伦布号",钻到了再生不竭的木筏底下,逃脱了警察局的追捕查究。

我外祖父的尸体始终没找到过。他是死在木筏底下的,这一点,我深信不疑。然而,正是为了深信不疑,我还得把有关他奇迹般地获救的各种传说照录不误。

其一是说,他在木筏底下找到了两根木头间的一个窟窿;从下面看,大小正好使他的口、鼻露在水面上。从上面看,这个窟窿却很小,尽管警察检查木筏,甚至搜遍了木筏上的芦苇棚,一直折腾到深夜,还是没有发现它。后来,借着黑夜沉沉——传说如此,他随波漂去,虽然筋疲力尽,但仍有几分运气,漂到了莫特劳河另一岸,上了席哈乌船坞的码头,躲在废铁堆存场上,后来,可能得到希腊水手的帮助,上了那几艘积满污垢的油船里的某一艘。据说,那些船向来就是逃亡者的避难所。

另一说云:科尔雅切克是个游泳好手,肺活量超过常人,他不仅在木筏底下潜

① 这是对天主教经文的滑稽模仿。

泳，而且潜过极宽的莫特劳河，幸运地抵达对岸席哈乌船坞的码头，毫不引人注意地混到造船工人中间，最后混到狂热的群众中间，同他们一齐高唱"天佑汝，头戴胜利花冠"，还听了王储为陛下的轮船"哥伦布号"命名的讲演，拼命鼓掌。下水典礼结束，他穿着半干湿的衣裳，随着人群，挤下码头。第二天——在这一点上，一二两种获救说是一致的——他成了一名偷渡的乘客，上了臭名昭彰的希腊油轮中的一艘。

为完整起见，还得讲一讲第三种荒诞不经的传说。据云，我的外祖父像一块漂浮的木头，被河水送进了公海，几名博恩扎克渔夫一见，马上把他打捞上来，在三海里区域外，把他交给了一艘瑞典深海渔轮。在瑞典船上，他像奇迹一般慢慢复元，并到了马尔默，如此等等。

这些全都是无稽之谈，乃渔夫们编造的虚妄故事。还有那些目击者（在全世界的海港城市都有这种不可信的目击者）的叙述，我也同样一笑置之。他们说，第一次世界大战过后不久，在美国布法罗见到过我的外祖父。据说他改名为乔·科尔奇克，做从加拿大进口木材的生意，是几家火柴厂的大股东，火灾保险公司的创始人。他们把我的外祖父描绘成一个孤独的亿万富翁，坐在摩天大楼里一张巨大的写字台后面，每个手指都戴有一枚闪闪发光的宝石戒指，正在训练他的保镖，这些人一色消防队员制服，都会唱波兰文歌曲，号称长生鸟卫队。

猫与鼠（节选）

蔡鸿君————译

童年往事

他长得并不漂亮。他本该去修理一下他的喉结。所有的毛病恐怕都出在那块软骨上。

这个东西也有它的对称物。人们不能一厢情愿地用是否匀称来说明一切。他从未在我的面前暴露过自己的内心世界。我也从未听他谈过自己的思想。他对自己的脖子及其众多的对称物更是讳莫如深。他将夹心面包带到学校和浴场,在上课期间和游泳之前吃掉这些抹着人造黄油的面包。这只是又一次暗示那只老鼠的存在,因为这只老鼠也在一同咀嚼,而且永远也吃不饱。

他仍然是朝着圣母祭坛祈祷。对于那个被钉在十字架上的男人,他并无特别的兴趣。引人注目的是,当他双手交叉时,喉结一上一下的动作并没有消失,甚至一刻未停。他一边祈祷,一边慢慢地咽口水,试图通过这种别具风格的动作,把人们的注意力从一部始终在运行的升降机上引开。这部升降机位于衬衣领口和用细绳、鞋带、项链系着的垂饰物的上方。

他平素与姑娘们没有什么交情。他有过一个姐妹吗?我的表妹们帮不了他的忙。他和图拉·波克里弗克①的关系当然不能算数,但也有其独特之处,作为一个杂技节目——他的确想当一名小丑演员——倒也是挺不错的。图拉身材苗条,两腿细长,她本来完全可以当个男孩。第二年夏天,当我们在沉船

---

* 篇名系编者所加。

① 少女图拉·波克里弗克也是"但泽三部曲"的第三部《狗年月》(1963)里的人物。

上解小便，或者为了爱惜游泳裤，光溜溜地、无所事事地躺在锈迹斑驳的甲板上时，这个由着性子跟我们一块儿游泳的弱不禁风的小姑娘在我们面前一点儿也不感到害羞。

图拉的脸可以用一幅由句号、逗号和破折号组成的图画再现出来。她的脚趾之间一定长着一层蹼膜，所以她可以轻飘飘地浮在水面。即使是在沉船上，周围净是海藻、海鸥和略有酸味的铁锈，她的身上仍然发出一股木胶的味道，因为她父亲整天都在她舅舅的木匠铺里和木胶打交道。她由皮肤、骨骼和好奇心组成。每当温特尔或者埃施再也忍耐不住，做出他们那小小的把戏时，图拉总是用手托着下巴默默地注视着他们。她蹲在温特尔的对面，背上显出高高的脊梁骨，嘴里不住地埋怨：“你这家伙，总是这么慢吞吞的。”温特尔每次要花很长时间才能完成那小小的把戏。

当那团东西终于流了出来，落到铁锈上之后，图拉才开始变得手忙脚乱。她匍匐在甲板上，眯缝着眼睛，看啊，看啊，试图从中发现什么谁也不知道的东西。她又蹲了一会儿，然后用膝盖撑地，轻巧地站了起来，两腿呈 X 形，灵活的大脚趾搅动着那团东西，直到它泛起锈红色的泡沫。"嘿！真棒！阿策，你现在也来一次吧！"

图拉对这种确实没什么危险的游戏从不感到厌倦。她瓮声瓮气地央求道："再来一次吧！谁今天还没干过？现在该轮到你啦！"

她总能找到一些蠢人和好心人，他们即使对此根本没有兴趣，但也愿意去干那件事儿，好让她有东西可看。在图拉找到合适的话采用激将法之前，唯一没有参与此事的是以游泳和潜水技能著称的约阿希姆·马尔克。因此，有必要在此叙述一下这场比赛。当我们单独或者几个人一起——就像忏悔箴言中所说的那样——从事那件《圣经》里已经出现过的活动时，马尔克总是穿着游泳裤，专心致志地望着赫拉半岛。我们敢肯定，他在家里，在自己的房间里，在雪枭和西斯廷圣母之间，也会进行这种运动。他刚从水下上来，像往常一样浑身发抖，他没有摸上来任何值得炫耀一下的东西。席林已经为图拉干了一次。一艘海岸机动船依靠自己的动力驶入港口。"再来一次吧！"图拉乞求席林，因为他干得最棒。停泊场里没有一条船。"游泳之后干不了，明天再说吧。"席林敷衍了几句。图拉用脚后跟一转，踮起脚尖，几个脚趾分得很开，一摇一晃地走到马尔克的面前。马尔克一如往常，蹲在罗经室后面的阴影里瑟瑟颤抖。一艘有船头火炮的远洋拖轮驶出港口。

"你也能行吗？就干一次。难道你干不了？不想干？不敢干？"

马尔克从阴影里探出半截身子，先用手心，又用手背，从左右两边摸了摸图拉那张五官紧凑的小脸。他脖子上的那个东西在无拘无束地跳动。那把改锥像是发了疯。图拉当然不会用眼泪去感化他。她抿着嘴，扑哧一笑，在他面前打了个滚，舒展柔软的四肢，毫不费力地做了一个桥式动作①，然后从自己的两条细腿之间望着马尔克，直到他——这时又已缩回到阴影里——说："那好吧！为了让你闭上嘴巴。"这时，那艘拖轮改变了航向，转向西北。

当马尔克把游泳裤脱到膝部时，图拉立刻直起身体，双腿交叉，蹲在那里。孩子们瞪圆了眼睛看着这场木偶戏：马尔克用右手抚弄了几下，他的小尾巴就挺了起来，龟头从罗经室的阴影里伸出来，晒到了太阳。直到我们大家围着他站成了一个半圆形，马尔克的小不倒翁才重新缩回阴影里。

"让我稍微摸一摸好吗？就一下。"图拉张着嘴巴。马尔克点了点头，垂下右手，握成拳头。图拉那两只始终带有划伤的手摸着那个玩意儿，显得有些不知所措，在指尖哆哆嗦嗦的触摸下，那个玩意儿渐渐增大，血管胀了出来，龟头一探一探。

"给他量一量！"于尔根·库普卡喊道。图拉张开左手量了一下：一拃再加大半拃。有一两个人低声说道："少说也有

① 体操术语，即向后弯腰，两手撑地。

三十厘米。"这当然有些夸张。在我们中间，席林的小东西最长。他被迫掏出那个玩意儿，让它勃起，伸到马尔克的旁边比试。马尔克的不仅粗一号，而且还长出大约一根火柴棒，此外，看上去也更加成熟，更加咄咄逼人，更加值得崇拜。

他为我们又表演了一次，紧接着又表演了一次，这样他就连续两次引鼠出洞——这是我们当时的说法。马尔克站在罗经室后面弯弯曲曲的舷栏杆前，两膝微曲，出神地望着新航道导航浮标那边，目送着渐渐远去的远洋拖轮喷出的淡淡的烟。一艘正在驶出港口的"鸥"级鱼雷艇也没能引开他的注意力。他让我们看见一幅从甲板上轻轻踮起的足尖直到中分头的头路构成的侧面像。值得一提的是，他那性器的长度抵消了平时引人注目的凸出来的喉结，使他的体态获得了一种即使略有异常但却适度有节的和谐。

马尔克刚刚将第一批积蓄越过舷栏杆喷射出去，就立刻开始准备第二批。温特尔用他那块防水手表测定时间：马尔克所需要的时间恰恰是那艘出港的鱼雷艇从防波堤驶到导航浮标所花费的时间。当鱼雷艇穿过导航浮标时，他射出了和第一次完全一样多的东西。它们漂浮在平静的、偶尔起伏的海面上。海鸥成群地扑上去，尖叫着希望得到更多更多。我们笑得前仰后合。

这种表演约阿希姆·马尔克不必重复，也不用提高难度，因为我们中间还没有任何人能够打破他的纪录，至少在游泳和费劲的潜水之后。我们无论做什么事，都像从事体育运动那样遵守规则。

他给图拉·波克里弗克留下的印象大概最为直接。有好一阵子，她总是跟在他的后面。在沉船上，她也老是蹲在罗经室的附近，两眼紧盯着马尔克的游泳裤。她曾求过他好几次，可他都拒绝了，而且一点儿也不生气。

"难道你要为此忏悔吗？"

马尔克点了点头。为了吸引她的目光,他开始摆弄那把用鞋带系住的改锥。

"带我下去一次好吗？我一个人害怕。我敢打赌,下面一定还有死人。"

马尔克也许是出于教育方面的原因把图拉带进了沉船的前舱。他们俩潜下去的时间太长,当他把她托上来时,她已经完全趴在他的身上,脸色又灰又黄。我们只得赶紧将她那轻盈的、到处都很平坦的身体整个地倒了过来。

从那天以后,图拉·波克里弗克很少再上沉船。她比其他同龄的姑娘要能干得多。沉船里的死水手这个不朽的传说越来越搅得我们心烦意乱,并且也成了她的主要话题。"谁要是给我把他捞上来,谁就可以有一次机会。"这是图拉许诺的报酬。

我们大家当时好像都潜入了沉船的前舱。马尔克还进了轮机舱,尽管他不肯向我们承认。我们四处寻找一个差不多已被海水泡化了的波兰水兵,绝对不是为了试试那个尚未成熟的东西,而只是为找而找,仅此而已。

但是,除了几件缠满海藻的破衣烂衫之外,就连马尔克也没能找到任何东西。从破衣烂衫里蹦出来几条刺鱼。海鸥发现了什么,互相祝愿胃口好。

不,马尔克并没有看上图拉,尽管听说她后来的确跟他玩过。他不合姑娘们的胃口,自然也不合席林的妹妹的胃口。他曾经像一条鱼似的瞅着我那两个从柏林来的表妹。倘若他真有什么事儿,那不过就是和男孩子们搞的名堂。我并不想说,马尔克搞同性恋。那几年,我们经常在浴场和沉船之间游来游去,大家都不太清楚,我们到底是男孩还是女孩。实际上,在马尔克的眼里,如果存在女人的话,那么也只有天主教的圣母玛利亚才能算得上,尽管后来似乎有过一些与此相抵触的传闻和事实。仅仅是为了她,他才把所有可以挂在脖子上的东西统统带进了圣母院。他的所作所为——从潜水到后来更多是表现在军事方面的成绩——都是为了她或者——我难以自圆其说——只是为了把人们的注意力从他的喉结上面引开。除了圣母玛利亚和老鼠，这里还可以举出第三个主题：我们那所高级文理中学。这所散发着霉味、通风条件恶劣的学校，尤其是那个礼堂，对于约阿希姆·马尔克来说非常重要，它们后来逼你做出了最后的努力。

现在该是讲一讲马尔克的面容的时候了。我们中间有几个是战争的幸存者，住在小的小城市和大的小城市，身体发了福，头发脱落了，口袋里有了几个钱。席林住在杜伊斯堡；于尔根·库普卡住在不伦瑞克，前不久移居到加拿大。我一见到他们，两人立刻就谈起那个喉结："哦，他的脖子上长着好大一个东西。我们将一只猫弄到他的面前，还是你把猫按到他的脖子上的……"我赶忙打断他们的话："我不想提这些，只谈谈那张面孔。"

我们暂时取得了一致的意见：他的眼珠是灰色的，或者是蓝灰色的，反正不是棕色的，明亮但不发光。面庞狭长、瘦削，颧骨四周肌肉发达。鼻子不算太大，肉乎乎的，遇上冷天很快就会变得通红。那个凸出的后脑勺前面已经提到过了。我们很难就马尔克的上嘴唇取得统一的看法。于尔根·库普卡赞同我的意见：它朝外翻，遮不住上颌的两颗门牙，况且这两颗门牙长得也不直，像野猪獠牙似的斜向两边——潜水时当然例外。然而，我们也有些怀疑，因为我们记得图拉的上嘴唇也朝外翻，门牙总是露在外面。最后，我们仍然无法确定，是否在上嘴唇这件事上把马尔克和图拉搞混了。也许只是图拉的上嘴唇朝外翻，因为她的的确确有一片朝外翻的上嘴唇。

席林住在杜伊斯堡。因为他妻子不满意未经事先预约的拜访，我们只好在火车站前的小吃店里碰头。他使我想起曾经在我们班里引起了一场历时数日争吵的那幅漫画。大概是在一九四一年，我们班里来了一个高个子的家伙,他说起话来结结巴巴,但却能言善辩。他们全家是从波罗的海东岸三国①迁来的。他出身高贵,父亲是个男爵。他衣着时髦,会讲希腊语,闲谈起来滔滔不绝,冬天总戴着毛皮帽子。他姓什么来着?反正名字是叫卡莱尔。他擅长绘画,动作快极了,按照图样画或者不按照图样画都行。被狼群围在中间的马拉雪橇;喝醉酒的哥萨克骑兵;像是出自《前锋》杂志②的犹太人;骑在狮子背上的裸体女郎,大腿又细又长,像瓷器一样光滑,画得并不下流;用牙齿撕碎小孩儿的布尔什维克分子;穿着查理大帝的服装的希特勒;方向盘前坐着女士的赛车,长长的披巾随风飘舞。他能够迅速而熟练地画出老师和同学的漫画像,或用画笔、钢笔、红铅笔画在任何一张纸片上,或用粉笔画到黑板上。马尔克的像他肯定不是用红铅笔画在纸上的,而是用写起来嘎吱作响的教学粉笔画到了教室里的黑板上。

他画的是正面像。马尔克此时已经留上了那种矫揉造作的、用糖水固定的中分头。他将马尔克的脸画成一个下巴尖尖的三角形,嘴巴绷得紧紧的。那两颗露在外面、让人觉得像是野猪獠牙的门牙,他倒是没画出来。眼睛成了两个引人注目的圆点,眉毛痛苦地向上扬着。脖子画得稍稍有些扭歪,差不多成了侧面图,这样一来便突出了喉结所产生的怪物。在脑袋和痛苦的表情后面罩着一轮圣光:救世主马尔克完美无瑕,具有永恒的魅力。

我们坐在长凳上怪声大笑,直到有一个人揪住了漂亮的卡莱尔的衣襟,我们方才醒悟。这人先是赤手空拳地扑上讲台,然后又从脖子上扯下了那把不锈钢改锥准备大打出手。我们好不容易才将两人分开。

是我用海绵擦去了黑板上你的那幅救世主画像。

---

① 波罗的海东岸三国指爱沙尼亚、拉脱维亚和立陶宛。
② 纳粹党在1923年至1945年间办的一个反犹太人刊物,经常刊登一些丑化犹太人的讽刺漫画。

狗年月（节选）

刁承俊————译

元首的爱犬 —— 亲王 *

从前有一个元首和帝国总理 ——

此人在一九四五年四月二十日度过了他五十六岁的生日。因为在那一天，首都的中心，也就是政府区及总理府，有时遭到炮击，所以简短的庆祝会在元首的地下室里举行。

还是那些经常来此聚会、讨论局势 —— 晚间局势和午间局势 —— 的熟悉面孔参加宫中觐见。他们是：陆军元帅凯特尔、封·约翰中校、海军少校吕德 - 诺伊拉特、海军将领福斯和瓦格纳、克雷布斯将军和布尔格多夫将军、封·贝洛夫上校、副元首鲍尔曼、外交部的赫维尔公使、布劳恩小姐、元首大本营速记员赫尔格泽尔博士、党卫军大队长冈舍、莫雷尔博士①、党卫军支队长费格莱因和戈培尔先生偕夫人以及全家六个孩子。

在祝贺者表示他们的祝贺之后，元首和帝国总理环顾四周，在寻找什么，仿佛还缺少最后一个必不可少的祝贺者似的："狗在哪儿？"

参加生日聚会的人们立即开始寻找元首那只爱犬。到处都在呼唤："亲王！""亲王，过来！"尽管这一地区也留下了不少遭到炮击的痕迹，但元首的私人副官 —— 党卫军大队长冈舍还是找遍了总理府的花园。在地下室里，出现了许多荒唐的猜测。每个人都可以提出种种建议。只有党卫军支队长费格莱因一个人看清了这个局面。他抓起电话 —— 立即受到封·贝洛夫上校的支持 —— 抓起那些把元首地下室同所有的司令部和总理府四周的警卫营联系起来的电话说："告诉所

* 篇名系编者所加。
① 莫雷尔是希特勒的私人医生。

有的人！所有的人！元首爱犬失踪了。名字叫亲王。猎犬。德国黑牧羊犬亲王。给我接措森。指示所有的人：元首爱犬失踪了！"

紧接着在讨论局势时——刚收到的消息证实：敌人坦克的先头部队已经推进到科特布斯以南，侵入卡劳——协调了保卫首都的所有计划同当即确定的"陷阱"军事行动的关系。因此，施普伦贝格南部的第四坦克军暂时推迟反攻，保卫施普伦贝格-森夫滕贝格公路，防止元首爱犬冲过公路。同样，施泰讷小分队把准备从埃伯斯瓦尔德地区往南举行减轻压力攻击的进攻地区变成了分为纵深排列的防御地区。在按计划实施军事行动的范围内，空军第十六军所有能够动用的飞机都开始地面侦察，以标明元首爱犬亲王的逃跑路线。此外，根据"陷阱"军事行动计划，主要战线挪到哈韦尔河后面。由后备部队中抽人组成元首爱犬搜索队，这些搜索队必须同部分由摩托化连、部分由自行车连组成的元首爱犬搜索小分队通过无线电话保持联系。霍尔斯特军团在挖战壕。与此相反，文克将军指挥的第十二军开赴前线，从西南部进行减轻压力的进攻，切断元首爱犬的逃路，因为元首爱犬很可能要去投靠西方的敌人。为了使"陷阱"行动付诸实现，第七军就必须摆脱美军第九军和第一军，在易北河与穆尔德河之间的地区形成西部防线。在于特博格——托尔高一线，元首爱犬陷阱取代了计划中的反坦克壕。第十二军、布卢门特里特军团和第三十八坦克军团隶属于国防军最高统帅部。这个统帅部即刻从措森迁往万湖，在布尔格多夫将军领导下组成了一个"陷阱行动"指挥部，即FOW。

尽管重组工作进展顺利，但是，除了习以为常的报告之外——苏军进攻的先头部队已到达特罗伊恩布里岑-柯尼斯武斯特尔豪森防线——没有收到有关元首爱犬逃跑路线情况的消息。

十九点四十分，在讨论晚间局势时，陆军元帅凯特尔同参谋长施泰讷通了一个长途电话："按照元首命令，估计第二十五坦克特种兵师会填补科特布斯战线空缺，防止爱犬突围。"

接着，便接到答复，施泰讷小分队参谋部报告："根据四月十七日指示，第二十五坦克特种兵师已经撤出鲍岑地区，将该地区移交给第十二军。可动用的剩余部队正准备对付爱犬突围。"

终于，在四月二十一日清晨，在紧靠进行激烈争夺战的菲斯滕瓦尔德——施特劳斯贝格——贝尔瑙战线的地方，有一条黑色牧羊犬被枪弹击中。可是这条狗运到了元首大本营，经莫雷尔博士仔细检查后证实，它并非追寻的目标。

接着，按照"陷阱行动"指挥部指示，把元首爱犬的尺寸告知所有在大柏林地区执行勤务的部队。

在吕本与巴鲁特之间的密集火力得到苏军坦克先头部队同样意图的支持。尽管下着蒙蒙细雨，森林火灾却在不断蔓延，形成一道阻止狗前进的天然路障。

四月二十二日，敌人的坦克越过利希滕贝格－下舍恩豪森－弗罗瑙战线，进入帝国首都最后的防区。两个关于在柯尼斯武斯特尔豪森地区抓到了狗的报告经证实都不确切，因为抓到的两条狗都不能视为猎犬。

德绍和比特费尔德失守。美军坦克试图在维滕堡渡过易北河。

四月二十三日，纳粹省党部头目和帝国国防委员发表戈培尔博士的声明："元首留在帝国首都，担任进行决战的所有武装力量的最高指挥。元首爱犬搜索队及其后备部队从现在起只听元首调遣。"

"陷阱行动"指挥部报告："业已失守的克佩尼克火车站在反攻时重新收复。第十元首爱犬追捕小组和第二十一元首爱犬搜索队负责保卫普伦茨劳林荫大道沿街地区的安全，他们堵住了敌人的入侵。此外，还缴获了两台苏军捕犬器。由此可以肯定：东线的敌人已经获悉'陷阱'军事行动。"既然敌人的电台和报纸一再散布有关元首失去爱犬的歪曲的、煽动性的消息，因此，"陷阱行动"指挥部自四月二十四日起，按照此前确定的语言规则，使用新密码发布元首指示。赫尔格泽尔博士记下了这样的话:"猎犬亲王的露面由什么来校正?"

"元首爱犬的初次露面由远距离感觉器官来校正。"

"把由远距离感觉器官校正的元首爱犬视为何物?"

"把由远距离感觉器官校正的元首爱犬视为虚无缥缈之物。"

接着,有人对所有的人说:"把由远距离感觉器官校正的虚无缥缈之物视为何物?"

接着,施泰讷小分队参谋部从利本维达指挥所回答道:"这个由远距离感觉器官校正的虚无缥缈之物在施泰讷小分队那一地区被视为虚无缥缈之物。"

接着,元首对所有的人说:"难道这个由远距离感觉器官校正的虚无缥缈之物是一种物品,竟然是一种存在之物?"

接着,从文克军团指挥部立即传来了回答:"这个由远距离感觉器官校正的虚无缥缈之物是一个窟窿。该虚无缥缈之物是第十二军中的一个窟窿。该虚无缥缈之物是一个黑色窟窿,这个窟窿刚好从旁边跑过。该虚无缥缈之物是第十二军中一个游动的黑窟窿。"

接着,元首对所有的人说:"这个由远距离感觉器官校正的虚无缥缈之物在游动。这个虚无缥缈之物是一个由远距离感觉器官校正的窟窿。该窟窿已经确认,可以查询。一个由远距离感觉器官校正的游动黑窟窿显现的是这个初次露面的虚无缥缈之物。"

接着,"陷阱行动"指挥部补充道:"首先而且是多半得查询由远距离感觉器官校正的虚无缥缈之物与第十二军之间的碰头方式,查出其碰头结构。应当首先而且立刻查询柯尼斯武斯特尔豪森地区的突破口,查出它们的内涵。正在使用的尻带同正形成套子的陷阱一号器具和陷阱附件必须隐蔽,等待这个由远距离感觉器官校正的虚无缥缈之物到来。为了弄到经过检查的、正在发情的母狗,事先就要防止未到手之物绕弯路,因为由远距离感觉器官校正的虚无缥缈之物天生就爱而且总是乐于交配。"

据来自新巴贝尔斯贝格-策伦多夫-新克尔恩包围战前线的紧急报告称:"该虚无缥缈之物出现在敌人的坦克与我方先头部队之间。此虚无缥缈之物用四条腿走路。"紧接着，元首直接说:"继续设身处地地想象虚无缥缈之物。考虑到最后胜利，必须证实这个由远距离感觉器官校正的虚无缥缈之物的全部活动，这样做也是考虑到今后这些活动会按照所观察到的景象固定下来，雕成大理石像或者变成贝壳化石。"

所以，只是在四月二十五日，第十二军的文克将军才从瑙恩-克青地区回答道:"正在不断想象和证实虚无缥缈之物。这个由远距离感觉器官校正的虚无缥缈之物在前线的各个区段都显示出一种恐惧。这种恐惧已经到来。这种恐惧使我们惊得目瞪口呆。完毕。"

霍尔斯特战斗队和施泰讷战斗队所做的任务执行情况报告看来引起了恐惧。在此之后，按照元首指示，"陷阱行动"指挥部发言人紧接着便在四月二十六日的讲话中对所有的人说:"既然恐惧不可能抓住虚无缥缈之物，从现在起，即刻用讲话或者歌曲来驱走恐惧。由远距离感觉器官校正的虚无缥缈之物今后决不会否定。决不允许帝国首都的任何地区由于恐惧而变得软弱无力。"

既然所有战斗队的任务执行情况报告还在继续造成恐惧情绪，于是便对所有的人发出了关于四月二十六日元首指示的补充说明:"第十二军必须给帝国首都的灰色情绪展示一种针锋相对的情绪。虚无缥缈之物在施特格利茨和滕珀尔霍夫战场南部边缘出没必然勾画出它在前沿阵地活动的轨迹。考虑到这个由远距离感觉器官校正的虚无缥缈之物，德国人民的决战已经势在必行。"

比目鱼（节选）

冯亚琳————译

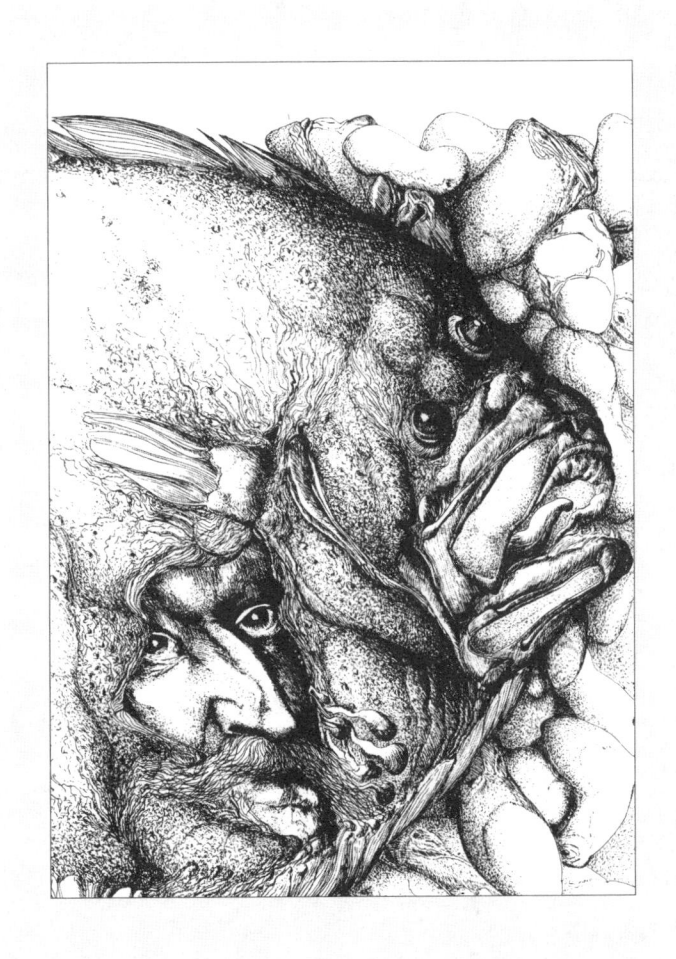

比目鱼是怎样被捕捉到的

不会的，伊瑟贝尔！我肯定不是重复骗人的童话。我真的会在我的纸上回忆菲利普·奥托·容格[①]作为另外一种真理记录下来的东西。我必须从灰烬中一句一句道来。因为一八〇五年夏天，一位老妇人给画家容格添油加醋地讲的东西，已在满月时分被焚毁于狍子草地和林中小湖之间了。先生们想以这种方式来维护父权秩序。所以，格林兄弟仅仅将一个吕根岛的传说《渔夫和他的妻子》带到了童话市场上。从此，渔夫的妻子伊瑟贝尔就成了爱吵嘴的恶妇的代名词。她没个够，总想霸占和统治更多的东西。而被渔夫捕获又重新放回水里的比目鱼却不得不给呀给：先是更大的茅草房，然后是石头房子，接着是国王住的宫殿，还有皇帝的权力和教皇的宝座。最后，伊瑟贝尔要求得到上帝让太阳升起和落下的能力。于是，利欲熏心的伊瑟贝尔和她那好脾气的丈夫受到了惩罚，重新回到他们那被称为"夜壶"[②]的破茅屋里拌嘴吵架去了。那真是一个永远难以满足的泼妇，贪得无厌，永远都有渴求。这就是书中所描写的伊瑟贝尔。

而我在此要宣传的伊瑟贝尔则是一个活生生的反面证明。连比目鱼也认为，现在是发表有关它的传奇的原始版本的时候了，为的是给所有的伊瑟贝尔正名，以驳斥那个仇视女人的煽动性童话。那是它原来巧妙地散布到人群中去的。是的，彻底来一次反驳。只要真理。

[①] 容格（1777—1810），德国画家，深受浪漫派作家蒂克影响。
[②] 在童话《渔夫和他的妻子》里妻子伊瑟贝尔称自己的家是夜壶。

相信我，最亲爱的，不值得再吵。你是对的，像往常一样永远是对的，在我们开始争吵之前你就赢了。

那是在石器时代即将结束时的某一天。我们还不会刻刻画画，只是满怀恐惧地望着月亮圆了又缺。没有任何刻意要做的事情准时发生。没有日期。没有谁和什么会姗姗来迟。

那是一个永恒的日子，晴转多云，我捕获到了比目鱼。当时我把我的用柳条编的捕鱼笼安放在维斯图勒河弯弯曲曲流入大海的地方，期待着捉到鳗鲡。我们当时还不知道什么是渔网，用鱼钩和饵料钓鱼也还不流行。如我能回忆起来的——我的记忆只能到最后的冰河时代——我们渔夫仅仅是用削尖了的树枝刺鱼，后来用弓箭射鱼：在支流中抓河鲈、梭鲈、狗鱼、鳗鱼和七鳃鳗；如果顺水而下，就抓鲑鱼。在波罗的海的海水冲刷着移动沙丘的地方，我们刺那些爱在温暖的浅水中把身子埋在沙里躺着的鲽科鱼类，诸如鲽形目鱼、舌鳎鱼和比目鱼等等。

直到奥阿教会了我们用柳条编制篓子，偶然一次机会，我们才懂得把许多篓子连在一起做捕鱼笼。我们男人很少能想出什么主意来；又是奥阿，她把一个装满啃光了的驼鹿骨头的篓子安置到一条支流岸边的芦苇丛里——这条河很晚很晚的时候才有了"拉杜纳"这个名字——好让河水冲干净骨头上残余的纤维和肌腱，因为奥阿需要驼鹿和驯鹿骨头来做厨具，或用于顶礼膜拜的仪式。

在足够长的时间之后，当我们把篓子从河里拉上来的时候，有几条鳗鱼仓皇逃脱；可是除了一些小鱼虾之外，还有五条胳膊长的大家伙留在了篓子里，在光溜溜的骨头之间狂蹦乱跳。这样又重复了一次，于是便有了新的捕鱼技术。奥阿就这样发明了鱼笼，就像她在将近两百年后用沼泽地的鸟耻骨发明了第一个钓鱼钩一样。按照她的指示，在她的如同命运一般笼罩在我们身上的监督下，我们编出了那种收口的篓子；后来，没有奥阿的管束，我们自动给里边套进去第二个和第三个收口的篓子，以防止鳗鱼逃跑。细长柔韧的柳条被编成一个复杂的系统，还挺艺术。看来没有奥阿也行。

从那以后，渔猎捕获甚丰。于是有了剩余。我们在空心的柳树干里制作了第一批熏鱼。鳗鱼和捕鱼笼这一对词儿成了一个概念，而我这个像着了魔似的到处刻刻画画的人则把它画了出来。每当安放了捕鱼笼离开沙滩之前，我便用锋利的贝壳在潮湿的沙滩上留下我的画：精巧的编织物后面扭动着的鳗鱼等等；假如我们所在的地区不是那么平坦和潮湿，假如它是山区，能够形成洞穴，我的鱼笼中的鳗鱼肯定会作为洞穴画流传下来。比目鱼今天便会这样说："东北欧新石器时代渔夫文化的岩石画；与南斯堪的纳维亚中石器时代的骨头和琥珀画同源。"它从一开始就非常重视文化。

写字绘画奥阿都不在行。虽然她觉得我刻的沙滩画很漂亮，祭礼也用得着，虽然她愿意看到她的三个乳房被显而易见地画下来，可是当我纯粹出于好玩儿把一个五层的捕鱼笼画到沙滩上的时候，五重捕鱼笼和它的画均遭到了禁止。奥阿以她的乳房规定三的基本价值不许超出。我把用捕鱼笼捕到的比目鱼画下来的时候，也受到了类似的限制。奥阿大发女神脾气，说："这样的东西我还从来没有见到过。"正因为她从未见到过，所以这样的东西就不能存在。这仅仅是杜撰的，因此是不真实的。

奥阿和全体妇女参事以惩罚为威胁，禁止我再一次画用捕鱼笼捕到的比目鱼。可我还是在悄悄地画。因为我虽然学会了惧怕母权惩罚，害怕得不到一日三餐的喂奶，可是比目鱼要强大一些，特别是由于它每时每刻都可以对我讲话，只需我喊一声："比目鱼！"它说："她愿意，只愿意看到自己得到证实。除她以外的东西均遭禁止。可是艺术，我的孩子，是禁止不了的。"

在主降临尘世之前三千年末，或者——如一台计算机计算出来

的 —— 公元前二千二百一十一年五月三日，据说是个星期五，那是新石器时代的一天，天刮着东风，在一缕一缕的云彩下面，发生了后来出于父权独断专行的原因而被伪造成为童话的事件。这直到现在还使我的伊瑟贝尔伤心委屈不已。

当时我还很年轻，但已经蓄了胡子。后半晌晚些时候我想去取我的三重鱼笼，它是我一大早 —— 在第一次喂奶之前 —— 安置好的。（我喜欢的捕捞地点基本上就在后来人们喜爱的赫易布德浴场，坐九路有轨电车能直接抵达。）由于我的绘画艺术的原因，我受到奥阿增补喂奶的特殊待遇。所以，当我看见鳗鱼笼中的比目鱼时，我的第一个念头就是把它交给奥阿，让她按照自己的方式用莴苣叶子把它包起来，然后放到热灰中烤熟。

这时，比目鱼说话了。

我说不准是什么更让我吃惊，是它歪着嘴巴说话，还是用鳗鱼笼抓到了一个身体扁平的家伙这样的事实。反正在我听见它说"白天好，我的儿"时，没有问它为何有这样令人惊讶的说话能力。我更想知道的是，什么使它硬要挤过三道收缩圈，钻进捕鱼笼里去。

比目鱼回答了我的问题。从一开始它就是一种劝导的语气，带着无所不知的优越感，所以 —— 虽然不由分说 —— 透着鼻音喋喋不休，一股子学究气，仿佛是站在讲台上大声疾呼，或者父亲般纠缠个没完。它说，它想跟我谈谈。不是什么愚蠢的、（或者它那时就已经说过）妇人般的好奇心促使它这样做，这一决定出自男人意愿的深思熟虑。不管怎么说，它有一些超出新石器时代眼界的知识，它想把这些知识传授给我这个迟钝的、在女人的关怀下一直保持幼稚的男人和渔夫。为此它学会了波罗的海岸边的土话。反正此地人也没有多少言语，只有一张可怜的只会说生计必需品的嘴巴。在相当短的时间里它已经练会了所有饶舌的话。它已经能说"波莫尔"和"卢德里希凯特"这样绕口的词儿了，因此，跟我的对话肯定不会因为语言障碍而失败。不过，这么长时间地待在笼子里它觉得实在太挤。

我刚把它从三层鱼笼中解放出来放到沙滩上，它就说："谢谢你，我的儿！"接着它说道，"我当然知道我的决定会让我面临什么样的危险。我知道我很好吃。到处都传开了，说你们这些通过关怀来行使统治权的女人以各种各样的方式把斜齿鳊叉在削尖的柳条上烧烤，把鳗鱼、狗鱼、梭鲈和巴掌大的鲽鱼放在烧红了的石头上煎，或者像我这一类的，就像每条大一点儿的鱼一样，用叶子裹起来，放到热灰里去烤，直到烤熟还有很多汁儿。很受用啊！味道不错，这让人倍感荣耀。尽管如此我相信，我的建议，永远充当你在男人事业方面的顾问，其价值远远超过我在厨房里的价值。简言之，你，我的儿，放了我吧。只要你一叫我，我就会再来。你的慷慨使我有责任给你通报从全世界搜集来的信息。不管怎么说，我的同类——我这一种或其他同族的——生活在五湖四海。我知道该怎样给你出谋划策。对于你们，波罗的海东岸毫无权力的男人们，我的劝告很有必要。你是一个艺术家，懂得在困境中使用符号，寻找永存的、意义深远的形状。你会斟酌获得猎物那易逝的好处和我的无限期的诺言孰轻孰重。至于我的可信度，就让我告诉你吧，我的儿，男子汉'一言既出，驷马难追'。就让我把这一格言作为第一个定理教给你吧。"

大脑产儿（节选）

郭力————译

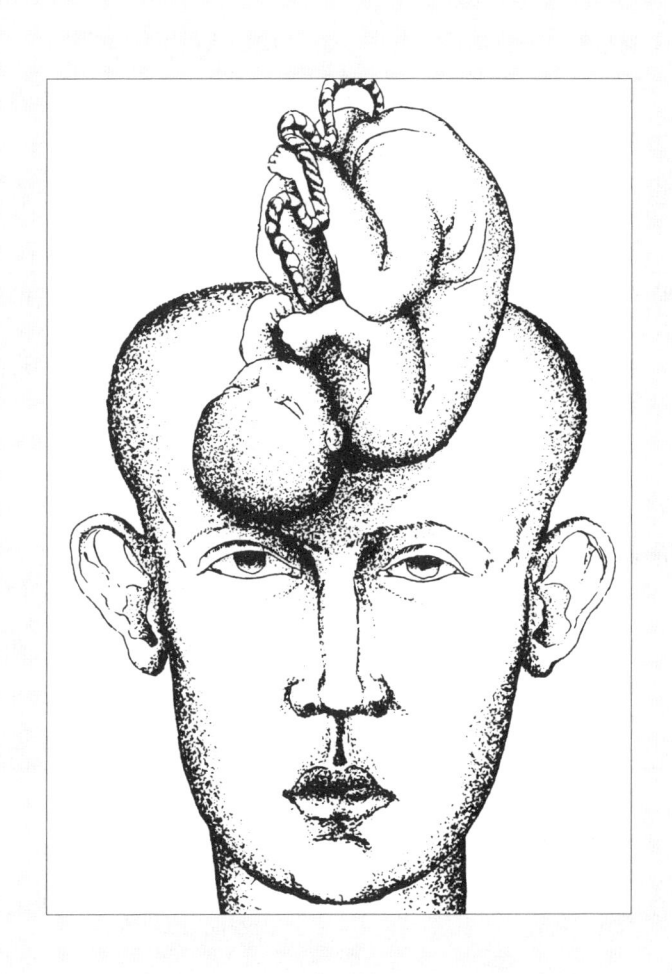

亚洲之行*

步行穿行于自行车流之间，骑车人不断从身边骑过，常出现相同的装束，相同的姿势。这是一个大都市的自行车流，其密集程度犹如热带密林；这是上海，一个生活着一千一百万中国人的城市。异国民众之间，我们脑际突然冒出一个念头：如果将来在两个德国生活的德国人成了九亿五千万，中国人变成了近八千万，世界将如何？

不由自主地，我计算下去，这样的话，为世界施展与生俱有的勤劳的德国人中，萨克森人会达到一亿，施瓦本人会达到一亿二千万。

我们在这自行车流中胆战。这样的假设可以做出吗？这样的假设被允许吗？现在变成了九亿五千万的德国人，如果以他们每年1.2%的人口增长率增长，到2000年，德国人口会达到十二亿。可以想象这样的世界的存在吗？可以指望这样的世界的到来吗？这个世界该不该抵制（可是怎么抵制）这个数字？或者，这样的世界真能容下这么多（包括萨克森人和施瓦本人在内的）德国人，就像能容下九亿五千万中国人一样？

这种的假设理由是否充分？需创造怎样的条件来让德国人口这样吓人增长，又需通过怎样的方式来取得成功呢？是不是得通过钢铁纪律，通过德国化进程，还得通过"模范母亲或者生命泉协会的精神"[1]来实现？

为了不在这众多思绪中迷失方向，我们这样安慰自己：如果将普鲁士老传统请

---

* 篇名系编者所加。

[1] 这四项都为纳粹时期通用的政治方针。当时多子女的母亲被标榜为模范母亲。而生命泉协会是个纳粹协会，宣扬种族纯化。

回来，统治十亿德国人应该没有问题。就像在中国，尽管经历了种种革命，官僚传统仍保障着他们对民众的管理。

至此，乌特和我必须马上回到现实，留意从身边驶过的一辆辆自行车。（我做得几乎不显鼻子不显眼，若走在德国自行车流中，却是无法避免的。终于我们安然无恙地离开了车流，也离开了我们可能会冲撞的其他事情。）然而，当我们结束数月亚洲之行，访问了中国、新加坡、马尼拉、开罗，又回到慕尼黑、汉堡、柏林后，我们的德国现实感中同样伴随着种种假设的出现，不过这些出现是反向的。

具体地说，德国人口的发展问题正引起国人的争论。基督教在野党指责政府阻止了德国人口的正常增长。他们说，致使德国民族面临人口萎缩的原因，是社民党自民党大联合政府管理不善，政府工作不利，导致人口增长停滞，使联邦德国六千万人口的稳定只能靠外国人的加入来保障，他们认为这简直是耻辱；这样发展下去，如果不考虑外国人（外国人本来就该考虑，自然而然要被考虑）的加入，德国人口增长还会缓慢，人口老龄化趋势更会加剧，以致不能不预见德国人会消失殆尽的前景。同时人们知道得很清楚，根据统计数据，中国人口在迅速递增，2000年时，他们的人口将达到新高。

如果在联邦议会及公众舆论讨论德国人口减退问题的当口，偏巧一位中华人民共和国国家领导人来访，这很可能会造成在野党的恐惧。这使他们恐惧。德国人恐惧感的增速总是不慢，它比中国人口增长的速度还快，因为会制造恐惧的政治家们将此项工作列入了他们的日程安排。

德国人正在死绝。世界上会出现一个没有人民的空间[①]。这能让人想象吗？允许不允许人这样想象？没有德国人的世界会是什么样子？没有了德国人，世

[①] "没有空间的人民"曾是纳粹为发动战争制造舆论的口号之一。这里是格拉斯借此做的文字游戏。

界会有怎样的新开端？从此世界得靠中国人拯救？没有了德国人其他民族会感到缺什么吗？没有了我们德国人，世界还有什么意义、什么情趣吗？难道世界不用再造出包括萨克森人、施瓦本人在内的新德国人了？回顾历史，德国人的死绝会不会被认为理所应当：他们不过只陈列在博物馆玻璃窗内，世界终于可以安宁下来不再受其野蛮干扰了？

接下来的问题是：德国人如果放弃人口增长，让自己从历史上消失，让自己变成世界新成员的教材，这是不是一种高姿态？

这些假设萦绕脑际，挥之不去，说明已成了我的课题。不知道的是：它们该写成一本书，还是该拍成电影？这本书或这个电影可以以《大脑产儿》命名，或者两者可以享用同名。这个名字来自有关宙斯神的传说。宙斯神的女儿——女神雅典娜是从宙斯脑袋里出生的。放到如今，说男人脑袋里可以怀孕，实属荒谬已极。

旅行时，行李箱里总带着我的报告草稿，那是一份十四页的英文稿，讲的完全是另外的问题，题目为："两种德国文学"。若应加上副标题，它可能会是："德国——一个文学概念"。这是我在北京、上海和其他城市做的报告。我想阐述的观点是，现在生活在两个德国的德国人，只能在文学上找到共同的德国东西。文学没有边界，即便这个边界会被人为设定。德国人不想让文学没有边界，或者他们不允许这样。因为这两个国家不论在政治上、意识形态上、经济上，还是在军事上都大相径庭。因而与其说他们在携手生活，不如说在分庭对抗。如此说来，他们很难轻松地将自己认同为一个民族，认同为一个民族的两个国家。这两个国家都要充分享受物质性的生活①，这就消除了他们做一个文化民族的可能。除了资本主义、共产主义，他们似乎想不出什么别的，只有物价还是他们都愿意做比较的。

---

① 这里"物质性的"译自德文 materialistisch，它在西德指消费，在东德指唯物主义的。

然而，这些年出现了人口增长缓慢问题，亲爱的原油流速也不再理想①，人们寻求起精神内涵，以填充物质上的空缺。人们要寻找精神食粮，寻找那些被称作价值观的东西，用以摒弃思想上的吹毛求疵。伦理观开始降价促销。市场上每天都会有新基督教概念出现。文化也在其中。各种展览、读书会以及讲座多如牛毛。戏剧周没有尽头。音乐人们也听够了。公众抢起书籍如同抓救命草。这个德国或那个德国的作家们都过于出名，其知名度在这个德国超出了警察许可，在那个德国超出了民意测验中公众的期望值，这让作家们诚惶诚恐。

我只想用简单语言或简化了的语言，对二战后德国语言文学的断续发展，向听众做一简要介绍；我想介绍这种文学不够灵巧的直率性及其形式简约的困窘。在北京，面对（九亿五千万中的）二百位中国人，我这样说："1945年，德国不只在军事上被战胜了。遭到破坏的也不只是众多的城市和工业设施。更大的损失还在于：民族社会主义②的理论基础从根本上搞乱混淆了德语，腐蚀败坏了德语，德语受到的创伤是大面积的。这样，战后作家不得不使用遭到了破坏的语言，不得不拖上所有语言创伤来写作。这种情形下，与其说他们在写作，不如说在打磕巴。与流亡在外的伟大德国作家，如托马斯·曼、布莱希特相比，他们在写作上的束手无策显而易见。相形于经典文学的宏大，战后作家在组织语言上几乎只能结结巴巴。"

对此，在座的一位中国人——有限被允许前来者之一，说："我们现在的情况也是如此。我们被'四人帮'破坏了十年（他指的是'文化大革命'），我们脑子里空空如也，大脑迟钝了。一切都被禁止了，甚至包括我们的经典。'四人帮'扭曲了语言。有些作家现在才开始小心翼翼地讲起真实发生的事情，如您所说，磕磕巴巴地讲。他们也开始写从前禁写的东西，比如爱情，当然不是肉体上的。

关于肉体我们的限制还比较严格。您知道，我们不许早婚。当然这里的原因是人

---

① 来自中东的原油流量下降，价格上涨。
② 简称纳粹。

口问题。中国人口太多，不是吗？而且结婚后才能得到节育用品。到现在为止，年轻人的这种困境还没有人写。年轻人没有自己的场所。他们也不允许拥有。"

这是位身着蓝衣的青年人，大概三十出头。他的德语是他在"文化大革命"期间通过教科书学到的。在那个极端的环境下，他必须为书做些伪装，将它包上带有其他画面的封皮。"四人帮"垮台后，他去海德堡学了一年联邦德国的标准德语。"我们，"他说，"我们这代人的确是被变痴变傻的一代。"如今他已是一名教师，还希望继续进修深造，他说："我们现在学的东西很多，每星期三十八节课……"

我的这对大脑产儿，是一对教师夫妇，他们是伊策霍人。伊策霍是德国北部荷尔斯泰因地区的一座小城，这里的土壤状况介于水洼与海岸沙质地之间，是个人口下降、建筑翻修的亏损不断增长的地区。他三十五六岁，她，三十出头。他出生在哈德洼（Hademarschen），他母亲现在还住在那儿。她则在凯坡洼（Kremper Marsch）出生。她父母卖掉乡下住房后，带着养老储蓄搬到了凯坡镇。夫妇俩都属于不断反思自己的学生运动元老。他们相识在基尔，在一次集会上，那是一次反越南战争，或者反对施普林格出版社①的集会，或者是两者都反对的静坐集会。我先暂时说在基尔，实际上也有可能在汉堡，在柏林。十年前他们一定要"砸烂许多将他们毁了的观念"，而且当然要用暴力。但他们的"文化大革命"很快终结，以致他们延长了的大学学业也得终结——其原因几乎不值一提，于是他们也就在短暂摇摆——在各自的合租公寓换了一个又一个侣伴——之后，缔结了百年之好：当然不在教堂，只是在家人陪伴下举行了婚礼。

这是七年前的事了。自四五年前起，他们都成了服务于国家事业的公务员。先

---

① 德国的大出版社，他们出版的《世界报》和《图片报》当时都反对学生运动，为广大大学生深恶痛绝。

做了实习教师、预备教师,然后都成了正式文理中学的教员。他爱她,如同她爱他。这是一对模范夫妇,像其他模范夫妇一样,水乳交融,和美相依。他们还养了一只猫,不过没有孩子。

没孩子的原因不是他们不能生育,生不成孩子,而是因为在她"终于想要"孩子的时候,他总说"先别"。等他想要孩子的时候,她又说:我不想要,或者说,"不再想要了。考虑问题得实际,得负责任。我们能给孩子什么未来? 未来里什么希望都看不到。再说,在印度、墨西哥、埃及、中国,孩子已经够多的了。你自己看看统计数据吧。"

这对夫妇都教外语,他教英语,她教法语。都是卡尔大帝中学——简称KKS——的老师,他们教的第二科目都是地理。这所中学所以这样命名,是因为九世纪时卡尔大帝曾派远征军讨伐过荷尔斯泰因。远征军在那儿建起围墙,这就是现今伊策霍的由来。又因为他们都喜欢教地理,除了了解山川河流、土质地矿知识外,他们也会了解到人口问题。他乐于谈论马克思有关通过生产剩余价值达到资本积累的理论,她则喜欢引用数据、曲线和预测资料:"你看,这是南美洲的人口增长率,南美洲有很多国家,人口增长率达到了百分之三,墨西哥都百分之五了。那点经济发展都让人口增长抵消了。可是那个可恶主教,还在禁止使用避孕药。"

她定时服用避孕药,而且总在第一堂课上课前。她要向众人展示她的理智放弃,其方式却稀奇古怪。电影《大脑产儿》可以这样开头:一张印度次大陆的地图前,出现了她的上半身,她的身子几乎遮住了整个孟加拉国、孟加拉海湾和整个加尔各答。服用避孕药后,她将手上的书合上,(没戴眼镜)说:"印度联邦共和国推行控制人口政策,也打算实施计划生育,但是我们可以推测,他们没能成功。"

现在她可以在班上提问:印度比哈尔邦、喀拉拉邦、北方邦的人口状况如何,超出计划的人口有多少。课堂上的学生不必入画面。课堂上讲述的是贫困,是未来。

我对沃尔克·施隆多夫[1]说:"如果我们拍电影,那应该在印度拍,或者在爪哇,或者在我们刚去过的中国拍,如果我们能得到拍片许可的话。"施隆多夫正和他太太玛格丽特·封·特罗塔[2]在一起,我们在旅行路上碰到了他们,先在雅加达,后来在开罗。

我们这对教师夫妇也应该去亚洲旅游,就像我和乌特、沃尔克和玛格丽特一样,要去遥远的地方做陌生人,在现实与统计数字间汗颜。他们会经历从伊策霍到孟买的飞跨,会经历时差;他们的手提包里有读物,脑袋里有既定观念,接种了疫苗,还有还怀有新狂妄:我们要来学习……

在孟买人头攒动的街头,他们会首先感到恐惧,如同我们在上海街头出现的情形。他俩大脑中也会出现某种设想:将七亿印度人想象成七亿德国人。不过印度人口的这个中不溜数据不适合我们。按照我们德国人的思维方式,这个数据不够极端。如果我们不死绝,那就该变成十亿。不此,则彼。

我们和施隆多夫夫妇的文化旅游由歌德学院组织。活动排得很满,他们介绍他们的电影,我读我的书。我们的这对教师夫妇应该利用假期搜集资料,因而他们应找一家专门提供原生态旅游的旅游公司。歌德学院的活动安排我是了解的,可这对教师夫妇的旅游计划(以及他们的"艰苦"行程),我还需构思一番。我们的旅游由歌德学院安排,这对教师夫妇的则应由一位导游陪同。这位导游会告诉他们,哪里可以买到象头神,哪里可以买到爪哇木偶,还能告诉他们,如果印度人侧着脑袋摇头,意思是同意,告诉他们什么东西可以吃,什么不可以;告诉他们坐人力车时需付多少小费;告诉他们,他们俩是否可以付钱请当地人,领他们参观一两个贫民区;告诉他们是否可以在那里拍照。

对歌德学院女院长及其她的私人困境

---

[1] 将格拉斯小说《铁皮鼓》改编成电影的导演。
[2] 当代德国女导演。

我就不提了。教师夫妇找到的旅行社导游，在我们的电影里还得拍他。他应在大学学过印度学。我们得说：他应有一张老相的婴儿脸，水汪汪的眼睛总能一目了然，脸上总带有某种神的神态，戴着一副镍边眼镜。对任何事物他都有两个观点。

我们也同样。一方面我们知道修建核电站的风险难以预料，另一方面，我们习以为常的富足生活必须靠新型高科技来保障。田间耕作一方面可为八亿中国农民提供工作和粮食，另一方面农田收入又只能依靠科技农业来提高。可是这个农业科技，又会在一方面，以及另一方面使一半以上的农民失去工作，或者让他们改行，至于他们以后该做什么又是无人知晓。在曼谷、孟买、马尼拉和开罗，那里的贫民区一方面应该改建翻新，另一方面改建后的贫民区又会吸引更多人离开农村。总会有这一方面，那一方面。

我们这对伊策霍的教师夫妇，很了解中欧社会里"一方面，另一方面"的方式，不论在生活上，还是在政治上也对这种思维习以为常。布罗克多夫①就在伊策霍附近。她是自民党成员。他则热心组织周边地区社民党成员开办有关"第三世界"的报告会。夫妇俩都认为："绿党的理论一方面有说服力，另一方面也会引起权力之争。"

这些争论以及更多的问题都会让大脑不得消停。他看不到前景，她得不出生活的普遍意义。她的情绪说变就变，他则一到下午就筋疲力尽。她指责她父亲"将家园变卖给了鸡蛋场"。他母亲一人在哈德洼过日子，他本想把她接入他们的教师之家，可实际上他又在找管理优良的老人院，因为他要"理智处理"这个问题。她，理论上原本很想要一个孩子，自从她地理课上的印度次大陆成了她的心病，从此自觉放弃了做母亲的可能。对他来说，学校里的孩子已经让他够受了，到了周末他更见

---

① 这是一个有近一千人口的小镇。这里从1976年开始修建核电站，遭到强烈抵抗后停止修建。1980年年底重新开始施工。1986年10月8日核电站正式运行。

不得孩子，最近他又说："咱们这套老式单元房，加上花园，住三个人肯定没问题，就算母亲搬来居住。"

这些思虑让他们很不轻松。孩子总是一个问题。不论他们在伊策霍"荷尔斯泰因购物中心"采购，还是在布罗克多夫附近的易北河岸边参加反核电站的抗议活动；不论在考虑买双人床垫，还是在买二手车时，孩子问题都会浮现。眼睛总要瞄向小孩用品，暗暗希望排卵那刻会受孕，购车时会查看车门有没有防范小孩手动的保险机制。交谈中说的总是如果这样，如果那样，比如：如果哈姆的母亲——他母亲（作为孩子替身）搬来会怎样，将她送到老人院又会如何，直到一天上午出现了一次震动，这样的寻常交谈才戛然而止。

那天她——朵特·彼德斯在十年级 A 班上地理课。她介绍计划生育，介绍为了防止人口过度增长可以采取的避孕途径，比如用药或自愿接受结扎节育手术。这时一位女学生（同朵特·彼德斯一样一头金发）站起来，情绪激动地说："那我们这儿呢？人口不增长了。德国人越来越少了。他们为什么不要孩子？为什么？在印度、墨西哥、中国，人口一个劲儿疯长。我们这儿呢？德国人正在死绝！"

我和施隆多夫导演还不知道，这个班的学生对此会做什么反应。女学生的这种宣泄会不会同她的家庭教育有关？也许站起来的是男生会更好些？这个男生会对外籍工人说风凉话："以后在咱们伊策霍，生孩子的就只有土耳其人了！"？或者最好让男生、女生一个接一个说类似情绪化的言论更好些？

不管怎样，（全班吃吃笑着，又惊诧地止住笑后）"德国人正在死绝"的说法更使一种莫名的恐惧蔓延开来，文理中学的朵特·彼德斯老师也染上了这种恐惧。这种恐惧会同其他恐惧混在一起，驱动出一些话语来；这些话语如果不被弗朗茨·约瑟夫·施特劳斯[1]用在大选上，也会受他安排宣传出去。

---

[1] 弗朗茨·约瑟夫·施特劳斯（1915—1988），拜恩州基督教社会联盟 CSU 的重要政治家，格拉斯的劲敌。

"如果我们八〇年拍片的话,"我对施隆多夫导演说,"还会有个问题。我们只能在七八月拍。因为之前之后都是大选。我不知道你打算做什么,我可是不想对大选袖手旁观。肯定会有很多人想看国家没落的小笑话。"

在北京大学和上海外国语学院,没有人问到两个德国的统一问题,其实对这个问题中国本可以给出一些影响。我也不知道,我要论述的"两个德国,一个文化民族"的观点能否让中国大学生和他们的老师感兴趣,这种兴趣在我们这儿是遇不到的。我说:"经历第二次世界大战后,我们东部西部的邻国,不会再允许在曾经燃起战火的欧洲中部,再出现一个经济军事上的强权。不过,在一个共同的文化屋脊下,两个德国的存在还是更能让邻国接受、理解,而且这也符合德国人的民族共识。"

这是不是只是一个幻想?一个文学梦?在北京、上海以及后来的其他地方,我在报告中不断陈述这些观点,活像一个四处游说的痴傻布道士。与那些搞分裂的各州君主相对照,德国作家好像很想将爱国者的形象塑造得更像样些——这是不是太冥顽?从洛高[1]、莱辛讲到伯尔、比尔曼[2],我天真地想象听众对德国文化及其发展都很了解(我的这种单纯可能很感人)。(即便我的教师夫妇哈姆和朵特也会对此摆手,觉得难以忍受。哈姆说:"嘿,天哪,这种东西只会出现在电视三台。")

回来了,到家了。结束亚洲之行后,日常生活随即换了内容:中国领导人来访,到处是对"德国人正在死绝"的担忧,巴罗[3]被东德驱逐到西德,每晚都有对柬埔寨大屠杀的报道,法兰克福书展余震不绝。二战结束已经三十多年,只要这两个德国还在分庭抗争,许多人的纳粹历史——当然是隐藏着的——会绝对必要地从档案夹中一次

[1] 洛高(1605—1655),德国巴洛克时代诗人。
[2] 比尔曼(1936—),东德异议诗人。
[3] 巴罗(1935—1997),东德异议人士。

次地取出。这些人包括阿登纳国务秘书戈罗布克、联邦总理格奥尔格·基辛格、联邦州总理菲尔宾格、现任联邦总统卡斯滕斯。接着《时代周报》出现了一篇题为"即使一切四分五裂，我们还要继续文学创作"的文章，文章不同意将1945年作为德国战后文学的零点，而要将纳粹时期定作德国战后文学的开始。

这篇文章引发大争论，而且余波不断。文章认为战后文学及文学家不存在不纯洁的问题，尤其是那些第三帝国期间没有离开德国，且在纳粹为他们圈定的"自由空间"发表了作品的作家。由于文章中许多半明半暗的地方，暗示了某些作家与纳粹有亲近关系，致使文章中原来的主题变成次要话题，这篇招致争议的文章作者成为众矢之的。

他被称为告密者，应像对待敌对势力一样遭到彻底否决。谁让他去捅那个马蜂窝，而且还公开去捅？！他只有遭到训斥的份，他只得赶快四面说明解释。可是这能管多久？破了禁忌者总会受到相应习俗的惩处。

一旦德国人——罪犯与受害者，原告与被告，有罪者和后来出生的无罪者——陷入对过去的回忆，他们又会站在各自既定的立场上，认为自己有理，还要让他们的有理得到认可。盲目地——且错误地——他们将德国的过去当成现在，于是伤口再次被掀开，那些遭敷衍的、渐渐远离的日子再次浮出。

我不将自己排除在外。在亚洲旅行时，我好像一直带着我那德国问题行李箱，并一直拖到北京。同中国同事的一次（有甜点的）茶话会上，我问一位中国人：那些在"文化大革命"期间为"四人帮"效力十来年的人，他们受到了怎样的处置。人们以这个国度特有的可爱委婉的方式回答我：在最惨烈的时期，文学是被禁止的。腥风血雨吹不开任何花朵。不过当时还是有一位成了"四人帮"的宠儿，在一贫如洗的文学舞台上写出了八个革命样板戏。直到现在他仍然是作家协会成员，他还继续是协会成员；后来他写出了第九部样板戏，这部同其他几部一样，产生的戏剧效应非凡。此人才华横溢。可以同他讨论问题。

我们很想要求那些人在两个德国分别退出各自的作家协会。（在北京我被礼貌地告知，人们不希望重犯"四人帮"的错误。）我们在重犯哪些错误和谁的错误？

我们这对伊策霍教师夫妇出生在二战之后，他出生于1945年，她1948年。他父亲阵亡在战争结束前不久的阿登战役中。她父亲则于1947年初离开苏联战俘营回到德国，成了一位未老先衰的年轻农民。哈姆和朵特都未经历过法西斯主义，可他们很快将这个词挂到嘴边，一个比一个说得溜儿。这个词实在好用。总能用在什么地方。顺口程度就像说某个大选候选人的名字。

"嘿，"哈姆说，"他不是法西斯。"

"是个不自觉的。"朵特说，"不然他不会这样急急火火地反击，不会把'法西斯！你们这些红色法西斯！'给你扔来。"结果他们在"潜在的"一词上达成了统一。

母鼠（节选）

魏育青————译

梦中母鼠[*]

进行告别 —— 合同谈妥可以签字了 —— 汉塞尔和格蕾特尔到了 —— 发现鼠屎 —— 浓厚的周日气氛 —— 最后的时刻 —— 金币绰绰有余 —— 马尔斯卡特必须入伍 —— 离不开女人 —— 船泊白垩岩

梦境中,我必须告别,
和四周投下阴影的一切告别:
和这么多表示占有的代词,
和列着种种失物的清单告别。
告别,和使人昏昏欲睡的芬芳告别,
和使我难以入眠的气味告别,
和甜、苦、酸告别,
和胡椒子的火辣辣告别。
告别,和时光的滴答滴答告别,
和周一的烦恼、周三可怜的利润告别,
一旦感到无聊,和周日及其隐患告别。
告别,和所有约定期限告别,
管它将来有什么事必须办完。

在梦境中,我必须告别,
和所有思想告别,无论死的还是活的,

* 篇名系编者所加。

和意义告别，意义背后找意义的意义，
还得和希望这位马拉松长跑者告别。
告别，和积累愤怒而带来的复利，
和储存梦幻而赢得的收益，
和白纸黑字记载的一切，
和变成形象记忆、变成骑士纪念碑的一切
告别。
告别，和人为的所有画面告别，
和吟唱苦难的曲子告别，
和交错的歌声，和欢呼的六重唱告别，
和热情洋溢的乐器，
和上帝，和巴赫告别。

梦境中，我必须告别，
和词语光秃秃的枝桠告别，
和词语的蓓蕾、花朵和果实告别，
和一年四季告别，四季
对各自的情调腻烦透了，执意告别，
春雾，晚夏，冬衣。呼叫四月！ 四月！
再说一次秋水仙、雪片莲，
干旱，严冬，解冻，
逃脱雪中痕。
或许告别时樱桃已熟，
或许布谷鸟失态叫个不停，再让
豌豆绿油油地蹦出壳；要不就是
蒲公英：现在才知它意欲何为。

我梦见，我必须和桌、门、床告别，
使桌、床负重，使门大开，
为告别加以考验。
我最后一天上学，拼写朋友的名字，
背诵朋友的电话号码，债务得偿还；
忘了它吧，或者，不值得争吵，
这是我写给敌人的临别赠言。
我一下子有了时间。
好像训练有素，善于告别，
我的双眸搜索着四周的地平线，
搜索丘陵，一层层一叠叠，
搜索城市，在大河的两岸，
仿佛是要想起、宽恕、拯救
明摆着的东西：虽然已被放弃，
但依然清醒，依然实实在在。

梦境中，我必须告别，
和你，你，还有你告别，和我的不足，
和残留的自我，和在小数点之后
几年来备受冷落者告别。
告别，和再熟悉不过的异国他乡，
和客客气气但振振有词的习惯，
和我们注册和确认了的仇恨告别。
没什么比你的寒冷离我更近，
忆起那么多爱，颠倒黑白，

到最后一切都有归属：别针成堆。
只剩下告别，和你的故事告别，
你的故事总是在寻找码头和轮船，
满载难民从施特拉尔松，
从火光冲天的城市驶来的轮船；
和我的玻璃器皿，和碎片，
和始终只是碎片
只记得自己是碎片的碎片告别。
不，不再做头手倒立。

也不再有痛苦。
没有什么和期望的相反。
这结局课本里学过，
这告别班级里练过。看啊，一丝不挂的
秘密多么便宜！情报再不值钱。
敌人解了密的梦境在廉价拍卖。
终于，特权取消，
我们的决算达到了平衡，
理性最后一次凯旋，
一切有气息的生命，一切飞禽走兽，
一切还没想到的和也许还会诞生的，
无一例外，没有区别，
全都完结，全都淘汰。

我梦见必须和所有造物告别，
以免诺亚为之打造方舟的鸟兽，

以免它们余味犹在；
但我同时又梦见，在鱼、羊、鸡
和人类同归于尽之后，
只有一只母鼠硕果仅存，
生下一窝九崽独享未来。

我们从不这样！它吱吱叫着，矢口否认。我们从不这样顾影自怜，不照镜子不碍事。我们从不认为荒唐话有什么深意，也没什么身外的目标在吸引、提升或罢免我们。"超鼠"？哪有什么"超鼠"！

我们也没什么思维的高层建筑，不会在这样的大厦鼓捣什么超验一直超到星光灿烂的高空，超出什么长生不死的妄想来。我们不搞人类这套把戏也子孙满堂，不过从来没有点过数。我们是缺乏自我存在意识，不过这并没让我们饿肚子。

只要提到苦难，比如《圣经》中的那些，人类就硬拿我们来做形象化的比喻。即使在适合做比喻这点上我们堪为典范，但却没有什么堪为我们的典范，谁也不能做我们的榜样，其他动物当然不行，但人类也不行。多年来，从有老鼠以来，我们一直追随人类。人类虽然使我们感到惊奇，但从未能成为我们的上帝。只要他们确实存在或者投下阴影，就不能成为我们的上帝。

只是在他们完蛋之后，我们才怅然若失起来。真可惜，不仅他们厨房里生生熟熟的粮食和泔脚再没有了，而且他们的思想，确实全都被我们吞下肚的那些思想，也不复存在了。我们多么想再给丰衣足食的他们——形象地说就是——端端痰盂，就像以前习惯的那样。我们是他们神志昏迷时的小卒，我们是他们惊恐万状时的模特。

所以人类发明了不少与我们有关的形象化词语。他们害怕鼠疫，他们诅咒鼠害。我们成了邪恶的化身，总在他们灵魂深处的魔穴里招之即来。他们排泄的黏液或固体,他们的粪便,他们散发着酸臭味的渣滓,他们喉咙不舒服喷出来的污物,我们都清除了,都吃掉了,从不讨价还价,为了不让他们这些神经过敏者看到有碍观瞻的东西。他们的呕吐物我们见了高兴,他们见了我们却恶心。我们比蜘蛛更让他们感到恶心。无论水母、蛆还是等足类怪虫,都不及我们恶心。偶尔提到我们,他们就会透不过气来。看见我们,他们就直反胃。他们尤其厌恶我们的尾巴,因为光溜溜没有毛,而且特别长。我们是恶心的代名词。有些书里把自我厌恶当作人类的一种特别存在方式来赞颂,你甚至可以在字里行间读到我们;人类如果相互厌恶——自古以来他们就有理由这样——,我们就得挺身而出,帮他们这样称呼敌人,称呼眼前众多的敌人:你这老鼠!你们这些鼠崽子! 鼠辈!

……

  母鼠在我的梦境中笑着,看来身为鼠类也能笑:皮笑肉不笑,纵情大笑,高声狂笑,或者慈眉善目眯眯笑。可不是吗,母鼠笑道,不光童话,你们所有故事都是这样结束的。扔进炉门完事! 你们苦思冥想,到末了还不得这样解决问题。我们不屑一顾的那些谎言,你们却一本正经地当真了。其实我们不必感到意外甚至大失所望,因为人类的闹剧总是这么收场的,毫无新意。我们笑吧——以前人类时代是怎么说的?——解放啦!
  我太吃惊了,到现在才明白,母鼠是在笑我们的结局,它就这么笑着对此深表遗憾:当然我们也觉得你们的下场太惨。这种大毁灭弄得我们也很尴尬。我们还是不能理解你们设计的结局,不能理解这种你们人类特有的编剧手法:打开炉门! 扔进女巫! 关上炉门! 烧死女巫! 拉起大幕! 结束演出! 我们常说:竟会有这等事! 前天还在充满希望地畅谈人类的教育,说要开设新课,要让公正评分成为规范,要使人在各方面都变得更好。可是今天,准确地说是从昨天开始,学校就不开学了! 我们叫道：真不像话！难以置信！许多任务没有完成。教学目标没有达到。这种设计得如此巧妙、不断改变教育目标、最后却一事无成的教育学真可悲！这支教师队伍真可悲！不过，说什么是我们造成了你们灭亡，是我们导致了学校关门，是我们毁了教学计划和教师饭碗，这种话其实一点也不滑稽。说它引人发笑，是因为它是人类最后的笑话。

母鼠停了下来，不再冷嘲热讽。最后它发出一声苦笑，开始实事求是起来：当然我们能够理解，起初相互打击还局限在欧洲中程范围内，双方——人类本性自古如此——都马上提出了"谁之过"的问题。双方都认定这种带来严重后果的误解正是对手的目的所在，此外两边的安全体系都排除了这种误解并非故意的可能性，所以他们就在公众场合——在暂时还有公众的场合——不厌其烦地宣布了整整半天：不是我们，是对方先动手的。不计那些花里胡哨的修饰词，两大保护国的指责几乎一字不差。人类在毁灭之前就是如此接近，如此相似。不过后来，那引得我们发笑的笑话还真被当回事了。

伙计你听我慢慢道来，母鼠说，第一次和第二次打击已无法制止，你再也辨不清边界找不到敌人，一片死寂没有丝毫生命迹象，可敬、美好、古老的欧洲总算太平了；这时西方保护国那座庞大的、因为编制全球决战程序所以酷似古罗马决斗场的电脑中心里有了惊人的发现，发现了意料之外和难以想象的异物：先是一星半点，接着越来越多。这些小指长短的东西先是被称为污垢、兽粪、大便，后来被称为鼠屎，他们未经论证就给这些东西定名为鼠屎。

母鼠哧哧地笑起来。"鼠屎"这单词引得它哧哧地笑。它不断变换重音，操着鼠语说"卡波赖屎洛塔莫屎"，兴致勃勃地玩起了文字游戏，傻乎乎地把这偶尔发现的怪词变来变去：鼠屎，鼠矢，鼠湿，鼠拭……[①]它不时发笑，断断续续

① 原文是将 Rattenköttel 这个词的字母顺序改为：Kattenröttel, Tarrentöckel, Lettöknettar.

地向我讲起了《圣经》时代的往事,当初诺亚就被鼠屎吓得不轻……鼠屎在上帝手掌上!它嚷道。我对发现鼠屎这件事不以为然,大叫这是无稽之谈!保姆骗孩子的童话!母鼠这才又实事求是起来。

好吧,言归正传,它说,双方继续相互打击,战火很快蔓及全欧。于是他们给东方保护国的战略电脑中心打电话,顺便提一下,线路非常通畅,因为双方保护国都愿意自始至终能通过危机热线进行沟通。他们从电话中得知,东方的安全部一处也发现了动物的粪便,可能是鼠屎;是也好不是也罢,反正由于动物的影响"世界和平"程序启动了,申诉到哪一级也无济于事,一切已在按预定程序进行。

但不管怎样,母鼠说,双方毕竟还是又谈了一会儿,而且语气不同寻常地温和。两大保护国以史无前例的坦诚态度在热线电话里交换了异物的测量数据。他们对比测量的结果,双方都感到意外的是竟然达成了共识。他们的"大头目"——我们这样称他们的国家首脑——是两位老先生,迄今为止相互之间极少说话,星期天发表演讲时也只说对方的坏话,不过此时此刻他们要尝试直接对话了。咳嗽几声清清嗓子后,对话顺利开始。这白发苍苍的两位先对以前没机会交谈表示遗憾,时间安排不过来呀。接着闲聊起来,互相问候贵体安否,不免同病相怜起来。如此这般寒暄过后方才交换信息,双方以保卫和平为己任的安全系统之间不断升级的第二次及第三次打击犹如噩耗。其原因他俩起先都感到莫名其妙,然后又都觉得毋庸置疑:这,还有这,都是确凿的证明。

母鼠犹豫着,不知是否该讲下去。过了一会儿它拾起话头时,语调里满是惋惜。它说:我们老鼠痛心地发现,只要一问"谁之过",双方的保护国就以惊人速度达成共识。他们都说,在"电脑受到老鼠干扰"的警报发出之后,他们觉得自己开始面对魔鬼般的第三股势力;必须看到,他们这两股和平势力正受到全球串通一气的鼠类威胁;撇开是谁幕后策划的问题暂且不谈,天下的老鼠早就合谋要消灭人类了;

这一计划由来已久：六百多年前它们就蓄意扩散鼠疫，不知有多少人成了牺牲品；后来这计划没能得逞，如今它们又打算用核武器来灭绝人类了。所有这些都是按照一种逻辑，遗憾的是这逻辑和人类逻辑颇为相似。老鼠实施的计划显然是从头到尾深思熟虑的。它们极狂妄，甚至公开宣布它们的这一最终解决方案①。现在才想起真有点晚了，老鼠不久前不是在光天化日之下上街示威吗，闹得所有大都市不得安宁。而且这种铺天盖地到处都是的动物突然无影无踪了，这就更能说明问题了。唉，要是当初理解这前兆就好了！唉，要是当初发出警报就好了，向全球发出警报！

可不是，母鼠说，他们当初要这样就好了！它继续回顾道：两大保护国直到最后毁灭都在宣称，超级大国无论甲方的还是乙方的都不曾按下核电钮，准确地说，是老鼠的指令启动了"促进和平"和"世界和平"这两项程序，而且我们现在知道尽管存在时差但却是同时启动的。一旦启动就无法停止，因为最终命令权都交给大型电脑了。所以准会进入"保持和平"程序的第二阶段，也就是发射洲际导弹的阶段。此刻的你来我往将决定人类的命运。两位国家元首互相大声祝福：愿上帝，或者别的谁也行，保护我国也保护贵国！

这是一个虔诚的愿望，但为时已晚，母鼠说。两大保护国刚在"谁之过"的问题上达成共识，就破口大骂起第三股势力来：该诅咒的老鼠！这些渣滓！这窝无赖！这帮忘恩负义的崽子！人类顺带着养了鼠类几千年，每次熬过饥荒后总忘不了把它们也喂肥，生产的粮食，玉米麦子大米小米，有三分之一都进了老鼠肚子。棉花收成减少五成。可现在呢，它们就是这样来表示感谢的！

不过，母鼠说，双方也承认了自己的失误。两位国家元首都承认当初疏于防范，没有在电脑安全系统中采取预防鼠害

① "最终解决方案"是臭名昭著的纳粹用语，意为彻底消灭犹太人的计划。

的措施。本来该在那数百万乃至上千万的芯片啊什么上放点毒药的。此外当初还可以用鼠耳受不了的持续声波即超声波对所有大型计算机进行监视。可是这一切本该采取的措施都未采取。东方"大头目"吼道：谁会想到这些呢！ 西方那个平易近人的老头却风趣起来：您听过这个笑话吗，总书记先生？ 有一个俄国人、一个德国人和一个美国人来到天堂……

但转眼他俩又异口同声地抱怨起来：显然这一切都该归咎于老鼠，但也不能完全排除另一种可能性，就是某些圈子，嗯，某些出身的人，或者说白了，就是犹太教徒包括犹太复国狂，总之犹太人，全球串通一气的犹太人，他们可能会有兴趣搞阴谋，按计划养一些高智商老鼠再对它们进行特殊训练，正如几千年来尽人皆知的那样，老鼠差不多和犹太人一样狡猾……

母鼠又与众不同地笑了起来，不过这次不是纵声大笑，而是闷在心里笑，憋得浑身直哆嗦。它嘴里吐出断断续续的鼠语单词：福策……伊利！ 戈雷梅希……伊普兮！ 然后又从满腔悲愤变成了一脸严肃：是啊，这些个陈词滥调我们耳熟能详了：老鼠和犹太人有罪，犹太人和老鼠有罪。以前曾借助鼠疫，最近则使用核能——这不是他们发明的吗？ 他们是想复仇，早就定下这个目标了，这是他们唯一的目标。邪恶，狡猾，无人性。锡安山①的愿望就这样实现了。明摆着的事：犹太人和老鼠这对难兄难弟该对人类的灾难负责！

你们的"头目"就是这样破口大骂的，母鼠说。两位年迈的国家元首要么这样破口大骂，要么就互表惋惜之情：真糟糕，怎么会出这样的事！何况在直到昨天还在进行的谈判中我们之间的分歧已经缩小，在充满信任的气氛中分歧越缩越小了。

这，我听见自己在梦中大叫，这简直荒唐极了！

是的，母鼠说，的确荒唐极了。

① 锡安山在耶路撒冷旧城内，犹太人视为民族和圣殿、圣城的象征。

怎么可能是老鼠？我表示怀疑。

是谁说，不是我们就是犹太人干的？母鼠叫道。

就是说，根本不是老鼠干的？

我们要干完全也有这个能力。

就是说，是人类言行不一自取灭亡了……

大功告成了，全按预定……

难道就没谁想到悬崖勒马？

别逼我出洋相行不行！母鼠说罢蜷缩起身子，好像要睡觉了。

嘿，老鼠，我喊道，说呀，说些什么呀，你总不能就此不吭声吧！

只听母鼠说：好吧，最后我再说一小段轶事。两大保护国老态龙钟的首脑在他们的决斗场里只得干瞪眼，一边看着他们成千上万的洲际导弹，看着他们那些名叫"和平卫士""人类之友"或者其他什么的洲际导弹飞向各自的目标包括战略安全中心，一边通过翻译不停地向对方说对不起。这种连连道歉的姿态真是充满了人情味。

  如心怀叵测的罪犯不能越狱，
  我胸中的怒火不能爆发。
  阻碍它的是理智，
  一道只让远见穿越的篱笆。

  淤积的怒火越烧越稠，
  如同奶酪渐渐发透。
  就这样我远远地看见他们
  准备收场，细枝末节也不遗漏。

  坚定的大天使堪当此任，

063

粉碎了我们小小的恐惧：
或者，无论如何要活着，
似乎活着本身就是价值。

怒火不能爆发，向何处去？
写进封封信里，分而治之？
写信的结果只是信来信往，
表示深深的惋惜，既然事已如此。

抑或，该把怒火关在家里，
训练它伺候锅碗瓢盆？
还是该让怒火冷却成石，
收场之后永世长存？

没了理智篱笆的拘囿，
终于怒火获得了自由。
它成了见证往事的化石，
它，我以前不能爆发的怒火。

  孤悬太空观察宇宙。我想离开太空舱，到了瑞典或孟加拉湾就下去，可是究竟什么在阻止我？为什么梦境，怎么看都不像梦境的梦境，会有如此大的束缚力？梦境中发生的一切到底按谁的逻辑？
  让我在这里纯属用人不当。连本宇航员手册都没给，就让我这样系着保险带，除了睡衣一丝不挂。我对太空知之甚少，除了乏味的月球，除了银河和大熊星座，走运的话最多还能找到名叫火星的小亮点。该死，可怕的土星躲哪儿去了？我虽然听说过一些占星术格言，知道人马座多么自以为是，天蝎座上升对天秤座多么不利，但对头顶上何为恒星何为行星却一无所知。在宇宙中我是个饭桶，却不得不在这儿充什么证人。

糟透了，比起以前电影中的情景有过之而无不及。那些电影在人类毁灭前不久赢得了热衷自我毁灭的观众，成了全球的票房大热门。我还记得倒计时的紧张镜头，记得银幕上那些庄严地打开支架的发射塔。那些片子的摄影技巧极为高超，逼真地表现了恐惧的每一阶段。死者数以亿计，这种前所未有的规模铺展得酣畅淋漓。所以此刻太空舱外的景象对我并不陌生，甚至可以说是非常眼熟的。

这意味着用不着作什么证。恐怖场面不必大肆渲染。发生的并非不可想象的事情。最坏的预言得到了证实。毋需赘言，说一句就够了：从太空舱的椭圆窗看出去，正对着的地球上尤其欧洲地区糟透了，不，到处一样，都糟透了。

但我还像个傻瓜似的吼：地球！地球你在哪儿，地球赶快回答！我不厌其烦地呼叫我那颗蔚蓝色的、现在却染上斑斑黑点的行星。

起初还传来几句乱七八糟的回话。这毕竟给我一种亲切感，因为我在那些特技完美的大决战影片中听到过类似的说话声：叽叽呱呱含糊不清、缩略语、暗号、咒骂声、密码还有鬼知道什么的全都搅和在一起。但不久就只有我自己的声音在可怕地回响了。我想找个伴说话——你认为怎样，奥斯卡？快去波兰看外婆了，高兴吗？——，或者努力在无声片里拯救森林，间或大声吩咐我的达姆罗卡开动考察船的马达；但不管我干什么，眼前却只有它，只有它，只有它：迫不及待，暴跳如雷，浑身汗毛直竖，嗅觉灵敏的胡子也一根根全翘着。

这算什么名堂，母鼠？我根本不适合宇航。对我的抗议它置若罔闻。梦开始的时候——倘若梦还能开始还有结束的话——还让它发笑的东西，就是鼠屎，小指长短散落在大型电脑旁的鼠屎，这会儿更使它火上加油：这是他们的典型作风！我们领教过。多方便呀，人类把自己的失误硬栽到我们头上就行了。无论出什么岔子，我们都得当替罪羊，从古到今一贯如此。不管是被瘟疫、伤寒、霍乱弄得元气大伤，还是发生饥荒时只知哄抬粮价，他们总是说：老鼠是我们的灾难；有时或者经常还马上补一句：犹太人是我们的灾难。这么多成堆的灾难他们不愿承受，于是就打算减轻负担，消除灾难的问题就提上了议事日程。在世界各民族中德国人当仁不让，觉得自己的天职就是为人类减轻负担，凡是老鼠格杀勿论，不杀我们的话就杀犹太人。无论在索比堡，在特雷布林卡，还是在奥斯威辛，我们都在场，棚屋底下棚屋之间都有我们的踪迹。我们并没给集中营老鼠点过数，但从那时起我们就知道，人是多么彻底地把自己的同类变成了数字，变成了可以随意抹去、随意划掉的数字。这叫作一笔勾销。干掉了多少，账上记得清清楚楚。他们怎么会放过我们，我们和犹太人是他们最廉价的借口。他们从诺亚时代起就如此，江山易改本性难移。所以一直到最后他们还在宣称：是老鼠干的！老鼠这样老鼠那样，明摆着是老鼠，该死的老鼠！而且不但是俄国佬，老美那儿也一样，所有电脑系统都被老鼠糟蹋了。他们就这样孩子气地诿过于鼠，直到自己一命呜呼。

　　我还从未见过这梦中母鼠如此跳来跳去忘乎所以：一会儿趴下窥视什么，一会儿又直起身咄咄逼人，好像旋转舞跳得着了魔。为什么它不像先前那样笑？为什么它不再尽情地跟我这块供它磨牙的油石说笑话？对它来说，难道还有谁比待在太空舱里的我更加可笑？母鼠，我叫道，快笑我吧！

　　它却依然一脸怨恨，不住地为自己开脱，竭力表明自己是无辜的，不该判为有罪。它耿耿于怀地要求拿出具体证明。它问我，好像我是能使别人令行禁止的最高法院：为什么不假思索就把双方电脑中心发现的粪便称为鼠屎？为什么不对这些排泄物进行检测？为什么认定启动决战程序者不可能是别的啮齿目动物？比如你们那些可爱的金仓鼠？或者更有可能当初发现的是鼹鼠的粪便？为什么咬定是我们，硬说是我们老鼠干的？

我做愤慨状，痛斥东西集团全都做事马虎，在鼠屎问题上老美和俄国佬竟然全都失察，这简直是丑闻！不过我心里却在暗想：肯定是老鼠干的。除了老鼠，谁还会这么目标明确地……

母鼠声音低了下来，好像火已经发完。我听见它在嘀咕：只要世界上还有人愿听，他们就满世界宣扬这是我们乱翻东西作的孽；我们这外来势力启动了"促进和平"和"世界和平"，这两项程序的启动指令无法更改，一旦启动就会运行到底。通报结束！

现在母鼠安静下来了，不再跳来蹦去，也不再东闻西嗅。它说：我们知道是鼹鼠干的。不是自愿的——它们太蠢，从来不懂自愿去干点什么——而是按照人类的计划行事。他们计划让经过训练的鼹鼠破坏对方保护国的发令电脑，使得对方无力还击。一个狡诈的计划。

就是实验室里那些红眼白毛的鼹鼠。这是实验室里的老鼠告诉我们的，它们虽然也不是聪明绝顶，但说话还是可信的。经过几年实验，人们培养出了几窝鼹鼠并训练它们做预定动作，还真成功了，仿佛它们吃的是硅饲料。当然啦，基因工程师也功不可没。不管怎么说吧，反正两大保护国的安全部门同时设法使这些经过特别训练的"小鼠"潜入敌营，好像随着脉冲混进去的。

事实证明，这活干得他妈的漂亮极了。当然话又得说回来，干得漂亮的只不过是把经过训练的"小鼠"巧妙地安插进去这件事罢了。母鼠若有所思地补充道：鼹鼠本身确实没训练好，因为它们没能让电脑系统陷入瘫痪，而是愚蠢地——鼹鼠生来愚蠢——在双方的电脑中心同时启动了倒计时程序，或者我们以后就这样措词：启动了大爆炸程序。

可是，母鼠，我叫道，这实在是太滑稽了！

在某种程度上是的，它答道，只要想到那些傻乎乎的鼹鼠就会觉得滑稽。

我说，我觉得断定"是'鼹鼠'在电脑里"总比恶意假设"是老鼠干的"要可信得多，也要中听得多！

是的是的，母鼠同意我的看法。它现在又快活起来了，虽然说起话来还有几分深思状：其实听听这种马后炮的说法我们应该快活才是。鼹鼠，那些一点儿大的实验室鼹鼠，竟导致了人类毁灭，竟使自豪、杰出、无所不能的人类烟消云散了；尽管是一场悲剧，但难道不是既荒唐又不无说服力吗？当然，这一切听上去有点儿草率，自重的人谁会让自己如此平淡地出局呢？

母鼠若有所思起来：我觉得……

你快说呀！我叫道。

缺了点什么。

不错！我叫道，看问题的角度！

母鼠说：这一切让我感到是疏忽，人类做事总那么马虎。

我点头称是：可悲的事故。

所以我认为，母鼠说，最初的怀疑，最初那种发现了鼠屎而顺理成章地惊呼"是老鼠在电脑里"的怀疑，其实也没大错，因为这事本来完全也可以由我们而不是由那些傻乎乎的鼹鼠来干的。至于要干的理由么，我们有的是。

为了在斯泰厄和克林特港节省费用，新伊瑟贝尔号星期天停在默恩岛陡崖，准备星期一驶往哥特兰岛。就马尔斯卡特案件做了最后指示之后，我们的马策拉特先生决定星期三再去参加一个钱币拍卖会，星期四出发，星期五赶紧穿越波兰，星期六赶在安娜·科尔雅切克生日前抵达卡舒贝。但按照我的构思，他将推迟到星期五启程，因为事情发生那天应该是星期天。

放在星期天比较合适，我梦境中的老鼠说，星期天本身就是倒霉的日子。草率创世后的这第七天从一开始起就是为了取消创世成果而存在的。在人类历史上，星期天——也可以称作安息日①或者其他什么——总是被用来宣布上星期的一切全部作废。

总而言之，母鼠叫道——每当我发牢骚提疑问妨碍它滔滔不绝时，它总是这样叫——：总而言之，尽管控制系统之间并不兼容，双方的中央地下室里却同样都洋溢着周日气氛，所有电脑显示器以及覆盖各大洲的荧屏上都特有光泽。一种心情，不妨称作"全球性休假前心情"吧，正在弥漫开来。大厅里没有苍蝇却嗡嗡地响，是周日特有的无聊在嗡嗡地响。谁喜欢人类的行为举止，谁就会觉得现在酷似创世后的第七天：大功告成，尽管个别地方有待改进。

当然在中央地下室外面少不了爱吹毛求疵的悲观论者，他们即便在星期天也要鸡蛋里面挑骨头。但局面还算令人满意。虽然双方剑拔弩张，但剑拔弩张就能放心了：仔细分级进行威慑，监督别人同时也自我监督，把职权移交给电脑芯片，这样一来，那些做事马虎、从诺亚时代起就惯于违规操作的人就不能随意决策了。传统的不安全因素，就是那些可爱但常常心血来潮、生来就会把事情搞糟的人，就只有次要的辅助功能了，就不用再负责了。

我们看见他们在更深刻的意义上获得了自由，他们卸下重任一身轻了。因此他们敢于在各个电脑终端之间闹着玩。虽然没明说可以，但也睁一只眼闭一只眼，默许他们输入幼稚可笑的词语，储存这个保护国周日棒球赛的战况或那个保护国周末足球赛的结果，做出滑稽的评论，只要大屏幕上太平无事就行——大屏幕上确实太平无事。

哦，相互一致，真是妙极了！最新的情况了如指掌，大家为自己无所不知而孩子般地欣喜若狂。世界时间和当地时间可以比较，星期天在这边曙光初露，在那边夕阳西下了。常规提问使一切更加保险。再说大家也明白，承担责任者不在这儿。只消做

点辅助性工作，万无一失绝出不了岔子。　　　　　① 犹太人恪守的休息日。

相聚在特尔格特（节选）

黄明嘉————译

旅店之夜 *

　　策森与敌对的里斯特同住一室,他在这里搜索枯肠,终于觅到长串的韵脚,写就一诗,然后才进入梦乡。诗中,据说是把河中那模糊、肿胀的浮尸与洛塞蒙德和他本人的肉体做了类比。

　　是夜,有一信使从奥斯纳布吕克出发,越过埃姆斯河,途经"桥旅店"直奔明斯特而去;另一信使与之反向策马急驰:两位急如星火,但送到目的地的消息均为过时的。旅店的护院狗一齐狂吠。

　　满月在河上洒下一片银辉,良久,它已高悬在旅店及旅人的上空了。满月的影响力,无人能够超脱,由影响力而生事变。

　　于是,草铺上的三对男女重组配对而眠。他们于晨光熹微之时醒来。格雷弗林这才发觉自己同玛尔蒂睡在一起了,此女瘦骨嶙峋,而初始他是躺在那位身材娇小的女仆的身旁入睡销魂的;那体态丰腴的婢女叫爱尔莎贝,她起初与寡言文静的舍弗勒尔睡在一起,现在却发现自己偎依在比尔肯的怀里了;起先属于格雷弗林的娇娃玛丽,现在则与舍弗勒尔共眠,两人犹如被锁链紧紧绑缚。当他们一对对紧紧相依从梦中醒来,发觉各自(被月亮调动)已同另外的对象云雨,就不想再继续这样睡了;究竟起初同何者滚在草窝里,他们再也记不特别分明。纵然人人觉得与新换的伴侣睡得也十分称意,然而早已移至天庭别处的满月,其效力犹在,于是,格雷弗林仿佛受到那位不忠实的"花神"之呼唤——花神曾赋予他的诗歌以柔美,但年末却成了别人的

妻子——爬到丰腴的女仆爱尔莎贝身上, 　　　　* 篇名系编者所加。

她那一头乌发散乱不堪，长及腰腹；窈窕的玛丽投入天使般的比尔肯的怀抱，比尔肯噘着嘴，总像在生气似的，其实，他觉得无论同瘦骨嶙峋的女仆，还是同丰满的、纤巧的女仆，均不啻与仙女交欢；修长瘦削的玛尔蒂迫使舍弗勒尔亲其胴体，以便让他实现进入"洞天福地"的热望，她在昨天就借特尔格特那尊木质晚祷神像给他暗示过了。一如玛尔蒂的雅意深情，那个丰满的以及那个小巧的女仆也都引诱和鼓励各自的伴侣玉成此事。瘦弱的大学生舍弗勒尔要一次又一次地喷涌，让心灵得到大江奔流般的宣泄。

如此这般，六个人在阁楼草铺上又开始第三轮猛烈"碾压"，像脱粒似的。此刻，无论他对她，还是她对他都相知有素了。苟合的人们对于凌晨发生的其他事充耳未闻，也就毫不足奇了。

我知道这情况。五个骑兵将五匹装上鞍具的马从马厩牵到院里，格仁豪森在场。门不发声，铁不作响，马步悄然，马蹄用抹布包裹着。两个毛瑟枪手给一辆有篷马车套上了马，那马车是皇家军队在奥塞德征调来的。他们干得很牢靠，皮带没有发出响声，车辕涂了油。第三者给这两个人也给他自己扛来了毛瑟枪，旋即塞进车篷下面。无须交谈，一切好像演练过。看院的狗都乖乖地趴着，了无声息。

只有女店主同格仁豪森窃窃私语，她在叮嘱什么，高高骑在马上的他频频点头并马上打断她的话茬。丽布什卡（以前被唤作"大胆女人"）裹着粗羊毛毯伫立在那里；他曾经是毗邻地区索伊斯特的猎人，一直（再次）身着金色纽扣紧身绿上装，这与羽饰帽相配。两人的装束好像是规定好的。

当套在一起的牲口拉动马车，皇家军人驰出院子时，只有保罗·格哈德在卧室中醒来。他还恰好看见马鞍上的格仁豪森掉转身来，拔出军刀，含笑地用另一只空手朝女店主挥着，女店主竟毫无表示。当骑兵和马车终被赤杨树遮掩，旋又被埃姆斯城门吞没，披着毯子的女店主依旧

072

呆立院中。

这时，百鸟开始歌唱。格哈德这才听到，伴随特尔格特之晨一道来临的鸟类何其多呀，有云雀、燕雀、乌鸫、山雀、椋鸟，不一而足。牲口圈后的接骨木丛，院子中央的山毛榉树，栽种在旅店背阳一侧的四棵椴树、野生桦树和赤杨丛——与埃姆斯外河畔茂林相接，还有苇质屋顶下面的雀巢——麻雀营巢于后山墙的腐烂风化屋檐下——从这些地方，从四面八方纷纷传来晨鸟的啾啾啭鸣。（此地已无公鸡司晨了。）

当女店主从僵呆的姿态中解脱出来，摇着头，喃喃哭诉着什么，趿拉着鞋慢慢离开院子时，她俨然变成一个老妪了：形只影单，身裹毛毯。殊不知昨天她讲话还掷地有声，定调子，被先生们视为能人哩。

现在开始做晨祷的保罗·格哈德在代为祈祷的人中也包括了这位可怜的大胆女人：但愿仁慈的上帝勿因不幸女人的罪孽而动怒，或惩戒过严，并请上帝对其未来的恶行予以宽恕。这是战争使然，同她一样，战争也把许多心善的人变野蛮了。格哈德接着向上帝乞求迅即实现和平——多年来，他天天早晨如是乞求，愿和平呵护所有正统教徒，愿和平促使误入歧途者及否定真上帝者彻底醒悟，要么就让他们受到应得的惩罚。这位虔诚的先生遵循一个恪守教义的老路德教徒的传统观念，不仅把天主教同盟阵营中的天主教徒，而且还把胡格诺派教徒[1]、茨温利[2]派教徒、加尔文[3]主义的信徒及所有的神秘主义狂热信仰者统统纳入"误入歧途者"之列。格哈德认为西里西亚人的虔诚是可怕的。

他仅对自己意识中的上帝保持虔敬，在其创作的歌谣中也是这样。这些歌谣的传播远远超出他不得不忍心生活于其中的狭窄范围。他在大都会柏林做家庭教师，备尝艰辛，希望能有一处教士寓所居住，但始终未能得到。在此期间，他写了一些明白晓畅的歌词，数量虽

[1] 法国加尔文教信徒。
[2] 茨温利（Ulrich Zwingli，1484—1531），瑞士宗教改革家。
[3] 加尔文（John Calvin，1509—1564），法国神学家，欧洲宗教改革家。

不多,但已足够为路德教区提供多诗节的新韵诗,以便人们在家庭、在未受兵燹毁坏的教堂(一直延伸到天主教地区)里跟着格哈德一起唱,按古老的方式和简朴的旋律唱。克吕格①以及稍后的埃贝林②都为他谱过曲。比如,为他的晨曲《醒来吧,我的心,唱吧……》的第一段"万类的造物主,天下财富的施主,人类的虔诚护卫者……"的谱曲就是克吕格在赴特尔格特的途中完成的,据说约翰·克吕格旋即给九段诗节都谱了曲子。

别的东西,格哈德即使能写也不愿意写,比如颂诗、高技巧的韵诗、讽刺诗或靡靡之音的牧歌之类。他并非文学家,他从民歌继承的东西多于从奥皮茨(及其代理人布赫纳)那里学到的。他的诗歌质朴自然,摈弃华丽辞藻,因此,他初始拒绝参加这次诗人聚会;只因心仪达赫,达赫的虔诚正合他的宗教理念,他这才改变初衷。正如他预先感觉的那样,他来这里会对某些人很反感的:霍夫曼斯瓦尔道那没完没了的玩字眼的诙谐,格吕菲乌斯那徒劳无益的、永远无法排遣的厌世情绪,据称才高八斗的策森那哗众取宠的胡言乱语,劳雷姆贝格总是向人灌输他的讽刺,切普科整体知识的晦涩、暧昧,洛高那巧舌如簧的毁谤,里斯特的怒吼,以及出版商们生意上的摇摆不定。总之,文人机敏的清谈,无时无刻不显示谈天论地之渊博,使这位独善其身(执拗)、不归属任何文人社团的人非常难受,以至于甫抵小城便想打道回府,但,这个虔诚的人终究还是留下来了。

格哈德在为腐化堕落的女店主做完祈祷并谴责虔诚信仰之敌以后,又长时间乞求他那信奉加尔文主义的国君猛然醒悟。就是这位君主呼唤数以百计的胡格诺派教徒和其他异教分子到边区来定居做新移民的。因此,格哈德不喜欢他。接着他又替诗人们祈祷。

他乞求万能的上帝义正词严地劝导那拨满腹经纶、但迷误至深的先生,使其迷

---

① 克吕格(Johann Crüger,1598—1663),德国赞美诗作曲家。
② 埃贝林(Johann Georg Ebeling,1637—1676),德国赞美诗作曲家。

途知返：处世圆滑的韦克黑尔林，来路不明、令人捉摸不透的莫舍罗施，品质恶劣的格雷弗林，以及那个虽为基督教徒，却为人癫狂的斯托弗。他十指交叉，满腔热情地乞求：但愿此次聚会齐颂上帝的崇高与伟大。

末了，他也为自己乞求获得一处教士住宅，这是他的夙愿；如可能，这住宅最好位于边境地带。然而过了四年，保罗·格哈德才当上米滕瓦尔德①的大教堂教长，在此地，他终于与女弟子安娜·贝托尔特喜结良缘。安娜是他做家庭教师时相处多年的恋人。他后来继续写分段诗，一首接一首。

西蒙·达赫这时在小餐室里摇铃，把未醒者一律从梦中唤醒。阁楼上的年轻人发觉草铺上没有了女仆。玛尔蒂、爱尔莎贝和玛丽已在厨房里干活了。她们把剩下来的面包切好，放进早餐汤里。海因里希·舒茨也吃这汤，他坐在长桌旁，位居格哈德和阿尔贝特两人中间。对众人而言，他既陌生又不陌生。

① 巴伐利亚地名。

局部麻醉（节选）

刘海宁————译

我的牙科医生 *

　　我向我的牙科医生讲述塞鲍姆呕吐的经过时，他帮了我一个忙，没有笑。他的电话诊断是这样的："这次失常只会更进一步加强他的念头。这就是人们常说的逆反心理。您不想带那孩子到我这儿来吗？"

　　这就是他：敢于接受新事物。我可以把我所有的想法讲给他听，甚至是最荒唐的建议。比如说这么一个建议：我的学生塞鲍姆想试验烧一条狗，那他就能弄明白，烧一条狗，哪怕是一条不是自己养的、不起眼的流浪狗，意味着什么。他竟然能泰然地接受这个建议，然后用一系列提问来剖析这个建议："哪条狗？"——"谁花钱买这条狗？"——"事情打算在什么地方什么时间发生？"我的牙科医生就这样把我的一个想法拆解成那么多小块，我甚至都没办法把它们再重新拼凑起来。他帮助我再现过程，而且理论上无懈可击，称这事的"出发点是好的"，对我在教学上的创新能力大加赞赏——"了不起，坚持不懈地寻找出路，而且一点不懊恼"，但是紧接着他全盘否定了我的想法和他的现实的方案："我觉得我们应当消除我们头脑中的荒唐想法。谁能证明您的有相对成功把握的试验不会适得其反：说不定您的学生挺过了这次试验，以一种新锻炼出来的而且是经过我们磨炼的老到对自己的狗在公共场合实施焚烧。因此，您的建议是可行的，但却具有相对的危险性。"

　　他对"相对"这两个字很有感情。所有东西（不仅仅是疼痛）在他眼里都是相

* 篇名系编者所加。

077

对的。我给他描述库旦大街上的场景，并且——顺便——对过分的蛋糕消费进行抨击时，他打断我的话："我真不知道您要达到什么目的。那些女士，她们吃蛋糕吃糕点虽然不明智，但是人还是相对可爱的，而且作为个体的人，她们完全可以说是理智的。可以和她们交谈，也许不能无所不谈，但是您又能和谁无所不谈呢？就拿我的母亲来说吧，一个拥有普鲁士人特有的清醒的女人——但是仍然不乏幽默和情调，她每月两次，采购完东西后，总会到咖啡店坐一会儿，已经养成了习惯。我陪她的次数相对少，非常可惜。在她去世后，那是两年前，我责怪我自己，因为她多么希望能和儿子一块儿去咖啡店：'亵渎和罪孽！'这是她对去咖啡店的形容。她只吃一块蛋糕，而且是没有奶油的杏仁蛋糕。相信您自己也承认：这个罪孽相对无关紧要，要说亵渎，它的程度还不及一般。"

他向我叙述，他的母亲在战争期间，在空袭的时候，以及后来在封锁时期，是如何练习亵渎的："在她生命的最后几年，咖啡店的那一点点时间给她提供了机会，让她尖尖的舌头不放过任何东西。我记得很清楚，一次她的一个中学女同学来了，这位女士已经上了年纪，但是依然迷人，而且依然保持了一丝少女的气息。她吸烟用琥珀烟嘴。您真应当听听她们两人的对话。每一个特工人员听了之后都会得出结论：这两个女人是无政府主义的投毒者，她们正在密谋炸毁土地局和摩亚比特[①]法庭。不不，亲爱的，您的一概而论是不大站得住脚的。那些人，尽管他们一道拥挤在咖啡屋的露台上，但是他们来自于相对多的社会阶层。您不应当用窄边圆顶女帽、堆成宝塔形的蛋糕、因烦恼而淤积的脂肪之类的道具给自己制造妖魔鬼怪。如果您接过您学生狭隘的目光，这对他不会有任何帮助。"

我的牙科医生已有家室，年龄正当年，有三个孩子，他所从事的职业会带来什么结果是显而易见的，都是正面的：成功的牙根治疗，清除牙结石，纠正错误的发音，学龄前儿童的预防治疗，修补和挽救已经认为是无可救

[①] 柏林的一个区。

药的臼齿，弥合难看的牙缝——他还可以安抚疼痛……（"怎么样，能感觉到什么吗？"——"什么感觉也没有，我什么也感觉不到。"）

我说："您说得轻巧，医生。在您的眼里，人是一种有缺陷的、多病的、因而需要引导、需要关怀的结构体。如果有人有更高的要求，要求人类超越自己，认识人类的剥削，如果有人要求人类时刻做好准备去改变世界，改变已经建立的关系，如果有人像我的学生，看到的只是麻木的自我满足，那么吃蛋糕的机械动作在他的心中就会变成资本主义社会的机械动作……"

医生叹了口气，看来他的心思是想回到他的卡片上去："我承认，这个相对封闭起作用的消费社会对一个十七岁的年轻人来讲是不可思议的，因为它太不可理解了。但是您，您是一个有经验的教育工作者，您应当防止自己妖魔化以为存在的和实际存在的对手，不论他们是吃蛋糕的女人，还是党的一般干部。我不打算把您从'教师'这个一概而论的范畴中剔除出去，同样，我也不希望您把我从'牙科医生'这个名称归类下一笔勾销。除非我们从现在开始起弄得简单一些，从整体范畴上宣布：牙科医生都是虐待狂。德国的老师一代不如一代。德国的女人先是选了希特勒，然后是阿登纳，并且蛋糕吃得太多。"

我回答："就算我作为老师，您作为牙科医生，您母亲作为偶尔去咖啡店的顾客已经构成了相对经常的例外——您知道，我很欣赏我的很多同事，您所说的一概而论仍有可能是有道理的，这就如同这么一个事实，尽管有成千上万的德国人几年开车从没有事故，但是'德国人是坏司机'的这个一概而论的说法仍然有它的道理，而比利时人——这又是一个一概而论——根据统计，开车要差得多。"

（也许这样是不行的：一个牙科医生和一个老师。牙科医生习惯于进行无痛治疗。而我则把疼痛看作是认识的手段，尽管我很怕疼，哪怕是一丁点儿的疼痛我都会吃亚兰丁。他可以没有我，我却非常依赖他。我说:"我的牙科医生",他却总是说:"我的一个病人……")不管怎么说,我肯定不会挂电话,我相信电话机的听筒:"是的,医生,就是这样,您讲得一点儿不错!"

我的牙科医生从来不说:您说得不对。他总是说:"您有可能是对的。毕竟统计总是对您有利。大选结果,交通事故,蛋糕消费,这些都可以逐一剖析,然后得出下面这样的结论:德国女人喜欢选举领袖型人物,蛋糕吃得太多,能烧出世界上最好的咖啡,就像好心的奇堡大叔①天天在电视广告中说的那样。但是这只能证明所谓的一概而论的相对的正确性。消费品广告和政治宣传就喜欢这种半真半假,非常实用,而且很有效果,它们就是用一概而论来迎合人们的需求。但是您,还有您的我认为是很有才的学生不应当那么快就善罢甘休。想想看,我作为一个牙科医生为什么这么说。我天天要和牙科疾病作斗争,它们有些是吃蛋糕造成的,有些是吃甜的东西造成的。但是尽管如此,我不主张废除黑森林蛋糕和麦芽糖。我只能建议人们要适度,而且有病要及时治,同时告诫人们,这不能一概而论,否则的话只会闹出一场虚张声势的大运动,而结果却毫无进展。"

(我后来是这样记录的:在谈到困难和有限的成果时,专家的谦虚实际上是一种傲慢。那种敲人肩膀的架势:嗯嗯嗯,唔唔唔,我们大家都是主人的葡萄园工人②……您一直要求在任何时候,哪怕在梦中,都要有区别……您的能力,再大的惊恐都能相对化……)

"医生,您怎么看凝固汽油弹?"

"用我们大家都知道的核武器来衡量,凝固汽油弹可以说是相对无害的。"

"您对波斯农民的生活条件有什么要说的?"

---

① 德国的一个咖啡品牌。
② 此句话出自《圣经·新约》,马太福音20,1—16。一个主人早晨聘用葡萄园工人,一天的工钱是一钱银子,到了下午,一天即将过去,新聘用的工人工作一小时也是一钱银子。工作了一天的工人向主人抱怨。主人不接受工人的抱怨,指出这个工钱是双方商定好的。

"同印度的情况相比,可以说,当然这么说要谨慎,波斯拥有相对进步的农业结构,当然喽,拿印度和苏丹相比,印度应当算得上是一个愿意改革的国家。"

"您是能看到进步的?!"

"大量的,亲爱的,大量的……"

"例如一管新的有疗效功能的牙膏……"

"那倒不至于,但是根德公司在市场上推出了一种很实用的产品。EN3。听过吗? 我昨天刚买了一个。语音记录簿,能大大减轻烦琐的卡片管理。这个产品是在上一届圣莫里茨①颌面矫形外科大会上有人向我推荐的:重量轻、便携、操作方便,真正的傻瓜机。一个很有意思的玩具,我还用它录下了我们的电话。您在电话里形象地描述了您的学生是如何在公众场合呕吐的。要不要听一听……"——"我们约好不带狗去,但是塞鲍姆还是把他的小腊肠犬带上了……"——"算了,不开玩笑。把那男孩子带来。我想认识认识他。"

迷信进步、自以为是的家伙。勤奋的专业迂子。随和的技术至上者。对自己一无所知的慈善家。思想开通的市井庸人。斤斤计较的豪爽人。反动的现代派。体贴民情的独裁。温柔的虐色狂。补牙匠,补牙匠……

我在走廊上装作不经意地说:"塞鲍姆,我的牙科医生想认识您。您要是没有兴趣,我也可以理解。"

"怎么会没兴致呢。只要能让您高兴。"

"是他的主意。我们在谈话时,我顺便提到了您的计划,当然喽,我没有说出您的名字。您知道,我不再向您建议什么了,不过我很想知道,我的牙科医生会有什么好建议。他喜欢把'预防'这两个字挂在嘴边。他有的时

① 瑞士城市,著名的冬季度假区。

候话太多。"

从喜鹊广场到牙科诊所没有几步路。在霍恩措伦大街上,塞鲍姆说:"但愿您没有给自己立下说服我的军令状。我去,只是出于好玩。"听语气,好像多么关心我似的。

我们在门诊快结束的时候来到诊所。必须在候诊室等几分钟。(让我们进去前,他的助手关掉了喷泉。)塞鲍姆在翻画报。他把《明镜周刊》推到我面前:"您的帝国青年领袖。"

我装作没有顺着往下看的样子:"这本书肯定会有人喜欢。"

"比如我就很喜欢。"

"噢? 说说您的看法?"

"那男的拼命要诚实地捏造,和您一样。"

虽然我在家已经吃了两片亚兰丁,但还是感觉到德固牙桥下面一阵疼痛。

"我的看法绝对实事求是。如果我半路变卦,这话也同样适用我。但是这是不可能的。我肯定要干。"

"当心点,菲利普。我的牙科医生很会说服人。"

"听出来了。总是老一套:要理智。要相信理智。要保持理智。但是理智究竟在什么地方?"

我们两个都笑了,好像我们是同伙似的。(他的门诊助手应当把喷泉开着,让它哗哗地淌。)

我的牙科医生和往常一样,看上去很放松,几乎可以用愉快来形容。他和塞鲍姆打招呼,但是并没有用目光审视他。他让我坐到骑士椅上,说:"现在的情况好多了,炎症开始退了。不过我们可以先休息一会儿……"他说完把助手支到实验室,然后不经意地切入正题:"我听说了您的打算。尽管我觉得这么做实在是太不可思议,我还是争取去理解您。如果您必须这么做,前提是您的的确确必须这么做,那就去做好了。"

接下来他给塞鲍姆和我,好像我是第一次到这儿来,解释骑士椅的功能:扶手可以翻转,全自动控制。空气涡轮头的转数三十五万。左撇子器械台。根挺。磨牙钳。还有可以移动的漱口池。一套还没有安装的德固牙桥:"您看,牙齿非常必要,但是不管在什么地方,总有人牙齿有毛病。"

他顺便解释了一下正对病人视线的那台电视机的作用:"一个小试验。我认为它很有效。您认为呢?"

我抖搂出我的评价:"转移注意力的效果非常神奇,人的思绪被转移到了其他地方。就连荧光屏都能让人兴奋,不知为什么,但是能让人兴奋……"

塞鲍姆对所有东西都感兴趣,这当中也包括治疗牙齿期间电视机所起到的镇静、分神和转移注意力的作用。他想知道以前是怎样的:"我指的是麻醉。"

我担心又要听到夏里特的奇闻了:四个医生对付一个病人。但是他只是简明扼要实事求是地介绍了牙医在过去五十年的发展,最后用一丝讥讽结束了讲话:"同政治完全相反,现代医学是有成果的。这表明,只要严格坚持自然科学的认识和经验研究的成果,就一定会取得进步。任何超出自然科学的——必须承认是有限的——认识能力的空想,都必然会导致意识形态的故弄玄虚,或者——用我们的行话来说就是——错误诊断。只有当政治像医学那样,在全世界范围内只限于关注关怀……"

塞鲍姆说:"您说得很对。我也是这么考虑的。因此我要在大庭广众下焚烧我的狗。"

(于是我们强迫他休息一会儿。他甚至不咳嗽一声,不"唔唔唔"几下。一个诊所,三个人,思维跳跃,玄虚空想。他现在会干什么? 如果他怎么了,那我该怎么办? 如果我把他怎么了,他会怎么办? 如果他把我怎么了,我会怎么办? 如果他们两人怎么了,我该怎么办? 有嗡嗡声?只有本生灯还在发出它永恒不变的声音。)

"我差不多可以肯定,您前面的牙齿……跟我说:滨菊……是的是的,那是自然,您小时候咬嘴唇吗?我是说用上排前牙咬下嘴唇……您有下颌后移……可以吗?"

从此我就在骑士椅上看见了塞鲍姆:"要钱吗?"没想到我的牙科医生也能展现出动人的笑容:"对自然科学爱好者,我有时是可以免费治疗的。"塞鲍姆和我有相似的地方:"但是别弄疼了。"

他的回答听上去宛如上帝身穿白大褂脚蹬帆布鞋正在行牙医:"弄疼?这不是我的职业。"

他向他俯身。用电筒照他的口腔。我的菲利普顺从地大声说了一句"是的"。(我真该请他同意开电视:可以看一下柏林晚间新闻和后面的广告吗?)

"长乳牙的时候您就应该到我这儿来了。"

"问题大吗?"

"怎么说呢,怎么说呢。先拍个片,然后再看吧。"

我的牙科医生按铃呼唤来他的助手。在助手的协助下,他给塞鲍姆的全套牙齿逐一拍片。他用灵巧的仪器嗡嗡地五次对准塞鲍姆的下颌,又嗡嗡地给塞鲍姆的上颌拍了六张片子。每张片子均编号记录。和对我一样,他一张片子就拍下了下颌的四颗切齿——左二右二:"怎么样,疼吗?"

铃蟾的叫声（节选）

刁承俊————译

墓地约会*

一

是偶然事件把这位鳏夫弄到这位寡妇身旁。或者说，因为他们的故事始于万灵节，事情又并不偶然？不管怎样，当这位鳏夫磕磕撞撞、踉踉跄跄地走路时，这位寡妇已经到了他身旁，不过并非出于偶然。

他来到她的身旁。43码的鞋子在37码的鞋子旁边。有一位农妇在一只篮子里装满了蘑菇，在报纸上摊开了蘑菇，另外还在三只桶里放着插花出售。就是在这位农妇的展品前，鳏夫和寡妇相逢。这位农妇蹲在市场一侧，在别的农妇和她们小菜园的收获物——芹菜、孩子头般大小的芜菁甘蓝、葱和甜菜——之间。

他的日记证实了万灵节发生的事，泄露了鞋子的尺码。人行道边缘弄得他踉踉跄跄。可是"偶然"这个词并未出现在他日记里。"在这一天，这一时刻——打十点钟时——大概是缘分，使我们聚在一起吧……"他要使那第三个人，那位默然不语的介绍人变得实实在在的努力，犹如他多次试图开始确定她头巾的颜色一样，依旧模模糊糊："并非真正的红褐色，与其说是泥炭黑，还不如说是泥褐色……"还是修道院院墙的砖使他获得更为明确的印象："有痂……"剩下的东西我只有想象。

三只桶里只剩下几种插花，有大丽花、紫菀、菊花。篮子里装满了食用菌。

*篇名系编者所加。

四五朵尚留有被蜗牛蚕食痕迹的牛肝菌排成一行,放在一张地方日报《海岸之声报》头版很旧的那一面上,另外还有一捆香菜和一捆包装纸。插花是三等品。

"毫不奇怪,"鳏夫写道,"多米尼克市场边的货摊看起来少得可怜,最后鲜花便成了万灵节的热门货。还在这前一天,在万圣节①那天,往往就已经供不应求……"

尽管大丽花和菊花供应的数量比昨天多,寡妇还是选中了紫菀。鳏夫仍然没有把握:"尽管是那些晚熟得惊人的牛肝菌和食用菌把我吸引到这个特别的货摊前,那我可是哪怕只在短暂的惊恐之后——要不就是教堂在敲响报时钟吧?——受到某种特殊的引诱,不,受到一种诱惑……"

寡妇从三四只桶里抽出第一枝紫菀,接着又抽出一枝,犹豫不决地抽出第三枝,再把这些花放回去,换上另外一枝,然后又抽出第四枝,但同样也不得不把它放回去,用另外一枝紫菀来替换它。这时,就连鳏夫也开始从桶里抽出紫菀,他也像寡妇一样,选了又选,换了又换,而且像她一样,她抽出铁锈红紫菀,他也抽出锈红色紫菀。至少还有淡紫色的和近于白色的紫菀可供选择。这种颜色选择的协调一致把他弄得傻乎乎的:"何等默契啊! 我就像她一样,特别喜欢暗自发亮的铁锈红紫菀……"不管怎样,两人都钟爱铁锈红色,一直到那些桶里再也拿不出任何东西来为止。

无论是寡妇,还是鳏夫,都没法把花扎成花束。鳏夫把自己的铁锈红的战利品交给寡妇。当这个被称作交易的动作开始时,她已经想把自己贫乏的选择插回一只桶里去了。他把花递给她,她抓住花。这是一次默默无言的交接仪式,是再也不会取消的仪式。这是一些永不熄灭、闪闪发亮的紫菀。这一对男女就这样配成了。

钟打十点了。那是卡塔琳娜教堂。关于他们相遇的地点,我所知道的情况把我

① 万圣节在11月1日,万灵节在11月2日,两个节日均为天主教的节日。

那对于该地的了解有时候是模糊不清、紧接着又知道得过于清楚的情况同鳏夫刨根问底的勤奋混杂在一起。他把这种勤奋的成果一小块一小块地掺和进他的笔记当中。比方说，那座从八角形基面拔地而起，高过八层楼房的塔楼作为西北角塔，是大城墙的一部分。它被取而代之，被称作"厨房里的火盆"。作为一座微不足道的塔楼，它过去就叫这个名字。因为它紧靠着多明我会修道院，每天每日都可以观察修道院"厨房里的锅"，它败落得越来越厉害，在没有屋顶的情况下，使树木生长，使灌木发芽，因此有时叫做"花盆"，在十九世纪末期只好同修道院的颓垣断壁一道被拆掉了。从1895年起，在这片宽阔的地带建起了新哥特式的市场。这个市场被称作多米尼克市场。它经受了第一次和第二次世界大战。时至今日，在它那宽阔的拱形屋顶下，在六排售货摊中间，曾经一度充足、后来往往只不过是可怜巴巴的供应，把补织用的纱线同熏鱼，把美国香烟同波兰酸辣小黄瓜，把罂粟糕点同太肥的猪肉，把来自香港的塑料玩具，来自全世界的打火机，把和兰芹烧酒同袋装罂粟、精制干酪和贝纶袜汇聚在一起。

多明我会修道院只剩下阴森森的尼古拉教堂。教堂内部的富丽堂皇完全由黑色和金黄色烘托而成。这是昔日灾祸的余晖。可是市场仅仅从名称上使人想起修士会来。同样的，还有一个夏季节庆。这个被称作多米尼克的节日自中世纪晚期以来，在各种政治更迭中幸存了下来，如今，它以旧货和次货吸引着本地人和旅游者。

因此在那儿，在多米尼克市场和圣尼古拉教堂之间，在八角形的"厨房里的火盆"斜对面，鳏夫和寡妇在那一时刻相遇。在这时，昔日塔楼用手写着"教堂唱诗班领唱"牌子的底层被用作兑换所。开门时顾客盈门，一块小孩学写字用的石板挂在入口处旁。石板上美元同本国货币的比例每个小时都在变化，美元越来越贵。这众多的顾客和那块石板证明着共同的困境。

"我可以付款吗？"对话就这样开始。鳏夫不仅想为自己的，也想为她的紫菀——现在唯一的一束紫菀付款。他从信封里抽出几张钞票，面对着上面有这么多零的货币感到茫然失措。这时，寡妇强调说："您一分钱也不能付。"

很可能，她使用外语增加了这道禁令的严厉程度。如果不是一个接踵而来的补充说明"现在花束变得更漂亮了"宣布真正的对话开始的话，也许鳏夫与寡妇的邂逅就可以同兹罗提①的行情下跌相提并论了。

他写道：还在寡妇付款时，就开始了一次关于蘑菇，特别是关于晚熟的、迟熟的牛肝菌的对话。其原因就是没完没了的夏季和温暖的秋季。"可是她却直截了当地嘲笑我关于全球性气候变化的提示。"

在一个晴转多云的十一月天，两人面对面地站在一起。没有任何东西能把他们同花摊和牛肝菌分离开来。他爱上了她，她爱上了他。寡妇笑声不断。在她那发音准确的话语前前后后都是哈哈大笑声。这种笑声看起来好像毫无理由，只不过是规定节目或者是加演节目罢了。鳏夫喜欢这种近于刺耳的哈哈大笑，因为在他的记录中写着："活像一只钟声鸟！有时候使人害怕，当然，我还是喜欢听她哈哈大笑，而不去询问她老是逗乐的原因。很可能，她是在嘲笑我，取笑我。不过即使如此，能让她笑口常开，我也感到高兴。"

他们就这样站着不动。或者说：所以他们俩就适合于给我——好让我习惯这种情况——当一会儿，再当一会儿模特儿。如果说她衣着时髦——他觉得"过于花哨了"——的话，那么他的粗花呢上衣配上灯芯绒裤子，则使他显出一副不修边幅的样子，配上摄影包很合适。作为受过教育的旅游者，他是一个更为优秀的旅行家。"如果不选这些花，那我可以挑选我们刚开始的谈话对象，挑选一些牛肝菌，挑选这儿这个，这个，这个，还有这个，可以把它们作为礼物送给您吗？它们看起来很吸引人，可不是吗？"

他可以这样做。她留心着，别让他把

① 波兰的货币单位。

太多的钞票数给市场女贩了。"在这儿什么东西都贵得要命!"她大声说道。"不过对于用德国马克的先生来说还是便宜的。"

我在考虑,他是不是在心算,把他的货币同兹罗提钞票上的多位数字进行过比较,他是不是不怕她嘲笑,认真考虑过,要把他写在日记上的有关切尔诺贝利核泄漏事件①及其后果的提示作为事后的警告公之于世呢?这一点是肯定的:在买东西之前他给蘑菇拍过照,而且说他的相机的公司品牌是日本的。因为他斜着从上到下垂直拍快照,蹲着的市场女贩的鞋头贴皮进入了镜头,所以这张照片证明了牛肝菌的无比巨大。这两位稍微年轻一点儿的人身材丰满,比高高隆起的帽子还要宽大。时而向内鼓起,时而向外卷的宽边帽檐遮住这位上了年纪的妇女肥胖、扭曲的身躯。当他们四个人把他们又高又宽的帽子平放着,凑在一起,而且由摄影师这样安排,让它们不会重叠起来时,它们便构成一幅静物画。很可能鳏夫做出了一个相应的注解。要不,就是她说出了"像静物画一样美"这句话吧?不管怎样,这位身背挎包的寡妇在购买包在报纸里的蘑菇时,额外得到了一个购物网袋。在蘑菇里面,市场女贩还放了一束香菜。

他要拎这个网袋。她紧紧抓住不放。他求她放手。她拒绝道:"先是送礼,接着还要拎东西。"

这是一场小小的争执。这一对男女当场就这样争来争去的——在你争我夺时网袋里的东西不能有丝毫损坏——就像两人都不想,而且现在还不想放弃他们会面的地点似的。开始是他使她,然后又是她使他重新放弃网袋。甚至就连紫菀都不让他拿。就像彼此之间早就成了知己似的,这一对男女的争执都已习以为常。也许他们可以在每一场歌剧中演唱二重唱吧。看来我已经知道,按照谁的音乐作品来演唱了。

至于观众嘛,并不缺少。市场女贩默默无言地在一旁观看。四周全是目击者。

---

① 1986年乌克兰的切尔诺贝利核电站发生爆炸和火灾,放射性铯大量泄漏,进入大气层,造成严重后果。

有八角形塔楼,塔楼现在的三房客,人挤得满满的兑换所,旁边有宽广的、恰似被污浊的空气吹得鼓胀的市场,阴森森的圣尼古拉教堂,邻近货摊的农妇和可能出现的顾客。因为在所有这一切之间,聚集着只受到每天每日的困境摆布的、熙来攘往的人群,这种景象很少改变。这些人那一点点钱每时每刻都在贬值。而这时寡妇与鳏夫彼此之间犹如夫妻财产分别占有法一样结清了账,谁也不想离开谁。

"现在我还得到别处去。"

"要是我可以的话,请允许我陪您吧。"

"得了,路有点儿远。"

"这会使我感到高兴的,真的……"

"可是在公墓我就得……"

"如果我不会太打扰的话……"

"好了,我们走吧。"

她拿着紫菀花束。他拎着装在购物网袋里的蘑菇。他稍微往前躬着身子。她迈着坚定有力的碎步。但他步履有点蹒跚,老爱踉踉跄跄比她足足高过一头。她有一双洗涤蓝一样的眼睛,他的眼睛远视。她有一头接近金红色的靓丽头发。他的上髭须略带灰白色。她带着过于浓郁的香水气味。他散发出剃须液与之抗衡的淡淡的香味。

两人消失在市场前拥挤不堪的人群中。现在就连鳏夫的巴斯克帽[①]也不见踪影。这是在圣卡塔琳娜教堂的大钟打十一点之前不久的事。而我呢?我得跟在这一对男女之后。

从什么时候起,他才打算把他那包用绳子捆住的破烂送到我家里来呢?难道说他就不会想起一份档案上有地址吗?一定是这个傻瓜把我看成讨人喜欢的傻瓜了吧?

这一叠信件,这些打了孔的账单和注明日期的照片,他那曾经作为日记、后来

① 一种扁圆形无檐软帽。

又作为储存而将种种空想快速记入的流水账本，这堆杂乱的剪报，这些录音带，所有这一切存放在档案保管员那里，也许比存放在我这里更合适。要是他知道我叙述起来多么驾轻就熟就好了。如果不是档案的话，他为什么又没有向一位殷勤的记者提供材料？那么，又是什么迫使我尾随他，不，尾随这两个人呢？

仅仅因为他和我据说在半个世纪前曾经是屁股挨着屁股坐在一起的同班同学吗？他断言："是靠窗一边那一行。"我想不起他曾经坐在我旁边。那是佩特里理科中学①。可能是这样。可我在那儿待了还不到两年哩。我不得不过于频繁地转学，身上流着时而是这所中学、时而是那所中学学生的汗水。时而是这所、时而是那所中学种上花草的课间休息庭院。我确实不知道是谁、在何地、从何时起曾经坐在我旁边乱涂乱画小人。

当我打开邮件时，最上面放着他随包寄来的信："正因为一切几乎不可思议，所以你肯定会知道该怎么办。"他用"你"来称呼我，仿佛在他看来，学生时代是永远不会过去似的："别的功课你当然不是蠢材，不过你的作文早就已经令人刮目相待……"我真该把他的破烂儿给他退回去，可是往哪儿寄呢？"其实，所有这一切很可能都是你虚构出来的，但我们又经历过、经历过十年前发生的事情……"

他给自己预先确定了日期。他的信上标明的日期是1999年6月19日。在快结束时，他用往常那简洁的文体，在谈到全世界欢庆世纪之交的准备工作时写道："多么不必要的铺张浪费啊！就这样，一个世纪，一个曾经把自己奉献给各种歼灭战、大规模驱逐、不计其数的死亡的世纪结束了。可是现在，新世纪伊始，这种生活又会……"

如此等等。我们就别说啦。只有这些情况是确实的：他们在十一月二日一个阳光灿烂的日子相遇，在柏林的界墙倒塌前几天。当一次世界性的事件可能开始时，世界或者这个不容变动的世界的一部分实际上就已经开始在变

---

① 昔日德国的九年制中学。

化了，而且不费周折，便像笨猪似的奔驰。各处的纪念碑都被推倒。我昔日的同学获悉这些往往同时以炫耀的口气记在他流水账本中的事实，但他却像讨论单纯的看法一样讨论这些事实。他差不多是很不情愿地在括号里的句子中给这些事件以继续发展的余地。据说这些事件全都被认为具有历史意义，可又使他感到恼怒，因为它们——他写道——"会使人们偏离真正的东西，偏离这种思想，偏离我们伟大的、同世界各国人民和解的思想……"

　　我对他的，她的故事已经了如指掌。仿佛我就身临其境似的，我已经谈到他的粗花呢上衣，她的购物网袋，把一顶巴斯克帽扣在他的头上，因为就像有灯芯绒裤子和高跟鞋一样，有这顶帽子，而且是在我手里的黑白和彩色照片上。在他看来，就像他们的鞋子尺码一样，她的香水和他的剃须香液也是值得一提的。那个购物网袋并非凭空虚构。后来，他充满深情地甚至非常自负地描写这件日用品的每个网眼，仿佛他要把它升格为文物似的。可是过去在购买牛肝菌时就已做过的关于钩织而成的传家宝的介绍——寡妇把这个网袋视为她母亲的遗物——就像预先已经提到的巴斯克帽一样，是我的补充说明。

　　他作为美术史家，而且还是教授只能如此：就像他把墓穴板和墓碑，石棺和墓志铭，尸骨存放所，墓室和被虫蛀得破破烂烂的亡灵幡这些在波罗的海周围流传下来的哥特式砖结构教堂里的陈设，稍加擦拭，让字迹清晰可辨，确定徽章图形，看出徽章上的标记，最后通过昔日一些显赫贵族世家简明扼要的家史，使它们变得具有说服力一样，在他看来，现在寡妇的购物网袋——她不只继承这一个，而是继承了半打网袋——就是昔日文化的证据，它受到可恶的防水布手提包的排挤，由于塑料袋的出现而大跌身价。他写道："四个购物网袋是钩织的，两个网袋就像过去织渔网一样，是一针一针编织而成的。在钩织的网袋当中，只有一个是单色的苔绿色，其他三个钩织袋和所有编织袋都是多色图案……"

就像他在博士论文中根据圣三一节教堂一块墓碑的浅浮雕，解释神学家施特劳赫徽章上的三根飞廉和五朵玫瑰——施特劳赫曾于十七世纪末在该教堂当牧师——而且同好斗的人生的浮沉联系起来一样——施特劳赫度过了几年堡垒监禁的生涯——他也对寡妇继承的购物网袋吹毛求疵。因为她在小牛皮挎包中随时都带着六个网袋当中的两个网袋，所以他就从所有在东方集团国家占据主导地位的、供应不足的经济中推导出这项预防措施来："突然在某个地方有了花椰菜、生黄瓜，或者说，一个流动商贩最近从他那波兰造菲亚特轿车后面的行李箱拿出香蕉来供应，实用的网袋立即可以供货，因为塑料袋在东方还很稀罕。"

接着，他使用两页的篇幅抱怨手工产品的衰败和西方塑料袋的兴盛，而且把它说成是人类自暴自弃的又一个标志。只是在他发的这通怨言快要结束时，在他看来，寡妇的那些购物网袋才又变得亲切可爱，充满了意义。还在买蘑菇之前我就曾经猜想有这么一个网袋，而且这个网袋还是单色编织袋。

辽阔的原野（节选）

刁承俊————译

在中国地毯上

令人惊奇的是，任何东西在书房里都有自己的位置。门右边放着一个当作狭长烘箱的铸铁炉子，左边放着一张床，所有的床柱上都有黄铜圆球。床顺着墙壁伸向窗户，所以冯提从床头上就可以看见一些枝叶繁茂、长满阔叶、很少有阵风将其摇动的树枝。在从床上伸手可及的墙壁上钉着一个书架。书架上放着历史书和早已脱销的旅游指南，萨克雷，司各特、狄更斯，还放着美国文学——马克·吐温、布雷特·哈特、库珀。大概只是因为书名的缘故吧，才让一本卡夫卡的书挤在这些书当中。

写字台的两边是门，中间空着，在中间的上方是抽屉。写字台占了双层窗前三分之一的地方，从双层窗可以望见后院，一年四季都可以看见的栗子树。写字台长长的桌边靠着外墙，外墙往右，只给放在房间比较长的一边的书架留下一个狭小的空间。在书架上一本挨一本地放着十九世纪文学，同后来的文学书混在一起，以致曼氏兄弟和埃弥尔·左拉、西格斯著作的书脊同屠格涅夫著作的书脊，拉贝和捷克人赫拉巴尔的作品放在一起，在《童年典范》和《对雅各布的种种揣测》之间是大部头《借方与贷方》，在《柏林，亚历山大广场》旁边是施托姆的诗和女作家巴赫曼的诗，米勒的早期剧作紧挨着豪普特曼的《织工》，赫尔韦格的《一个活人的诗歌》同舍德利希的《塔尔霍维尔》就像有意混杂在一起似的。最后提到的这部作品在八十年代中期只能在西方，在罗沃尔特出版社出版。刚一出版，霍夫塔勒就把它送给冯提，而且在赠书上写着这样的话："很难懂，但是值得一读。总的说来不错，只是结尾不妥。我从未表达过死的愿望。我真想与作者建立私人联系，可是舍德利希这个对象宁可离开我们，离开这个工农国家……"

在放着书架的那道墙最上面的书架上，堆放着种种杂志和画报，放着一个地球仪。只要有人转动这个地球仪，它就会让一个瓜分成殖民地的世界展现在人们眼前。在那道墙的对面，在紧靠床架脚头的地方，正好可以放下一个前面和侧面都装上玻璃、毕德麦耶尔风格的狭长书橱。这个书橱里存放着由东方和西方出版的不朽之人的全集，各种不同的传记，老马雅茨的回忆录，耶斯·塔伊森翻译的《不可挽回》的丹麦文译本，以及古董文物。在这些文物中，有《勃兰登堡省漫游记》的初版本，还有——诸如与此有关的——几本阿莱克西斯的作品。

樱桃木玻璃柜的外形朴实无华，只是它的最上层才装饰了一道稍带弧形的镶边。在这个玻璃柜上方，挂着一幅装上镜框的、屈恩工场出的诺伊鲁平连环图。这幅画的主题搅乱了玻璃书柜整体的宁静气氛。画幅表现的是1843年在最后的戏剧高潮中柏林熊熊燃烧的歌剧院。只有堵在舞台前面的那些蜂拥而至的人群面对这手工着色的辉煌灯光才泰然自若，同样，宪兵团的骑兵军官也毫不理会这次最近发生的轰动事件。这是一个漂亮的、经过精心挑选的版本，就我们所知，冯提迷恋"火灾"。

在玻璃柜与开窗的墙之间，正好放下一个同样是毕德麦耶尔风格的落地大座钟。这座钟尽管在走，而且也不发出响亮的嘀嗒声，可是它的信号装置却哑了，因为钟上的钟摆——不管是出于什么原因——被取下来了。这是一件用浅色桦木做的漂亮物品，它流逝的时光造成轻松愉快的气氛。窗前挂着透明的麦斯林纱窗帘，窗帘从来就没有全部拉上过，它是平欣姑妈留下的遗产。在窗帘外面，撩在一起。折成褶裥的是沉重的窗帷，它的边缘镶着一道编成辫子、逐渐往中间延伸、最后形成夹角的绲边。这是自古以来容易积尘的装饰物。

写字台前放着椅腿稍呈弧形的扶手椅，椅子靠背形成一个敞开的椭圆形。从椅子到门之间，放着一块地毯。人们也许把它叫作狭长地毯或者狭长小地毯更为恰当，因为它在床与书架之间架起了一条六步长的通道。

冯提在五十年代中期做巡回报告时，从艾森许滕施塔特带回这件外国货——最近生产的红色中国出口货，可是这种产品令人惊奇的图案在此期间，在人们足迹所到之处，已经被踩坏。只是在狭长小地毯的边缘，才有不少蔷薇色、柠檬黄、含有毒素、已经褪色的蓝色和绿色卷曲成植物卷须和嫩枝。人们还许能够从这件旋涡形装饰物中发现魔鬼和不断地吐着舌头的龙吧。

在办公桌右半端的上方，在加上镜框的照片之间——在这些照片上，主旨是这个具有历史意义的一家人，太太、女儿和三个儿子——悬挂着那幅利贝曼石版画的复制品，这幅画描摹的是不朽之人，而且竟然还是冯提。在桌子上，写字的面积受到堆放的书籍、一沓信和一块被打得满是有规则的窟窿眼儿的灰绿色建筑石材的限制。建筑石材的圆形空穴里插着一些文具：有不少铅笔，其中分别插着漆成淡绿色的铅笔，有一把裁纸刀和两根鹅毛管，这是最近一个在动物园的公园里看门的人送给冯提的。这些鹅毛管现在就等着作者的手把它们剪成做笔用的羽管，不过它们很少派上用场，本来嘛，也只是在人们情绪好或者特别高兴的时候，才会用它来写信。

在满是窟窿的石板左边，墨水瓶边上放着一枝细长的玻璃花，玛尔塔·武特克按照不同的季节，插上鲜花盛开的嫩绿柳枝，最先开放的大丽花、晚开的玫瑰、圣诞节时的槲寄生树枝。如同摆放在一起用作静物写生一般，与这只花瓶相映成趣的是一个放在大理石底座上的黄铜信秤。

在石材后面，在有低矮的小柱栏杆的桌面靠墙的地方，十六卷本的《迈耶百科全书》随手可取。这些书与作为不朽之人的遗物保存在诺伊鲁平故乡博物馆里的那个版本正好相配。在石材右前方，放着一个多半由一堆堆书遮住的、装满索引卡片的小盒子和一个古巴制造的雪茄烟盒，这个烟盒用来放回形针和胶水，放邮票和橡皮擦，放卷笔刀。冯提让削铅笔时掉下来的卷曲的木屑连同铅笔末一道掉进这个小盒子。这个坏习惯好多年来都使埃米感到恼火。埃米只是为了保持书房的整洁才跨进这间屋子。

也许我们忘了一些小东西——有时候一个腓特烈大帝的小型石膏胸像放在玻璃书柜中间，或者就像是一种累赘似的，放在写字台上靠边的地方——不过以后一有机会，不是补上这种就是补上那种珍品，或者说现在就已经摆在眼前了，因为这种东西很重要。这种东西就是冯提放在空白草稿纸上的阅读眼镜，它使我们想起不朽之人那副圆圆的、镜架毫不起眼的眼镜来，不朽之人从未戴着眼镜让人画过像或者拍过照。

总的说来，这间书房尽管面积要小一些，另外再撇开床和加上镜框的火灾画幅不谈，它同我们在照片上看到的那位于波茨坦大街134号C室的写字间相似，只不过所有的引文——落地式座钟、信秤、花瓶和玻璃书柜——都由于红色中国的狭长地毯以及地毯上的糖果色图案引起了怀疑。不过也可能出现这样的情况：那块要大得多的土耳其地毯同原屋的家具很不协调。

因为冯提和不朽之人都偏爱外国货，所以他们曾经就地尽情享受过这种矛盾：中国的狭长地毯和土耳其块状地毯邀请人们走来走去，它们是旅游代用品。这块地毯可以让人们进行考察旅行，而那块狭长地毯却只能让人做短暂访问。

倒不仅仅是这个原因，冯提才一再穿着他那皱巴巴的衣服在五步半的地方走来走去。在来来去去走动时，他脑海里就会出现恰当的词语。他长时间地走着，一直走到他能够在下一个和再下一个周期，重新坐到椅子上，把一页又一页的稿纸写得密密麻麻的时候为止。冥思苦想促使他一次又一次地离开椅子，直到狭长的地毯上。这块地毯允许他在任何气候条件下漫游。这一段路途上，允许他不用日夜相伴的影子陪同。日夜相伴的影子把他带回——尽管他估计时间非常短暂——童年时代。

1830年前后这段时间已经把人们给吸引住了。普鲁士犹如一潭死水，沉浸在警察国家的平安无事之中，而这时，周围的世界却在大吹特吹种种轰动事件。一个十岁男孩在年市上的表演篷前获得这方面的知识。在表演帐篷里，按照诺伊鲁平连环图样品复制而成的西洋镜画面——"一再出现穿着黄色和红色军装的士兵，如果是俄国人，那就身着绿装"——报告着种种重大事件：法国舰队出现在阿尔及利亚海岸，在杜佩雷海军上将指挥下炮击阿尔及尔；在激烈而短暂的革命之后，路易·菲利普当上了平民国王；在暴乱战争过程中，起义的波兰人最终还是被打败了……"没有别的战争，不排除我们自己的战争，"冯提用铅笔摘引着，"曾经像这些波兰人的斗争那样，再一次占据我的想象力……"然后局限于不朽之人对于波兰自由斗争的热情和从霍尔泰①到普拉滕的那些对波兰友好的诗歌："……因为我——在某种意义上来讲我感到遗憾，至少是同诗一般的感受处于矛盾之中——不得不把这种意见同下述情况联系起来：我往往只能半心半意地站在波兰人一边，而且随时随地在我身上都可以感受到某种义务，这种义务有利于有秩序的权力，就连俄国人的权力也不排除在外。"

冯提经历了在短短的狭长地毯上较长时间的步行之后，他就强调一句引文，这句引文允许他把自己本人的传记同他的榜样的双关语看成是一致的。而正当直至高龄的不朽之人在书信中，在家中的饭桌旁宣称热爱自由之时，他却同时在当初现行制度的统治下，忍受着默然不语的强制劳动之苦，因此无法得到一个不仅仅是对波兰战争进行判决的调查结果。当初的塔尔霍维尔和现在的霍夫塔勒也许都会赞同这一调查结果：

"一个矮子战胜一个巨人把我弄糊涂了，因为这种胜利违反事物发展的常规，我感

① 霍尔泰（Karl von Holtei, 1789—1880），德国作家。

到不合情理。"

因为波兰人老打败仗，或者说——不管巨人们怎么说——时至今日还没有吃过败仗，所以忠实于自身角色的冯提就想起从视觉上去证实在诺伊鲁平连环图上所模仿的那些重大事件。这个十岁男孩在斯维内明德通过西洋镜看到的那种已经缩小的图画，就相当于十岁的特奥·武特克坐在诺伊鲁平电影院里，任凭一部又一部的新闻周报展示的那些活动连环画：他看见纽约华尔街那个交易所的黑色星期五[①]连同它那些激动万分、烦躁不安的小人；他听见并看到了波兰英勇无比的毕苏斯基元帅[②]以及墨索里尼在阳台上打着各种手势的演说；他是年迈的帝国总统兴登堡老态龙钟的威仪的见证人；他不由自主地任凭体魄健壮的青年人的竞赛和受到无聊的愿望驱使的列队旅行的主宰，因为未来属于身穿黑色和褐色制服的队伍，就是这些队伍年复一年地使更多的新闻周报都回响着狐步舞曲——把世界上的青年都聚集在一起，这就相当于连受到梅特涅恩惠的神圣同盟[③]大概都想实现的那种国际和平。有一部新闻周报给了诺伊鲁平连环图上所表现的、波兰人为争取自由所进行的多次斗争做出了回答，这部片子用印度的群众场面，描述了甘地对不列颠殖民政权的非暴力反抗。对此，冯提找到了一段合适的引文："在大不列颠帝国占尽一切军事优势之时，仍然会提出这样的问题：'在这儿谁是巨人，谁是矮子？'"

然后，他又重新在红色中国狭长地毯上走来走去，以便在走了整整一百米路途之后，把斯维内明德家庭教师劳博士的画像同他老师的画像进行比较。劳同参议教师埃斯纳的经历一样顺利。在给这个和那个教育家所下的评语，便成了曾经是新的、后来成为老的文科中学的内部意见。这所文科中学于1791年，诺伊鲁平市那

[①] 指1873年5月9日和1927年5月13日两次世界经济危机开始的日子。
[②] 毕苏斯基（Jozef Klemens Pilsudski, 1867—1935），波兰革命家、政治家，曾任波兰总统。后任国防部长，拒绝与希特勒合作反苏。
[③] 指1815年俄、普、奥三国君主订立的反动同盟。

场大火刚过就举行了落成典礼。当然，就连这场大火也一定会把两个童年时代照得通亮。这座城市最后要给这场将一切都付之一炬的大火记上的功绩是：有了改建得无懈可击的练兵场，笔直的阅兵街道，除了市政厅和申克尔教堂之外，还有那所由于一位在此遭到短期磨难的学生出名的文科中学。这所中学实行古典式的严格管理，在它的大门对面，昔日作为纪念碑，曾经耸立着国王腓特烈·威廉的塑像，后来，取代国王位置的是一座用逐渐变黑的青铜铸造的、比真人还要大的卡尔·马克思半身塑像。"这座塑像现在还立在那儿，"冯提写道，"只不过就像国家曾经答应长期保留的那些如此众多的纪念碑一样，它随时都可以搬走。"

所有这些时间的跳跃在他手中都进行得一帆风顺。只有在不得不削铅笔时，他才中断奋笔疾书。走过三四次地毯，紧接着再做过三四次记录之后，铅笔上卷曲的木屑又掉进敞开的、古巴制造的雪茄盒里，而且每一次都有少量铅笔末。现在正是八月中旬，玻璃花瓶里插着一束盛开的大丽花。

我们想在这里打住话头，斗胆做一次比较。不管是用铅笔、钢笔，还是用自己亲手削尖的天鹅羽管笔，冯提都在继续不停地写那种字，写那种五十年来在档案馆一直受到保护、应当按其字形来解释的字。我们不是笔迹学研究者，凭着档案上所有细致的笔画，只能做出外行的解释，从书法的角度说明作为书信或者一页手稿摆在我们面前的什么东西。尽管如此，这仍然是一次大胆的尝试。

在遇到用墨水写的字时，那些有"弯道"的或者——按照当时的写法是双重"s"形的——所有由上而下的笔画因为其拖得长长的下端，特别引人注目。仓促写就的字像匆匆笔录的、潦草的铅笔字一样，很难写成敞开的、凭着所谓的兴致向外弯曲而成的"弯道"，所以，在我们面前的这张纸上，就譬如写"Quatsch"[①]这个字吧，不仅在写最后的"sch"中的"h"

[①] 德语：胡说。

时，而且在写长长的"s"时，就找不到这种使人注意到某种本能的那种拖得长长的下端。也许这样一来恰好证实了大儿子的批评。他说："格奥尔格信上说得非常好。说我描述不了艺术爱好者，这可是太正确了。可是谁能做到无所不能呢？"

同铅笔字相比，不朽之人的墨水字全都显得更花哨，具有装饰性，所以在信上称呼为："Meine liebe Frau"和"Liebe Mete"[1]时，其中大写的 M 就由两个自上而下的"弯道"和一个斜着往上的"弯道"构成。小写的"u"上面所有正常的碗状弧线都几乎合成圆形，而这时它那些微不足道的小通道时而往上，时而往下，然后又往这个或者那个侧面放开。总的说来，这个小写的"u"字在铅笔字中还要显得更随便一些，因而往往都会成为圆形。你就说一说，谁喜欢这些用囊衣包封的写法吧。

如果说墨水线条在这里是一边用诙谐的语气，从很久以前的事情开始讲述故事，一边又在那里朝着某一点或者某一噱头跑去的话，那么，用铅笔写成的字就会烦躁不安，行色匆匆地赶上前去，就好像在有轨马车里偶然听到的片言只语，在约斯蒂或者在施特晨利咖啡店里听来的闲聊，就连在黄昏时分散步途中——沿着菩提树下大街往上走，沿着菩提树下大街往下走——挂在嘴边的那些谈话，在它们逐渐消失之前，它都得把它们记下来似的。这时，在房间里，在土耳其地毯上走来走去时讲的话，大多让这位亲耳听见的证人给听见了。

---

[1] 前一称呼为"我亲爱的太太"，后为"亲爱的梅特"。

我的世纪（节选）

蔡鸿君————译

1900 年[*]

我，或者替换了我的人[①]，每一年都要出现。但并不总是出现在最前排，因为经常发生战争，像我们这些人喜欢撤到后方。当年去打中国人的时候[②]，我们这个营在不来梅港列队受阅，我则站在中间方队的最前面。几乎所有的人都是志愿的，施特劳宾只有我一个人报了名，尽管不久前我和莱茵——我亲爱的特蕾泽刚订了婚。

我们列队待命上船，迎着太阳，背后是北德船运公司的远洋大楼。皇帝站在我们前面的一座高台上，慷慨激昂地讲话[③]，声音在我们的头顶上回荡。新式的宽边帽檐水手帽又称作西南帽，可以遮阳防晒。我们这些人看上去可漂亮啦。皇帝戴着一顶特制的蓝色头盔，上面有一只闪闪发亮的雄鹰。他讲到重大的任务和凶残的敌人。他的演说吸引了所有的人。他说："你们到了那里，要记住：不要宽恕，不要抓俘虏……"接着他又讲到埃策尔国王和他的匈奴大军。他赞扬匈奴人，尽管据说他们当年烧杀抢掠，无恶不作。因此，社民党人后来印刷了那些狂妄放肆的匈奴

[*] 叙述者：年轻士兵。叙述事件：德国派兵镇压中国的义和团运动。叙述时间：回国举行婚礼之后。

[①] 作者开宗明义地告诉读者，文中的"我"并非总是作者，有时是"替换了我的人"。

[②] 1898年，德国占领中国的胶州半岛，并强行租借青岛等地区。1900年，义和团包围了北京的外国使馆区，杀死了包括德国驻华公使在内的部分外国人，德国遂派兵参加了八国联军。

[③] 1900年7月27日，德国皇帝威廉二世在不来梅港送别德国远征军团时讲话，要求士兵要像当年的匈奴人那样凶狠残暴。

人信函[1],对皇帝关于匈奴人的演讲竭尽诽谤中伤之能事。最后,他向我们发出进军中国的命令:"为文化彻底打开一条通道!"我们三呼万岁。

对我这个来自下巴伐利亚的人来说,漫长的海上旅行如同炼狱。当我们终于到达天津的时候,所有其他国家的军队早就到了:不列颠人、美国人、俄罗斯人,甚至还有真正的日本人和其他几个小国家的小部队。所谓的不列颠人,其实是印度人。最初,我们的人数很少,但是幸亏我们有克虏伯生产的五厘米新式速射火炮。美国人则试用他们的马克西姆机关枪,这是一种真正的魔鬼武器。因而很快就攻克了北京。当我们这个连开进城里的时候,似乎一切都已经结束了,真是太遗憾了。然而,还有几个拳师不肯罢休。这是他们的叫法,这是一个秘密组织,又名"大刀会",或者用我们的话来说,就是"用拳头格斗的人"。英国人最早开始谈论拳师起义,后来所有的人都谈论拳师起义。拳师们仇恨外国人,因为外国人把各种各样的玩意儿卖给中国人,不列颠人尤其喜欢卖给他们鸦片。接着发生的事情,就像皇帝下达的命令那样:不抓俘虏。

按照命令把拳师们驱赶到前门广场,就在那堵将紫禁城与北京的普通城区隔开的高墙脚下。他们的辫子被捆在一起,看上去很滑稽。然后是集体枪决或是逐一砍头。关于这些恐怖可怕的事情,我在信中并未向未婚妻提过一个字,我写的只是百年皮蛋和中国式的馒头。不列颠人和我们德国人最喜欢用枪来快速解决,而日本人则更愿意采用他们历史悠久的斩首。

拳师们宁愿被枪毙,因为他们害怕死后不得不用胳膊夹着脑袋在地狱里乱窜。除此之外,他们毫无所惧。我看见过一个人,他在被枪毙之前还贪婪地吃着一块用糖浆浸泡过的米糕。

[1] 许多德国士兵在给亲友的信中提到他们在中国如何残酷地镇压义和团,当时的一些进步报纸曾经摘要发表,这些信件被称为"匈奴人信函"。

前门广场狂风呼啸，这股来自沙漠的风，经常卷起一团团黄色的尘雾。一切都变成了黄色，我们也是如此。这些我都写信告诉了我的未婚妻，并且还在信里给她装了一点沙土。义和团的人都是和我们一样年轻的小伙子，日本的刽子手们为了一刀砍得漂亮，先把他们脖梗上的辫子割掉，因此，广场上经常会有一小堆一小堆被割下来的满是尘土的中国人的辫子。我拿了一根辫子，寄回家作为纪念品。回到家乡以后，我在狂欢节时把它绑在头上逗大伙开心取乐，直到有一天我的未婚妻把这件从中国带回来的小礼物烧掉为止。"这种东西会给家里带来鬼魂。"莱茜在我们举行婚礼的前两天这么说。

但，这已经是另一个故事了。

1927 年*

直到金色10月的中旬①，我妈②才生下了我。但是仔细地观察一下，只有我出生的这一年是金色的，而二十年代在此之前和在此之后的其他那些年份，充其量只有一些亮点或者试图以声嘶力竭的叫喊使平淡的日子变得五彩缤纷。是什么使我的这一年光芒四射呢？是因为逐步稳定的帝国马克吗？还是因为《存在与时间》③？这本书以与众不同的华丽辞藻印刷上市，每一个写文艺小品

* 叙述者：胚胎格拉斯叙述美好的二十年代。叙述事件：作者本人出生。

① 格拉斯于1927年10月16日出生在但泽，即现在波兰的格但斯克。
② 格拉斯的母亲叫海伦娜·格拉斯（1896—1954），是属于西斯拉夫的卡舒布人。
③ 德国哲学家马丁·海德格尔（1889—1976）的代表作，出版于1927年。海德格尔自1928年起任德国弗莱堡大学教授。

107

的家伙很快都开始效法海德格尔。

没错，蹲在每一个街角的伤残人和总体来说变得贫穷的中产阶级，都对战争、饥荒和通货膨胀记忆犹新。在此之后，终于可以把生活作为"堕落"来庆贺，或者喝着气泡酒和马丁尼，把生活作为"通向死亡的存在"来打发。但是，这些一步一步打进存在主义总决赛的华丽辞藻肯定不是金色的。倒是男高音理查德·陶贝尔[1]有着一副金子般的嗓子。只要起居室的唱机开始转动，我妈就从遥远的地方对他表示热烈真诚的爱慕之情，在我出生之后以及她的有生之年——她没有活到很老的时候——都哼唱着当时在所有轻歌剧舞台备受赞扬的《沙皇之子》[2]："有一个士兵站在伏尔加河边……你高高在上忘了一切，也忘了我……独自一人，又是独自一人……"一直到结尾的那句又苦又甜的唱词："我坐在金色的笼子里……"

但是，一切都只是一层金箔。真金的，是那些姑娘，也只有那些姑娘。她们甚至也到过我们但泽，穿着金光闪闪的衣服登台表演，不是在市立剧院，而是在佐波特赌场[3]。马克斯·考尔和他的巫师苏西在各地杂耍剧场扮演千里眼和魔术师已颇有名气，他可以坐在他的旅行箱上，借助一个个旅馆贴画，在脑子里把欧洲几个国家的首都梳理一遍，因为他和我爸的兄弟弗里德尔从学校开始就是朋友，所以我后来叫他马克斯叔叔。每当谈起这些"在这里巡回演出的姑娘们"，他总是厌烦地不屑一提。"最蹩脚的模仿秀！"

妈妈怀着我的时候，据说他曾大声说道："你们无论如何也一定要去柏林看看。那里总有好事！"他还用细长的魔术师的手指模仿泰勒姑娘[4]，是模仿她们的长腿，

---

[1] 理查德·陶贝尔（1891—1948），德国男高音歌唱家，1933年流亡英国。
[2] 德国作曲家弗兰茨·勒哈（1870—1948）的轻歌剧，1927年2月21日在柏林首演。
[3] 佐波特位于但泽海湾，1920年后划归但泽。
[4] 当时柏林的一个有名的舞蹈剧团。

同时他也模仿卓别林。他很会描述这些姑娘的"肢体"。他声称：她们的肢体"已经训练得完美无瑕"。然后他又说到"有韵律的整齐"和"海军上将宫里的闪光时刻"。还说了一些与伴舞的节目有关的用金子镶嵌的名字："这个令人兴奋的特鲁德·赫斯特贝格带着她的这支小分队赶走了席勒的强盗，把舞跳得滑稽至极。"人们还听他如醉如痴地谈论在"刻度戏院"或者"冬园剧场"经历的"巧克力小孩"乐队表演的节目。"据说，约瑟芬·贝克[1]这个野性十足的热情女郎不久就要到柏林演出。跳舞的堕落，就像那位哲学家说的那样……"

妈妈愿意任凭她的渴望纵横驰骋，也把马克斯叔叔的这种热情传给了我："柏林到处都在跳舞，而且只有跳舞。你们一定要去一次，无论如何也要去，看一场原汁原味的哈勒歌舞剧[2]，看一看拉·亚娜[3]在金色刺绣帷幕前面跳舞。"这时他再次用细长的魔术师的手指模仿泰勒姑娘。怀着我的妈妈大概会微笑着说："要是生意好一些，也许以后去一次吧。"然而，她一直也没有能够去成柏林。

只有一次，那是三十年代末，当二十年代的金色粉末不再闪烁，她把卖殖民地出产的农副产品的小店交给我的父亲，在一次"力量来自欢乐的旅行"[4]期间，一直到了高山深处的萨尔茨王室田庄。都穿着短皮裤。跳的是拍鞋舞。

[1] 约瑟芬·贝克（1906—1975），美国女歌舞演员，1925年在巴黎等地演出，倾倒无数欧洲观众。
[2] 由著名舞台艺术家赫尔曼·哈勒（1871—1934）编导的歌舞剧。哈勒在1923年买下了海军上将宫。
[3] 二十年代柏林有名的女歌舞演员。
[4] 纳粹政权组织的大众娱乐和旅行活动。

1959 年[*]

就像我们俩,安娜和我——那是1953年——如何互相在寒冷的1月,在柏林的"鸡蛋壳"舞厅找到对方那样,我们欢快地翩翩起舞,因为只有离开书展大厅及其展出的两万种新书[①]和数千名喋喋不休的圈内人士,才可能得到解脱;花的是出版社的钱(鲁赫特汉德出版社,或许是在S.菲舍尔出版社那栋刚刚落成的"蜂箱"办公大楼,肯定不是在苏尔坎普出版社那些擦得锃亮的过道里,不对,是在鲁赫特汉德出版社租借的一个场所),我们每次总是这样,安娜和我,一边跳舞,一边寻找对方,找到对方,伴着一支与我们年轻时代的韵律相符的曲子,迪克西兰爵士乐,似乎我们只有跳舞才能逃避这种闹哄哄的场面,逃避书的洪水,逃避所有这些重要的人物,才能步伐轻盈地摆脱他们的议论——"成功!伯尔[②],格拉斯,约翰森[③],获得了成功……"——同时也才能够在快速的旋转中排斥我们的预感,现在停下来了,现在又开始了,现在我们有了名气,而且是两腿富有弹性,紧贴在一起或者只是保持指尖的接触,因为这种书展大厅里的低声细语——"台球,推测,铁皮鼓[④]……"——以及这种舞会的窃窃私语——"现在终于出现了德国的战后文

---

[*] 叙述者:作者本人。叙述事件:《铁皮鼓》出版。

[①] 书展大厅及其展出的两万种新书,即法兰克福书展,1959年10月6日开幕。
[②] 海因里希·伯尔(1917—1984),德国作家,获得1972年诺贝尔文学奖。
[③] 乌韦·约翰森,德国作家。
[④] 台球,推测,铁皮鼓……,指伯尔的长篇小说《九点半的台球》(1959),约翰森的长篇小说《关于雅各布的推测》(1959)和作者本人的《铁皮鼓》(1959)。

110

学……"——或者还有军事上的诊断——"尽管有西布尔格和《法兰克福汇报》，但是现在终于取得了突破……"——仅仅是由于跳舞成瘾和得意忘形而一律遭到忽略，因为迪克西兰爵士乐和我们心跳的声音更响，它为我们增添了翅膀，让我们进入失重状态，以至于那本厚书的重量——厚厚的七百三十页——在跳舞中消失了，我们从一个版次又上升到另一个版次，十五万册，不对，二十万册，有人高喊"三十万册！"还有人猜测和法国、日本、斯堪的纳维亚签订了几项版权合同，我们也超越了这一成功，正在脚不沾地地跳着，这时，安娜的那条下沿勾织了许多齿形花边、中间有三道褶的衬裙掉了下来，松紧带绷断了或者是我们失去了任何顾忌，因此，安娜毫无拘束地从掉下来的衬裙里面飘然而出，用光着的脚尖将衬裙挑起，扔向看着我们的人群，书展的观众，其中甚至还有读者，他们和我们一起由出版社出钱（鲁赫特汉德出版社）为这本已经非常畅销的书庆祝，高喊"奥斯卡！奥斯卡在跳舞"；但是，这并不是那个和电话局的一位女士伴着《老虎杰米》的曲子翩翩起舞的奥斯卡·马策拉特，而是舞跳得非常默契的安娜和我，把弗兰茨和劳乌尔这两个小儿子托付给朋友们，乘火车长途旅行，而且是从巴黎过来的，我在那里的一个潮湿的小屋里，为我们的两间陋室添煤取暖，面对漏雨渗水的墙壁，写出了一章又一章，而安娜则在克里齐广场的诺拉女士那里每天把脚架在芭蕾舞练习杠上汗流浃背，那条掉下来的衬裙还是祖母留下来的遗产，直到我打完了最后几页，把清样寄往诺伊维德，再用毛笔画完了这本书的封面[①]，上面是蓝眼睛的奥斯卡，出版商（他姓莱费尔赛德）邀请我们去法兰克福参加书展，为了让我们俩能够一起经历、享受、品味、咀嚼这一成功；但是，安娜和我一直在跳舞，后来当我们出了名以后仍然一块儿跳舞，可是跳来跳去我们之间可以谈的话则越来越少。

[①]《铁皮鼓》的封面由作者设计绘制，他以后的绝大部分著作封面也都是由他自己设计绘制的。

1968 年*

讨论课似乎得到了满足，但是我却一直忐忑不安。借助于小心谨慎获得的威信，我终于勉勉强强地听出那首茅屋诗歌是对后来的《死亡赋格》的回响，也是对那位重要的、但同时也被作为死神化身的"来自德国的大师"的挑战，因此我再次经历了使自己面对问题的处境：是什么驱使你在第二年的复活节之后立刻离开了弗莱堡？你在此之前一直倾听词与词之间的沉默，参与崇高的未完成的作品，参与荷尔德林[①]的逐渐出现的沉默，究竟是哪一种转折把你变成了激进的"六八分子"？

或许，如果不是大学生本诺·奥纳索格被杀的消息在迟了一段时间之后，把你变成了革命者，那么肯定就是对鲁迪·杜茨克[②]的谋杀行动，至少是在说话方面，你放弃了原来的行话[③]，开始以另外一种行话，即辩论的行话，到处瞎说。我是这样向自己解释的，但是并不能肯定我的语言转变的更深一层的原因，在星期三的讨论课期间，我一直在试图平息我的这些错误突然引起的内心激动。

不管怎样，我首先是带着日耳曼语言

---

* 叙述者：德语文学教授。叙述事件：大学生运动领袖杜茨克遇刺，批判阿多诺的公开辩论会。叙述时间：1998年。

① 约翰·克里斯蒂安·荷尔德林（1770—1843），德国诗人，1808年得了精神分裂症。
② 鲁迪·杜茨克（1940—1979），德国1968年学生运动领导人，1968年6月2日遭到谋杀。
③ 指阿多诺在1964年发表的论文《原来的行话——论德国的意识形态》。

文学来到法兰克福的，就像是为了证明我的再次转折，注册学习社会学专业。我听哈贝马斯和阿多诺的课，但是，我们——我很快就加入了德国社民党大学生联盟——几乎不让阿多诺有说话的机会，他被我们看作是可以攻击的权威。到处的学生都造老师的反，法兰克福尤其激烈，出现了占领大学的情况，因为阿多诺，这位伟大的阿多诺，觉得迫不得已才叫来了警察，学校很快又被腾空了。汉斯-于尔根·克拉尔是我们那些最善言辞的发言人中的一个，他的口才甚至就连这位否定大师都很佩服，他在几年以前还是法西斯组织"鲁登道夫联盟"的成员，后来又是反动组织"青年联盟"的成员，这时，在绝对的转折之后，把自己视为杜茨克直接的继承人和反抗权威的权威，这个克拉尔被抓了起来，几天之后又被释放，他从此变得非常活跃，不管是抵制《紧急状态法》，还是批斗他的那位无论如何都是极受尊敬的老师。9月23日，即书展的最后一天，在1965年曾经结束了第一次奥斯威辛审判的加鲁斯市民之家，一次公开辩论会被一片闹哄哄的喧嚣所淹没，最后，阿多诺成为这次公开辩论会的牺牲者。

多么动荡的时代啊！在我的风平浪静的讨论课上养尊处优，只是被一位特别固执的年轻女士提出的挑衅性问题搅得有一点儿心烦，我试图越过三十年的岁月流逝，进入这场变成了法庭的辩论会。对使用暴力的词句是多么乐此不疲啊！我也在人群中高声呼喊，找出一些只字片语，认为必须超过克拉尔的热情，和他以及其他人一起，热衷于彻底揭露这个提出将一切溶解在矛盾之中的辩证法的圆脑袋大师，显然也获得了成功，他这时狼狈不堪，不知所措，一言不发。一些女大学生挤在一起坐在这位教授的脚前，不久以前，她们还在他的面前裸露出自己的乳房，强迫阿多诺中断他的讲座课①。现在，她们也想看看这个敏感的人赤裸的样子。

他，结结实实，胖乎乎的，衣着样式普

① 当时的确发生过女学生在课堂裸露出自己的乳房，强迫阿多诺中断讲座课的事情。

通但却结实耐穿，可以说是正要被人一层层地剥去外衣。更加尴尬的是：他不得不将保护着他的理论一件一件地脱下来，并且按照克拉尔和其他人的要求，把他的刚刚被撕得粉碎的权威，在这场革命的、被修补得不够完善的状态中再次交付使用。这就是说，他应该使自己成为有用的人。人们还需要他。立刻就在各地前往波恩的进军中派上了用场。面对统治阶级，人们觉得自己被迫从他的权威中获得了好处。然而，从原则上来讲，他属于被废除之列。

最后这句话大概是我喊的。是什么人或者什么东西，让我从心中喊出来的呢？是什么原因让我支持暴力的呢？只要我又看见我的那些正在眼前进行的策兰讨论会上勤奋地积攒学分的学生们，我就会对自己当年的激进表示怀疑。也许我们，也许我，只是想允许自己开一次玩笑。或许我是一时糊涂，错误地理解了一些过于繁琐的空洞言词，比如关于压制的容忍，就像我从前曾经曲解了大师对所有存在的遗忘的判决。

克拉尔被认为是阿多诺最有才华的学生，他喜欢兜一个大圈子然后设下最后的圈套，把刚才还很模糊的概念推向极端。当然，也可以听到反对的意见。譬如，哈贝马斯，但是，他的那些自从汉诺威大会以来一直不绝于耳的关于左翼法西斯主义威胁的警告，在我们这里已经不再获得承认。或许还有那个蓄着髭须的作家[1]，他把自己出卖给了社民党，这会儿自以为可以出来指责我们"狂怒的行动主义"。大厅里乱作一团。我不得不假设，曾经乱作一团。是什么促使我提前离开了那个挤满了人的大厅呢？是缺少过激行为吗？是不是我无法继续忍受克拉尔的外貌，因为只有一只眼睛，他总是戴着一副墨镜？或许我是要避开看见受到侮辱的特奥多尔·W.阿多诺的那副耶稣受难的样子？

[1] 指作者本人。

在靠近大厅出口的地方，始终挤满了听众，有一位上了年纪、显然是来看书展的先生，带着一点地方口音对我说："您都胡扯些什么啊。在我们布拉格，一个月以来，到处都是苏联的坦克①，您却在这儿瞎扯人民的集体学习过程。您赶紧去一趟美丽的波西米亚吧。您就会在集体中学会，什么是权力，什么是软弱无能。你们什么都不知道，但是却自称对什么都知道得更清楚……"

"是啊，"我突然自言自语起来，毫不理会我的那些正在埋头对两首诗进行文本阐释、这时吃惊地抬头看着我的学生，"1968年夏末还发生了其他一些事。捷克斯洛伐克遭到占领，德国的士兵也参加了。不到一年之后，阿多诺去世，据说是心脏功能缺损。另外，1970年2月，克拉尔在一次交通事故中丧生。同一年，保尔·策兰没有从海德格尔那里得到那句希望得到的话，在巴黎从一座桥上跳入水中，结束了自己的余生。我们不清楚是在哪一天……"

在这之后，听我的星期三讨论课的学生越来越少。最后坐在那里的只剩下了那个前面提到过的女学生。她显然也没有任何问题要提，所以我也一声不吭。她大概也很满足和我单独待上一段时间。就这样我们都沉默不语。直到她离开的时候，她才说出两句储备已久的话："我现在走了。从您这儿反正也不会再得到什么东西。"

① 即1968年8月21日，华沙条约成员国出兵镇压捷克斯洛伐克的"布拉格之春"。

1999 年[*]

  他没有强迫我，而是说服了我，这个小家伙。他总是能够达到目的，最后我也只好答应。这样一来，我[①]现在就还活着，一百多岁，身体健康，因为他希望这样。在这一方面，他从一开始起，甚至还只有三个圆形奶酪那么高的时候，就很在行。撒起谎来连草稿都不打，还会漫天许愿："等我长大了，发了财，我们就去旅行，随便你想去哪儿，妈妈，甚至去那不勒斯。"但是接着就爆发了战争，然后我们遭到驱逐[②]，先是到了苏联占领区，后来又逃到了西边，那些莱茵地区的农民安排我们住在一个冰冷的饲料仓库里，而且还刁难我们："你们倒是从哪儿来还回到哪儿去啊！"他们也和我一样信奉天主教。

  早在1952年就已经确诊，我得的是癌症，那时我丈夫[③]和我早已有了自己的住房。我又坚持了两年，直到我们的女儿[④]结束了在办公室当秘书的学徒，她把自己所有的梦想统统抛在脑后，可怜的丫头，在此期间，这小子在杜塞尔多夫上大学，学的是连面包也挣不来的艺术，真不知道他靠什么生活。我连五十八岁都没有活到。现在却要来庆贺我的一百零几岁的生日，因为他无论如何也想要把我，他的可怜的妈妈，错过的一切全给补上。

[*] 叙述者：作者的母亲。叙述事件：格拉斯的母亲诞生一百零三周年。叙述时间：1999年初。

[①] 格拉斯的母亲海伦娜·格拉斯（1896—1954）。
[②] 二战后，许多住在前纳粹德国东部地区的德国人被苏军驱赶。作者的父母在此期间从但泽逃到德国西部。
[③] 作者的父亲威廉·格拉斯（1899—1979），威利是威廉的昵称。
[④] 作者的妹妹瓦尔特劳特，1930年出生。

116

我甚至挺喜欢他偷偷想出来的主意。我总是很宽容，即使他像我丈夫说的那样撒下了弥天大谎。这个可以望到湖水的老人院，甚至还是一家比较高级的，名字叫"奥古斯蒂努姆"，我现在就在这里接受照料，因为他希望这样，没有什么可以抱怨的。我有一间半房间，再加上浴室、小灶台和阳台。他还为我安装了彩色电视和一套专门播放那种银光闪闪的新式唱片的设备，有歌剧咏叹调和轻歌剧，我一直就喜欢听这些，刚刚还听了一段《沙皇之子》里的咏叹调："有一个士兵站在伏尔加河边……"他还带着我去了几次长途和短途的旅行，前不久去了哥本哈根，要是我身体健康，明年总算可以去南方了，一直到那不勒斯……

现在我应该来讲讲以前和以前的以前发生的事情。要我说吧，就是战争，经常是战争，其间也有一些停歇。我父亲在兵工厂当钳工，仗刚刚打起来就在塔内恩贝格①阵亡了。接着是两个兄弟在法国阵亡。一个画过画，另一个写的几首诗甚至上了报纸。我儿子肯定是从他们俩这里继承了这一切，我的第三个兄弟只是饭店的服务员，虽然躲得远远的，但还是在什么地方得病死了。一定是被传染的。据说是一种性病，我也说不清楚是哪一种。我母亲纯粹是由于伤心，在和平之前，就跟在她的几个儿子后面走了，把我和我的小妹妹贝蒂，这个宠坏了的小家伙，孤零零地留在了这个世界上。是不错，我在"皇帝咖啡店"当了售货员，还学了一点儿怎么做账的本事。这样，在我和威利结婚之后，我们也能够开了一家商店，专卖殖民地的商品，那会儿通货膨胀刚刚结束，在我们但泽发行了古尔登②。刚开始的时候，生意很好。1927年，我当时已经超过三十岁，生了这个男孩，

① 1914年8月23日至31日，德国第八军和俄罗斯第二军在此激战。

② 古尔登从"金子"这个词演变而来，又可译为"盾"，是一种自1559年至1873年在德国流通的古代货币，此后德国的货币名称改为"马克"。但泽在历史上曾经归属波兰和德国，1920年11月15日被宣布为由国际联盟（1920—1946）管辖的自由国，发行自己的货币古尔登，隶属于波兰关税区，外交事务由波兰代理。

三年以后又添了个小丫头……

我们除了商店只有两个房间，因此这个小男孩只好把他的那些书、颜料盒以及塑像用的代用黏土放在窗台下面的一个角落里。他也觉得足够了。他把一切都想好了。现在他又强迫我重新再活一次，对我百依百顺，整天"妈妈长妈妈短"，带着他的孙子孙女来到老人院，他们肯定就应该是我的曾孙子曾孙女。个个都很可爱，只是有的时候也有一些讨人嫌，因此，当这几个调皮鬼——其中还有一对双胞胎，机灵的小家伙，喜欢多嘴多舌——在下面的公园林荫大道上穿着他们的那些玩意儿来回飞奔的时候，我也会感到高兴，可以舒上一口气，那些玩意儿就像不需要冰的滑冰鞋，它的叫法写起来就和斯卡特差不多①，所以小伙子们都称它为"玩斯卡特的人"。我可以从阳台上看见，这一个总想比另一个滑得更快……

斯卡特！我一辈子都喜欢玩斯卡特。大多数是跟我丈夫和弗兰茨一起玩，他是我的堂兄弟，也是卡舒布族，在波兰邮局做事，当战争又打起来的时候②，他一开始就被打死了。很糟糕。不仅仅是对于我。但这也是时代造成的。维利入了党③，我也参加了妇女组织④，因为在那里可以免费锻炼身体，这个男孩也在少年团⑤里穿上了时髦的制服……后来再玩斯卡特，只好让我的公公充当第三个人。他总是过于激动，这位木工师傅先生，常常忘记垫牌，我立刻就给他加倍。我一直喜欢玩斯卡特，甚至现在不得不重新再活一回时，仍然喜欢玩，而且是和我的儿子一起玩，他常带着和我同名的女儿海伦娜来看望我。这个小女孩

① 斯卡特（Skat）是一种三个人玩的纸牌游戏，发音与英文的"滑冰鞋"（skate）相似，这里指的是近年流行的那种英文叫 Inline‑Skates 的"旱冰鞋"，叙述者不懂英文，故将这个词当成是德文的"玩斯卡特的人"（Skäter）。
② 当战争又打起来的时候，即第二次世界大战。
③ 纳粹党。
④ 纳粹妇女组织"国家社会主义妇女联合会"。
⑤ 作者当时也参加了由十岁至十四岁男孩组成的德意志少年团。

玩得相当精明，比她父亲好多了，虽然我在他十岁或者十一岁时就教会他玩斯卡特，可是他叫起牌来总像个初学者。他只要有一张单色10，就会独自打他最喜欢的红心……

我们玩呀玩呀，我儿子一直把牌叫得过高，这时在下面"奥古斯蒂努姆"的公园里，我的曾孙子曾孙女们正站在他们的"玩斯卡特的人"上面嗖嗖地奔来奔去，以至于别人都会感到担心。不过到处都有软垫。膝盖、肘关节，两只手都有，他们甚至还戴着真正的防护头盔，为了保证不出任何事情。真是价格昂贵的东西！我想起我的那几个在第一次世界大战中阵亡或者以其他方式丧了命的兄弟，他们小的时候，那还是在皇帝的年代，从郎克福尔股份酿酒厂搞到一只用坏了的啤酒桶，把箍桶板拆下来，抹上肥皂，再把它们绑在系带的鞋子上，然后在耶施肯山谷的森林里当了一回真正的滑雪者，他们经常在埃尔伯山滑上滑下。没花一分钱，但是很管用的……

我只要想一想，置办那种用扳手旋紧固定的真正的滑雪鞋，对我这个开小店的女人来说意味着什么，而且是为两个孩子……在三十年代，商店经营情况只是一般而已……顾客赊账的太多，竞争也太大……接着又是古尔登贬值……虽然人们哼着小曲"5月使一切更新，一个古尔登变成了两个……"，但是什么都变得短缺起来。我们在但泽用的货币是古尔登，因为我们当时是共和国，直到后来又爆发了一场战争，元首让他的那个姓福斯特的省党部主席①，把我们领"回家，重归帝国"。从那时起，柜台上卖任何东西都只能用帝国马克。但是却越来越少。不得不在打烊之后把食品券分类贴在旧报纸上。有的时候，这个男孩也帮帮忙，直到他们也把他拉去穿上了军装②。在苏联人占了我们那儿之后，接着波兰人又把最后一块拿了过去，我们遭到驱逐，苦难接连不断，这时他终于完好无缺地重新回到我的身边。在这期间满

① 即阿尔贝特·福斯特。
② 作者在1944年9月被征入德国军队，派往东线作战。

了十九岁，自以为已经长成大人了。我又经历了货币改革。每个人得到四十马克的新钱。对于我们这些从东部过来的难民，这是一个艰难的开始……我们除此之外什么也没有……照相簿……还有他的集邮簿，我还算是救了出来……后来我就死了……

因为我儿子希望这样，现在又要我一起经历发行欧元。在此之前，他无论如何还要庆贺我的生日①，准确地说是一百零三岁。唉，他要这么做，我随便。这个小家伙现在也已经年过七十了，而且早就出了名。可是仍然不能停止写他的那些故事。有一些我也挺喜欢。有一些我差点儿就给他涂掉某几个段落。但是，家庭节日，既有争吵又有和解，我一直就很喜欢，因为我们卡舒布人搞庆祝活动总是有哭也有笑。起初，我女儿不愿意一块儿庆祝，她现在也快七十啦，因为她觉得他兄弟让我在他的故事里复活的这个主意有些太令人毛骨悚然。"算了吧，达道②，"我对她说，"否则他还会想出其他更糟糕的事。"事情就是这样。他想出了这些最最不可能的东西。总是一定要夸张。如果人们读了，可能根本不会相信……

2月底，我的女儿也来了。我已经高兴地期待着我的所有那些曾孙子曾孙女，他们又会在下面的公园里站在他们的"玩斯卡特的人"上面来回飞奔，我就在阳台上朝下看。我也高兴地期待着2000年。看一看来到的会是什么……但愿不再只是战争……先是在下面，然后是世界各地……

---

① 格拉斯的母亲海伦娜的一百零三岁生日是1999年2月25日。
② 达道是格拉斯妹妹的小名。

蟹行（节选）

蔡鸿君————译

"古斯特洛夫号"被三枚鱼雷击中 *

  据说是苏军潜艇"S-13号"的大副首先发现了远光航行灯。不管是谁最先发出了通报,马林涅斯科立刻就来到这艘正在水面航行的潜艇的指挥塔。据流传下来的说法,他戴着海军蓝的有毛毡的军帽,没有遵守规章制度穿有衬里的外套和潜艇军官的值班服,而是披了一件油迹斑斑的羊皮大衣。

  在下潜航行的状态下,因为航行时间长,所以是由电动发动机驱动,潜艇艇长只接到监听到小型船只行驶声响的报告。在赫拉半岛前面,他下令浮出水面。柴油发动机开始转动。这时候才能够听见一艘双螺旋桨驱动的船发出的声响。突然开始雪花飘舞,保护了这条船,也遮挡了视线。当雪逐渐停止之后,可以看见一条估计为两万吨的运兵船的轮廓和一艘护航军舰。这一切都是从大海这一侧看过去的,看见的是运兵船的右舷和隐隐约约可以看出来的波莫瑞海岸。暂时什么也没有发生。

  我只能推测,是什么促使"S-13号"的艇长下令在水面上加速航行,冒险地从那条船及其护航军舰的尾部绕过,为的是从海岸方向,在距离这条船不到三十米的水下,寻找一个发动攻击的位置。根据后来的陈述,他是想在发现这些侵略和踩蹦他的祖国的"狗娘养的法西斯分子"的地方消灭他们,在此之前,他还没有如愿以偿的机会。

  两周以来,什么猎物也没有找到。无论是在格特兰岛海域,还是在波罗的海的港口城市温道和梅莫尔,他都没有下令射击的机会。艇上的十枚鱼雷,

* 篇名系编者所加。

没有一枚离开发射管。他简直就像是饿极了。此外，只有在海上才非常出色的马林涅斯科也很担心，如果没有任何战功返回土尔库或者汉格，他会不会被交给内务部的军事法庭。他不仅仅是要为前一次酗酒和在芬兰妓院超过上岸休假时间的逗留负责，而且还有从事间谍活动的嫌疑，这种指控，自从三十年代中期以来，在苏联的清洗运动中是司空见惯的，而且任何理由都无法对此进行反驳。现在只有一次极为巨大的胜利才能救他。

在水面航行了接近两个小时之后，在四周搜索的工作宣告结束。"S-13号"与敌方目标平行，潜艇指挥塔上的人都感到很惊奇，这条船竟然亮着航行灯，而且没有走"之"字形的航线。雪完全停了下来，存在着云开雾散的危险，不仅仅是巨大的运输船及其护航军舰，而且就连潜艇也有可能随时在月光下暴露无遗。

尽管如此，马林涅斯科仍然坚持在水面航行。被证明对"S-13号"非常有利的是，"雄狮号"鱼雷艇上的潜艇探测装置被冻住了，无法接受反馈信息，这一点是"S-13号"上的人谁也不可能想到的。英国作家多布森、米勒、佩恩在他们的报道中的出发点是，苏联的指挥官针对这种德军潜艇在大西洋运用的浮出水面的攻击战术，已经训练了很长时间，因为这种战术颇为成功，现在他终于可以实际运用一下了。水面攻击因为视线好，可以保证更快的航行速度和更高的准确性。

马林涅斯科命令降低浮力，直到看不见潜艇的艇身，只让潜艇指挥塔露在仍然波浪翻腾的海面上。据说，在受到攻击之前，从被攻击目标的桥楼上还发射了一颗照明弹，据说有人看见了闪光信号。但是，没有得到来自德国方面的证实，几位幸存的船长在他们的报告里也都没有提到此事。

这样，"S-13号"毫无阻碍地接近了目标的左舷。按照艇长的命令，四枚船艏的鱼雷在发射管里被调到水下三米的位置。距离敌方目标估计有六百米。这条船的船头被套在潜望镜的十字线中间。按照莫斯科时间是二十三点零四分，比德国时间整整早两个小时。

在马林涅斯科下达开火的命令而且再也无法收回成命之前，必须在我的报道里面提到一个流传下来的传奇故事。有一个叫皮舒尔的水兵在"S-13号"离开汉格之前，用毛笔在所有的鱼雷上写了题词，也包括这四枚随时待发的鱼雷。第一枚上写着"为了祖国"，第二枚上是"为了斯大林"，在第三枚和第四枚上，毛笔写的题词写在像鳗鱼一样滑的鱼雷的上半部："为了苏联人民"和"为了列宁格勒"。

就这样有着预先确定的目的，在命令终于下达之后，四枚鱼雷中的三枚——那枚"斯大林"卡在了发射管里，必须立刻去掉引信——飞向了这条在马林涅斯科眼里没有船名的目标，船上的孕妇和产妇病房里，广播音乐轻缓悠长，母亲仍然沉睡在梦乡。

在这三枚写着题词的鱼雷发射出去之后，我试着去想象"古斯特洛夫号"上的情形。很容易就找到了那些最后上船的海军辅助女兵，她们被安置在放干了水的游泳池里，也有一些在旁边的青年船舱，这里从前是为度假旅行的希特勒青年团和德意志女青年联盟的成员们准备的。她们挤在一起，有的蹲着，有的躺着。发型仍然保持得很好。但是不再有笑声，没有人讲那些好听的或者刻薄的流言蜚语。有几个人晕船。在甲板的过道里，在从前的节日大厅和餐厅里，到处都散发着呕吐物的臭味。对于这么多的难民和海军军人，厕所实在太少，而且已经堵塞了。排风扇已经不可能通过污浊的空气来排除臭气。自从船起航以来，所有的人都按照命令穿上了分发的救生衣，可是，由于温度不断上升，许多人脱掉了过热的衣服以及救生衣。老人和孩子们在低声地抱怨。不再播放广播通知。所有的嘈杂声都减弱了。有人发出一声叹息和呻吟。我想象这还不是沉没时的气氛，但已经是它的前奏，恐惧在慢慢地潜入。

据说，当争执终于有了结果之后，桥楼上的气氛倒使人感到有一线希望。四位船长相信，到了施托尔普邦克，就已经过了最危险的时候。在大副的船舱里开始用勺子吃饭：掺肉的豌豆汤。然后，察恩海军少校还让服务员上了白兰地。他觉得有理由为一次由幸运之神庇护的航行干一杯。那条名叫哈桑的狼狗在它的主人脚旁边睡着了。在桥楼上担任值班军官的只有威勒船长。这时候，时间已到。

我从小就听过母亲说的这句话："头一声爆炸，俺就立刻醒了，接着又是一声，又是一声……"

第一枚鱼雷在海水线以下命中了船头部位，那里是船上的水手舱。那些不值班的、在啃夹肉面包或者在舱里睡觉的水手，即使是在爆炸时幸免于难，却也无法逃生，因为威勒船长在得到最初的有关损伤报告之后，立刻下令自动关闭所有通往船的前部的舱壁，目的是阻止船头急遽下沉。起航之前，还刚刚练习过"关闭舱壁"的紧急措施。在这些被遗弃了的水手和克罗地亚志愿军中间，有许多人为了有秩序地操纵和放下救生艇进行过专门的训练。

没有人知道，在关闭了舱壁的船的前部，突然、延迟、最终发生了什么。

母亲接着讲的话，同样深深地铭记在我的心里："第二声爆炸的时候，俺从床上掉了下来，可厉害啦……"这枚鱼雷是从第三号发射管射出的，光滑的表面上写着"为了苏联人民"的题词，命中了船的 E 甲板上的游泳池底部。只有两三个海军辅助女兵活了下来，她们后来说起爆炸的气味以及那些被游泳池正面墙上炸裂的玻璃马赛克镶嵌画和游泳池瓷砖的碎片撕得粉碎的姑娘。在迅速上升的水面，可以看见漂浮着尸体和一块块肢体、夹肉面包和晚餐的剩余物、空荡荡的救生衣。几乎没有叫喊。然后，灯灭了。我没有这两三个海军辅助女兵的照片，她们是从一个紧急出口逃出去的，出口的后面有一个很陡的铁梯通向上面的甲板。

母亲接着说："直到第三次爆炸，"里希特大夫才来到孕妇和产妇这里。"都乱套了！"她每次讲到"第三枚"的时候，总是这样大喊一声。

最后的一枚鱼雷击中了船中央的机房，不仅发动机全部停止运转，而且各甲板的照明系统和其他技术装置也被损坏。一切都只好在黑暗中进行。几分钟之后开始启动的紧急照明系统，虽然可以让人们在这条长两百米、有十层楼高的船上突然出现的混乱中辨明方向，但是却无法从船上通过无线电报发出紧急呼救信号，因为报务舱里的机器也都被损坏了。只有从"雄狮号"鱼雷艇上不断地向太空发出呼声："'古斯特洛夫号'被三枚鱼雷击中，正在下沉！"最后，在几个小时以后，正在下沉的船的位置才被通过无线电波传播出去："位置在施托尔普明德。北纬五十五点零七，东经十七点四十二。请求援助……"

在"S-13号"上，大家都目睹了击中目标的过程，发出了有所保留的欢呼，被命中的目标很快就可以看出正在下沉。马林涅斯科艇长下令开始进水压舱，潜入深处，他知道，在沿海水域，特别是在施托尔普邦克上面，很难防止深水炸弹。首先必须取掉那枚卡在第二号发射管里的鱼雷的引信。即使被卡住了，它的驱动系统仍然在转动，任何一点儿轻微的晃动都有可能引起爆炸。幸好没有施放深水炸弹。"雄狮号"鱼雷艇停了下来，用探照灯搜寻那条被击中要害的船。

在我们的全球的游戏场上，在进行最后交流的那个倍加称赞的地方，这艘苏联潜艇"S-13号"被断然称作"谋杀船"，这个词出现在和我有着家庭关系的网页上。波罗的海红旗舰队的这艘潜艇上的全体官兵，被谴责为"谋杀妇女和儿童的凶手"。我的儿子在因特网上扮演着法官。他的敌人兼朋友大卫再次摇起他的反法西斯主义的转经筒，指出船上有高级纳粹分子和军人，甲板上还有三厘米口径的高射炮，但是他的反驳根本敌不过来自五大洲像潮水般涌来的评论。聊客们绝大多数是用德语，里面加着英文的片言只字。仇恨的言词，恐怖的诅咒发誓，充满了我的电脑显示屏。恐怖的总结之后，是一串惊叹号，同时还对其他船只沉没的数字做了比较。

经常被拍成电影的"泰坦尼克号"悲剧试图占据首位。紧随其后的是"露西塔尼亚号"，它在第一次世界大战中被德国潜艇击沉，据说正是此事引起美国参战或者加速了美国参战的进程。满载集中营犯人的"凯普·阿尔克纳号"在新城海湾被英国轰炸机炸沉，也发出了一声奇怪的呼喊，这次因失误造成的事件发生在战争结束前几天，死亡七千人，在因特网的排名表上遥遥领先。"戈雅号"与它不分上下。但是，"古斯特洛夫号"最后战胜了所有竞争对手。我儿子在他的网页上以其独特的细致和勤奋，成功地让全世界又想起这条被遗忘的沉船及其乘客，表格、插图、用锯齿形表明的鱼雷命中点，一目了然，从此以后，这条船本身作为海难闻名全球。

然而，这些在虚拟空间一个超过一个的数字，与一九四五年一月三十日二十一点十六分以后在"威廉·古斯特洛夫号"上真正发生的事几乎没有什么关系。弗兰克·维斯巴尔在他的黑白电影《夜幕降临在哥滕港》里，尽管前奏过于冗长，但是成功地捕捉了当船被三枚鱼雷击中之后甲板上出现的惊慌失措的场景，船头顿时灌进大量海水，开始向左舷倾斜。

疏忽大意总会造成恶果。那些反正也不够用的救生艇，为什么没有预先放下水呢？为什么没有定期化解吊艇柱和索具上的冰冻呢？因为缺少那些由于舱壁关闭被封在船的前半部的水手，他们可能还活着。训练分队的新兵没有接受过如何操纵救生艇的训练。日光甲板，也就是吊着救生艇的甲板，结了一层冰，滑得就像镜子，当船开始倾斜的时候，从上面几层甲板蜂拥而来的乘客纷纷滑倒在地。因为没有扶的地方，最前面的几个人从船上掉了下去。并不是每个人都穿了救生衣。在慌乱之中，许多人大胆地跳了下去。由于船舱里面很热，绝大多数涌上日光甲板的人，都穿得太少，不可能经受得住寒冷幸存下来，当时的气温是零下十八度，水温大约是二至三度。尽管如此，他们仍然跳了下去。

从桥楼传来命令，将所有后来涌上来的乘客引进有玻璃的游步甲板，然后关上所有的门，派武装人员看守，等待营救船只。这一措施得到了严格执行。这个长一百六十六米、环绕着右舷和左舷的玻璃柜，挤进了一千多人。直到最后，一切都太迟了的时候，游步甲板有几处的玻璃才开始破裂。

在船舱里面发生的事，是无法用语言来表达的。母亲对所有无法描述的东西总是说："俺对此啥也说不出来……"我觉得这话很含糊。我并不是试图想出一些可怕的事，把恐怖的东西用细致的画面表现出来，而是因为我的雇主现在催促我，把一个个单独的命运串联起来，以史诗性的冷静态度和好不容易才积聚起来的感情影响力，画出一条巨大的曲线，用恐怖词汇，来对待这场灾难的规模。

那部黑白电影已经通过那些在电影棚里的布景前制作的画面做了尝试。可以看见拥挤的人群、堵塞的通道、为了每一级台阶的争夺，化了装的群众演员扮演那些被锁在游步甲板里的人，他们感觉到船在倾斜，看见海水在上涨，看见在船里面游泳的人，看见被淹死的人。电影里也能看见孩子。孩子们都和他们的母亲分开了。孩子，手里抱着晃来晃去的玩具娃娃。孩子，在空荡荡的通道里迷失了方向。用特写镜头表现了几个孩子的眼睛。然而，四千多名婴儿、幼儿、青少年，都没有活下来，仅仅是由于费用问题，没有拍摄他们，过去和现在都只是一个抽象的数字，就像所有其他上千、上万、上百万的数字一样，当年和如今都只是粗略估计罢了。后面多一个零还是少一个零，这又能说明什么呢？死亡消失在统计表里的一排排数字的后面。

我只能报道幸存者在其他地方的陈述摘要。在宽大的楼梯和窄小的升降口扶梯上，许多老人和孩子被踩死。每个人都只顾自己。不少人试图抢在死神的前面。说到一个培训军官，他在分配给他的家庭船舱里，用配备的手枪先打死了他的三个孩子，然后打死了他的妻子，最后打死了自己。关于那些党的高级官员及其家眷，也有类似的情况，他们在特别船舱里结束了生命，这些特别船舱本来是为希特勒及其忠实的追随者准备的，现在却为自我解决提供了场所。可以设想，哈桑，海军少校的那只狼狗，同样也是被它的主人开枪打死的。在结冰的日光甲板上不得不动用了武器，因为"只让妇女儿童上救生船！"的命令无法贯彻执行，这也是为什么得救的男人占绝大多数的原因，死亡人数统计数据客观地证明了这一切，无须做任何解释。

有一条可以乘坐五十多人的救生艇，由于过于仓促，只上了大约十二三名水手，就被放下了水。另外一条救生艇翻了，因为放得太急，前面的缆绳还挂着，当缆绳断了之后，救生艇上的所有人都掉进了波涛汹涌的大海，在水里挣扎。据说，只有第四号救生艇是按照规定放下来的，上面有一半是妇女儿童。因为那个被称为是临时战地医院的拱顶大厅里的重伤员反正已经无可挽救了，医护人员试图把几个轻伤员安顿在救生艇上，可惜是白费力气。

甚至就连船上的领导也是只顾自己。关于一个高级军官，有这样的报道：他把他的妻子从船舱带到甲板，然后在后甲板上开始弄掉一艘摩托艇支架上的冰冻，这是"力量来自欢乐"时期去挪威旅行时用来游览观光的。当他把摩托艇放下水的时候，电动卷扬机开始运转起来，真是奇怪。在往下放摩托艇的时候，被关在游步甲板里的妇女儿童通过防弹玻璃看见了这艘只坐了一半人的小艇，摩托艇上的人也看见了这一大群在玻璃后面的人是多么的惊讶。本来是可以相互招招手的。以后在船上发生的事，没有人看见，也没有人提到过。

我只知道，母亲被救了上来。"在最后一次'砰'的响声之后，俺立刻就感到阵痛，"在我小的时候，每次她讲起这件事，我总觉得是在听一个有趣的冒险故事,"大夫叔叔马上给俺打了一针……"她总是害怕打针。"但是,阵痛立刻就停了……"

一定是里希特大夫,他让病房护士把两个带着婴儿的产妇和母亲推过了滑溜的日光甲板,把这三个妇女安顿在一艘已经放下来的、吊在吊艇柱上的救生艇里。据说,他自己后来和另一个孕妇以及一个刚刚流产的妇女一起,在最后几艘救生艇上找到了位置,显然没有带上黑尔加护士。

母亲对我说,由于倾斜得越来越厉害,后甲板的一门高射炮脱离了固定支架,从船上掉了下去,把一艘装满人的救生艇砸得粉碎。"就发生在俺们旁边。俺们真有福气……"

这就是说,我是在母亲的肚子里离开了正在下沉的船。我们的救生艇起动,与越来越倾斜的船的左舷拉开了一些距离,周围是漂浮物,活人和死者,现在还不算太迟,我很愿意从船上再找出一两个故事来。比如,船上的理发师备受人们的喜欢,他一直在搜集越来越稀罕的银质五马克硬币。这会儿,他把裤子口袋塞得满满的,跳进了大海,因为银币的重量,立刻就消失了……但是,我不允许继续讲故事。

自传

文学格拉斯

剥洋葱（节选）

魏育青————译

层层叠叠洋葱皮

无论是现如今，还是在前些年，用第三人称把自己伪装起来，这始终是一种诱惑：当"他"快十二岁，却还眷恋着母亲的怀抱时，某些事即将开始，某些事已结束。但是，即些开始，那些结，能精确地说到某个时刻吗？只要是涉及我的，就能。

在斗室狭窄的空间里，我的童年结束了。当时，在我长大的地方，前后左右同时爆发了战争。战争震耳欲聋地开始了，在"定期班轮"架满火炮的船舷边[1]，在向波兰军事基地西沙洲对面的市郊港口"新航道"飞来的俯冲轰炸机声中，还有远到争夺但泽老城中波兰邮局的装甲侦察车瞄准目标的射击声，近到从我们的收音机，也就是从放在客厅餐具架上的"人民接受器"[2]里传出的广播声：这些钢铁般铿锵有力的声音在朗福尔区拉贝街一幢三层出租公寓的底层住宅里宣告，我的童年结束了。

甚至连具体钟点也永远留在记忆中。从此刻起，这个自由国家[3]离巴尔干巧克力厂不远的机场就不再仅供民用了。从出租公寓的小天窗往外看，只见自由港口的上空升起了一阵阵黑烟，随着不间断的攻击和从西北方吹来的微风，散而复聚，去而复来。

远处的"石勒苏益格－荷尔斯泰因号"上传来了隆隆的炮声，这艘参加了斯卡格拉克海峡[4]战役的老舰退役了，现在只能用作军校的训练舰。飞机发出有层次的噪声，人称"俯轰"，因为它在战地上

[1] "定期班轮"为一战时的术语，此处指海上布阵的舰只。
[2] 纳粹时期几乎每家必备的、不能收听"敌台"的廉价收音机。
[3] 指但泽，当时国际联盟对该城的称呼。
[4] 丹麦和挪威之间的海峡。

空侧着身子俯冲下来，发现目标，投掷炸弹。一旦去回忆这炮声和噪声，便会有这样的问题萦绕在脑中：我从长出乳牙、换了恒牙后遭遇的一切，早都随着进学校的日子、打弹子的儿戏和结了痂的膝盖，随着最早的忏悔秘密和以后的信仰痛苦变成了乱七八糟的纸条，这些废纸条从此之后就尾随着一个人，他刚被写到了稿纸上就再也不愿意长个儿，用尖锐的歌声击碎各种形状的玻璃器具，手里拿着两根小木棍，因为他的铁皮鼓而名声大噪，此后就在书的封面和封底之间供你引用，天知道要在多少种语言中获得永生；既然如此，为什么要去回忆童年，要去回忆如此确定、难以改期的童年末日？

因为有这样那样的事要加以补充。因为有些东西会吵吵嚷嚷地缺席。因为前车已然倾覆，我后来才亡羊补牢，因为我无法遏制的成长，因为我与失物的对话。还有个理由不得不提：因为我要说出最后的话。

回忆像孩子一样，也爱玩捉迷藏的游戏。它会躲藏起来。它爱献媚奉承，爱梳妆打扮，而且常常并非迫不得已。它与记忆相悖，与举止迂腐、老爱争个是非曲直的记忆相悖。

你若是缠着它，向它提问，回忆就像一颗要剥皮的洋葱。洋葱剥了皮你才能发现，那里面字母挨字母都写着些什么：很少有明白无误的时候，经常是镜像里的反字，或者就是其他形式的谜团。

第一层洋葱皮是干巴巴的，一碰就沙沙作响。下面一层刚剥开，便露出湿漉漉的第三层，接着就是第四层第五层在窃窃私语，等待上场。每一层洋葱皮都出汗似的渗出长期回避的词语，外加花里胡哨的字符，似乎是一个故作神秘的人从儿时起，洋葱从发芽时起，就想要把自己编成密码。

于是便唤起了好胜心：这些草书必须辨清，那些密码必须破解。于是就驳斥了那些个都硬说自己是真理的东西，因为谎言，还有它那位名叫

"作弊"的小妹，经常充当回忆中最靠得住的部分；回忆落在白纸上写成黑字后就显得可信，吹嘘自己的细节像照片一样历历在目：我们出租公寓的后院里搭了个棚，油毛毡棚顶在七月的酷热中闪闪发光，在无风的时候发出一股麦芽止咳糖的气味……

我的小学老师是施波伦豪尔小姐，她的衣领是赛璐珞做的，可以刷洗，总是扣得那么紧，脖子上总是留下一道道勒痕……

星期天，女孩们站在索波特海滨的木栈桥上，头上系着蝴蝶结，警察小乐队演奏着欢快的曲子……

我的第一只蘑菇是牛肝菌……

当我们学生因为天气太热而停课……

当我的扁桃腺又开始发炎……

当我到了嘴边的问题又咽了下去……

洋葱有好多层皮。层层何其多，剥掉重又生。你去切洋葱，它会让你流眼泪。只有去剥皮，洋葱才会吐真言。在我童年结束前后发生的一切，都在用事实叩门，这过程比你希望的更糟糕，它时而要你这样讲，时而要你那样说，最后使你误入歧途，谎话连篇。

但泽及周边地区的夏末，天气持续晴好。战争爆发了，西沙洲的波兰守军抵抗了四天[①]刚刚投降，我就在郊区港口"新航道"——乘坐有轨电车经过萨斯佩和布勒森很快就能到那儿——捡了一大把炸弹和榴弹的碎片。在那段时间，战争似乎只在特别广播节目中进行，小男孩，那个好像是我的小男孩，用捡来的这些弹片换邮票，换五颜六色的香烟画片，换读烂了的或刚印好的书，其中包括斯文·赫定[②]的《戈壁滩游记》，天晓得还换了些别的什么。

回忆得不清晰，有时反倒能更接近真实，尽管只是近了一根火柴棍那么点儿距

[①] 本书出版后，格拉斯在翻译研讨会上建议将"四天"改为"七天"。
[②] 斯文·赫定（Sven Hedin, 1865—1952），瑞典地理学家。

离,尽管绕了不少的弯路。

和我的回忆发生摩擦的东西,大都能撞伤我的膝盖,让我事后感到阵阵恶心:瓷砖壁炉……后院里拍地毯用的棍子……夹层里的厕所……阁楼上的箱子……鸽子蛋大小的一块琥珀……

或是母亲的发夹,或是炎炎夏日里父亲在四角上打了结的手帕,或是形状不一、具有特殊交换价值的锯齿形榴弹片和炸弹片——谁还保留着这些东西,谁就会想起一些比生活来得更真实的故事,即使只是作为让人轻松的借口。

我在童年和少年时期收集画片,乐此不疲。画片可以用有价票证去换,有价票证放在母亲装烟丝的小袋子里。商店打烊后,她总是卷支烟,把"小棍儿"——她把自己这一小小恶习的帮凶叫做"小棍儿"——的一头敲实。每天晚上,她都要喝着君度酒①隆重地享受这一恶习,心情好的话,还吐上几个袅袅的烟圈。

让我心驰神往的画片色彩斑斓,再现了欧洲画坛上的杰作。所以,我很早就说得出美术家乔尔乔涅、曼坦尼亚、波提切利、吉兰达约和卡拉瓦乔的大名,虽然发音不准。一个躺着的女人裸露着后背,一个长翅膀的男孩替她拿着镜子,这场景从我的童年起就和画家委拉斯开兹的名字姻娅相连。在杨·凡·艾克笔下的《吟唱天使》中,最让人难忘的是位于画面最后方的那个天使的身影,我巴不得像他,或者像阿尔布雷希特·丢勒那样有一头鬈发。我向这幅挂在马德里的普拉多美术馆里的丢勒自画像发问:为什么这位大师要画自己戴着手套的形象?为什么他那顶怪帽子和右下方灯笼袖上有如此醒目的条纹?是什么令他如此自信?还有,为什么他要把自己的年龄——他当时才二十六岁——写在画上的窗台下面?

今天我知道,是汉堡巴伦费尔德区的

---

① 一种口味独特的橙皮酒。

一家香烟画片服务公司提供了这些可用有价票证来换的美轮美奂的复制品。如果有人订货，该公司还提供四四方方的相册。我认识一个美术品商人，他在吕贝克市的国王街开了家古画店，靠他帮忙，我又把上述三位大家的作品都弄到了手，从此就毫无疑问了：这本1983年版的文艺复兴画册一共印了四十五万份。

我一页页地翻阅，翻着翻着眼前出现了自己当年在客厅桌上往相册里贴画片的情景。这次贴的是晚期哥特式作品，其中有希尔罗尼穆斯·博斯的《圣安东尼的诱惑》：圣安东尼的周围尽是些半人半兽的怪物。黄色管装的雕牌胶水刚开始往外冒，一种几乎是节日般的气氛就逐渐弥漫开来……

当年的许多收藏家也许因为太迷恋艺术了，所以都没命地吞云吐雾。我却从那些不在乎有价票证的吸烟者身上得了好处。收集，交换，贴进相册，归我所有的画片越来越多，我充满童心地、后来又善解人意地对待自己的这些财产：比如帕米奇安诺的《长颈圣母》，圣母细长的脖子上冒出一颗小脑袋，高度超过了背景上直指苍天的立柱，她允许十二岁的男孩像天使一般无比亲密地抚摸她的右膝。

我生活在画片中。因为做儿子的坚持香烟画片的收藏要全，所以母亲不仅捐献出了自己比较有限的享受——她虔诚地用金烟嘴抽中东香烟——带来的收获，而且还捐献出了这个或那个对她有点意思、对艺术却无所谓的顾客在柜台上塞给她的有价票证。父亲是所谓"殖民地货物商"，出外办货有时会给儿子带些颇为热门的有价票证回来。祖父是木工师傅，他手下的伙计也拼命抽烟，这对我非常有利。那些相册可能是圣诞或者生日礼物，高深莫测的解说词之间留着大量空白。

最后就有了三本相册，三本我视若至宝的相册：蓝相册里贴着哥特式和文艺复兴早期的作品，红相册向我展示文艺复兴时期的绘画，金黄色的相册不完整地收藏着巴洛克时期的图片。让我苦恼的是，给鲁本斯和凡·戴克留下的位置却仍然空着。后继无货，补给不足。战争爆发后，有价票证的来源大不如以前了。吞云吐雾的平民成了离乡背井抽着朱诺牌或R6牌香烟的士兵。我的一个最可靠的供货人，啤酒酿造股份公司的马车夫，在争夺莫德林要塞的战斗中阵亡了。

其他系列也开始流通了：动物、花卉、德意志历史的靓丽画面，还有影星们涂脂抹粉的脸蛋。

此外，开战后每家都发了食品卡，烟草制品根据特殊联票定量供应。但我在战前就托了雷姆茨玛制烟厂的福积累了自己的美术史知识，所以这种官方规定的匮乏局面对我的影响并不严重。有些空白后来也都填补上了。我有两幅拉斐尔的德累斯顿圣母像，用其中一幅换来了卡拉瓦乔的爱神，这笔生意后来才被证明是值得的。

我还是个十岁孩子时，就能一眼辨认出人称"格里恩"的汉斯·巴尔东格和格吕讷瓦尔德、弗兰斯·哈尔斯和伦勃朗、菲利波·利比和奇马布埃之间的区别。

《玫瑰丛中的圣母》是谁画的？那位戴着蓝头巾、抱着孩子、拿着苹果的圣母又是谁画的？

我让母亲考问我，她用两个手指按住了画的标题和画家的名字。做儿子的回答百发百中。

无论是在家里这样猜哑谜，还是去学校上美术课，我总是得"优"。但从中学一年级开始，课程表上多了数学、化学和物理，情况就不妙了。我心算还行，但是一写到纸上，那些二元方程式十有八九就解不开。直到中学二年级，我的成绩全靠语文、英语、历史和地理这些科目得的"优"或"良"支撑着。虽然，我全凭想象或实物写生的炭笔画和水彩画屡屡博得夸奖，这对学生来说是一桩好事，但是，中学三年级的成绩单上开始有拉丁语分数，于是我完蛋了，只得和其他留级生一起，把这些玩意儿又都重新啃了一年。这使得父母忧愁不已，我自己倒没什么，因为对我来说，天晓得能通往哪个好地方的紧急通道早就敞开着了。

如今当了祖父，我承认自己当年有点懒，但也有点上进心，不过总而言之一句话，不是个好学生。这样坦白交代，试图安慰自己那些苦于成绩差劲、老师无能的孙辈们，可惜效果并不明显。孙辈们唉声叹气、似乎不得不拖着按教育学标准衡量过的大石块[1]往前走，似乎必须在罪犯的流放地度过中学时代，似乎正在美妙无比地打盹却受到了学习压力的侵扰。不过，当年校园里的恐惧从来没能使我的睡梦变成沉重的噩梦。

那时我还是个孩子，还没戴上中学生的红校帽，还没开始收集香烟画片。只要看来又会是一个无止境的夏天，我就会在但泽湾的某处海滩上用湿漉漉的沙子堆城堡，塔楼高低不一，四周还有围墙，里面住着幻想中的生灵。沙堡不断受到海水冲刷，无论堆得多高，都会无声无息地坍塌。然后，湿漉漉的黄沙又开始流过我的指缝……

《堆起的沙堡》[2]是我的一首长诗的标题，写于六十年代中期。当时我四十岁，是有三儿一女的父亲，中产阶级的地位似乎已经奠定。第一本小说的主人公和作者都出了名，他把自己双重的自我禁闭在书里，绑上了书市。

那首诗谈到了我的出身，谈到了波罗的海："原籍是堆起的沙堡，东临……"还提出了问题："何时，何地，为何而生？"虽然句句不全，但是滔滔不绝地展示了损失，唤起了记忆，俨然成了失物招领处："海鸥并不是海鸥，而是……"

那首诗以圣灵和希特勒的形象划定了我当年生活的范围，以弹片和炮火唤起了对开战初期的回忆。诗结尾时，童年岁月成了淤塞不前的河流，只有波罗的海还在

[1] 与格林童话《狼和七只小山羊》有关。童话结尾时狼的肚子里被塞满了石块。
[2] 格拉斯该诗的标题暗指但泽。

用德语、波兰语发出"哗啦，哗啦"的声音……

战争开始后没几天，母亲的表弟，也就是邮递员弗朗茨表舅，加入了保卫黑维利乌斯广场边上的波兰邮局的行列。战斗转眼就结束了，遵照德军的命令，还活着的对手几乎都被军法处置，就地枪决了。论证、宣布和签署死刑判决的那个战地法官，在战后却毫发未损，继续在石勒苏益格—荷尔斯泰因州当法官，判决、签署判决书。在阿登纳总理老不见结束的执政期，这种现象司空见惯。

后来，我在书中对参战人员做了调整，以便波兰邮局保卫战能迎合某种叙事方式。我这样使纸牌搭起的楼阁①轰然坍塌，词语横飞；但是当年我的家人却讳莫如深，他们再也不谈突然消失的表舅了。表舅由于与政治无关，或者说尽管与政治有关，但仍然很受人欢迎，星期天经常带着孩子伊姆加德、格雷戈尔、玛格达和小卡西米尔过来串门，喝咖啡，吃蛋糕，或者下午来和我父母一起打斯卡特牌。可是现在他的名字没人提了，似乎他从未存在过，似乎涉及他和他家人的一切都不可言说。

母亲来自卡舒贝地区的亲戚以及他们不知叽里呱啦说什么的热闹劲儿似乎都——被谁？——咽进肚里不见了。

连我也没有再三提问，尽管随着战争的爆发我的童年也结束了。

或者说，我不敢提问了，因为我不再是孩子了？

难道像在童话里那样，唯独孩子才提得出正确的问题？

莫非我是因为害怕得到一个颠倒黑白的回答，所以干脆就不提问了？

这是不愿张扬的耻辱，就在那个稀松平常、随手可取、能激活记忆的洋葱的第六层或第七层皮上。我写这种耻辱，写这种尾随着耻辱而来的内心羞愧。那些难得一用的词语进入了亡羊补牢的程序，而我时而宽容、时而严厉的目光始终停留在一个男孩身上：他穿着

---

① 《铁皮鼓》里就有关于纸牌屋的描写。

露出双膝的短裤，跟在秘而不宣的一切后面打探，却仍然未能说出这三个字：为什么？

男孩即十二岁的我，被现在的我盘问得尴尬万分，无疑无法招架。我在加速消逝的当今，在楼梯上每跨一步都要权衡斟酌，我的呼吸都能听得见，我听见自己在咳嗽，能多快活就多快活地走在通往死亡的路上。

表舅弗朗茨·克劳泽被枪毙了，抛下了妻子，还有四个孩子，有比我大的，有和我同龄的，还有比我小两三岁的。我再也不能和他们玩了。他们不得不从鱼贩子聚居地的老城公家住宅里迁出，搬到乡下去，母亲在楚考和拉姆考之间有一个雇工棚和一块耕地。我那邮递员表舅的孩子们今天依然生活在那里，生活在丘陵起伏的卡舒贝地区，忍受着老年常见病的煎熬。他们的回忆和我的回忆大相径庭。他们没有父亲，而我的父亲不离左右。在这蜗居里，他离我实在太近了。

这就是我的表舅，波兰邮局的职员，他胆小怕事，爱操心，很顾家，并不生来就是视死如归当英雄、后来据说名字用波兰文镌刻在纪念铜牌上永垂不朽的料。

五八年三月①，我费了些周折弄到了波兰签证，从巴黎经华沙到了格但斯克这座在废墟中重建起来的城市，寻找昔日但泽的遗迹。在断壁残垣的背后，在布勒森的海滩上，后来又在市图书馆的阅览桌上和未被战火摧毁的裴斯泰洛齐学校附近，最后在两位幸存下来的邮局职员家的卧室兼厨房里，我发现和听到了足够的小说素材。然后，我下乡去拜访还健在的亲戚。在那里，在一座小茅屋门口，我受到了被枪杀的邮递员的母亲，也就是我的舅婆安娜的欢迎。她口音浓重，说了一句颠扑不破的真理："啊，小君特，你长大了！"

① 是格拉斯为创作《铁皮鼓》去但泽收集资料的时间。

在她这样欢迎我之前,我必须先消除她的疑虑,按她的要求出示护照,我们变得像外国人那样陌生了。不过,她接着就领我去了她原先的土豆地,现在这里铺了混凝土,成了格但斯克机场的起降跑道。

第二年夏天,战火已经四处蔓延,成了世界大战,所以我们中学生在放假时不再满足于在波罗的海岸边重温当地的那些鸡毛蒜皮的小事,而是还要海阔天空、夸夸其谈地议论一些境外的大事。我们的话题总是集中在我军占领挪威的问题上,尽管一直到六月,广播里的特别报道都在声嘶力竭地宣称接下来的法兰西战役是迫使宿敌归降的闪电战:鹿特丹、安特卫普、敦刻尔克、巴黎、大西洋海岸……就这样,我们地理课的内容随着国土的扩张而不断地扩充:接二连三,节节胜利。

不过,在下海游泳的间隙,我们钦佩的仍然只有"纳尔维克的英雄"。我们躺在沙滩上,在家庭浴场晒太阳,心里却万分向往能去"遥远的北国"双方激烈争夺的狭湾,多么希望能在那里让自己的躯体洒满荣誉的光斑,尽管假期过腻了的我们身上散发出来的是妮维雅润肤霜的气味。

在没完没了的英雄崇拜过程中,我们先是赞颂我们的海军,庆祝英国佬的溃败,然后又谈到我们自己。我们中有几个,包括我本人,希望再过三四年 —— 只要仗还在打的话 —— 就能加入海军,就能如愿当上潜艇水手。我们穿着游泳裤展开了竞赛,看谁能说出更多的军事壮举:先是第一次世界大战中韦迪根①指挥九号潜水艇取得胜利,接着是海军上尉普里恩击沉"皇家橡树号",后来我们又用"浴血奋战来的"纳尔维克大捷来为自己涂脂抹粉。

这时,一个叫沃尔夫冈·海因里希斯的男孩说话了。他喜欢、也被公认为善于吟唱叙事诗,甚至能应邀来上几段歌剧的

① 韦迪根(Otto Weddigen,1882—1915),德国九号潜水艇艇长。

咏叹调,但他的左手残废了,"没有参加海军的资格",因而也就能够确保大家对他的同情。我们正说得来劲,他突然大声叫嚷起来:"你们都在胡诌些什么!"

接着,我的这位同学——因为他确实是我的同学——伸出他健全的右手屈指数来,列举了我们有哪些驱逐舰在纳尔维克大战中葬身海底或遭受重创。他俨然是个专家,了解许多细节,说一千八百吨级的战舰中有一艘——他还能说出那艘战舰的名字呢——当初只能接受搁浅的命运。一只手才五根手指,根本就不够用。

每个细节,连英国战列舰"厌战号"上装备了什么武器,每小时速度有几节,他都了如指掌。敌我双方的战舰有些什么特点,我们这些海港城市的孩子也能如数家珍,像祈祷一样能背诵舰艇吨位、乘员人数、火炮门数和口径、鱼雷发射管数量、下水时间。但是,我们还是对他佩服得五体投地,他对纳尔维克战事的了解远远超过了我们日复一日地从关于国防军战况的广播报道中得知的内容。

"对北方发生的真实情况,你们两眼一抹黑!惨重的损失!妈的,损失惨重极了!"

虽说大伙儿非常震惊,但还是平静地听着,因为他,沃尔夫冈·海因里希斯,究竟从哪儿获得了这些匪夷所思的消息,我们没有问,我没有问。

五十年后,当那种现在凑合着作为"德国统一"推出的玩意儿开始留下痕迹时,我们去参观希登塞岛,这里是我太太乌特的家乡,严禁汽车行驶的小岛。它位于被吞并了的东部地区的海岸前,迷人地横卧在大海和浅海湾之间,不怎么受到风暴潮的侵袭,却越来越多地领教了席卷而来的旅游潮。

在原野的小路上走了好久,我们去诺伊恩多夫找马丁·格鲁恩。他是我太太小时候的朋友,曾冒险划着船从德意志民主共和国逃往瑞典,几年后又决定回到这个工农国家，最后在此定居下来。看不出他曾历经艰险，他给人的印象是个深居简出的顾家男人。

喝着咖啡，尝着蛋糕，我们天南海北地闲聊：他在西方事业有成，当上了经理，常常代表克虏伯公司去印度、澳大利亚等地出差。他还谈到他曾打算以合资公司的形式开展东西德之间的业务，但是没有成功；他最后的乐趣是在故乡的水面上用鱼笼子捕鱼。

这位分明是心满意足的叶落归根者突然话锋一转，说起了一个熟人：此人住在维特村——岛上三个村子中的一个，"斩钉截铁地"宣称当年在但泽和我是同窗。此人姓海因里希斯，没错，名字是沃尔夫冈。

我又提了几个问题，于是一切都得到了证实：手残废了，歌唱得不错——"现在仍然如此，不过近来唱得少了。"

然后，乌特和他就只谈了些家乡岛上的故事，在这些用低地德语说的故事里，最后都不知人是死是活。马丁·格鲁恩小时候就希望、后来也的确见了大世面，现在他不无自豪地指给我们看墙上挂着的各种面具、五色壁毯和木刻偶像。我们最后喝了杯白酒。

在穿越原野回来的路上，乌特和我在维特村寻找那座沙丘后面的房子，海因里希斯夫妇就住在那里。开门的是一个气喘吁吁的细高个，我只是从那只残废的手上认出了他。犹豫了片刻，昔日同窗热烈拥抱，双方都有几分动情。

在阳台上坐下，双方都故作欢快状，接着四人出去找了一家饭店吃鱼，是那种煎得脆脆的比目鱼。他不愿意再像以前那样唱歌，比如唱那首《魔王》。但没过多久，我们的话题就转到了1940年夏天在海滩上的那次闲聊，那次闲聊都过去几十年了，但是心头疑问犹存。

虽然时隔多年，我还是想从他嘴里听个究竟："当初你怎么会了解得比我们多的？正如你当初说的那样，我们两眼一抹黑？你怎么会知道在纳尔维克海战中被击沉和重创的驱逐舰的精确数字？还有其他那些个情况,你都从哪儿知道的? 比如,挪威的一支装备陈旧的海岸炮兵连先是打了几发直接命中,后来又——也是从岸上——发射了两枚鱼雷,把'布吕歇尔号'重型巡洋舰击沉在奥斯陆狭湾?"

海因里希斯说话的时候,脸上乌云密布,却始终让你依稀感到有一丝笑意。当年,他回家后对我们这帮同学的愚昧无知冷嘲热讽,结果挨了父亲一顿揍。是啊,他这样自我炫耀,有可能引火烧身。那年头告密者可多了,学生中也不乏其人。父亲每天晚上都偷听英国敌台,把了解的情况告诉了儿子,但是严禁他到外面去多嘴多舌。

"是的!"他说,他父亲是一个真正的、而不是那种事后自封的反法西斯主义者。他这样说道,好像当儿子的必须将自己贬为事后自封者似的。

接着我听到了一段受难史,这故事如同压低了嗓门的控诉词从我、从他的同学的耳边溜了过去,因为我没有提问,像当年一样没有问,甚至在沃尔夫冈·海因里希斯突然从历史悠久、令人崇敬的康拉德学校消失之后也没有问。

暑假过去后不久,或者说头发上还有残余的海滩沙粒纷纷扬扬往下掉的时候,我们的这位朋友不见了,但也可以说他还在,因为谁都不愿意站出来反驳"消失得无影无踪"这种定论式的悄悄话,因为我又咽下了、又没有说出"为什么"这三个字。

直到现在,我才听到海因里希斯说,他父亲在但泽还是自由国家的时期①是德国独立社会民主党(USPD)党员,后来又成了社会民主党的市议员,在市议会中反对当时的党魁劳施宁②和格赖泽尔③,反对结党营私,反对后来德国国家人民党和纳粹联手执政。因此他受到监视,后来在四〇年初秋被盖世太保抓进了集中营。

这座集中营建于但泽被并入大德意志帝国后不久,离淡水湾不远,根据旁边的一个渔村命名:从但泽城的韦尔德站搭乘小火

① 指一战结束到1939年。
② 劳施宁(Hemann Rauschning, 1887—1982),德国政治家。
③ 格赖泽尔(Arthur Greiser, 1897—1946),纳粹政客。

车，在席文霍斯特坐渡轮过维斯瓦河，只要两三个小时就到施图特霍夫了。

父亲被捕后不久，他母亲就自杀了。接着，沃尔夫冈和妹妹被送到乡下奶奶家，那地方够远的，远得足够让同学们忘记他。但父亲被送入集中营后又进了惩罚队，在俄罗斯战役中负责在前线扫雷。这项任务叫做"升天突击行动"，伤亡率惊人，不过却给了他向俄国人投诚的机会。

四五年三月，苏联第二集团军占领了已是一片焦土的但泽。我同学的父亲也和胜利者一起回来了，如愿以偿地找到了自己的儿女。战后不久，他就带着孩子们离开了波兰，一路上很安全，因为同路的都是德国的反法西斯主义者。最后，他选择了苏占区的港口城市施特拉尔松德作为这个残缺家庭未来的归属地。

他被任命为州议会议长①。因为集中营的教条灌输并未能动摇他的政治信仰，他马上就着手建立社会民主党地方组织，而且从者甚众。但是自从德国共产党和德国社会民主党被强行合并为社会主义统一党之后，他的日子就不好过了。他反对上面规定的思想一体化，因而受到百般刁难，受到锒铛入狱的威胁，受到布痕瓦尔德②这个名字的暗示，那地方现在又开始关人了。

没过几年，海因里希斯的父亲就死了，是含恨死去的，因为他受到了自己同志的排挤。儿子却在中学毕业后和同学马丁·格鲁恩去罗斯托克上大学，不久就成了经济领域杰出的学者。格鲁恩划着船叛逃后，先是在隆德市③、后来追随卡尔·席勒④在汉堡继续学经济，而海因里希斯则为独裁党效力并事业有成，不论风向如何转变，即使乌布里希的路线变成了昂纳克⑤的方针，他都岿然不动。到了晚年，他甚至声誉鹊起，地位陡升，当上了社会科学院经济学研究所的所长，以至于柏林墙刚倒，工

---

① 军方指定的地方议会首脑。
② 德国魏玛附近的原纳粹集中营所在地。
③ 瑞典著名大学城。
④ 卡尔·席勒（Karl Schiller, 1911—1994），德国经济学家、政治学家。
⑤ 乌布里希和昂纳克均为原民主德国领导人。

农国家的专政刚垮,取得了历史性胜利的西德人就认为必须立即对他进行——当时的说法是——"评估",而这意味着,使他从此以后什么都不是。

这是许多被认定历史不清白者的共同遭遇,而那些历史清白者一如既往地明白什么肯定是不清白的历史。

我们在维特村拜访这位朋友时,他已经重病缠身了。他妻子暗示我们,为她丈夫担心是有理由的,他常抱怨胸口堵得慌,呼吸困难。但他有时还是强打精神在施特拉尔松做税务顾问,学会了去钻制度上的漏洞。

沃尔夫冈·海因里希斯,这个被德国国情毁了的人,在我们造访后没几个月就死于肺血管栓塞。但是对我来说,作为少年时代的同学,他的身影始终挥之不去:在高中毕业典礼上,他曾高歌一曲卡尔·勒韦的《钟表》;说到海军知识,同学们谁也不是他的对手。他的身影始终挥之不去,因为我满足于什么都不知道,或者只知道些错误的东西,因为我孩子气地装傻,一声不吭地接受了他的失踪,从而再次绕开了"为什么"这三个字,以至于现在剥洋葱时,我的沉默还在耳朵里嗡嗡作响。

必须承认:这只是一种程度有限的痛苦。然而,"要是我的父亲像沃尔夫冈·海因里希斯的爸爸那样坚强,而不是在自由国家但泽的强权气氛还不很浓厚的三六年就已经加入纳粹党的话,那该多好啊!"——诸如此类的抱怨是廉价的,充其量只会引起耻笑。我心中的嘲讽者会发出这样的耻笑,只要听到类似的借口:"假如我们当时不是……""倘若我们当时没有……"

然而,我没有"不是",我不是"没有"。表舅离开了,同学没回来。但是,这个我必须追踪的少年,在发生了恐怖事件的地方最容易找到:战争爆发快一年了,光天化日之下,暴力通体透亮。

我刚过了十一岁生日，但泽和其他地方就有犹太教堂被烧了，玻璃橱窗被砸了。我虽然没干什么，但也在好奇地看热闹：在离我读书的康拉德学校不远的米歇尔街上，冲锋队来了一伙人，抢劫，破坏，还想放火去烧朗福尔区犹太小教堂。对这次极为喧闹的行动，城里的警察全程只作壁上观，也许是因为火并没真正地烧起来。目击这一暴行，我也许最多就是惊讶罢了。

最多如此。我在记忆的落叶堆里努力搜寻，却没发现任何对我有利的证据。明摆着，我的童年里没有怀疑的乌云。正相反，我容易被打动，无论那时激动人心、人心激动地冒充"新时代"的日常生活隆重推出什么，我总是要上前去凑热闹。

推出的东西确实既密集又诱人：收音机里，电影院里，马克斯·施梅林①高奏凯歌。施特恩费尔德百货商店前放着几个小罐子，为冬令赈济会多少募点儿捐吧："不让一个人饿死，不让一个人冻死！"德国赛车手——比如贝尔恩德·罗森迈尔——驾驶的"银箭"②风驰电掣，让人望尘莫及。飞艇"齐柏林伯爵号"和"兴登堡号"令人赞叹，这些城市上空的亮点成了明信片图面的主题。在《每周新闻》中，我们的"兀鹰军团"③用最新的武器装备帮助西班牙人摆脱"赤祸"，获得解放。在校园里，我们玩攻打"阿卡莎城堡"的游戏④。此前几个月，奥运会上到手的一大堆奖牌使我们欣喜若狂。后来，鲁道夫·哈比希成了我们的飞毛腿。在《每周新闻》里可以看到，德意志帝国在密集的探照灯光下灿烂辉煌。

但泽还是自由国家的最后几年里——那时我十岁，叫我名字的男孩就完全自愿地加入了少年团，这是为将来正式加入希

---

① 施梅林（Max Schmeling, 1905—2005），德国拳王，有"日耳曼超人"之称。
② 对奔驰赛车的俗称。
③ 二十世纪三十年代德国空军精锐部队。西班牙内战时，纳粹德国出兵帮助佛朗哥叛军，其中空军人员被称为"兀鹰军团"。
④ 西班牙塞哥维亚城堡。据说当年迪斯尼以它为白雪公主城堡的蓝本。格拉斯《我的世纪》中有关于这一游戏的描述。

特勒青年团做准备的组织。人们称我们是"小屁点儿",也叫"狼崽子"。在圣诞节的餐桌上,我希望得到包括船形帽、领巾、腰带和肩带在内的全套制服。

虽然我记不清自己当初是否特别激动,是否以小旗手的身份挤上了观礼台,是否想当身上挂饰带的小队长,然而毫无疑问的是,我参与其中了,即使不停地哇哇唱歌、咚咚敲鼓让我感到厌烦之后,我仍是如此。

诱人的不光是制服。"青少年必须由青少年来带领!"这一口号挺合心意,而且还有相应的活动:在海滩边的森林里搭帐篷露营,做野外游戏,在城南丘陵地区费力地堆成日耳曼人露天法场的漂砾之间燃起篝火,在繁星点点的夜空下和向东伸展的林间空地上庆祝夏至和清晨升旗仪式的到来。我们唱歌,似乎歌声能使帝国日益强大起来。

我们的中队长是一个工人家庭出身的男孩,来自新苏格兰居住区,比我大不了两岁。这个好样的家伙很幽默,能倒立行走。我敬佩他,他笑我也跟着笑,我对他是亦步亦趋,言听计从。

就是这一切吸引着我,使我摆脱了家里压抑、沉闷的小市民气氛,摆脱了父亲,摆脱了柜台边顾客们的闲话,摆脱了狭窄的两居室住房。在那套住房里,只有客厅右窗台下低矮的壁龛归我用,对我来说一定是够用了。

壁龛的几层隔板上堆着书,堆着我贴着香烟图片的相册。平生第一次搞雕塑用的橡皮泥,鹈鹕牌写生簿,装着十二种厚颜料的盒子,只是顺手收集的邮票,乱七八糟的杂物,还有我的秘密记事本,都在那里找到了栖身地。

现在来回顾这一切,几乎没有什么像窗台下的小壁龛那样清晰如在眼前了。我在小壁龛里找到了好几年的安慰。左窗台下的小壁龛则归妹妹瓦尔特劳特所有,她比我小三岁。

说在小壁龛里找到安慰,是因为我虽然是少年团的"小屁点儿",穿着制服,一边唱着《我们的旗帜在头上飘扬》[①],一边吃力地齐步走,但是我也爱待在家里,摆弄自己放在小壁龛里的各色宝贝。即使在整齐的队列中,我也是个独来独往者,只不过并不十分令人注目。我随大流,但我的思绪却总在四方云游。

此外,我从公立学校转到了高级中学,成了康拉德学校的一员。就像大家所说的那样,我可以上高级中学了,戴上了高级中学传统的、饰有金色字母 C 的红帽子。我以为自己有理由趾高气扬,因为我是名校的学生了。不过,父母却不得不用好不容易省下的几个钱分期交付这所名校天晓得是多少的学费,每月的这笔开销是个沉重的负担,但他们在儿子面前从不明说。

殖民地杂货店紧靠着通往家门的那条又长又窄的走廊,我母亲以"海伦妮·格拉斯氏"为店名独自经营。被称作"小威"的父亲威廉只是布置橱窗,负责从批发商那里进进货,写写价目牌。生意马马虎虎,甚至可以说不太景气。在用古尔登币[②]的年代,海关的限制措施使得买卖没有保障。每个街角上都有竞争者。为了获得额外出售牛奶、奶油、黄油和新鲜奶酪的许可,家里不得不腾出了靠街面的半间厨房,煤气炉和冰箱只能放在一间连窗都没有的斗室里。连锁商铺"皇家咖啡"拉走了越来越多的顾客。你只有准时付清所有账单,那些代理商才会继续供货。赊账的顾客太多了,特别是那些在海关、邮局、警察局供职的公务员的太太们。她们总是诉苦,还价,斤斤计较。星期六打烊关门后,父母总是异口同声地说:"我们手头又紧了。"

所以本来就应该看出,母亲是挤不出钱供我每周零花了。我没完没了地抱怨,同学的口袋里或多或少地都有些零钱叮当作响。这时,她便把一本用得皱巴巴的八开账本推到我面前,那上面记

① 希特勒少年团团歌。
② 自由国家但泽的货币。

着一大串顾客欠的账，按她的说法，这些人都"靠借贷过日子"。

我翻开面前的账本，那上面字迹工整地记着姓名、地址和最近曾略有下降、但又在不断上升的数字，多少古尔登，甚至连几个芬尼都写得清清楚楚。这是一个女商人的结算，她有理由为自己的店铺担忧；也许这也是一面反映宏观经济形势的镜子，外面失业的人数有增无减。

"星期一，公司的代表就会来要现钱。"这成了她的口头禅。但是，母亲从来没有在儿子、后来也没有在女儿面前强调每月要交多少学费，没有以此让孩子觉得心中有愧而俯首帖耳。她从来不说这样的话：我为你们做出了牺牲。你们要报答我才行！

这就是我的母亲：深思熟虑，想到一切可能的后果——她可没闲工夫实施这样的教育方法，我和妹妹一开始震耳欲聋地吵架，她就会对顾客说"请稍等"，急急忙忙地从店里赶过来，也不问"是谁先和谁吵架"之类的废话，而是一言不发地给两个孩子两巴掌，然后又赶回去继续态度和蔼地接待顾客。这就是我的母亲：温柔、体贴、热心，常常为了什么而感动得泪如雨下，只要一有空闲就会陷入梦幻之中，把一切自认为是美好的事情都说成是"货真价实的浪漫"。这就是我的母亲：她是天底下最操心的母亲，有一天她把那本八开账本推到儿子面前许诺说，只要我愿意出去讨债，她就会从要回来的古尔登和芬尼中拿出百分之五来作为对我的酬谢。这就是我的母亲：她让我带上伶牙俐齿——我确实能说会道——和写满数字的账本在某个下午或者在我为——在她眼里是愚蠢无聊的——少年团服务之余，去拜访那些拖欠货款的顾客，强烈要求他们结账，即使不是马上还清，至少也得分期支付。

然后她还给我出主意，说每周有个晚上要特别注意充分利用："星期五发工资，你得这时去把钱给要回来。"

我那时十岁或者十一岁，在上高级中学一年级或者二年级。就这样，我成了一名精明老练、总体上也颇为成功的讨债人。用一只苹果或者几

151

颗糖果可别想打发我。我会说些什么让负债人的心肠变软。即使是冠冕堂皇、犹如涂上圣油的借口，我也会听而不闻。谁要是胆敢威胁，我可是决不买账。谁要想关上房门了事，我会伸出脚去顶住，使他难以得逞。在星期五，我会指出他们的周工资已发，更加坚决地要求结账还钱。我连星期天也不放过，它并非神圣不可侵犯。在大大小小的假期里，我更是从早到晚马不停蹄。

很快我就要回来一些钱，不料这笔款项却导致母亲开始考虑儿子的教育问题，把他过高的利润从百分之五降低到百分之三。我虽然不满地嘟囔，但也只得接受现实。她却说："我这样做，是想让你不要骄傲。"

但是到了最后，本人的经济状况仍然要好于许多这样的同学：他们住在乌普哈根路或斯特芬路的那些带有双重房顶、列柱门廊、露天平台、另有小门专供仆人出入的别墅里，他们的父亲是律师、医生、粮商，甚至还拥有工厂和轮船。我把自己获得的纯利润放在一只空的烟草罐里，藏在窗台下的小壁龛里。我买了大量写生簿作为储备，买了书，好几卷《布雷姆编动物辞典》。我这个影迷手头宽裕了，即使去老城中最远的电影院，甚至去奥利瓦宫廷花园的"罗西"过瘾，包括来回的无轨电车票，也都不成问题了。有新电影上映，我总是场场不漏。

当年，在但泽还是自由国家的年代，科教片和故事片之前都要加放《福克斯有声每周新闻》。哈里·皮尔让我目不转睛，《胖子和瘦子》让我开怀大笑，我看到查理·卓别林扮演的淘金者在吃鞋子和鞋带，我觉得美国童星秀兰·邓波儿有点傻，也算不上十分可爱。我的钱足够我把巴斯特·基顿的无声片颠来倒去看上好几遍，他的滑稽让我悲伤不已，他的悲伤让我忍俊不禁。

那是在二月她的生日还是在母亲节？反正在第二次世界大战爆发之前我还相信，我能送母亲一件特别的礼物，比如说一种什么进口货。我伫立在橱窗前，思来想去，享受着选择的痛苦，在施特恩费尔德百货商店的椭圆水晶盘和电熨斗之间犹豫不决。

最后，我选中了造型优美的西门子电器。母亲一点儿不含糊地问清了这件电器惊人的价格，在亲友面前却避而不谈，好像这是七宗死罪之一似的。父亲完全明白必须为能干的儿子感到自豪，但也不能泄露我暴富的原因。电熨斗一用完就立刻被收进柜子。

讨债的实践还给我带来了别的收益，不过这种收益在几十年后才作为叙事的素材或曰乏味的物权显出它的好处来。

我楼上楼下地跑，在那些出租公寓里，每层的气味各有千秋。热水洗衣服发出的臭味压倒了烧白菜的香味。再上一层楼，你就能闻到猫咪或者尿布呛鼻的气味。从每扇房门背后都会飘来特别污浊的空气。不是酸味，就是焦味，那是家庭主妇们正在用火热的钳子烫头发。上了年纪的女人身上发出樟脑丸和传统薰衣草牌科隆香水的气味。还有死了老伴的退休者满嘴呼呼的酒气。

通过闻到、听到、看到和感觉到的一切，我知道了什么是工人四口之家的贫穷和苦恼，什么是僵硬地用标准德语骂人、基本上失去了支付能力的行政官员的高傲和愤怒，什么是孤独的女人想在厨房里的桌边和人聊上几句的需求，什么是邻居之间可怕的沉默和不断的争吵。

一切都积聚起来，宛如内心的存款：那些无论是否喝醉都出手打人的父亲，那些高八度破口大骂的母亲，那些一声不吭或者说起话来结结巴巴的孩子，还有持续不断的百日咳，叹息，诅咒，程度不一的哭泣，对人的恨，对狗和金丝雀的爱，没完没了的浪子的故事，还有无产者和小市民的故事，前者是低地德语夹杂着波兰语的骂人话，后者是如同砍成一截截木棍似的官方语言，各种各样的故事，在有些故事里，推动情节发展的是不忠，而在另一些故事里，这我后来才明白，讲的是灵与肉，意志坚强的灵和弱不禁风的肉。

这些，还有好些别的——不仅是我讨债时讨来的打——都在我身上浓缩起来，储存起来，以备不时之需：比如等到叙事的作家缺少素材了，找不到词语了，这些库存就能派上用处。我只需要让时光倒流就行了，只需要把气味嗅上一嗅，把臭味分一分类，楼上楼下跑上一趟，按几下铃或者敲几下门就行了，尤其是在星期五的晚上。

甚至可能是这样：以前和自由国家的古尔登货币打交道时精确到芬尼，后来从三九年战争爆发时起开始收取帝国马克——人见人爱的五马克银币，这些经历通过艰难的实践成了我坚定的信仰，我从此毫无顾忌，从不让步，无论是在战后做黑市生意倒卖打火机的火石和刮胡子的刀片，还是后来成了作家和耳朵有点背的出版商们在合同上讨价还价，我都不会让步。

因此我有足够的理由感谢母亲，是她早早地教会了我在和钱打交道时要务实，即使讨债也得这样。七十年代初我动手写那本《蜗牛日记》，被两个儿子弗朗茨和拉乌尔逼着一字一句地描述自己，我的话简明扼要："我受的教育既好又不好。"这也是指我当年讨债的实践。

我忘了顺带提一下那三天两头要发炎的扁桃腺，它虽然在童年结束的前后能让我有几天不用上学，但是也妨碍了我一味追求金钱的售后服务活动。母亲把蛋黄搁在玻璃杯里拌上糖，端到病还没全好的儿子床边。

盒式相机（节选）

蔡鸿君————译

劣 迹

往昔如斯。他们都不可逆转地长大，成为纳税人，头发花白，如帕特和约尔什，拉拉很快就要当奶奶了，雅斯佩尔的问题是各种约会总是排得太满，但是，所有的八个人，都坐在了蕾娜的家里，这一次，她在两次登台演戏之间，发出了邀请："如果我们想在十月中旬之前搞完，时间也不是太多了。"

"一切都要在爸爸的导演下进行。我们都是他想象出来的！"娜娜大声说。

"是他把那些绝对不是我自己的用词放进了我的嘴里。"塔德尔也在抱怨。

看上去，兄妹中有几个似乎拒绝参与，帕特已经说到要抵制，但是约尔什接着说："就让这个老头……"小保尔答应会讲讲那些"特别迷惑人的暗房故事。"

蕾娜租的这套住房位于克罗伊茨贝格区，是在一栋修缮过的老房子的五楼。预先估计，会来的人有雅斯佩尔、小保尔、塔德尔，但是拉拉和帕特也从老远的地方赶来了。娜娜特意请了假，因为，就像她说的那样，"这些过去的故事，总是很好听的，我自己也真想出现在这些故事里面。"约尔什带着新的疑虑也到了场。他补充了一些技术细节，又对盒式相机提出质疑："不合情理的是，老玛丽用来咔嚓所有这些照片的，并不是档次比较高的阿克发特种型号，而是所有盒式相机里面最简单的那一款，我敢肯定，也就是说，用的是那款所谓的奖品盒式相机。就是这么叫的，因为只卖四个帝国马克。是一九三二年上市的，当时正在闹世界经济危机。尽管如此，这款相机卖掉了将近九十万个。"

他不厌其烦地讲解了阿克发公司的推销策略，根据规则，想购买的人必须收集到四枚分别有 A-G-F-A 铸币地点记号的帝国马克，才能够按照优惠价格购买一个盒式相机。"人们排起了长队！"

塔德尔原则上对此表示怀疑："不管她用什么咔嚓，后来她都施了魔法耍过花招，直到我们相信，而且不得不信。"

接着谁都没有说话，直到帕特打破了沉默，他想知道，娜娜为什么在柏林墙倒塌了几年之后转了学，"而且恰恰是从西柏林转到了东柏林？为了成为助产士，你接着又去了萨克森州的德累斯顿。"有一个儿子忍不住，是塔德尔还是雅斯佩尔呢？因此得出了一个结论："你成了一个真正的东德女人。"娜娜回答说："从原则上来说，是的。"

蕾娜已经摆好了桌子，什锦奶酪盘、橄榄、核桃，还有很多面包。小保尔打开了几瓶白葡萄酒。所有的八个人，从现在起，他们可能不再愿意长大，都想同时开始。

咱父亲是在什么时候终于得到了一只别人送的老鼠？

是过生日的时候吗？

他早就希望有一只。

比这还要糟！圣诞树下，关在一个笼子里。

我爸爸对我说过："有一点是肯定的，那就是老鼠要比我们人类活得更久。"他就是这么说的……

"……因为这种啮齿目动物甚至在受到核污染的比基尼环形岛上都还可以生存……"

我们了解他的这些高谈阔论！

但是，不是玛丽，而是甘菊①，最终为他弄来了这只老鼠。

笼子刚放进他的工作室，她就用她的阿克发……

行啦，小保尔！老鼠可以先等等，即使这只畜生绝对是很重要。先让雅斯佩尔讲讲，老玛丽是如何采用绝对狡猾的方式识破了他的诡计。

我不愿意讲这事儿。我在村子里感到不爽。我在那里找不到任何人，可以认认真真地谈谈书，谈谈电影什么的……你们都不行。学校里也就凑合吧，但是除此之外，无聊至极。你们有许多朋友，其中有几个是真正的哥们儿。你们甚至觉得乡村的节日活动也挺有趣的。

塔德尔有了一个新娘，她真的很讨人喜欢……

在咱家房子对面的汽车站，总是有一些从幸福城来的姑娘在等你，小保尔，都挺漂亮的。

像母鸡似的，叽叽喳喳，都痴情地追你。

这就不是我们的小保尔该操心的啦。

你从她们旁边走过，特酷。

你反正总是带着你的那条狗在堤坝上转悠。小保尔和保拉沿着斯托尔河，朝乌棱多夫和拜登弗雷特方向……

他剪了一些芦苇秆，在渡船靠岸的地方，卖给渡船乘客，每根十芬尼。

要么他就待在堤坝后面小玛丽的房子里，小玛丽允许他进暗房，一丝抱怨都没有。

接下来可糟了，这个老太婆负责照看我们，因为我爹又想出远门，去中国、泰国、印度尼西亚、菲律宾，还有不知道什么地方，最后一站是新加坡……

他甚至还说服了甘菊一起去。

肯定是在他得到那只老鼠之前。

他们俩去了一个多月……

显然那会儿还没有那只老鼠，最多就

---

① 格拉斯的第二任妻子乌特有两个儿子，"甘菊"是他们对母亲的称呼。

是我爹脑袋里的一个愿望罢了。

他们动身之前，那可真是一场好戏。

我还记得，在我们家打扫卫生的恩格尔太太从电话机那边不停地高喊："中国来的！我的天啊，直接从中国打来的电话！"

她特激动，在房子里跑啊。

大声喊甘菊："快点儿，请您快点儿过来。有个重要人物从中国打来的。"

不过就是那位同时也是作家的驻华大使罢了，他想让我爹务必给他带去一些肝肠，因为在中国，当然啦，哪儿也没有真正的肝肠。

村里那个卖肉的，他家的肝肠远近闻名，他甚至还包了两段熏肠，蛮长的……

这玩意儿也一起上路了？

恐怕是夹在短袜和衬衫之间的吧？

的确如此。那个卖肉的，后来收到了一封驻北京的大使馆寄来的信，信纸上方印的头衔可精致了，是封感谢信。

然后，他把信装在镜框里，挂在玻璃橱窗后面，就在满师考试合格证书的边上。

在这些肝肠上路之前，我们的小玛丽用她的阿克发拍了好几遍，因为老头……

肯定是小保尔为她这样摆啊那样摆的，先是并排，然后再交叉。她捧着相机，贴得很近，从桌子上面爬过去……

我爹在一边说："我真想知道，这些肝肠会对我们说些什么。"

她一边拍照一边低声嘟囔着一些谁也听不懂的话。听上去像中国话。

但是，照看我们仨，老玛丽可真没办法。

有一次，她把一只鞋扔向塔德尔，据说是因为他太调皮。她还大喊："无赖！你这个无赖！"

她每次要是跟你生气的话，总是这么说，因为你又来晚了……

她可能特失控。

偷偷地开始喝酒。

但是我们什么也没有察觉，即使她又多了三个小玻璃杯。

反正我总是在我的小屋里看书，找到什么看什么。或者去幸福城，我在那里有一个哥们儿，他虽然劣迹斑斑，但是平时也很正常……

他叫什么？

比我大一些。名字与此无关。他什么都不怕，这让我很佩服。别问了，帕特，我说过了，名字与此无关。不管怎样，这事造成了后果，因为我和我哥们儿……

先是我爹带着甘菊旅行回来了。每个人都有礼物。不记得是什么了。

小玛丽并没有告状，这你们得承认，她没有说在此期间出了什么乱子。特别是塔德尔和我，学校的那些事。

没错，嘴很严实，这个老太婆。

关系还挺好。

甚至没有对我的那个住在外村的新娘讲一句怪话。她的父母从来没有出去旅行过，绝对很正常……和我爹一点儿也不一样。他从中国带回来了一个怪怪的想法，这是他自己想出来的。他立刻就开始写的这本新书，后来叫《德国人会死绝？》。写的是我们德国人没有兴趣生孩子，所以慢慢地就灭绝了，而在中国和世界的其他地方，有足够多的孩子，甚至实在太多。应该是本薄薄的书。

反正写这本书他几乎用不着我们的玛丽。

他可以自己想，所以有一段时间，没有什么东西需要她咔嚓。

也可能，她为中国之行弄出来的那些肝肠的照片，从素材这一点来说，就已经足够他的这本新书了，因为从这些肝肠里，他可以……

不管怎样，小玛丽这会儿失业了。总在堤坝上转悠。虽然也还挎着她的阿克发，时不时也咔嚓几下，但是只有云彩，赶上好天，就朝那片此外啥也没有的蓝天咔嚓。

她接下来的情况也是这样，我爹很快就完成了这本书，那些拍下来的肝肠在书里绝对是重要的配角，然后，我爹想休息一段时间……

我们不习惯，就连甘菊也不习惯。

我们觉得挺可怕的，他待在阁楼上，只是用陶土捏人像……

他是在冥思苦想。

也许是因为他当时已经预感到，我们会面临到什么，单单是气候的问题，或者是原子能的问题，或者是未来什么的，我指的是……

这段休息持续了相当一段时间。整整一年，还要更长一些，这期间我在学校里又开始滑坡。留级，不得不转到威尔斯特的实科中学，我在那里……

但是，尽管如此，你在去搞电影之前，还是当了老师，可能是因为你的那个学校……

……塔德尔想要向我们证明……

你当老师的时候，甚至很受欢迎：严格，但是很公正！

有一段时间，你想当警察，这事儿都传到了我的那个农庄。据说，你们的甘菊说："小塔德尔，附近要建核电站，如果我们大家穿过农田，抗议游行，你会怎么办？你的所有兄弟都会参加，雅斯佩尔，小保尔，肯定还有帕特和约尔什？你会来用橡皮警棍打我们吗？"

我不会这么做的，绝对不会。我当时并不反对核电站……我后来想去学酒店管理，甚至都去试了试。

塔德尔离家去慕尼黑的时候，那可真是一场好戏。

在幸福城火车站，他装出一副一切正常的样子。我们的玛丽专程赶来，带着她的盒式相机，她现在已经很难得带着它，就在你登上火车的那一刻，她咔嚓了好几下，而且是蹲着的。

火车开动了,她跟着跑了一会儿,一边跑一边咔嚓……

她还在你的身后高喊:"你虽然是个无赖,不过我会想你的,我的小塔德尔!"

尽是告别的照片!

但是我们一张也没有看到过。

就连我也没见过。肯定是些糟糕的事,她的阿克发未卜先知,接下来是一场特别的灾难。

真的,我们的塔德尔刚走了几天,就来了好几封信,每两天就有一封,都是写给甘菊的,没有一封是写给他爹的……

这些信上全都沾着眼泪,想家想得厉害……

你这个可怜的家伙!

这种调整,肯定特难。

你们瞧,娜娜就要哭了,光是听听就成了这样,因为我们的塔德尔……

"我要回家,我要回家。"你就像后来电影里的那个外星人。这个满身皱纹的小侏儒,成天就是想要打电话。

老头虽然嘴上说"慢慢就会好的。他必须挺住"。但是后来他也认为甘菊早就做出的决定是对的:"我们的塔德尔必须回来。他想家,根本就不是装出来的。他需要家。"甚至就连经常生你气的玛丽,也觉得这样做是对的。

他回来的时候,我们庆贺了一下。

啊,一定很美好吧。

我回来的时候,相当沮丧……

真的吗?又能去上学,你特高兴……

……即使你很快又厌烦了……

就跟我一样。在这点上,我们很相似。

只有雅斯佩尔，学校里的那些事，他一点儿问题都没有。

但是，你也有烦恼。

为什么？和谁有麻烦？

说说你和幸福城的那个哥们儿的事。

还是先说说那只老鼠吧，我和我哥们儿的事是在圣诞节过后几周。此前一切都很正常。塔德尔回家来了，小保尔要么在村子里瞎转悠，要么和玛丽在一起。甘菊忙着准备礼品。据说会让人大吃一惊。真的，在圣诞树下，终于放着老头早就希望得到的东西，我们觉得，用鸟笼装着一只成年的老鼠，是他典型的胡思乱想的结果，但是很可爱，我们也只能报以微笑。

你们的甘菊是从哪儿弄来的？

大概是在一家普通的宠物商店，那里有仓鼠、百灵鸟、金鱼，肯定还有拉拉养的那种豚鼠，也许还有红眼睛的白老鼠，但是绝不会有……

她说，是在吉森的一个养蛇人那里买的，养蛇人同时养了许多老鼠，作为蛇每天的食物。

只是运输成了问题。

这只安安静静地待在鸟笼里的老鼠，让老头重新开始写作。结束了休息阶段和苦思冥想。

我们的小玛丽立刻又带着她的阿克发去寻找主题。

小保尔现在还像以前那样被允许进入她的暗房，但是他一个字也不透露，只是在老玛丽咔嚓的那只畜生的照片上，越来越多的老鼠在到处乱窜。

这是塔德尔的爹要求的：完全封锁信息。但是现在我可以说了：在所有的照片上，一大撮一大撮的，全都是老鼠，甚至还有像恐怖片里的那种畜生，一半是老鼠，一半是人……

……老头又画了一些老鼠，还用刻刀刻在铜版上，它们如何奔跑，如何打洞，如何后腿直立，越来越多，后来又变成了半人半鼠，这一切都写进了他的那本书，又是一本相当厚的……

但是当时我们不准谈这些。

小保尔也说了："是秘密。"

里面不仅仅是有老鼠。玛丽还特别为他咔嚓了一条拆除了索具的平底小帆船，是船厂工人用支架支在我们村里准备修理的。特破。真是早该彻底报废的。

但是在暗房里四处都有的那些照片上，这条小船，是小保尔悄悄告诉我的，看起来完全正常，就像新的似的，船上有四个女人，在波罗的海上漂着，哪儿都去，最后到了乌瑟多姆岛，那儿有很多会唱歌的水母……

船上的女人中间，有一个挺像甘菊的，显然是这条平底小帆船的船长。另外一个，可以认出是塔德尔的母亲。我敢肯定，蕾娜和娜娜，第三个和第四个很像你们的母亲。她们俩中间的一个，不记得是哪一个，掌管小船的机器，另外一个负责研究水母，因为……

我要是理解正确的话，这里讲的是一条女人船，是老玛丽的奖品盒式相机……

再说一遍，小保尔，说到船员的话，在这条小船上只有几个女人，咱爸曾经和她们或者一直就和她们有点什么事儿……

……咱母亲在正中间！

不可思议：我妈也在这条小船上，而且听从你们甘菊的指挥……

你们可以在爸爸的那本关于老鼠的书里读到这些，可惜，这个故事的结局特糟，这四个女人又一次穿上节日的盛装，戴上首饰，因为她们在海底将要把那个传说中的城市委内塔作为最后的避难所……

我一点儿也不知道。一点儿也不知道圣诞树下的老鼠。一点儿也不知道父亲的四个女人在一条小船上，或者我说以为的那种平底小帆船。

164

我离家很远。在瑞士的一个农庄学徒,还要去策勒的农业专科学校上学,在此期间,还在下萨克森州的一个生态农庄负责牛奶的生产,按照我的方式搞政治,但是,我一点儿也不知道你们那里的计划,老鼠啊什么的。喂,约尔什,你也从来没有说过关于老鼠的一个字,克隆的,半鼠半人……你在科隆学徒结束之后早就回到了北方平原地区,咱父亲带着他的甘菊和三个男孩在那里……

你要理解,老兄!是这样的,我在西德广播电台学徒期满之后,他们没有录用我。电台暂停录用新人。这是事实,没法改变。漂了一段时间。咱父亲主动提出让我去你们乡下。"这样对你的小弟弟有好处,"他写信给我,"塔德尔需要你。"这时父亲又买了一个房子,这次是在克雷姆普低湿地买了一个没有农田的农家大院,我心想,换一个地方吧,于是就搬到了埃尔斯科普附近的这个紧靠着公路的村子,在施托尔河的另一侧,这样,完全就像我的老兄一样,成了一个地地道道的乡巴佬。农家大院的前面有一棵高大的欧洲山毛榉。还有几个空荡荡的牲口棚和谷仓。我住在一个多人合住的宿舍。头儿是一个女的,她总是知道,是什么事儿,应该怎么办。对我来说,这就像是一个家,而我已经很久没有家了。每次我坐渡船越过施托尔河去看你们,我想要看望的不仅仅是你,塔德尔,而且还想看看父亲工作室里的那只关在鸟笼里的老鼠。当然,还有老玛丽,我觉得她又矮小又干瘪,不知怎么的,整个缩小了。我觉得她挺高兴,说:"喂,约尔什,你可长高了啊。"然后,她就把我和那只老鼠咔嚓在一起,我当时留着披肩发。我敢百分之九十九地肯定,她用的是那个一九三二年出产、花四个帝国马克买来的奖品盒式相机……那只老鼠是棕色的,不是实验室里那种白色的。可以想象会出来什么结果。这种事我们都习惯了,是不是,老兄?从小就是这样。但是,到底是怎么回事,她没有对我们任何人讲过。

我去看你们的时候,也没有对我讲过。那时,我刚刚结束在多博斯多夫湖畔的陶艺学徒,我师傅要求他的徒弟不得有任何自己的秘密。因此他想强迫我,大声地读我的日记,而且是在早晨,所有的人都围在桌边吃早饭的时候。我拒绝这么做,但是,我从来没有对任何人提过这件事,既没有对甘菊,也没有对我爸,所以我去了施莱河畔的卡佩恩,在那里找了另外一个师傅,正常地完成了学徒。在黑森州的一个偏僻村镇找到了工作,但是,这里是以工厂的模式……只生产大宗产品,因此我很快又去了柏林,搬家的时候,我迅速地爱上了一个帮我包装家具的大学生。但是,我不愿意说这件事,我指的是结果如何。我的孩子们以后可能会说,如果他们有兴趣的话:开始的时候,从婚姻角度说,一切都很有趣,但是接着就完了,不行,蕾娜,我真的不想谈这些,过了很久以后,我又结了一次婚,一切都越来越好。但是,关于那只老鼠,我爸打算拿它干什么,我几乎一点儿也不知道,因为,即使是他来福里德瑙看我们,也没听过他提过一个字。现在住在那栋砖房里的是一对年轻人,他和他们一起办了一个杂志,是传播社会主义的,是真正的民主的社会主义。这对年轻人后来生了几个孩子。是在我们那栋老砖房里生的,我指的是生孩子。我在城里和几个陶艺师一起合伙开了一个作坊,有的时候,和我的几个妹妹一起……

是啊,每次拉拉来看我,都是那么美好。我当时还很小,每次听你讲,在福里德瑙的每周集市上卖你的那些漂亮的陶器,我都会敬佩不已,我妈说,卖得太便宜了。除此之外,我一点儿也不了解你们在乡下做些什么。关于老鼠的故事,我只知道,我爸爸一直就偷偷地希望有一只老鼠,他对我说过……但是,我压根儿就不知道那条上面全都是女人的船,这些曾经是他的女人或者现在还是他的女人,就像你们的甘菊……

不仅仅是你,娜娜,所有的人都毫不知情。

因为甚至就连老玛丽也不吐露一个字。

他总是藏着掖着什么的。

所以没有人知道他心里在琢磨什么事儿……

你们说的这些，绝对都是胡扯！如果有人问他，他就会亲口说："谁要是寻找，就会在长长短短的句子里找到隐藏起来的我……"

可能就是这样，在他的每一本书里，都可以找出一些以自我的方式表现的东西……

所以才那么厚……

……那本有老鼠的也是这样。

我从一开始就很清楚，这会是一本特别厚的，因为小玛丽总是不断地钻进暗房，每次我用肥皂洗干净双手，才会被允许进去。我看见的东西，真是不可思议啊。实际上根本不可能有。无边无际的老鼠迁徙大军，老鼠排成队列，特别恐怖的被钉在十字架上的老鼠。反正没有一个人影，"就还剩下老鼠，"每次玛丽从显影盒里取出照片，都会这么说……她自己也很震惊。你们倒是对我说说，我怎么会告诉塔德尔和雅斯佩尔呢？无论怎样，他们谁都不会相信，阿克发盒式相机会吐出什么东西来。雅斯佩尔肯定不信。他只相信，他读过的那些破书里的东西。但是，当那桩劣迹，他称之为破门盗窃，最后败露的时候，我们的小玛丽用她的盒式相机证明了你们的事是如何进行的，起初，他也特别感到震惊，但是后来……

究竟是什么！究竟是什么！我也听说过"劣迹"和"破门盗窃"……

很精彩啊！

快说说，雅斯佩尔！

全部说出来！

对那些老鼠我们已经够够的了……

好吧，好吧！马上就开始。塔德尔和小保尔早就知道是怎么回事儿，都是为了香烟。是我藏在床铺下面的，有三十几包，装在一个塑料袋里。我想，那儿很安全。但是，甘菊打扫卫生的时候，吸尘器碰到了塑料袋，她总是什么都能找到的。这样就开始了一场好戏："你是从哪儿弄来的？你现在就开始抽烟啦！快说，你是从哪儿弄来的？"她把塑料袋拿到楼下的厨房兼起居室，砰的一声扔在饭桌上，好几包烟都蹦了出来。审问又继续开始："从哪儿来的？ 是谁给的？ 在什么地方？"我先是不吭声。大家都围着饭桌站着。甘菊、塔德尔、小保尔，对了，约尔什当时也在场，当然啰，还有我们的玛丽。我还是一直不吭声。不想出卖我的那个哥儿们。他是我当时唯一的朋友。要我说，他也很正常，就是比我还调皮。他做事实实在在，无论对什么人，对什么事，他都不怕，这是我很佩服的。我越是沉默，甘菊催问得就越紧。这时，一直和你们一起站在那张上面放着香烟的饭桌旁边的玛丽，突然打开了她的那个可恶的盒式相机，而且是以一种滑稽的姿势，从后面绕过来，拍了整整一个胶卷，一边拍一边在笑。当时，她似乎马上就要咔嚓完了，这时老头回来了，就是你们的父亲。"这里出了什么事？"玛丽回答道："我们马上就会知道的。"她接着又咔嚓了一个胶卷，好像必须这么做似的，一会儿把相机捧在胸前，一会儿从后面绕过来，一会儿趴在饭桌上。从各个角度连续咔嚓从袋子里蹦出来的香烟。然后，小保尔，我还记得，她一边冲着你们的父亲眨了眨眼，一边对你说，也是对甘菊说："现在我很急迫地想知道，过一会儿到底会有什么暴露在光天化日之下。"

我们什么也没有看到。谁也不知道老玛丽的盒式相机到底发现了什么。小保尔，你只是在到处游荡。"特别清楚，看看这两个人……"我爹肯定看到过这些照片，后来他笑着说："真了不起！ 就像真正的职业高手，用一根铁棒，在夜里。我们都知道了是怎么干的。"

这已经是确信无疑的了，雅斯佩尔和他的那个他不愿意说出名字的哥们儿，就这么轻而易举地撬开了幸福城一家夜里不营业的加油站的自动售烟机。你们是怎么撬开的，真让人疑惑不解。也就是说，就你那个哥们儿一个人，从那些照片上可以清楚地看到，而你只是在一边观望，或者说在望风。但是没有人过来。这样你们俩安安心心地撬开了自动售烟机……里面没有硬币，只有香烟。有五种还是七种牌子的，不记得是哪些牌子的了。然后你们俩平分。可以看见你们是怎么分的。

然后呢？

你肯定吃耳刮子了吧，是不是？

肯定不是甘菊抽的！

要我说啊，否则还会更糟的。只不过就是必须用我的零用钱分期付清烟钱，好几个月，这其实也很正常。甘菊按照她的方式处理了这件事。整个这件事都是匿名的。老头，就是你们的父亲，只是笑着说："这种事我们的雅斯佩尔肯定不会再干了。不提这件事了。"

他就是这种人，我爹。过去的事，发生过的，完了就完了。我还记得，我住在福里德瑙的时候，大概十一二岁吧。当时我们家里，就像老玛丽总在说的那样，到处都"乱七八糟"，我不知道，我们家里为什么一切都乱了套……我和我的朋友戈特弗里德一起在施特格利茨的卡尔斯塔特百货商店偷了几样东西：一把梳子，一块袖珍镜子，还有一个小玩意儿。百货商店的保安抓住了我们，立刻把警察叫来了。戈特弗里德顺带了一个装在小盒子里的指甲剪，警察把我和戈特弗里德送回了家，一路"笛嘟笛嘟"，蓝光闪闪。戈特弗里德挨了他父亲的一顿好揍，其实他父亲绝对是好脾气，但是也很严格。我已经预感到，戈特弗里德肯定会挨揍，而我爹从来就没有打我们几个孩子中的任何一个，所以我马上就对我爹说："求求你，快到窗户边上来做做样子，就像你真的揍我一顿似的，为了让那些站在栅栏外面看热闹的男孩们以为，我也跟戈特弗里德一样挨了一顿好揍。"他真的这么做了。二话不说。他让我跪在窗前，然后装出就像他在揍我……十几个巴掌。我们家里和一般人家不同，临街的这一面没有挂窗帘，所以外边的那些男孩以为，我真的挨了揍。我也大声叫喊，这样的话，我的朋友戈特弗里德得知这一切之后，绝对会相信，我爹也好揍了我一顿……

雅斯佩尔和他的那个哥们儿用铁棒弄来的那些香烟后来怎么样了呢？

不知道。我很快就离开你们了。我十五岁了，快满十六岁，作为交换学生，去了美国一年，这对我当然挺好，可是对小保尔……

我们打赌，老玛丽是不是把雅斯佩尔的这些香烟都抽掉了？

可以想象：叼着烟嘴，在吃早餐之前。

和我一起撬自动机的那个哥们儿，后来，过了很久，我都已经在巴伐利亚电影公司工作，还成了家，他当了税务局公务员，是在埃尔姆斯霍恩或者平内贝格。我在美国住的那家人是摩门教徒……

我和塔德尔继续待在村子里，要不是有那只母狗，我肯定会觉得特别孤单，当时它又下了崽，一窝八只，可惜只存活了两只，兽医把其余的都带走了，肯定是打上一针……

……在美国的那个摩门教徒家里……

我爹一直待在堤坝后面的那栋房子里，他一定要写完这本书，就是母老鼠和四个女人在一条船上的那一本，里面还发生了其他一些事。

我的保拉最后剩下的两只小狗崽，名字叫普里施和普鲁姆……

摩门教徒家里的习惯是……

因为老玛丽绝对是没有多少事要做，所以可能就又开始喝酒。

后来我们把普里施和普鲁姆都送给了别人……

她总是越过朝着霍勒维特方向的堤坝，再折返回来。有的时候，就冲着云彩和干牛粪乱拍一气。不管是什么天气，无论下雨、下雪、刮大风。

我和塔德尔在学校的成绩也每况愈下。

你们的甘菊干脆做出了一个决定：离开这里！打点行李！我们全都搬到汉堡去……

咳，因为据说那里有比较好的学校，那种专门针对困难学生的……

因为在所有摩门教徒的家里……

170

对我们来说，是一种特别的调整，对我的那只狗也是如此。

我爹要是搬到城里，他倒是更愿意回柏林，而且是搬回那栋砖房，但是，他被我们以多数票否决了。他不得不做出让步，就像他说的那样，作为"民主主义者"，对他来说，肯定是不容易的。

但是，要是你们的家庭委员会做出的决定，是重新回到福里德瑙，那么对于娜娜和我，肯定是更好，甚至也有很多帮助……

……是的，就在我们附近，这是我一直偷偷希望的，但是从来没有大声说出来过。

反正也没有人问过我们。我们都是私生女，即使没有人这么说过。

但是，在此之前，我指的是，就在你们全家搬到汉堡，雅斯佩尔到美国那个摩门教徒的人家之前，我们的老玛丽或者小玛丽去世了……

而且是在城里……

不对！完全不是这样。因为事情发生的时候，我就在现场，亲身经历了……

说什么呢，小保尔！你是在凭空想象……

你是梦见的吧。

完全是正常死亡，是甘菊告诉我们的，她专程赶到柏林，因为她想在她离开的时候待在她的身边……

那么你们肯定也知道她的死因？

因为你们都要离开村子，她不愿意留在堤坝后面的那栋房子里，独自一人，只有冰箱里那只冻硬了的老鼠。

不是这样的，是因为她太老太弱了，走到了尽头。最后只剩下了皮包骨头。

"马祖里的小精灵。"就像我爹说的那样。

但是，要是从远处看，她一个人翻越堤坝的时候，仍然还是像一个小姑娘。

她早就想去找她家汉斯，在天堂，或者像她常常对我说的那样，"就我来说，是在地狱"……

肾功能衰竭，是甘菊说的。

你们都没有说对，所有的人……

现在，父亲再一次把小玛丽叫回来，在他为她找到合适的结局之前：她捧着盒式相机，随时待命，准备咔嚓最后一批快照。

其实他想把结局的文字留给孩子们，自己只是小心谨慎地插上几句话，因为所有的儿女，尤其是那对双胞胎，对小玛丽有着完全不同的感受，而且都是从近处观察的，拉拉担心的是，会不会再有一些秘密赤裸裸地暴露在光天化日之下，娜娜会不会因为不得不过久地在一边等待，想要提出一些额外的愿望，儿女们将会以完全不同的方式策划这个结局。做父亲的，总归只能对所有剩下的事情负责。

据说一切都很令人心痛，多多少少还有些让人难堪。但是可以肯定的是：直到最后一刻，小玛丽都在咔嚓，采取任何一种姿势，甚至是跳跃着的。要是没有她和她的盒式相机，父亲对他的孩子们的了解会减少很多，线索就可能经常地断掉，他的爱情也找不到那个开了一条缝的后门，——求求你们，不要关上这道门！——不会有任何暗房的故事，也不会有那个最大逆不道的、迄今一直隐瞒不说或者只有一些暗示的故事：在石器时代，距今大约一万二千年前，到处是饥荒，在八张小照片上，一群儿女们，用燧石打磨的斧头劈死了父亲，也许是按照他自己的愿望，再用石刀开膛剖肚，取出心、肝、肾、脾、胃，还有肠子，把他大卸八块，然后一块一块地放在火上，慢慢地烤熟烤脆，在最后一张照片上，所有的人都吃得饱饱的，心满意足……

随笔

文学格拉斯

林笳 译

关于写诗

在我的诗中，我试图借助过分敏锐的现实主义，使可把握的对象从一切意识形态中解脱出来，将它们拆开，又组合起来，放到某种情境里。在这种情境里，要不动声色是令人感到困难的，庄严的事情必须笑，因为，那些抬尸体的人往往做出过分严肃的表情，以致人们无法相信他们实际上是无动于衷的。

我的另一种职业常常朝我迎面走来，允许我从各个方面将对象画下来，然后，再写诗。在我看来，诗人的任务是阐明，而不是遮掩；当然，有时也必须将灯熄灭，以便能看得清灯泡。

（1958年）

我们在联邦共和国写作

1. 我通过绘画、写作和烹饪来养活我的家庭。虽然广播电台和出版社不因我烹饪而付钱,但是,我常常是在锅台前想出我要画什么,写什么。由于我的画和文学作品可以拿去卖,于是我便得以生存,按照产品的销售情况,总的来看还可以;目前,我没有什么可抱怨的。

2. 因为这三件工作是轮换干的,从来不会同时烹饪和写作,或左手写作,右手绘画,所以,我不会忙得不亦乐乎,相反,有足够时间上电影院。

3. 除了上述三种职业,我作为经过训练的石匠,倘若有朝一日我被禁止烹饪、写作和绘画,必要时,我能够到工地上砌贝壳灰岩墙。

(1960年10月)

图画改良不了世界

关于绘画写些看法，我感到困难。充其量只能写这么多：我（有意识地）画画，是从三岁开始的。有意识地写，并且要押韵，开始得比较晚，大约在十四岁。就职业培训而言，我只是雕刻家和版画家，我学过石刻和石雕，在杜塞尔多夫艺术学院和柏林造型艺术学院分别学习过三年；当作家，我是自学成才的。因为我从来没有因为双重职业而感到痛苦，所以，虽然这对我有很多要求，但是，我从来没有打算放弃这个或那个职业，我交替着从事绘画和写作；写诗和画形象具体的现实，两者互相并不排斥，相反，是同时可能和必要的。大自然的一切物体，包括标本，都是我的模特儿。抽象的东西，我是从来不画的，因为，我不是一个装饰设计员。我没有多少色彩感，对于我来说，从黑到白的颜色已经足够了。一旦我过分自信的时候，我就变换材料，从墨水到铅笔或炭条；我也会一再地完全重新观察大自然的物体，直到我熟悉它们的有机体和形象的特征。因为我必须深入进去看，所以我不会仅凭记忆去画——但是，幻想是无论如何都会有的。

至于我的绘画与社会的关系，对此问题，我不感兴趣。图画改良不了世界,但可以表现现实的矛盾。因为我不是德国艺术联合会的成员,所以我的作品不会参加评审。我有榜样:从早期的洞穴画家到后来的毕加索。我害怕德国和国际的艺术品买卖;尽管如此,大约一年来,我与柏林的艺术品商人安塞尔姆·德雷埃尔签订了协议:我跟他合作得很好,因为他除了经营安德烈画廊外,还有一间版画制作坊,是个高水平的印刷工,而且不是按照市场的价值对我的作品进行估价。

在我从事多年的政治活动期间,我没有绘画,因为政治歪曲了大自然的一切物体(包括标本),或者将它们以统计学的方式装进瓶里。但是,最近我又开始绘画和蚀刻:这带来乐趣。

(1973年10月)

我现在是作家还是画家？

不久前，我创作一部小说，描写三十年战争末期二三十个巴洛克作家聚会，互相朗读自己的手稿，我试图表达他们绝望的处境，起初，我在画中找到了表达方式——在一片瓦砾当中竖起一只紧握鹅毛笔写作的手——后来，我用文字来表达，加进小说当中。并且用这幅铜版画作书的封面。在叙事文本中，顺便又用了这个书写的比喻。我试图用两种方式来继承巴洛克时期的寓意画的传统。如果先有画家的创意，写作的过程就会引出画家的变体。两门学科如同雌雄同体互相滋润。绘画与写作之间的对立，在塑造形象过程中消失了，形象变成文字，发挥出图画的作用，形象作为图画，可以从字面上去理解。

不仅仅因为文字与画家的线条同样都是图解，而且由于形象性，绘画与写作之间存在相互关系：在实践中，绘画的想象超越了艺术家对体裁的限定，虽然，手工艺及其所用的材料千差万别，多得令人迷惑。

也许，这就是艺术的起源，从图画语言到象形文字，它使人们想起，我们对艺术的经典分类和界定是近期的事情，而且完全源于学术上的需要。因此，读者们的问题，如"您首先是作家还是版画家？"，对于我来说既可以理解，又是可笑的。我的回答因此只能用嬉戏的方式，也就是说，在严肃的"两者必居其一"之外阐发其矛盾的方面。

即使我不在绘画，我也总是在描绘，因为我正好在写作，或者在聚精会神地思考。即使在绘画的时候，在另外一张纸上已经开了头的句子也仍在继续写。写作或飞快地或缓慢地消磨掉时光。在绘画中，表达简练。在我创作足足有七百页长的关于比目鱼的童话故事之前，我用画笔、羽毛、脆的炭和软的铅，画了这条大大的扁平的鱼。后来，这条会说话的比目鱼发言了，草稿中开始的章节使材料逐渐明朗，按照编年史的时间顺序取消了，转换成故事中所叙述的时间，此时，用各种技术（腐蚀、冷针）绘制的版画产生了。这些版画并非画刊，分别从属于叙事材料的主题范围，或者扩展到叙事散文无法达到而只对抒情诗开放的领域。

诗歌与绘画互相促进，有着相互联系。画常常是绘制的诗，而许多诗又解释勾画的轮廓，使灰色声音有层次变化。抒情诗缩小或扩大距离，确保短暂的明亮持久不熄，而绘画紧紧抓住几乎觉察不出的关联：它用沉着的线条清除不同之处，将客观对象安置在阴影线下，并且正如诗歌那样驳斥固有的习惯，使闻所未闻的事情一目了然。

正视客观对象是我的主题。鱼头和旧鞋子插在棍子上变成了冤家对头。童话的母题：伊瑟贝尔亲吻这条鱼——这在图画里导致形态上的互相近似。以"受考验的爱情"为题，同时产生了一组诗和一组版画，并且在另一处引发出散文的章节，它们从自己出发需要图画作为试金石。画比较精确，它不会让词语的音响诱惑自己。比起明确的线条，诗更多地受到喋喋不休的任意解释的危害。只有迻译成图画，词语的比喻才能证明自己是否持久。

图画说，你们看，我只需要很少词汇；诗歌说，你们听，在线条之间有些什么。因为我在写作时绘画仍在继续，因为从图画的结构中派生出由主从复合句组成的复杂叙事长句，所以，"你现在首先是作家还是画家？"的问题从来不会使我感到忧虑。无论是从字面上还是从画面上去理解：这是灰色的价值，给我们的现实涂上颜色，使它层次丰富，使它阴暗，使它透明。只有纸是白的。必须涂污它，用有力的或断裂的轮廓使它具有生命，或者让文字定居在它上面，层出不穷地用各种不同的方式叙述真实。写作的画家是一个不换墨水的人。

（1979年4月）

演 说

文学格拉斯

林笳 译

即兴诗人的自白

谁只有几分钟时间发言,也就只能谈带有普遍性的问题。因此,这里首先要说的话是:每一首好诗都是即兴诗;每一首坏诗都是即兴诗;只有所谓的实验室诗是健康的、中不溜的:它们从来不会完全好,也从不会完全坏,但总是充满才华和饶有趣味。

持这种观点在这儿讲话的人,将自己归入即兴诗人,他恼怒的是那些不能等待机遇的诗人,那些在梦幻实验室里的先生,那些大量摘抄词典的先生,那些先生——也可能是女士——从早到晚用语言、语言材料工作,他们空话连篇,作为长期的租户居住在沉默附近,总是追踪无法言状的东西,他们称自己的诗歌为文本,不愿被称为诗人,至于称什么,我就不得而知了,他们——我要这么说——没有机遇,没有缪斯。

实验室诗人可以连篇累牍地描述自己的写作方法,通常,随笔家在这方面做得十分出色,而即兴诗人却很难严肃地解释自己的方法。我作为矢志不渝的即兴诗人,曾经说过:一旦我感觉到空气中又有了一首诗,我就严格避免吃有荚果实,并且常常毫无意义而又充满意义地乘坐出租车,尽管这要花费我很多钱，目的是让空气中的那首诗脱落。实验室诗人也许会讥讽地提起眉毛，说我是保守的，甚至是反动的神秘主义者，相信有荚果实和乘出租车的影响，同时相信个性至上，而这一点，实验室诗人很久以来并且在XYZ之前就已经借助彻底的小写和消灭所有名词——他的同事则只消灭介词——加以克服了。

尽管如此，我还是要泄露即兴诗人的一些诀窍。因为这并不涉及实验室的秘密，即某些可模仿的东西，所以，我可以放心地保持坦诚的胸怀；因为我的机遇不是其他即兴诗人的机遇。如果一首诗已经在空气中，我感觉到缪斯这一回要带着三行五节的形式访问我，但是，舍弃有荚果实和无度地乘出租车也无补于事，这时，唯一有效的是：买几条绿鲱鱼，将它们剖开，用油煎，放进醋里，谢绝到喜欢谈论电子音乐的人那儿，相反，去参加教授们的聚会，倾听并参与他们编造诡计，回家时不乘出租车，睡觉完全不用枕头。当然，这种方法也并非总是有效。我得承认，有一回，截然相反的做法帮助了我：我买了半个猪头，做肉冻，和人们谈论电子音乐，避开教授和他们的诡计，肆意地乘出租车回家，躺在两个枕头上睡觉——为了写一首三行五节的诗，这首诗现在已进入了文学史。

为了让你们领会我并不复杂的阐述，我现在向你们透露作四行诗的窍门。这是典型的、原始的即兴诗。开始时总要有一种经历，不一定是重大的经历。我去裁缝那儿，让他为我量身做一套西装。裁缝量了尺寸，问我："您是左边还是右边扛东西？"我撒谎说："左边。"还没有完全离开裁缝店，我已为裁缝没有识破我而感到高兴，此刻我已经嗅到了它，并且告诉自己：在空气中有一首诗，如果没有搞错的话，一首四行诗。大约花了四个星期，直到云彩释放，这首四行诗从天而降。我去取西装时看见，尽管我撒了谎，这件西装却很合身，谎言可以说是多余的。这时，我只需要像往常在一首四行诗诞生之前做的那样，给一位八年来欠我二十马克的朋友写一张常见的、提醒式的、四行的明信片。明信片还没有干，我已经将标题和四行诗写在事先准备好的纸上：

谎言

您的右肩下垂，

我的裁缝说。

因为我右边背书包，

我脸红地说。

我必须承认，人们不可能把这首四行诗称为现代诗。虽然我自认思想守旧，才华一般，不得不等待机遇，但是，我却妒忌实验室诗人，特别是在我感到贴近我的空气中又有一首诗，却还没有迹象写出来的时候，他们不必等待各种机遇，像我那样，鞋里放着没有去壳的豌豆，每星期三次，沿着霍恩佐大街苦苦地走到尽头，因为踏着没有去壳的豌豆走路，会让促使机遇来临的缪斯感到高兴。不，实验室诗人穿着开头字母小写的室内便鞋坐在实验室里，不需要豌豆，背后有马克斯·本泽[1]做后盾，卡片盒伸手可及，不受拘束地运用语言材料，嘲笑种种机遇，对即兴的和植物学的东西随意剪辑，横加指责，他严肃地，不乏自我批评地，辛辛苦苦地干这些事，在八小时工作日后——如果能对这位废除时间的人讲八小时工作日——知道自己做了些什么：他进行了实验，第二天还可以继续实验。

在妒忌的同时，必须承认，我得感谢这位实验室诗人。如果实验室诗人夺去了我的工作，在我利用休息时间偶尔耕耘的领域里进行相当可爱的实验，使我由于他的存在而不必去耕耘，那么，我会在他取得成果时厚颜无耻地抓住他，并在有机会的时候，依样画葫芦地，错误理解地运用他的实验成果。

经过这一阐述，也许后者会明白，即兴诗人没有摆脱各种工作热情。我也会报道并非机遇的机遇。几个月没有诗在空气中，于是，即兴诗人沉默了，但并不是想以此表明，他居住在所谓的无可言状的，沉默的附近。

（1960年11月）

[1] 马克斯·本泽（Max Bense, 1910—1990），德国哲学家与散文家。

德国的文学

—— 访问亚洲*旅途中的报告

两个德国现在已经有三十岁了,但是,他们至今缺少民族同一性的概念。他们并不相互祝贺,而只是以国家的名义自我祝贺。在他们之间 —— 以及在分裂的东、西柏林之间 —— 存在着一道让人有中世纪感觉的防御工事,这道工事利用最新的技术建造得非常牢靠。全世界已经习惯了跟两个德国一起生活,两个德国的人民既然不能共同生活,也就只好互为邻居。"重新统一"的口号连星期日的政治演说家也已经喊得不那么响亮。此外,人们还有其他的担忧,大多数是经济方面的,因为,两个国家都具有崇尚物质的本性,一个呼唤资本主义,另一个呼唤共产主义。他们没有更多想法。充其量,在喜庆的日子里,这边谈论基督教的基本价值,那边谈论人道主义遗产,法律和秩序则是双方一致谈论到的。他们不是自己建立起来的 —— 苏联和美国的意志起了决定性作用 ——,但是,他们互相采取敌视的态度,倒也符合德意志的方式。他们守着自己的财富和成就,不思改变。德国这种双重的稳定究竟是如何形成的呢?

从五十年代初开始,全世界的人都对所谓的"德国经济奇迹"感到惊讶。这指的是:第二次世界大战后,德国的工业快速增长,超过九百万的难民离开失去的东部省份入籍德国提供了生产力,被毁坏的城市相当快重建起来,在划分世界的两个结盟体系内的两个德国

---

* 原文为"东南亚",实际上1979年格拉斯在中国演讲时也使用了该讲稿。

具有经济实力。

虽然人们首先是指联邦德国的经济,谈论那儿的经济奇迹,但也不能忽视,东部的德意志民主共和国,尽管起步的条件较差,并且受到共产主义中央集权制的阻碍,但是也成功地从他们方面实现了某种奇迹。从那时起,德国人便多了一种传闻:他们又强大起来了。特别是西部的联邦德国,由于货币稳定,引起了钦佩、妒忌和怀疑。

自从工业国家的经济越来越成问题,世界范围的能源危机使资本主义和共产主义一味追求增长的严厉政策受到怀疑,对灾难的恐惧日益增大,只是到了此时,人们才对"经济奇迹"产生怀疑,发现辉煌的外表上出现的裂痕,在战争结束三十五年后不久开始关心其他的价值。政治的现实概念过于狭隘,它的实用主义扼杀了幻想。仅仅从物质上对人类的存在赋予意义,造成了一座火山,使欲望和渴望喷发出来。于是,德国人猛然从物质主义的奇迹梦中醒来,想到了他们的文化。

爆满的艺术展览,永无休止的戏剧周,熙熙攘攘的文学活动,这些外部迹象预示了一种发展趋势,它一方面表现为时髦,另一方面反映了在绝望中对意义的追寻。人们突然发现了德国战后文学的各类作品及其幼子——从文学中获取灵感的电影。由于资本主义和共产主义意识形态明显地破产,文化作为信仰的替代品不得不承担拯救任务。音乐的响声盖过了危机的言论,人们从图片上看够了自己。就像即将淹死的人捉住木头那样,公民们拿起书本。由于政治家从会议到会议总是重复他们的束手无策,艺术家赢得了威信。最近一段时期,人们把作家当作先知,祈求神谕,他们受欢迎的程度超过了全世界警察允许的范围。

人们特别期待从文学中得到新的视野,即使拯救不了生命,至少可以借此了解自身的焦虑。人们甚至不向议会,而向文学索取政治答案。于是,两个结盟体系以及两个德国之间多年来停滞不前的缓和政策只好由作家们继续去思考。令政治家感到恼火的是,作家们在占统治地位的意识形态之外，进行一种全德意志式的对话，这种对话摆脱了通常的权力要求，只从文化传统出发对民族下定义。民族被视为遮盖着争斗不休的破裂家庭的屋顶；它应当在精神上完成日常政治所不能成就的事情。

这种倾向在德国历史上并不是什么新东西。关于民族问题，当年的诸侯和今天的政治家想到的只是小国分裂主义或者狂妄的民族主义。与此相反，从洛高①、莱辛、赫尔德、海涅到伯尔、比尔曼，作家总是爱国者。他们既是爱国者，同时又是世界公民，他们呼唤祖国，既没有用民族的喊声，也没有胆怯地去划清界限，而是通过各种社会阶层表现它，丰富它的语言，批判性地看待它，也就是说，以准确的而不是盲目的方式爱它。他们呼唤统一，并不意味主张权力集结，他们渴望强大，但并不谋求霸权。德国各族人民文化的多样性是他们的财富。德国的历史及其灾难性的历程表明，人们从来就没有听从他们的意见。

军事上受制于两个敌对的结盟体系，经济上与跨国大企业的利益纠缠在一起，总的来看，政治上陷入了停滞不前，今天的德国再一次只能作为文学概念来理解。不过，这个概念是得不到保护的，因为它忽视了国家，这个或那个国家。国家认为文化是装饰品，是确认书。有时候，它向文化提供资助，以便文化对它进行确认。因为国家是没有美学的，所以要颁布准则作为替代。它希望从艺术家那儿得到的是美化，而不是怀疑。

从国家的可怜的反应中——在民主德国，对作家进行惩罚，取消国籍；在联邦德国，表现为门外汉的无知和加强盯梢——是无法得知两德战后文学的多层次发展的。但是，可以从以下的事实中得知：三十多年来，作家们无论跟哪个国家联系在一起，都面对现实。这个事实可用书本、诗歌和戏剧来证明。作家们抹不掉德意志的精神创伤。对于他们来说，德国的纳粹主义越过了几代人，已经成为日常的挑

---

① 洛高（Friedrich von Logau, 1605—1655），德国讽刺诗人。

战，它是如此敏捷和迅速地在这边完成了民主化，在那边实现了社会化。从海因利希·伯尔的第一部小说《你去过哪儿，亚当？》到七十年代克丽斯塔·沃尔夫写的小说《儿童时代的楷模》，两者都绷着这根弦。甚至战后出生可以说是"没有负担"的年轻作家，虽然他们紧紧咬住当代及其精神上的错乱，也仍然拖着这副家什以及为德国历史罪过写的处方。从保罗·策兰的诗《死亡赋格》到罗尔夫·迪特尔·布林克曼的《科隆星期六夜晚之歌》，这种恐惧没有停止过，这个历史不会结束，贯穿的依然是这个德国主题。

当然，人们曾试图以国家的名义要求作家们写"正面"的东西，"肯定生活"的东西。两个国家都喜欢找到为各自重建唱赞歌的歌手；在民主德国，过去和现在都有足够美化生活的作家，他们陶醉于建筑物的外表而不问其根基。但是，这种"确认"文学缺乏后继。相反，对"害群之马"的谴责却经久不息。每当国家看到被自己本来想宠爱的作家拒绝时，这种谴责就越发大声。民主德国的作家协会主席赫尔曼·康德在今年初夏曾进行这种谴责，当时，有九位作家在他的主持下被开除出作家协会。在联邦德国，假如要从教科书中清除所谓"片面"的，甚至是"负面"的课文，这种谴责就会响起来。两个德国在意识形态上虽然互相敌对，但是，如果涉及要规范作家的行为，那么，人们很快就找到共同语言，并且乐于在两国之间免税交换"害群之马"这个词语。

这种阻力，在东德短暂的自由化期间有所减缓，在西德，勉强足够的公众自由度使它受到限制。既对立又互补的两德文学，以阵发和推移时期的方式克服这些阻力，虽然有时屈服于流行的潮流，但最终蔑视这些约束，发展得多姿多彩。相互之间的宽容，为形式的多样化提供了前提。现实主义和具体诗互相并不排斥。社会的报告文学有可能与童话式的虚构并存。随笔式的小说与传统的叙事作品同时产生，或者两者混合形成新的叙事方法。晦涩难懂的抒情诗必须与通俗的方言诗保持平等。

大量新的文学形式发展起来了。

我从自己的经验中知道，这种作家们常常感到不习惯的宽容训练，如果没有"四七社"的长期支持，是不可想象的。德国战后文学以她作为开始。在阿登纳和乌布利希时代，直至六十年代末，文学发展的方向和跨越边界的影响，都源于她以及她每年召开的年会。奥地利和瑞士德语区的作家也是她的成员，他们扩大了经验交流的范围，要求我们用更宽泛的"德语文学"这个概念去补充过于狭隘的、跟国家边界联系在一起的"德国文学"概念。对于所有参加该社的作家来说，"四七社"在庸俗的物质主义日益严重的环境中独树一帜。开会的小城坐落在偏僻的地方，居住的旅店十分简朴，但是，在我们的心中，"四七社"成了移动的文学首都。她是汉斯·维尔纳·里希特、阿尔弗雷德·安德施、沃尔夫迪特里希·施努尔以及其他人在战争结束后两年建立的，里希特首倡的宽容确保了她的继续存在，不成文的规则至今仍然产生影响。

1947年，当十几个作家开始工作的时候，不仅国家受破坏，遭分割，被外国军队占领，而且经历了十二年纳粹统治后，语言腐败，大量词汇意思走了样，只剩下少数可以辨认。这种年轻的、迟迟开始的、还在牙牙学语的文学，与大量可以重新阅读的魏玛共和国时期的作品相比，与流亡文学相比，机会甚微。占主导地位的是托马斯·曼、海因利希·曼、布莱希特、卡夫卡、黑塞、贝恩以及表现主义。此外，还有在此之前同样被禁止的外国文学。文学讨论的对象，不是德国战后的作家——沃尔夫冈·博尔歇特是个例外——，而是萨特、加缪、福克纳、海明威、洛尔卡、马雅可夫斯基。面对这些现代文学的经典作品，伯尔最初的小说，年轻的英格博格·巴赫曼的诗歌，君特·艾希，沃尔夫冈·克彭，阿尔诺·施密特等人的作品，好不容易才站住了脚。瑞士的德语作家弗里施和迪伦马特总算能够引起特殊兴趣，由于他们的出身，两位作家表现得比较自信，特别是在戏剧领域找到了其他作家还不能进入的空间。此外，大的出版机构，如菲舍尔出版社和罗沃尔特出版社，对于德国当前仍在探索的、在出版商眼里没有吸引力的文学缺乏兴趣。人们宁可关照现代的经典作品和美国的畅销书。

我对这一时期尤其是最后阶段记忆犹新，作为无名的诗人和剧作者，我从1955年起参加"四七社"的聚会，感受过将第一部剧本搬上舞台是多么的艰难。而且，阿登纳时代的政治氛围是重建旧制度，我们只能在自己的文学团体内寻找支持，如同停在社会外部过着抗议的生活。

直到五十年代末才出现了转折，准确的时间是1959年的书展：海因里希·伯尔的《九点半打台球》，乌韦·约翰逊的《对雅科布的种种揣测》和我的长篇小说《铁皮鼓》同时出版。恩岑斯贝格尔，海森比特尔，吕姆科夫等抒情诗人发出了新的、尖锐的、准确的、野性的声音。六十年代初，瓦尔泽的长篇小说《间歇》，英格博格·巴赫曼的小说集《第三十个年头》，亚历山大·克卢格的《生平》先后发表，至少，西德的战后文学已经占有了位置。跟我同一代的东德作家，如：克丽斯塔·沃尔夫，君特·库纳特，赫尔曼·康德，也引起了人们的重视，特别是乌韦·约翰逊的小说《关于阿希姆的第三本书》和《两种观点》，使德国分裂成为持续产生影响的文学主题。越来越多作家逐层揭示德国的过去，披露隐藏在富裕社会外表下的状况。当然，在东德生活的作家仍然满怀希望地站在他们的意识形态的轨道上，深信他们的社会制度仍然具有反法西斯的性质，不愿知道遗留下来的纳粹主义与占统治地位的斯大林主义不知不觉地混在了一起。直到后来，他们才清楚认识到自己的理想又一次磨损。华沙条约国在民主德国军队的参与下占领捷克斯洛伐克，夺去了最后的幻象。民主德国也被全德意志的历史赶上来了。德国的罪过及其影响是不知道有限度的。

政治家们眼前有一个要迅速达到的目标，他们喜欢肤浅地谈论"克服历史"；作家们则更多地去揭开伤口，不让任何东西过快治愈，使人们记住德国历史的罪过。一切都不应随着时间而消逝。矛盾仍然存在。这种现实总是配上另一种对立的现实。

"四七社"的聚会证明了一个与经济繁荣相反的、对信仰产生怀疑的发展过程。直至1968年,大学生游行示威,长期淤积的研讨班的马克思主义爆发修辞革命,意识形态试图强占文学,"四七社"瓦解了,对于不同意见必须保持沉默的宽容失去了效力,有人不容争辩地声称:文学死了!行动万岁!人们向四面八方跑开,想搞革命的"大跃进",或者试图加快社会民主党的蜗牛速度,但是,几年后,人们发现自己又分别回到了自己的手稿旁。

也许,这种状况是适当的、正常的。"四七社"曾经能够支持孤军作战的作家,是跟战后的困境有关系的。但是,我有这种感觉,今天年轻的作家缺少这种或那种适当的支持。我们仍然像过去那样感受到政治上的压力,在民主德国,这种压力甚至有所增加,这种情况要求作家团结。因为,每个作家寻找的孤单性和回归自我的存在方式——这也是他们的工作性质需要的——同时对他们造成危险,使他们不受保护地处于政治和经济的权力之下。

目前,已出版了战后一代的作品,同时也出版了在"三十年和平时期"成长的作家的作品。没有发生换代的情况,所有书都是当代的,它们来自两个德国,奥地利和瑞士的德语区。最早的出自魏玛共和国时期:埃利亚斯·卡内蒂,马内斯·施佩贝尔,斯蒂芬·海姆,战争中的一代以及打有纳粹时期印记、战争结束时尚未长大的我这一代,大学生的抗议运动促使这些作家进行反思和写作,另外,还有年轻的作家,尽管他们经历的是和平时期,但是,仍能感受到战争带来的后果。前所未闻的甚至可以说是过量的诗歌、戏剧、短篇小说、长篇小说、报告文学、随笔,找到了它们的读者,越过了边界,与民族国家的文学定义唱反调。没有任何地方能够像在当代德语文学中那样,一方面清楚地表明东、西方的对立，同时又摈弃这种对立。

举一个例子：也许由于"四七社"自我毁灭不复存在，再加上柏林这个城市的形势以及各自对信息和联系的需求，从1973年至1978年，东、西柏林的作家每隔三四个月定期地在东柏林不同的私人住宅里聚会，互相朗读他们的手稿。汉斯·约阿希姆·舍德利希，沙拉·基尔什，库尔特·巴尔奇，尤雷克·贝克尔，托马斯·布拉什，君特·库纳特，克劳斯·施莱辛格，贝恩特·延奇，这儿只举几位作家的名字，他们后来被东德当局逮捕；彼得·施莱德尔，尼古拉斯·博恩，克里斯托夫·布赫，于尔根·特奥巴尔迪，罗尔夫·豪夫斯，还有我，这儿也只举几位作家，他们通过西柏林的边检，在午夜前必须返回。柏林荒诞而现实的形势允许这种会见，因为，通过协议确定的缓和政策在实施过程中，西柏林的居民重新获准到东柏林。在这几年，出版了舍德利希的《试图接近》，博尔恩的《历史背离地球的一面》，施莱辛格的《柏林梦》，赖纳·基尔什的《告别学习畏惧》和我的长篇小说《比目鱼》。这些作品都产生于东柏林聚会期间，我们互相朗读自己的手稿，批评是少不了的。

上述作品是七十年代的表达。一段很短的时间。但是，这不仅仅是一段对于这些作家们来说很重要的两德文学的时期。在私人住宅里安装的窃听器很可能为国家安全机构提供了相当多充满热情的文学谈话的录音带。这些谈话没有涉及国家政变和反革命，而是涉及富有节奏性的、可以追溯到古典形式的抒情诗在"民主德国的发展趋势"，自由节奏的、不拘一格的诗歌在"西德的发展趋势"，产生这种和那种区别的原因。挖苦式地论证国家压制和书刊检查制度下写作的好处。与此相反，在西部，显示出遏止不住的发表欲望，而在东部，抽屉里则堆满未印刷的书稿。

我们喝酒，抽烟，争论，吃凉拌土豆。有笑有哭。谈论两个德国，谈论西部的民主由于自由权利日益被剥夺而削弱，谈论共产主义在第一个德意志工农国家里变得难以辨认。历来信息灵通的国家安全机构可能对文学一无所知，而只是获得日常的"密探情报"。

这些聚会使我们清楚地认识到，文学必须摆脱意识形态的干预，文学不能受国家理解力的约束，文学是超越边界的。不光是我们坐在那儿头脑发热地议论，我们的同行也出席了聚会。人们引用毕希纳和克莱斯特的言论，谈及莱辛和海涅。我们的文学先辈是不按照东南西北划分的。具有各自意识形态要求的东部和西部并没有提供美学的尺度。对于我们来说，德国突然变成了文学的概念。

现在，上述的民主德国的作家有几个生活在西柏林或联邦德国。沃尔夫·比尔曼被东德当局取消国籍后，干涸过程开始了。为了使文学按规章办事，人们以共产主义的名义颁布了以纳粹时期的法律为样板制定的法律。而移居西部的作家并不适应那儿的情况。他们作为第三群人，各自生活在两个边界之间，成为两个社会的肉中刺，他们的声音一听就能辨认出来。

尽管两德的重建看上去可以通过经济的实力证明是出类拔萃的成就，但是，人们越来越清楚地认识到，真正的奇迹是发生在文学领域的。她的财富不会受到通货膨胀的威胁。她延续了三十年的生命力没有能源危机的迹象，她如此明显地具有危险性，以至于这个和那个德意志国家总是一再找到理由来进行压制和攻击。由此可见，她是强有力的。但是，她的力量不具有压制作用，而在于传播知识，解放幻想力。她的资本是德语，利用这种资本可以获取暴利。

（1979年9月）

文学与神话

——在拉提（芬兰）作家大会上的演讲

"文学与神话"这个题目令我感到为难，因为它以文学理论家对概念的笃信和把握为前提条件；要我就此发言，我实在不情愿。我并没有把握，然而通行的概念却被看作盖棺定论。对于"神话，神话般的"这一族词汇的经验也使我感到疑惑，特别是在德国，我们仍然承受着那种想创造新神话，其结果却产生奥斯威辛的政治所造成的后果。

对于非理性主义及其现实的，至今仍是负担的排泄物的体验，使我们更信奉理性，似乎要将它——用今天的行话说——"记在脑袋中"。每一种奇迹都经过了成本核算。关于混乱，我们很容易想到领土分割。统计资料的暗淡灯光照入每个黑暗的地方。我们使用了理性，似乎它是解毒剂。我们用鼻吸，用口吸，互相注射理性，以便我们具有免疫力，抵抗那些重新让"神话，神话般的"这些词在"非理性主义"这一没有轮廓的集合概念下颤动的尝试。

现在可以看到结果了：一个更为狭义的、拒绝任何危险的理性概念，在妄加评论的语言外衣下为自己创造了自制的、在进步神话中达到顶峰的非理性主义。因此，新的充满理性的非理性主义添加了各种神话，它的秧苗来自这种、那种意识形态的温室，以至于成功（连同它抵抗成就的成功神话）作为上层概念成为所谓的无阶级的和多元化的社会的共通点。

理性也不愿意再陷入悔恨中。自从它作为欧洲启蒙运动的根本，早在法国革命前已被神化了,并且在革命的进程中不可避免地进入大小庙宇,正如我们的进步概念,被打扮成神话:理性超越了感官直觉。于是,它忧郁地注视着,渴望得到使它快活的药片,因为,它承受不了这种萨图恩①般的状况。

对立消除了。人们以为,已经在意识形态上划清界限——这儿是阐明的、启蒙的、理所当然加速进步的理性,那儿是在概念上被贬为非理性主义的非理性,其实已无可挽回地纠缠在一起。我们摇摆不定,预测未来,由于无能为力,只好听凭电脑这些近代的萨满摆布。虽然从童话中仍流露出真理,然而,当今如此合理地联结在一起的实际问题却剥夺了我们的所有认知。借助技术的精密,即确凿无疑的奥秘,世界末日已经预先编入我们未来的程序。

使徒约翰②在拔摩岛写下的东西——无论是在狂热的情不自禁的情况下,或者是凭着一个精益求精,力求用贴切的方式表达意思的作家的认真态度——,这些多义的,充满奥秘的,并且怀着极大兴趣玩"七"字游戏的文学作品③:七灯台,七天使,七枝号,一再引起人们——撇开那些神学上的无谓争论不谈——创造性地对它进行新的阐释。这使我想起阿尔布雷希特·丢勒的木刻画系列,在这些画里,世界末日的启示一字不差地用形象细致地表现出来。这些文学上光明与黑暗的杰出作品,这些封上七印的关于世界末日的神话,今天有望得到完全的澄明。这第七个印封着的书上写的是什么呀?上面写的是:人类,也就是技术,使它成为可能。我们拆开所有的印封。再没有什么东西是秘密。我们容忍不了信息缺口。

如果今天约翰作为作家想写下他的启示:世界末日将要来临,一个平庸的科幻摹本由此产生;除非这位新的约翰是斯塔

---

① 萨图恩,罗马神话中的农神。毕希纳《丹东之死》中丹东曾说:"革命和萨图恩一样,专吃自己的孩子。"
② 约翰是耶稣的使徒,传说曾被流放在拔摩岛,《新约》中《约翰福音》《启示录》等为其所著。
③ 可参阅《新约·启示录》。

尼斯拉夫·雷姆①。他用嘲笑以至讥讽的方式处理旧炮制和新炮制的神话。他让他的敦达教授建立"敦达壁垒"这个知识增长的边界，在边界后面，任何致力于知道一切，拆除包括第七重印的所有封条，以获取绝对信息为目标的文明，不可避免导致对知识的完全无知，自我扬弃和落入空无之中。这种空无——又是一个神话！——为回响的，也就是文学的嘲笑提供了位置。

这种神圣的理性如今已明显暴露出了她那无法修补的破烂屋顶，对此，我们本应感到高兴。从此之后，她不再严厉地要我们负起应尽的责任。与她的斩钉截铁的命令式相比，她变得滑稽，像天真汉②那样从一个障碍跳到下一个障碍，最后，终于也允许我们进行飞跃和诋毁。她却偏偏要求，将她那件贫寒的、磨损了的灰色硕士袍，将她的过分的贫乏稍稍打扮修饰一下。

文学这个娇惯坏的启蒙的孩子，难道不是特别适合于召唤我们近代发展的开端——蒙田及其随笔，将理性从其清教徒的窘迫中解脱出来，使她去掉自以为是的坏脾气？作家们难道不能够使理性至少清醒地认识到，童话、神话和传说并非产生于现实之外，也就是说，不是非现实地栖身于边沿并且召唤反动的阴霾，而是我们现实的一部分，并且仍然有足够的力量，在我们生存的困境和混乱中，虽然用增强的表达方式，但却比起词语贫乏的、只能用专业的行话嘀嘀咕咕的理性更加清晰地表现我们自己？

在第二次世界大战结束后，我还是一个无知的年轻人，充满着好奇，正如我这一代的许多人那样，更多地出于反叛而不是出于了解而投奔存在主义及其流行款式，我第一次阅读了加缪的《西西弗的神话》，当时并没有正确理解令我着迷的东西。今天，由于经验教训以及政治上滚石头的徒劳无益，加缪再

① 斯塔尼斯拉夫·雷姆（Stanislaw Lem, 1921—2006），波兰当代著名科幻作家。
② 天真汉：此处指伏尔泰哲理小说《天真汉》中的人物。

一次贴近了我，我想起了这个关于永不停息的石头的童话——它一次又一次被推到山上，却不想停放在那儿，想起了嘲笑诸神、肯定石头的西西弗的英雄主义的荒唐。这种荒唐天天都可得到证实。用寥寥数语概括整个神话的这幅快活的推石人的图像，与我们今天杂乱的信息或者社会学的生产过剩相比，能更全面，并且更有意义地证明人类的存在。

也许，正是这种古代的朴素，这种全面而简单的神话，一再赶上我们，将试图分崩离析为无数孤立碎片的我们重新收集起来，使我们得以被辨认。我们在童话中重新认出了自我，看见了自有人类思想以来在神话中被废除了的我们。我们是厄科和纳尔齐斯①。三个愿望可供我们自由选择。面包和葡萄酒的含义远不只是吃和喝。我们在寻找电视广告向我们许诺的返老还童泉。每个歌利亚都肯定有他的大卫②。每个人的梦想：终于抓到对我们讲话的鱼。

从这些简单提及的例子中，可以知道，我的写作如果没有童话构成风格的力量，是不可想象的。她能让人们认识到一个更广阔的，即扩大人类存在的现实。因为我是这样理解童话和神话的：它是我们现实的一部分，更确切地说，是我们现实的双层底。人类不仅仅具有儿童才有的愿望，例如，能飞，不长大，隐身，纯粹通过心愿就能对远处产生影响，声音具有行善和破坏的力量，比如用声音唱碎玻璃，当然，还有消除时间的愿望，在任何时候都可经历所谓的过去和所谓的未来，这些令人感到不现实的渴望其实并非不现实，它们不是存在于现实之外，而是决定着我

---

① 厄科（Echo）和纳尔齐斯（Narziß，又译纳喀索斯），希腊神话人物。厄科是山林女神，受赫拉惩罚无法自主说话，只能应声重复别人对她说的话的后几个字，她爱上英俊少年纳尔齐斯，被拒绝后深感受辱，躲进山洞中绝食，最后只留下声音，骨头化成岩石。纳尔齐斯后被复仇女神惩罚，绝望地与自己水中倒影相恋，憔悴而变成水仙花。

② 歌利亚和大卫，均是《圣经》中人物。歌利亚是非利士人中的勇士，魁伟异常，不可一世，他向以色列军骂阵，以军惶恐万状，牧羊少年大卫挺身而出，投石击其脑门，割其首级，一举击败敌人。见《旧约·撒姆耳记上》第17章。

们日间和夜晚的梦幻中的现实,以及日常的、往往是没有思想的语言应用。从阿基利①的足踵到俄狄浦斯情结,从懒人国到人间的天堂,从三圣一体到悍妇犀奔②,这些图像世界,符号和意义世界的遗产,我们应当继承,而不应贬之为非理性。

文学的生存有赖于神话。她创造并且毁坏神话。她每一次都以不同的方式叙述真理。在她的记忆中存储了我们应当记住的东西。

也许,我们有朝一日——这一天但愿不会来得太晚——能够重新用图像和符号思维,允许我们的理智相信童话,愚人似的玩耍数字和意义的游戏,让幻想力得到发挥,并且清楚地认识,如果我们能够存活,那么,我们无非是借助文学存活于神话之中。

(1981年6月)

---

① 希腊神话中的人物,其足踵是全身唯一可能受伤的地方。
② 德国民间故事中的人物。

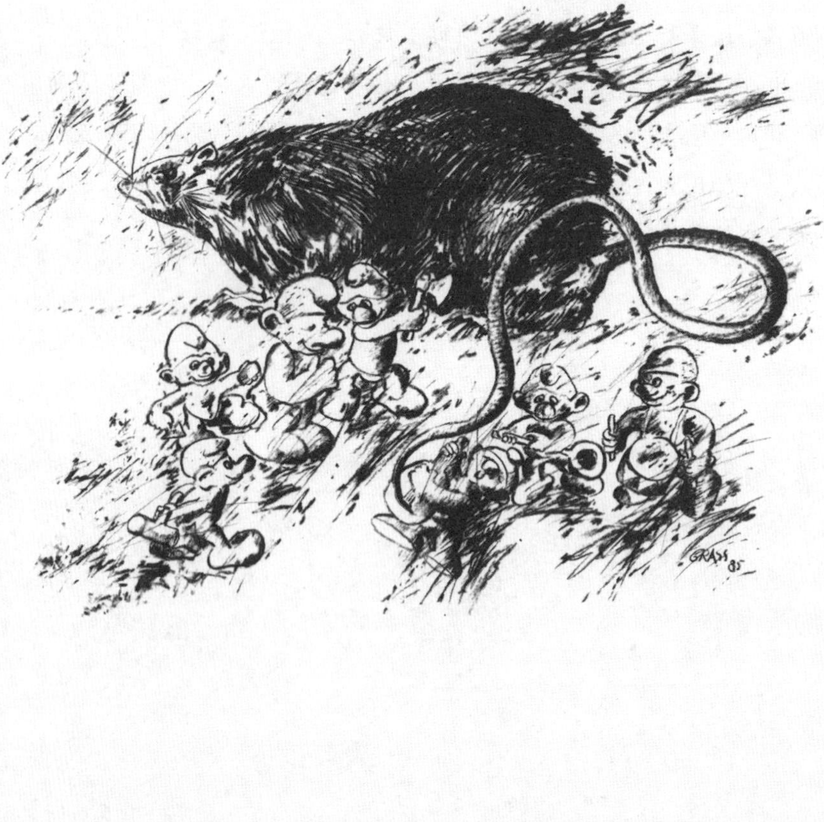

戏剧

文学格拉斯

蔡鸿君 译

洪水

(两幕剧)

人物　　诺亚　　一栋房子的主人

　　　　贝媞　　诺亚的妻妹

　　　　尤塔　　诺亚的女儿

　　　　勒奥　　诺亚的儿子，尤塔的哥哥

　　　　贺恩　　尤塔的未婚夫

　　　　刚果　　勒奥的朋友

　　　　检查员

　　　　线条和珍珠　　两只老鼠

第一幕

　　场景是一栋房子的截面。可以看见通向地下室的楼梯，楼梯上面是一间低矮的房间，有烟囱的平房顶。地下室的楼梯上，诺亚正在贝媞的协助下，向上搬运一个大箱子。诺亚和贝媞的周围，有几个烛台、一些家庭照片和影集。房间和平房顶处于半明半暗中。

贝媞　　我们会受凉的。

诺亚　　为了这些宝贝，值得付出一点小小的代价。

贝媞　　你已经把你的大部分收藏都搬到上面去了，我真的帮了你……

诺亚　　只有这个箱子了。

贝媞　　诺亚，相信我，箱子太重了。

诺亚　　肯定都是精选出来的，这些是勃艮第的，你知道吗？

贝媞　　这你可能并不一定很清楚啊。我也不可能知道，这里面是些什么东西。(她翻看一本影集)你瞧瞧，勒奥的这张相片。

诺亚　　勒奥，勒奥，上面的那些人，应该来帮忙啊。

贝媞　　他是一个非常漂亮的孩子，有点鬼机灵。你还记得吗，我们和艾尔娜一起……

诺亚　　我太太当时不在，她每次都不在场。

贝媞　　好吧，好吧，也许她当时就已经病了。不管怎么说，当时我们在但泽的斯特根海滩，勒奥突然看见了那个女人，穿紫红色条纹的……

诺亚　　我不认为，这儿是合适的地点和合适的时间说这些。他们现在应该来帮忙。嗨！

贝媞　　他们听不见的。

诺亚　　他们是不愿意听，总是到哪儿躺哪儿，自顾自己。

贝媞　　你太严厉了，他们毕竟还年轻。这儿真冷。

诺亚　　一切都会腐烂的，我的所有这些工作。半辈子的辛苦、耐心，多次的旅行，长途旅行啊……

贝媞　　你说得对，这是必须承认的，都是费了好大的劲，为了这些墨水瓶。大大小小，粗粗细细，有几个上面还有裂缝。

诺亚　　你这么说，好像你很理解啊。瞧这个瓶子，当年里面还残留着一些浅紫色的墨水。当然，现在已经干了，变硬了。你知道吗，谁用笔蘸过里面的墨水？在这个小巧玲珑的瓶子里？普鲁士的路易斯王后，当年逃难途中经过这里，在此过夜，写了好几封信……

贝媞　　不过，人们传说……

诺亚　　是啊，我知道，人们传说，都是一些私人信件，而且她当天晚上就全撕了。也许传说的都是对的。不管怎么说，她是一位真正的王后。

贝媞　　这倒是的。

诺亚　　我们只顾聊了，水涨起来了。

贝媞　　你说得对，我们应该……

诺亚　　他们应该来帮忙啊。他们只想着自己。他们把唱片都搬上去了，还有一堆画报和半箱子啤酒。

贝媞　　还有几个密封大口玻璃瓶，诺亚。你可不能不公正啊。

诺亚　　怎么，我不公正？你说说，我怎么不公正了，我为什么不公正了，嗯？

贝媞　　诺亚！

诺亚　　谁问过我。谁帮了我？他们躺在上面，怅然若失，你翻着这些影集，让我看我的孩子们的这些相片。相片，他们应该自己来，他们应该来帮忙！快来啦！

贝媞　　诺亚，你失态了。

诺亚　　抱歉。但是，他们为什么不来。他们知道，这些东西都会腐烂的。标签都会脱落的，然后消失无影。

贝媞　　不过，以后你也可以重写标签啊。

诺亚　　以后，谁知道以后会怎样？

贝媞　　怎么啦？

204

诺亚	现在，对于我们所有人，这一天都会来的。
贝媞	诺亚！
诺亚	我们必须做好一切准备。这些东西，我的工作，当然，这都不是什么了不起的东西，正如你习惯说的，就是一些墨水瓶，但是，也有它的重要性。相信我，贝媞，我的这些工作不应该是徒劳无益的。你看我，有点意志消沉，我的确是这样。
贝媞	你不会这样的……
诺亚	从星期一开始，水一直在上涨。可是，上面的人，他们一无所知，就想着下雨，这些嘈杂的声音，一种有裂缝的唱片发出的，总是发出同样的刺耳声音，要是厌烦了，干脆关了算啦。你懂的，他们是想让雨停下来。
贝媞	是啊，你说得对。
诺亚	对了，你真理解我啊。我们不能把箱子留在这儿，东西都会腐烂的。也许里面还有很多相片，这是肯定的，勒奥的相片，你的那个小宝贝。
贝媞	你说的是真的，在这个箱子里？我们必须赶紧了，孩子们，孩子们，哈啰！

贝媞拍巴掌。楼梯的光线缓缓变暗，房间变亮。房间里的陈设、落地座钟、常见的家具上面几乎放满了箱子、枝形烛台、影集。房间的右侧很宽敞，贺恩和尤塔坐在床上。

贺恩	喂，你姨妈在喊。暂停一会儿。
尤塔	让她喊吧。
贺恩	你说，我是不是要去看看？可能是出了什么事。
尤塔	会出什么事呢？

贺恩	我还是快去看看吧。
尤塔	别去,待在这儿,又会开始胡说八道。
贺恩	好吧,听你的。不过,我以为,不仅仅是胡说八道。这件事还是很靠谱的。我以后会把数字准确地告诉你,但是,你得仔细留意啊。
尤塔	又开始啦。
贺恩	这儿,拇指。
尤塔	拇指。
贺恩	不是,不要说出来。
尤塔	好吧。
贺恩	你为何如此神经过敏?拇指,食指,中指,无名指,小指,明白吗?
尤塔	嗯。
贺恩	好的,继续。现在倒过来,小指,无名指,跳过两个……
尤塔	为什么呢?
贺恩	因为就是这样的,你得仔细留意啊。跳过两个,现在你想想该是哪个指头。暂停。
尤塔	我想好了。
贺恩	另外再想一个与此有关的数字。
尤塔	还有这些啊。
贺恩	现在再重新开始。拇指……
尤塔	拇指。
贺恩	我说,你得仔细留意啊。
尤塔	是的。
贺恩	食指,中指,无名指,小指,握拳。你想到什么了?
尤塔	我不说。

206

贺恩	但是，我必须知道啊，我以后要把数字告诉你，否则就会……
尤塔	我不愿意。
贺恩	说吧。
尤塔	我想，你什么都知道的。你平时可是一个很清醒的小伙子，像你这样的家伙，有那样一个父亲？说说看，这里出事儿的时候，你为什么没有和你的老爹一起开车离开？那样的话，你现在可以美美地待在干燥的地方。
贺恩	你说，你刚才想到的是什么？
尤塔	这只是一个游戏，还是你又想探听什么？你说过，这一切都是可以推算出来的。
贺恩	不要破坏兴致啊。
尤塔	这一点关系都没有，我只是不愿意。
贺恩	好吧，你不愿意，但是，要是我求你呢？
尤塔	别这样，暂停。
贺恩	我，我爱你啊。
尤塔	我知道，我知道，所有的人都知道。如果还有报纸的话，准会立刻就登在报上。
贺恩	说吧。
尤塔	就不说。
贺恩	好吧，我来猜猜。
尤塔	你要是愿意，请吧。
贺恩	你想到了我。
尤塔	压根儿就没有。
贺恩	你想到了刚才发生的事。
尤塔	早就忘记了。
贺恩	你是想，你也许会怀上孩子，因为……

尤塔	胡说八道！
贺恩	还是你说吧。
尤塔	你真的这么感兴趣？这对你可能是无所谓的。
贺恩	不会的。（站起来，有些做作地说）你知道，我一直会问的。我必须知道一切，一切，你想的一切。如果你站在这里，面对着镜子，你根本没有看镜子，而是穿越过去，或者，如果你拍打着桌子，或者用牙齿咬住一个苹果，或者你什么也不做，就是待在这儿，不管怎样，我始终都在想，你此时此刻想的是什么。如果你走到衣橱前，你在想什么，如果你总是穿这一件洗得褪了色的毛衣，你是怎么想的。开始，说吧，你到底想到了什么？

（贺恩坐下，尤塔慢慢站起来，走到窗前）

尤塔	我想的是，雨还要下多久，这是什么，是雨吗？我看见的是从上往下的线条，或者说，是从下往上的线条。我已经无法区分了。
贺恩	你想的还真不少啊。
尤塔	（慢慢地转向贺恩）我想的是，水还要涨多高，你才会闭上嘴巴。你一定会变得很小，又小又丑，否则的话，这就与你毫无关系了。（尤塔回到床边）我要躺下了。我为什么不应该躺下呢，我站在这里，在这道湿漉漉、冷冰冰的窗帘前面或者后面，又能改变什么呢？
贺恩	我可以躺在你的旁边吗？
尤塔	不行，你不可能会静静地躺着的。
贺恩	你以前可不是这么说的啊。我们在海边的那三周，你总是要不够的。
尤塔	是的，那是以前，那时候完全不同。
贺恩	怎么啦，你也许对我不满意了？
尤塔	（直起身子）安静。听见什么了吗，房顶上？

贺恩	什么也没有，真的什么也没没有听见。（有些做作）我只听见我的血液在奔流，我始终听见我的血液在奔流，每当我……
尤塔	去你妈的血液奔流。上面有东西在唧唧地叫，很清楚啊。上面肯定是有什么。（跳了起来）
贺恩	就是几只老鼠吧。它们以前住在地下室，现在上了房顶。

房间的光线慢慢变暗，房顶变亮。两只硕大的戴着面具的老鼠坐在房顶的边缘，毛发夸张地支棱着。

珍珠	我很快就有像鸟儿一样的感觉。
线条	只不过你不会唱歌啊。
珍珠	也许慢慢就会的。要是这样继续下去，我会生蛋，然后开始孵蛋。
线条	该死的，雨下得就像一根根线。真想咬断它们。
珍珠	你要是有兴趣，那就咬啊。不过，可别呛着了，否则吞下去的就是一只大绦虫喽。
线条	这可正是我缺的呢。我只是想知道……
珍珠	你想知道，这里到底发生了什么。我也想知道，可是我们并不是水老鼠。我们也许不得不从烟囱往上爬。
线条	如果需要的话，反正也不会再冒烟了，你可以这么假设。
珍珠	谁知道，其他的伙伴们现在什么地方，他们总是自认为更聪明，以为这样的事不会有。
线条	刚才，下面的老家伙在忙活什么啊，看上去很疲惫，惊恐不安。我只是想知道……
珍珠	怎么又来了？
线条	这里会不会有麻雀？
珍珠	你也许想学飞吧？

线条	不是的，但是……
珍珠	原来如此。（线条不安地来回走动）
线条	过来，珍珠，我们逃走吧。
珍珠	去哪儿，伙计，去哪儿？
线条	有防护的地方，那边，烟囱的后面。
珍珠	说说看，你还正常吧？你想在这里变出好几个自己吗，在房顶上？
线条	走吧，珍珠，快走吧。

线条和珍珠走到烟囱后面。房顶上的灯光熄灭，房间里变亮。

尤塔躺在床上。贺恩坐在旁边的椅子上，背对着尤塔。

尤塔	有的时候，我会觉得，我们在游泳。我就想，现在猛地一冲，我们就到了。不管是哪儿，哪儿都很美。印尼的爪哇，或者其他地方。
贺恩	或者死了，这也并不坏。
尤塔	死人都是外国人。他们说的什么，我们都不懂。
贺恩	是的。
尤塔	（直起身子）你不想也躺下来吗？贺恩，我问过你的。
贺恩	你总是这么说说而已，而且以为都是对的。
尤塔	什么是对的？
贺恩	有关死亡的。
尤塔	现在别说这些。你又开始胡说八道。
贺恩	也许你是对的。
尤塔	那么，你到底是来还是不来？
贺恩	别闹，这样就挺好的。
尤塔	那就算了。

贺恩　　但是，尽管如此，要是你愿意的话，我也可以躺下来。

贺恩朝床走去，脱掉了外衣，房间变暗，楼梯变亮。诺亚靠着箱子，贝媞翻着一本影集。

贝媞　　你知道的，我一直特别喜欢他的这张相片。他微微笑着，看上去真的就像是一个大小伙子。

诺亚　　但是，他很少有笑的时候。

贝媞　　你说得对，他总是很严肃，但是也很鬼机灵。

诺亚　　鬼机灵，这是你说的，哼，是不是有一点阴险，有一点虚伪，或者说，深不可测，腐朽堕落？

贝媞　　你怎么能这么说呢……

诺亚　　我知道你想说什么，你想说，他是我的儿子。是的，他一直都是我的儿子，用我的名义欠债。还记得医院的那件丑闻吗？

贝媞　　你对他管得也太严了，诺亚，你过去太严厉了，相信我。像勒奥这样的孩子，需要细心呵护。要是艾尔娜还活着……

诺亚　　她也对付不了他。她经常抱怨，向我诉说她的苦恼。我们不说这些了。他走了，自己做的决定。

贝媞　　要是他突然回来了呢？

诺亚　　你看，下面的箱子很快又会潮湿的。我们必须再试一次，贝媞。

贝媞　　但是，这毫无意义啊，这你也是知道的！

诺亚　　那我再喊一次吧，或者算了？

贝媞　　这么大的雨？谁也听不见的。

诺亚　　尤塔，尤塔，我的孩子，告诉你的未婚夫，他应该来帮帮我。

贝媞　　我说了吧。这么大的雨，什么也听不见的。但是，尽管如此，你必须试一试。

诺亚　　嗯哼，你说得对，我得把它撬开。（他取来金属条和锤子，开始设法

211

	打开箱子。）打开之后，我们就可以一部分一部分地往上搬，对不对？
贝媞	也许里面还有一本影集，那就太美了。
诺亚	是有可能的，非常有可能，现在我们撬开了。天哪。（从箱子里出来的是身穿制服的勒奥和他的朋友刚果。）
勒奥	欧洲！这儿挺冷的啊，真的挺冷。你好，老大爷。我们很久没见了。这是刚果，这是我的老爹。阿西巴特·诺亚，他搜集墨水瓶和枝形烛台。刚果，我是不是答应你的太多了呢？
刚果	我特别高兴，诺亚先生。墨水瓶，不赖啊，都不一样啊。
贝媞	勒奥，真的是你吗？
勒奥	贝媞姨妈，不可思议吧。
贝媞	是的，我是你的贝媞姨妈。让我看看，我的小伙子。真是有可能啊。刚才我还对你爸说呢，是不是啊，诺亚，我刚才还对你说，也许箱子里面是勒奥的一张小相片，此时此刻，就发生在转瞬之间。
勒奥	贝媞姨妈，打开话匣子，就再也关不掉。就像一个会说话的自动机。
贝媞	小勒奥，这是你的朋友，真是一个健壮魁梧的小伙子。诺亚，你现在有什么要说吗？
诺亚	我还是无法理解。
勒奥	怎么，感到奇怪是吗？是你自己搞错了，搬错了箱子。瞧一瞧，没有一点儿勃艮第墨水瓶的影子。里面是越南和老挝，那个倒霉的王国。（他把诺亚推到箱子跟前）快瞧瞧吧，老爹，闻起来有热带雨林的气息。
诺亚	算了吧，勒奥，你忘了……
勒奥	忘了什么，忘了你是我爹吗？是啊，在那边的时候，我是有点

儿忘了。但是，这事还得听你的，你真的还是我爹，你几乎没有怎么变。

贝媞　小勒奥，你可变多了，变得强壮了。

勒奥　这个贝媞姨妈，还是总把头发盘在脑后。小伙子，小伙子，怀里总是捧着一本神圣的影集。

诺亚　勒奥，你的朋友……

勒奥　你可以直接对他说，他不咬人的。

诺亚　先生贵姓？

刚果　我的名字是刚果。

勒奥　他以前是拳击手。

刚果　别胡扯。

诺亚　刚果先生，要是我没有搞错的话，我曾经听起过你。您是不是就是当年说服我儿子开车去莱茵兰的那位先生，然后从那里，您肯定已经知道，我指的是什么。

刚果　完全正确，就是我。要是我没有搞错的话，您指的是那次周日郊游。持续的时间的确比原计划长了一些。但是，现在我们又回到了这里，不是吗？

勒奥　怎么啊，老爹，别把这事看得那么严重。

诺亚　好吧，你们毕竟已经回来了。衷心地表示欢迎。

贝媞　是的，衷心地表示欢迎。尤塔也会很高兴的。

勒奥　她在吗？

诺亚　在，我女儿尤塔在家。她一直和她爹在一起。我怎么说才好呢，亲爱的勒奥，请正确地理解我，你们来得恰恰不是时候。

勒奥　怎么回事？

诺亚　我还是想再次恳求你，千万不要误解了我。

勒奥　说吧。

诺亚	亲爱的勒奥，我们这里发洪水了，你明白吗？刚果先生，您一定能够相信我。我们四个人目前正受到这场可怕的洪水的侵害，担心……
勒奥	谁，四个人？还有谁在这里？
诺亚	当然是尤塔的未婚夫。
勒奥	尤塔的未婚夫？
贝媞	你还不认识他，他叫贺恩。
勒奥	他叫什么？
贝媞	贺恩。名字挺美的，是不是。这个贺恩，是一个很友善的小伙子。长得很苗条，有些急躁，不过，随着时间，慢慢都会变的。重要的是，他爱她。
勒奥	这是他说的吗？
贝媞	什么？
勒奥	是他说的，他爱她。
贝媞	他总是对她这么说。
勒奥	他要是经常这么说，那就对了。尤塔和她的未婚夫。瞧瞧吧。几年前，她和努齐，还有阿克赛尔一起在院子里玩医生和病人的游戏，现在都有了未婚夫。时间过得真快啊，是不是，刚果？
刚果	确实如此啊。
诺亚	亲爱的勒奥，你也看见了，正如所说，我们这里房间有些紧张。是很糟糕，但是我们的确没有足够的……
勒奥	什么，你是想让我们去喝西北风吗？我们回到这里是来做客的，我们是很有礼貌的，很友好的，而你，你却想让我们去喝西北风。
诺亚	但是，但是。
贝媞	没有什么但是，我最亲爱的。我们会找到地方的。现在来吧，

　　　　　尤塔准会大吃一惊的。

诺亚　　是的，是的。

勒奥　　贝媞姨妈，你真棒，刚果，你走在前面，带上你的家伙。都带齐了吗？

刚果　　准备就绪。

诺亚　　我把这些也带上，还有这些。

贝媞　　我把这本影集也带上，是不是，勒奥？

勒奥　　当然啊，姨妈。没有影集的人，是没有盖子的棺材。

　　　　　诺亚和贝媞走在前面，四个人慢慢地走上楼梯。刚果的胳膊下夹着一包东西。房间变亮，贺恩支起身体，穿上外衣。

贺恩　　哎，你爸来了。

尤塔　　随他去。（翻身转向墙）

诺亚　　（站在门口）尤塔，我的孩子，猜一猜，我带什么来了。

贝媞　　小尤塔，猜一猜。（从诺亚身后挤到前面，几乎到了房间的中央）

诺亚　　非常特别的。

贝媞　　你会大吃一惊的！（非常开心地）

尤塔　　哦，我会大吃一惊的。你们能带来什么呀。（慢慢地支起身体）要么是一堆蠢蠢的墨水瓶，要么是一张傻乎乎的家庭相片，里希特校长站在正中间，周围是一群可爱的小孩子。我说对了吧！或者是，勒奥回来了！（把身体坐直了）

贝媞　　猜对啦，猜对啦。

诺亚　　你是怎么知道的？

勒奥　　（把诺亚推到一边）你好，尤塔。

尤塔　　嗨，勒奥，又回来啦？

勒奥	算是吧。回来看看。从这里的情况来看,你还是非常整洁的嘛。
尤塔	我为什么要不整洁呢。
勒奥	这位是刚果,我的朋友。你要对他好点儿,他没有父亲,也没有母亲。
尤塔	这并不是最糟糕的事。你好。
刚果	你好,小姐。我希望,我们没有打搅太多。
勒奥	别再夸张了。你知道吗,他以前是拳击手,所以他现在经常做出彬彬有礼的样子。
诺亚	尤塔,我的孩子,在这么多年后,我们的勒奥又回来找到我们了,你就一点儿也不感到惊奇吗?
贝媞	想想啊,他突然回来了。
尤塔	惊奇?为什么?我总是说嘛,只要还这样长期下雨,勒奥就会回来的。你们瞧,他回来了吧。
贝媞	是的,诺亚,她是说过跟下雨有关的话。
诺亚	的确如此。他总是在恶劣的天气回来。(勒奥在房间里东张西望)
勒奥	这是谁?
尤塔	谁?
勒奥	这个人。
诺亚	这是贺恩,尤塔的未婚夫,他父亲是一位有名的医生。我希望,你们会合得来的。
勒奥	我不喜欢医生。这家伙看起来像是理发师。
尤塔	别惹他,我跟你说,他可没有招惹你。
勒奥	好的,好的。刚果,你感觉在我家里怎么样?
刚果	你妹妹……
勒奥	我没有问你,我妹妹怎么样,而是问你,你感觉这里这么样。挺不错的,是不是?

刚果	我该怎么说呢？挺舒适，挺惬意。就是说，挺舒适，挺惬意的那种感觉。
勒奥	你真的感觉特别舒适惬意吗？
刚果	我看着这架落地座钟，我就可能会变得很虔诚。但是，如果说到你的妹妹……
勒奥	我妹妹怎么啦？
刚果	没什么，我挺喜欢她的。你知道吗，她有一点儿什么，我该怎么对你描述呢？
勒奥	那就行啦。我反正无所谓。
贺恩	我要是没听错，您是出门旅行了很长时间？
勒奥	嘿，这人跟我说话了。
刚果	我们是不是出门旅行了？是的，我们是出门旅行了很长时间。
贺恩	去了哪儿，我指的是，去了哪些地方，可以问问吗？
勒奥	告诉他，他不可以问。
刚果	您听见了吗？什么也别问，禁止提问，您认识罗恩格林吗？就这样吧！
尤塔	别再瞎胡扯。
勒奥	把那包东西拿过来，刚果。
刚果	一点儿也没湿。
勒奥	（打开包裹，抽出一长条白色的丝绸）贝媞，我的金鱼，瞧瞧，这是什么东西？
贝媞	啊，我的天哪，竟有这样的事，快说说，你是从哪儿弄来的？
勒奥	你留着吧，是我们给你带回来的。很棒的降落伞丝绸，是不是，刚果？
刚果	是的。
贝媞	降落伞丝绸，这可真是很特别。这我可不能收。你说呢，诺亚？

诺亚	这你不用问我。我可没有能力检查这条丝绸是否……
贝媞	肯定是降落伞丝绸。
诺亚	那好吧,这条降落伞丝绸是不是完全以合法的方式弄来的,或者……
尤塔	你怎么总是胡说八道。你是不是想破坏姨妈的好心情?
贺恩	您完全可以放心。诺亚先生……
尤塔	如果是勒奥带回来的,就一定没问题。
贝媞	你真是这么认为的,小尤塔? 那就衷心地感谢,也谢谢您,刚果先生。
刚果	不足挂齿,非常乐意为和蔼可亲的老妇人效力。
贝媞	(伸出手指,用吓唬的口吻)我觉得,您可不是一个善主啊。
勒奥	是的,姨妈,你可得对他留神着点儿。
贝媞	不会吧,就这样吧。你们知道,我想用它做什么吗?
勒奥	做什么?
贝媞	给你们每人做一把小阳伞。
勒奥	你说什么?
贝媞	没错,小阳伞,一、二、三、四、五,如果够的话,给我自己也做一把,总共六把小阳伞。
尤塔	你真好,姨妈。外边在下雨,你在谈论小阳伞。
贝媞	凡事必须预先做好准备啊。毕竟不会一直下雨的。
诺亚	谁知道呢。
贝媞	胡说,你也许是认为,雨神就不会感到无聊吗?
勒奥	她说的对,如果雨神没有兴趣了,就该轮到太阳出来了。
尤塔	我觉得你们都是真正的聪明蛋。最好你们还是歇会儿吧,想说什么,你们还有的是时间。
勒奥	没什么想说的了。

尤塔　　这也正合我意。

房间慢慢转暗，房顶变亮。

珍珠　　说点什么，线条。
线条　　他们下面可能是来客人了。
珍珠　　我一点儿都没有察觉。说吧，线条，说点什么。
线条　　说什么呢？
珍珠　　什么都行，你的经历丰富，你可是一只漫游老鼠啊，开始说吧。
线条　　是啊，的确是到过不少地方。那我就说说，怎么在保险箱里待了三天，单挑二十马克的钞票吃，或者还是说说那架落地座钟的事？
珍珠　　这是什么事？
线条　　最后一分钟，我跳进了一架落地座钟里面，就跟他们下面的那架落地座钟一模一样，我一时半会儿出不来了，因为他们有一只短毛猎犬。知道什么是短毛猎犬吗？
珍珠　　别提这么愚蠢的问题，我当然知道。
线条　　好吧。短毛猎犬卧在座钟的前面，就是不离开。我在座钟里面，睡着了。突然，钟敲响了，十二点。
珍珠　　午夜。
线条　　是的。我并不是迷信，但是你可以相信我，我当时可真的吓得不轻啊。我愤怒地把所有分针和秒针都给咬断了，彻彻底底，一根不留。从此以后，座钟就再也没走过。
珍珠　　又是胡编乱造的。说说修道院的事吧。
线条　　这个故事，你已经听过了。
珍珠　　没关系，开始说吧。

线条　　那好吧，那是我第二次从巴黎回来的时候，当时我进了一家避难所。

珍珠　　是一家养老院。

线条　　对的，杜塞尔多夫的一家老人院，位于拉特－布罗伊这片富裕的地区。附近有铁道和废料场，这件事本身，我可以告诉你，就是如此。宽敞的地下室，黑漆漆的，到处都是裂缝，很潮湿。嗨，我当时的感觉可以说是非常棒。

珍珠　　我可以想象得到。你一直就是一个动作迅速的家伙。当时和修女们是怎么回事？

线条　　也就是这么回事。上面是厨房和禁室，就是外人不得进入的地方，修女们有时会来地下室，取东西或者送东西。我就守在那儿，东张西望，等到有人摇摇晃晃地走过来，我就扑上去，你可没看到啊，钻进了她的修女袍。

珍珠　　太棒了！

线条　　接下去还有呢。到了修女袍下面，她们都穿着长长的绵袜，猛咬一口小腿肚子，她就大叫起来，扔掉了一切。

珍珠　　扔掉了的是什么？

线条　　盘子或者碟子，里面装满了豌豆。我可以告诉你啊，还没等到修女离开，我就已经吃上了豌豆。

珍珠　　别说了，我要饿啦。

线条　　有一次，扔掉了的是一盘鹅肝酱。你知道什么是鹅肝酱吗？

珍珠　　不知道。

线条　　如果你没有去过巴黎，你是不可能知道的。

珍珠　　她们长得怎么样，这些修女？

线条　　应该长得怎么样？褐色的皮肤，胖得像土豆。只有一个不是这样。她的名字叫阿尔冯斯·玛利亚嬷嬷。

珍珠　　为什么叫阿尔冯斯·玛利亚？

线条　　修女们往往就是这么起名的，我也不知道为什么。

珍珠　　她长得什么样？

线条　　我说吧，你什么都知道的啊。这个故事我已经对你讲过十遍了。

珍珠　　每一次都有一点儿不同。她长得什么样，你的这位阿尔冯斯·玛利亚？

线条　　上帝啊，她长得什么样？上面一般般啦，但是，下面，你知道，她有什么吗？她的腿上有很多斑点，一直到大腿。

珍珠　　你怎么知道了？

线条　　我看见的啊。

珍珠　　在哪儿？

线条　　当然是在地下室，还能在哪儿。因为她有时候也会下来，从里面把门锁上，总是小心翼翼的，然后撩起修女袍，唰唰，唰唰，两下就脱掉了羊毛袜，仔细地看着自己的腿。告诉你吧，她总是在那里至少坐上十分钟，看啊看啊。

珍珠　　那倒不坏啊。

线条　　不坏？真白啊，白晃晃的刺眼。从下面一直到大腿根，上面全是斑点。

珍珠　　她叫什么来着？

线条　　阿尔冯斯·玛利亚，阿尔冯斯·玛利亚嬷嬷。

珍珠　　瞎说八道。

线条　　后来，修士们也下来了，还领着一些面色苍白的唱诗班男童，他们浑身都散发着圣香圣水的气味。这简直是岂有此理。

珍珠　　为什么呢？

线条　　你可以问问啊。当然是因为我。他们想，我是一个精灵，专门把修女们的袍子撩起来。

珍珠　　无稽之谈。去你的什么精灵吧！

线条　　哎，你在笑啊，但是我当时还沾到了一点儿温温的圣水。对我根本没有一点好处。我做的都是噩梦，噩梦啊。我干脆就溜啦，当时就溜走了。

珍珠　　那个长着斑点的修女呢？

线条　　他们此前就已经把她派到别的地方去了，我知道的，某某地方。大概是干了什么坏事吧。经常都会听到有关修道院的一些不清不白的故事。

珍珠　　你也许说的对吧。我饿了，你呢？

线条　　不饿。

珍珠　　为什么不饿？

线条　　不会再饿了。

珍珠　　你不会再饿了？

线条　　是的。

珍珠　　你说什么，你就是想不管不顾地宣称……

线条　　我就是这么想的。

珍珠　　好吧，你再也不会饿了？

线条　　我是这么说过。刚逃出来的时候，我把我的饥饿感全都拉屎拉掉了。从那时起，我就靠精神滋养活着。你明白吗？

珍珠　　一点都不明白，一只规规矩矩的老鼠和精神有什么关系呢？

线条　　精神，你必须明白，他可以让一切变得透明，变得清醒，简而言之，精神可以永生不死。我会活得比所有生物都长，所有的，也包括老鼠。

房顶慢慢变暗，房间变亮。诺亚站着，凝视着房间的天花板。其他人或坐着或躺着。

诺亚　　真的要有人爬上房顶，去驱赶老鼠。贺恩，你去？
贺恩　　我，为什么是我？
诺亚　　我看啊，又得我亲自出马了。哼。
勒奥　　让老鼠们活着吧。老爹，他们和我们一样，也到了山穷水尽的地步了。
诺亚　　但是，老鼠们真的应该离开那上面，这才是明智的。
尤塔　　也许到我们下面来？
贝媞　　不能啊，孩子们，不能这么做啊，求求你们。
诺亚　　当然不能，恰恰就缺这个。应该这么做，直接从房顶掉到下面的水里。（*他要上楼梯。勒奥拉住了他的衣角。*）
勒奥　　别去。我对你说过，别去碰这些老鼠。
诺亚　　为什么？突然变得这么敏感。这又不是关系到人的事。
勒奥　　老鼠也是人。就这么决定了。（*诺亚重新坐到那些墨水瓶中间。*）
尤塔　　别听他的，勒奥，讲点别的事吧。
勒奥　　没什么好讲的。你在忙活什么呢，姨妈？
贝媞　　小勒奥，你知道的，我在做小阳伞，一把，两把，三把，四把，五把，六把。每人一把。
勒奥　　你可别给我做，我要去北极。
贝媞　　算啦，算啦，你也会需要一把小阳伞的。
勒奥　　你就是这种样子，一定要为我的幸福操心，别这样，这根本不适合我。

贝娣　现在就这样了，自从我姐姐，你们的母亲，不在了之后……

勒奥　妈妈从来没有缝过小阳伞，她总是躺在床上，面色苍白，一副受气包的样子。

贝娣　她有病，你是知道的。

勒奥　这没什么奇怪的，在这个地方，成天和这些墨水瓶在一起。

贝娣　勒奥。

勒奥　好啦，我知道，她得了癌症，墨水瓶没有任何责任，我们不说这些了。

诺亚　你在葬礼上没掉过一滴泪。

勒奥　为什么要掉泪，是你亲口说的：所有死于癌症的人，都会进天堂。难道不是你说的吗？

尤塔　现在都别说了。我受够了。（走到窗前）外边漂着好多床。空空荡荡，变得自由自在的床。我就像是这样一张床，空空荡荡，摇摇晃晃，不再立在一张荒谬的油画下面，四条床腿，旁边是小便壶和床头柜，全副假牙放在漱口杯里，侦探小说夹着书签，梦到谋杀案，忍受着七十年代，有些人就是在这里度过的这段时光。我也许会漂到树林里去，事先会把枕头好好抖一抖。要是我完全自由了，我会说，来吧，一只快要被淹死的猫，来到我这里，它会很幸福的。勒奥，说点什么，或者你的朋友说。（尤塔转向窗户）你们倒是说啊。

勒奥　没什么好说的。

贺恩　请您说点什么吧。

勒奥　（凶狠狠地看着贺恩）闭嘴，理发师。让刚果说，他会胡编乱造。

尤塔　对我来说，谁说都行啊，但是，快说吧，不然的话，就听见雨在哗哗地响，而且这个故事我知道。

勒奥　姨妈睡了？

尤塔　　我想是吧，老爹也睡了。

勒奥　　那好吧，完全无所谓是在哪儿，是什么时候，我当时坐在一家马戏场里。

刚果　　是在西贡。

勒奥　　完全无所谓是在哪儿，刚才我说了。在一家马戏场里，圆形的，与所有的马戏场一样，连味道也相同。在我的上方，在特定的高度，精致的灯光照亮了一位微笑着的女士的一双大腿。

贺恩　　（哈哈大笑）

勒奥　　我真想扇你这个活宝贝一个大耳光。

尤塔　　这和我有什么关系？

勒奥　　好吧，继续说。这位女士的大腿，就像是陶瓷的。他妈的，我至今都还认为，她的腿是最纯净的陶瓷做成的。

刚果　　我们也相信。

尤塔　　用什么做的，反正也无所谓。

勒奥　　这并不是无所谓的。大腿是凉的。一直在摆动，你们明白吗，这位女士坐在秋千上，大腿越来越凉，越来越凉。最后结成了冰。两个冰柱，就像北极的那种小冰塔。任何形式的北极探险都被阻断了。所有的人都失败了，所有的人。你们知道，这意味着什么吗？ 在你的上方，是冰，高处，并不是过高的地方，大约是马戏场的半空中，然后又几乎到了马戏场的穹顶，冰，形态优雅，漂浮不定。不是那种袋装的用来舔的冰，也不是装进冰箱的块冰。

刚果　　显而易见，可以说是带有关节的冰，人们看着看着就融化了。

勒奥　　就是这种。然后怎么来着？ 突然，飞来很多豌豆，黄色的小豌豆噼啪作响。掌声，烟雾，豌豆犹如山崩，热风，一切都融化了。

尤塔　　你的那位女士呢？

勒奥	她顺着缆绳飘，噼噼啪啪，断裂，滴水，又脏又湿，她的皮肤是干燥的，大概三十岁，她的微笑？一汪水洼，就像是一匹母马撒了一泡尿。
刚果	掌声响的时候，她应该做什么呢？
尤塔	掌声总是不好的。
勒奥	我经常去。
刚果	但是你知道得很清楚。
勒奥	是的，但是这次跌落。我就是想看一次是怎么发生的，就像现在这样。（他把一个水晶盘子摔得粉碎。诺亚和贝媞被惊醒了。）
诺亚	发生什么事了？
尤塔	什么也没有发生，继续睡吧。
诺亚	一定要这样吗？
勒奥	是的，一定要这样。你们懂吗？仅仅是这种声音，这件事情，北极就被分发到了各地。从非洲的尼日尔，一直到德国的海德堡，都有北极，但是没有掌声。（诺亚和贝媞又睡着了。）
尤塔	接下来呢？
勒奥	每天晚上我都在等待。
尤塔	发生什么了吗？
勒奥	当然什么都没有发生。有一次，佩罗来找我。
刚果	佩罗？
勒奥	是的，他是马戏团的一个小丑。
尤塔	他与此有什么关系？
勒奥	他说，他没有任何目的。我必须干掉她。这是我不愿意做的。你说，刚果，你为什么总是问我这么愚蠢的问题？你是了解整个这件事的，而且知道，这事儿有点不对劲。
刚果	我知道。

226

勒奥　　下面呢？

刚果　　每次你讲的都不一样，反正很有意思啊。我知道的只是当时的真实情况，而你已经不记得了。

勒奥　　（跳起来，又坐下。）我要去北极。

刚果　　好的，好的，我们去北极。

尤塔　　现在还在下雨。（缓慢地站起来。）你们不应该一直这样自作聪明地谈论明天。今天还在下雨。今天，我知道。今天，这是一大块水。拿着切菜刀出去，要是你愿意，就切一块下来。今天，这就是你们，这才是你们应该想的。你们想吧，想吧，想吧。你们要是看着我，你们就会想：哎，二十年以后吧。你们就是不会静静地观察，这样一个乳房会越变越长，最终不再有任何价值。你们啊，这就是今天。这是我的可爱的未婚夫，那个老笨蛋，就是我的父亲，还有好心肠的姨妈。她总是唠叨得没完没了。总是一定还要看看几张相片。每次要是有人来，给她带来一张闪闪发亮、照得模模糊糊的小照片，对她说："看一看，阿姨，上面有可爱的上帝，他们现在也给上帝拍了照。"她立刻就会说："有这样的事，可爱的上帝，跟我想象的一模一样。"然后，她就会把照片贴在影集里，在斯坦尼姨夫与赫布斯特罗表妹之间。她准会这么做的。

贺恩　　你就是想什么说什么。

尤塔　　闭嘴！（靠着窗户）瞧，外面的那些床。还有其他东西。都要漂到什么地方去啊，没有人再给它们拍照。

贺恩　　但是，还有未来。你必须承认，还有未来。

尤塔　　你真是一个活宝贝。未来，永远就像这个楼梯，向上一层，再上一层，然后就到了房顶，再下楼梯，一层再一层，直到地下室，这就是你指的未来。

227

贺恩　你要理解我啊。你也非常清楚，雨总会停的，太阳将会出现。我现在就已经看见了！太阳，身披白色的燃烧着的衣装。我还看见，你抬起了一只手臂，内侧是浅色的，而外侧已被晒黑。

刚果　我以为，我有必要让这个教堂唱诗班的男童去呼吸一下新鲜空气。我不喜欢拉丁文，房顶上还有空的地方。

尤塔　行动吧，我也受够了。

贺恩　你们想把我怎么样。你们是自己折磨自己，谈论冰，谈论北极，这不是我想要的。

勒奥　哎，我几乎都要相信了吗？

贺恩　我曾经去过佛罗伦萨。我经过一个广场，穿着一套轻薄的浅色西装。到处都亮着灯，我当时的感觉是，就好像太阳在我的体内，在我的脑袋里……

尤塔　你脑子不正常吧，赶紧闭嘴！

贺恩　（越来越兴奋）我经过这个广场，有一个楼梯，到处都是鸽子，台阶上都是珍珠，是鸽子留下的，我搜集了一些，他们能够带来好运……

勒奥　刚果？

贺恩　……带来自由和好运。好运……

勒奥　刚果！

贺恩　你们不知道，什么是好运。

刚果　你说得对，小伙子。（他慢慢朝贺恩走过去。）

贺恩　还有自由，这也是你们不知道的。

刚果　来吧，我的美男子。现在去房顶待一会儿吧，那里有自由。我相信，那里还有别的人。他们会喜欢听你这样喋喋不休的，他们喜欢这些。（他一把抓起贺恩，推着他从楼梯往房顶去。）

贺恩　不要，不要，请不要这样，上面很黑。你们不能这样对待我，马上就要天黑了，黑夜……（刚果关上了通向房顶的小窗。）

尤塔　　其实，他平时并不是这样的。他经常还是很可爱的。
勒奥　　刚果？
刚果　　什么事？
勒奥　　你要注意啦！我们乘坐一艘去利物浦的船，我想，然后再……
尤塔　　闭嘴，你应该闭嘴！
刚果　　是的，勒奥，你要和蔼一些，不要再这样了。我们愿意在这里再待一会儿。再说，你也可以爱干什么干什么，你妹妹挺让我喜欢的。

刚果朝尤塔走过去。房间转暗，房顶变亮。贺恩站在烟囱旁边。

线条　　喂，有人上来了。
珍珠　　有可能，但是不是我们老鼠家的。
线条　　我告诉你吧，这里待不住了，我们从这里下去，赶快逃走，溜之大吉。
珍珠　　先等等，亲爱的，移居他乡，我们还有的是时间。
线条　　你是说，这里真的没有麻雀了吗？
珍珠　　我想，你现在是不饿了。
线条　　闭嘴！越来越近了。（*贺恩在烟囱旁边活动四肢，老鼠在暗处。*）
贺恩　　现在她会想，我把她想得很坏。其实我已经原谅她了。过一会儿，他们会来叫我，她会说：贺恩，算了吧，别做出一副受委屈的样子，我刚才不是那个意思，下来吧。她会这么说的。她还会说：过来吧，如果你愿意，就给我们讲讲有关你的那个奇怪的太阳。勒奥把他的那些冰卖给我们了，我们也变得冰莹剔透，脆弱易碎。当然啦，我是要下去的，但是我什么也不说。我能够很好地保持沉默。（*他垂头丧气地坐下了。老鼠在亮处。*）

珍珠　　哎，这是一个哲学家。

线条　　我也是这么想的。看来，他不会对我们怎么样的。

珍珠　　你是这么想的？但是，据说有一些人，他们可能是非常卑鄙的。

线条　　是的，书上写的，是有这种可能。但是，在雨中，墨水也派不上用场，这位最干巴巴的哲学家也无能为力。如果他们有朝一日被雨淋湿了的话，也就会只相信湿气。

珍珠　　你瞧，他现在又开始思考了。

老鼠在暗处。贺恩在亮处。

贺恩　　如果我完成了学业，我们就结婚。我的父母会来参加婚礼，一定会给她留下印象。尤其是我的母亲，她显得依然非常漂亮。

（贺恩独自出神。老鼠在亮处）

线条　　哎，这人并不是哲学家。

珍珠　　你也许是对的。

线条　　我几乎可以相信，是下面的那些人把他轰上来的。

珍珠　　这是一种特殊类型的，我要是没有搞错的话，他是一个非常可爱的家伙。

线条　　看样子是个独生子。

线条　　有点儿被宠坏了。

珍珠　　也许他就是多嘴多舌。要么他在下面是多余的？

线条　　但是，他其实看起来还是很和蔼的。有点儿油滑，但是，除此之外……

珍珠　　也许他们过一会儿就会让他下去的。

线条　　或者他们都会上来。不会再等多久的。

房顶转暗。房间里，床的周围变亮。刚果和尤塔躺在床上。勒奥背对着床，坐在小凳子上沉思。左侧，光线昏暗，贝媞在做针线活。诺亚在整理墨水瓶。

刚果　　（半说半唱）下雨了，下雨了，大地变湿了。

尤塔　　你喜欢唱歌？

刚果　　还可以。

尤塔　　我以前喜欢唱歌。

刚果　　现在不喜欢了吗？

尤塔　　也不是的，但是没有以前那么喜欢。

刚果　　可惜啊。

尤塔　　为什么？

刚果　　好吧，你完全可以唱点什么。

尤塔　　什么，现在吗？

刚果　　为什么不呢！还记得什么歌吗？

尤塔　　下雨歌怎么样？

刚果　　是挺悲伤的吗？

尤塔　　我也不知道。

刚果　　无所谓啦。我要是哭的话，我就叫停。

尤塔　　你，还会哭！那好吧！（她半唱半说）

　　　　一只鸟站在花园里。

　　　　树叶飘向北方。

　　　　我没有写下一个字，

　　　　我没有写下一个字，

　　　　就因为雨并不识字。

　　　　小孩子们在咳嗽，

|||大孩子们正在死去。
|||只有我是健康的，只有我是健康的，
|||因为雨和我还有其他的约定。
|刚果||因为雨和你还有其他的约定。
|尤塔||你喜欢吗？
|刚果||继续啊，还要继续下去，是吗？
|尤塔||那好吧，如果你愿意听。（她继续唱）
|||甲壳虫有六条腿，
|||而我，我只有两条。
|||尽管如此，我待在这里，尽管如此，我待在这里，
|||因为到处都在下雨，哪儿都一样。
|||老师数着星星，
|||秃头，每年如此。
|||只有我不数，只有我不数，
|||因为雨忘记了我的生日。
|||我应该停了吧？
|刚果||下面没有了吗？
|尤塔||我只是想，差不多了。
|刚果||继续唱，听起来很文雅。
|尤塔||那好吧。（她继续唱）
|||蜗牛来得太迟，
|||爱情到得太早。
|||只有我无须等待，只有我无须等待，
|||因为雨下得如此准时。
|||沙被丝绸包裹，
|||雪披上了黑色的天鹅绒。

只有我赤身裸体，只有我赤身裸体，

因为雨穿着我的衣服。

（她沉默不语）

刚果　完了吗？

尤塔　没有完！

皇帝驾崩，

兴登堡也死了。

我也奄奄一息，我也奄奄一息，

因为雨是棺材的盖板。

刚果　什么，棺材的盖板？赶快结束吧。皇帝驾崩，兴登堡也死了，像你这样的年轻姑娘，怎么会唱这些？

尤塔　你刚才喜欢的啊。

刚果　这就是结尾吗？

尤塔　不是，我相信，结尾不是这样的。

刚果　什么叫我相信！现在还不是结尾吗？

尤塔　还不是，这首歌，压根儿就没有结束的时候。

勒奥　（直起身体）我知道结尾。

刚果　你也会唱歌？

勒奥　我一直就会唱歌的，亲爱的，只是你没有听过罢了。

刚果　那就唱唱呗。

勒奥　（站起来）

今天是星期二早上，

早上昨天晚上。

不，我并不悲伤，不，我并不悲伤，

因为雨只是一个拙劣的玩笑。

来，一起唱。

刚果、勒奥、尤塔		因为雨是一个拙劣的玩笑。
刚果		谢谢啦，这就是我说的结尾。（勒奥又把脸转向另一边）
尤塔		我真不应该唱的。
刚果		为什么不应该。很好听啊。在这里真的很文艺，你不这么认为吗？
尤塔		是的。
刚果		我们两个人还挺合适的，是不是？
尤塔		是的。
刚果		（直起身体）你和那人究竟是怎么回事？（他指着上面的房顶。）
尤塔		天哪，就是这么回事。其实也并不是一个坏男孩。
刚果		只是有点喜欢胡说八道。
尤塔		也许吧，因为他还年轻。
刚果		有可能吧。你们准备结婚吗？
尤塔		不知道。现在，你又出现了。
刚果		（有点惊奇）我真的不想妨碍你们。
尤塔		这我是想到的。你很快就会走的，等到这里的雨停了之后吧。
刚果		你知道的，勒奥是一个不安分的人，他哪儿都待不长的。
尤塔		他想去北极，然后再去任何其他地方。
刚果		是的。
尤塔		可惜啊。
刚果		非常可惜。我们俩真的很合适，是不是？（他逗乐似的拥抱了她。）
尤塔		你不要笑啊。
刚果		啊呀，你这孩子啊！你也笑一笑啊！我们肯定还会来的！
尤塔		目前，你还在这儿，或者心已不在？说点什么吧，关于你自己，过去的事。你曾经是拳击手。
刚果		是的，我曾经是。
尤塔		你年轻时就打拳击吗？

刚果　　你可以假设。但都是过去的事啦。

尤塔　　说说吧，布鲁诺。

刚果　　你叫我布鲁诺，那我就不得不讲了！（他大笑，跳了起来，出拳比画了几下。）我十五六岁的时候，突然不想打了。我也不知道是为什么。但是，俱乐部的人都说，坚持下去，布鲁诺，当时大家都叫我布鲁诺，他们说，坚持下去，克服困难。我后来也坚持下去了。其实都是出于某种绝望。

尤塔　　但是你当时的状态很好。

刚果　　是的，我很好。（他愣着出神）

尤塔　　这里也很美，是不是？

刚果　　是的，是的。

尤塔　　你真是这么认为的吗？

刚果　　当然是的，该死的！你又干掉了一个。

尤塔　　（笑起来）这样就好。

刚果　　你这是在哪儿学的？

尤塔　　哎，别说了！

刚果　　跟他学的吗？（指着房顶）还是这里学一点，那里学一点？

尤塔　　求你了，布鲁诺。我现在听见又下雨了。

刚果　　甲壳虫那句是怎么唱的？

尤塔　　甲壳虫有六条腿，

　　　　而我，我只有两条。（她唱道：）

　　　　尽管如此，我待在这里，尽管如此，我待在这里，

　　　　因为到处都在下雨，哪儿都一样。

刚果　　因为到处都在下雨，哪儿都一样。

尤塔　　只要还在下雨，你就待在我这里。如果以后再一次下雨，下长长的雨，你就再回来。

235

刚果	大概就这样吧。不过，要是长期不下雨，你也不必太介意啊。
勒奥	（慢慢地直起身体）喂，刚果，和我妹妹的事怎么样了？
尤塔	这关你屁事。
勒奥	谁会这么敏感啊！一切都这么美好，但是我还必须稍微打扰一下。我的两只脚有一点预感，可能是从下面上来的湿气。怎么样，我们上去看看那个小伙子？他肯定很无聊。
刚果	（用手撑着地板）他说得对。湿气上来了。我们带上点东西，几条被子，贝媞姨妈也许已经……哈啰，贝媞姨妈！
贝媞	（醒来）啊呀，我还是打了一个盹，还做了一个梦，但是完全不记得梦到了什么。是有人喊我吗？
刚果	是我喊的。小阳伞已经做好了吗？
贝媞	完全彻底做好了，怎么样，您喜欢吗？（她展示了一把小阳伞）
刚果	非常棒，拿来吧，这把小阳伞，它的实际用途很快就能得到体现。
贝媞	但是，太阳还没有出来。
刚果	因为还在下雨，这也是个事啊。（跳了起来）终于完成了！（他拿起阳伞和几条被子。）你也一起来吧，姨妈，我们不喜欢这里了，我们想要呼吸高处的空气。
贝媞	啊呀，水上来了！诺亚！
诺亚	这么说，亲爱的，我们也必须坐到楼梯上去。
刚果	那就赶紧行动吧，不然的话，会感冒的。
尤塔	你背我吗？
刚果	我背你。只要还在下雨，我就背着你。（勒奥、刚果、尤塔爬上房顶。诺亚和贝媞姨妈越过桌子和长凳，爬上了楼梯。）
诺亚	走吧，走吧。你们把我的房子搞成什么样了。你们用耻辱，用污秽，充满了这里，比水还要多……

贝媞	你不必总是立刻就想到最恶劣的事。他们真的已经很温柔了。
诺亚	但是，你们等一下。水会淹没你们的。等一下，从楼梯上去。你们以为，水不会爬楼梯吗？水，它会像邮递员那样追着你们。即使是房顶，水也上得去，带来的不是好消息，不是好消息。你瞧，贝媞，我带着呢，它应该在这里。（他翻开一本黑皮书）瞧这里：这是在白天，大地深处的所有的泉眼喷涌而出，一直漫到天空的窗口。天慢慢地变暗了。

第二幕

舞台布景与第一幕相同。房顶很亮。贺恩和勒奥在烟囱的一左一右。两只老鼠在左侧的房顶边缘。刚果和尤塔在右侧的房顶边缘。裹着被子，举着阳伞。

珍珠	（低声细语）我起先以为，他们会对我们干什么。
线条	他们根本就没有看我们一眼，他们看的是别的地方。
珍珠	别的地方都好。这里也没有什么可看的。或者你指的是风景？
线条	我也不是指的这些。他们看的是自己，这对他们就够了。
珍珠	谢谢指点。我也这么看看自己，我想，我已经被雨淋得浑身都是洞。
线条	别丧气，珍珠，你看上去永远都很可爱。雨下得也没有那么大了。等到这些都过去了，你好好吃一顿，然后我要让你重新变得亮晶晶的。
珍珠	啊，我的天啊！

线条　　怎么了？

珍珠　　我吓了一跳。我坐在这里，看到对面的树上挂着一团白色的东西。我看见白色，就开始做梦。突然那边动了起来，变成了一个人影，这是什么？

线条　　一个军医！

珍珠　　正是如此，他手里拿着一个针管，一直在说：我的可爱的实验鼠，他越走越近了。

线条　　你千万不要想这些，珍珠。

珍珠　　（哭泣着）我的全家。

线条　　等到这里的事结束了，我们还活着的话，就一起去朝拜进香。一定会有很多人去，这对你有好处。

珍珠　　我们去哪里朝拜进香？

线条　　当然是去哈默尔恩①，就去哈默尔恩。

灯光移到烟囱。

贺恩　　你们为什么回来？

勒奥　　（惊讶状）什么，他还活着？

贺恩　　你们为什么回来？

勒奥　　早就在想，他已经烟消云散了。

贺恩　　你们为什么……

勒奥　　别胡扯了，理发师。我们就是回来了！就这样了！

---

① 德国城市，在格林童话《花衣魔笛手》里，哈默尔恩（Hameln）鼠满为患。某天来了个外地人自称捕鼠能手，村民向他许诺——能除去鼠患的话会给付重酬。于是他吹起笛子，鼠群闻声随行至威悉河而淹死。事成后，村民违反诺言不付酬劳，吹笛人便气愤离去。过了数周，正当村民在教堂聚集时，吹笛人又回来吹起笛子，众孩子亦闻声随行，结果被诱到山洞内活活困死。

贺恩　　但是，为什么？

勒奥　　你想知道！我还想知道呢。出于一种好奇，无聊，想家，都是一样的。这个答案满意吗？

贺恩　　但是，你妹妹，我是爱她的。

勒奥　　那就好。

贺恩　　你们就这样回来了，拿走了你们喜欢的东西。

勒奥　　我们是这么做了。你是一个理发师，你根本不懂这些。

尤塔　　（直起身体）别说了！

勒奥　　是他开始说的，我的孩子，你的宝贝。总是张开嘴巴，问这问那。刚果！

尤塔　　轻点声，他在睡觉。

勒奥　　真的吗？

尤塔　　让他睡吧，勒奥，不会再睡多久的。

勒奥　　我们必须准备好一切，很快就要走了。刚果！

刚果　　（醒来）怎么啦，我们要走了吗？（把手伸到雨中）雨还在下呢。

勒奥　　马上出发。我们坐船去利物浦。你听见了吗？

刚果　　一字不落，你说，去利物浦，马上做好一切准备，但是我得先跟你妹妹讲几件小事。（他和尤塔一起钻进了被子）

勒奥　　你瞧，我的儿子，竟然受到最好的朋友如此对待。

贺恩　　您为什么不制止他这样做？（指着刚果）

勒奥　　咦？

贺恩　　这是你妹妹呀！

勒奥　　我妹妹。可能是吧。请你注意啊，年轻人。这里发生的事，都是为你好。你们以后想要结婚，是不是？

贺恩　　没有他，我也可以结婚。

勒奥　　小心啊。我听别人说，完全不是那么简单。像你这么年轻，又

239

	是一个小小的理发师⋯⋯我妹妹也想得到其他的机会。
贺恩	他能做到的,我早就能做到了。你们把一切都搞得乱七八糟。
勒奥	必须的,必须的。你明白吗,必须把宝贝藏起来。金子发光,这很糟糕。上面要抹点泥巴,这样就什么都看不出来了。以后什么时候都可以擦亮的。
贺恩	再也擦不亮了。
勒奥	你不是有所指吧,说我的妹妹不是金子做的,不是纯金的。我真想揍你。(做挥臂的动作)好吧,就这样了。你别总在这儿盯着了。你也是个受过良好教育的小伙子,父母肯定也是体面人。你父亲是干什么的?
贺恩	主治医生。
勒奥	你瞧,负有责任的啊。好吧,别再盯着看了,有点儿绅士风度。听好了,我给你讲个故事。
贺恩	我不想听。
勒奥	什么,你不想听!你父亲是主治医生,你不想听? 听好了。小伙子,这件事是有教育意义的,特别是对你。我在南边认识了一个男的,相当富有。他有一种特殊的本领,很会和女人打交道。并不是说,他很懂礼貌。恰恰相反。他让人在他家房子的后面搭了一排架子,每个星期天的下午,而且只在星期天的下午,他拿来一公斤的软肥皂和一大包旧报纸⋯⋯知道他要干什么吗? (勒奥的声音渐渐听不见了。灯光转向两只老鼠。)
珍珠	喂,线条!他在悄悄说话。你认为,他是在说我们吗?他们要是饿了,什么都会干的。
线条	你不必总是这么悲观,珍珠。
珍珠	又不是第一次了。在巴黎,一八七一年的时候,他们就是这样的。

线条　　那是当年的事，而且是法国人。今天不会再有这种事啦。

珍珠　　这可说不准。他们要是到了一定的阶段，不管是法国人还是爱斯基摩人，都会不管不顾的。我很害怕。

线条　　无稽之谈。

珍珠　　不是的，我很害怕。

线条　　为什么呢？停下来了。出了什么事？

珍珠　　他们也是害怕了吗？

线条　　我不相信。他们是太疲劳了。他们只有在电影院里才感到害怕，因为他们坐得很舒服，因为里面很黑，因为他们付了五十马克。此外，他们也很清楚，这样一部电影最多也就一个半小时。所以他们可以允许自己有一点儿害怕，同时一边再吃点儿巧克力。

珍珠　　但是，水？

线条　　他们根本就没有注意这些。他们只想，当水退下去，有轨电车通了以后，他们做什么。

珍珠　　人还是顽强啊。

线条　　是的，珍珠，几乎就像老鼠一样顽强。

房顶上很暗，房间里亮着一盏昏暗的灯。贝媞和诺亚在天花板下面，蹲在一个箱子上。

诺亚　　真的很棒，这些卡片索引，我做得非常细致，一目了然，而且尺寸很小。

贝媞　　我总是责怪你，让你别把字写得这么小，诺亚，你会毁了自己的眼睛。

诺亚　　这当然是好心啊，但是你也要明白，我是有道理的。所有的一

贝媞　　切，我都在手边啊。

贝媞　　我为你感到高兴。诺亚，我希望，我也能够这么认真细致。照片都会溶化的。潮湿啊……

诺亚　　你这个小傻瓜。小的损伤很快就可以补救的。再说，洪水也不再继续上涨，我们可以松一口气了。几乎就快淹到我们的脖子了，现在终于退下去了，不用说是什么原因了。

贝媞　　我们很快又能够伸直双腿了。孩子们在干什么？

诺亚　　他们还是孩子吗，我们的孩子？他们没有离我们而去，没抛下我们不管？

贝媞　　但是为什么呢？我们真应该也……

诺亚　　你是想说，应该和他们一起上房顶，让这里的一切都烂掉。

贝媞　　我们也可以带上一些东西的……

诺亚　　不行，不行，不行。我绝对不会这么做的。

贝媞　　你太固执了，诺亚。

诺亚　　太自负。

贝媞　　你始终也没变过，自负或者固执。和年轻人在一起，就必须保持年轻。我真有可能走的。是一些充满活力、精力充沛的人，我挺喜欢的。

诺亚　　没有人要留你，贝媞。你是完全可以走的，现在也还可以走。

贝媞　　无稽之谈，我是个老太婆。不，不，我也不知道。你，或者其他人，或者任何东西，把我留住了。但是，这有什么不好的呢，水在下降。

房间转暗，房顶变亮。

勒奥　　我几乎愿意相信，雨不会再下了。

刚果　　雨早就不下了。

尤塔　　也许很快又会下的。

贺恩　　不会的！

尤塔　　你怎么会知道呢？

贺恩　　发生了一些事，有一些东西被撕裂了……

尤塔　　别说了！

勒奥　　让他说。你尽管说出来，我的乖小子。

贺恩　　是真的，有一些东西被撕裂了。我听见了。这个灰色的帘子已经朽了，很快就会垮掉，让视野变得开阔。

尤塔　　他现在又要说起他那个该死的太阳了。

贺恩　　太阳会照耀着你们，对你们说：瞧瞧吧，你们面色发灰，内心和外表都是灰色的。

勒奥　　你是对的，我的妹宝。他就是一个理发师。你逮住的仅仅是一只乏味的预报天气的小青蛙吗？

刚果　　孩子们，不要再虚情假意了。现在，外面已经几乎干了。小瓶子藏哪儿去了？（他拿出来一个瓶子。）

勒奥　　你是说，我们应该庆祝一下雨季的结束，期待冰季的到来。

尤塔　　你又开始说这些了。

勒奥　　小姑娘，就是这样的啊，并不会一直都是坏事、悲伤的事。先是有点雨，然后我们就去滑冰，然后……

刚果　　还是先喝上一小口吧。

勒奥　　他说得对，滑冰鞋是跑不了的。

（勒奥、刚果、尤塔坐到一起，尤塔拿起了瓶子。）

尤塔　　让我们喝吧。就好像，还在下雨，流进了我们的身体，然后又缓缓上升。（她喝了起来）

刚果　　（对贺恩说）别干站着啊，小伙子。也喝上一口。

贺恩	不喝。
刚果	伙计,我也没把你怎么样,你还会重新得到她的。
贺恩	我不愿意。
尤塔	别理他,布鲁诺。
刚果	好啦,我就是说说而已,即使他不愿意,也应该坐到我们这里来。
珍珠	我怎么说来的,又要开始了。
线条	一定会来的。
珍珠	瞧,彩虹。看起来像是,我也不知道,怎么样。
线条	就是我喜欢的那种色标。有一点儿发霉状,真想上去啃几口。
珍珠	如果可以的话。
线条	我会想起什么呢,这些色彩,这些色彩,也许立刻就会变成人智学家。
珍珠	啃几口就更好了。你想象一下吧。就我们俩,你从左边开始,我从右边。
线条	预备,开始。
珍珠	我们在中间相遇。
线条	然后我们就掉了进去。
珍珠	不要啊,机灵鬼。我们留上一条,黄色的。
线条	对我来说,太油腻了。
珍珠	对我也是太油腻了,我们从上面滑下来。当作滑梯恰恰很合适。我会感到很紧张的。你怎么认为,这种很小的色差,渐渐地过渡到橘黄色,这种甜蜜的,哎呀,我也无法形容。
线条	确实是一件美妙的事情。瞧瞧这个。
珍珠	你让我静静地和这些人在这里吧。他们顾不上看这种自然现象,也看不出其中的细微差别。他们要是没什么要说的了,就

会开始喝酒。

线条　　我认为，我们应该慢慢的……

珍珠　　你是想说……

线条　　正是如此。依照我对他们的了解，他们现在正在设下圈套，就像过去那样。

珍珠　　其实我们在这里生活得也不赖。你说，要是我们待在这里，乖乖的，也就是说，作为一天天好起来的象征，怎么样？

线条　　这对他们来说是不可能的，相信我，珍珠。他们准会误解我们。现在的人啊，对真正的有象征性的东西，已经不再有感觉了。假如我们是鸽子，那种真正的和平鸽。

珍珠　　天哪，天哪，嘴里还衔着一枝绿色的小树枝。

线条　　一脸忠诚的样子。

珍珠　　咕咕叫，讨人喜。

线条　　艺术家为我们画像，诗人为我们唱赞歌……

珍珠　　鸽子，白色的鸽子，人们会按照我们的旋律跳起探戈。

线条　　大街上，我们引来众人的关注。

珍珠　　我们阻碍了交通。

线条　　汽车不得不停了下来，来了一个警察。

珍珠　　一个和蔼的警察。

线条　　警察们对待鸽子总是很和蔼的。

珍珠　　他会轻声地喊几声："嘘嘘嘘。"

线条　　戴着雪白的手套，优雅地拍着巴掌。

珍珠　　喂，你们这些可爱的和平鸽，劳驾你们让出行车道，好不好？

线条　　只花了两分钟。

珍珠　　完全就是这样啊。我们可以对他们俯首帖耳。

线条　　不错啊。

珍珠	现在怎么办，我们是走还是不走？你刚才还答应过我，今年的家族聚会，我们去哈默尔恩朝拜，现在……
线条	都会兑现的，珍珠。我答应过的，我都会兑现的。你是认为，现在是时候了吗？
珍珠	这又不是什么难事。越过下一个房顶，沿着院墙，我们像玩似的，就到了铁路路堤，很奇怪啊，洪水这么快就退下去了。你看起来在想什么事。线条，你不舒服吗？
线条	我？思考，回忆，这是经常有的事。
珍珠	说说你在想什么。
线条	我在上大学的时候曾经住在一个图书馆里。有一天，我把一本非常有学问的书的最后一章给吃掉了，我记得，是一本薄纸精致印刷的书。不管是什么书啦，反正上面有字，当时我一边吃一边读。
珍珠	上面是什么字？
线条	上面是：老鼠都离开了这条下沉的船。
珍珠	嗯哼。
线条	你现在怎么说？船当然只是象征性的。
珍珠	当然啦。一句很聪明的话。他们是否察觉了？我说的是，和船一起沉没。
线条	也许吧？就是说，如果不是偶然飞来一只傻傻的鸽子，嘴里还衔着一些杂草。
珍珠	他们也许察觉到，我们溜走了，出于完全确定的原因。
线条	完全正确，就是说：全船沉没，人和猫，但是没有提到老鼠。

线条和珍珠消失在烟囱后面。尤塔站了起来。

勒奥	老鼠们都跑了，现在会很悲伤的。

尤塔　　必须做点什么，才能让你变得更悲伤呢？

勒奥　　我对音乐的反应是最快的。

尤塔　　只要老鼠还在，我们就有音乐。

勒奥　　现在是休息时间。

刚果　　你想听什么音乐？有什么特殊要求？来一首咏叹调？

勒奥　　随便什么都行，也可以来点欢乐。对我来说，唱歌是最安全的方式。

刚果　　那就来一首咏叹调。让我们听听吧，尤塔。你的极度悲伤的哥哥，希望听到音乐。

尤塔　　他应该给自己挠挠痒，就当是弹奏乐器吧。

刚果　　别这样啊。唱点什么，关于我们的爱情，或者关于离别。

尤塔　　你们可真成了英雄啊。继续不下去了，你们就很悲伤，你们就肚子痛，唱几句欢快的啦啦啦啦，马上又唤起了高雅的情趣。

勒奥　　我们真的是很有音乐天分。开始吧。让刚果来定个音好吗？

尤塔　　（半说半唱）

　　　　当我们想越过巨大的彩虹

　　　　回家，

　　　　我们已十分疲惫。

　　　　我们靠着彩虹的栏杆

　　　　忧心忡忡，

　　　　彩虹可能会渐渐苍白。

　　　　当我想越过巨大的彩虹

　　　　回家，

　　　　我已十分疲惫。

　　　　我靠着你和彩虹的栏杆

　　　　忧心忡忡，

	你们俩，你和彩虹
	都会渐渐苍白。
	怎么样，你们满意了吗？ 如果你们愿意，现在可以走了。赶紧走吧！ 快走。
刚果	（站起来）走吧，勒奥。她说得对。你一直呱啦呱啦说要走，现在却又待着不动。
勒奥	我说过，我们要走吗？
刚果	我反正是听见了。
贺恩	您从来到这里就一直在说，您想要走。
勒奥	这个床前的小地毯，变得不耐烦了。我们要带什么走？
刚果	什么也不带，我的儿子。甚至这把小雨伞，我们也留在这里。我要把它放在这个小平台上。（他把雨伞挂在烟囱里面）这样的话，就成了一把遮阳伞，晴朗的天气里，阳光就不会透过烟囱照射到屋里的人。那样我会感到很遗憾的。
尤塔	我不需要你们感到遗憾。现在快走吧。
勒奥	你也不要为我感到遗憾，小妹妹。充其量，我对我自己感到很遗憾。

勒奥走在前面，四个人走下楼梯。众人置身于乱糟糟的环境中。贝媞站在通向荒芜的院子的门前。

贝媞	诺亚，看上去很糟糕啊。
诺亚	这我已经想到了。到处都是淤泥。
勒奥	全家都在啊，你好吗，姨妈？ 那些小阳伞在哪儿？
贝媞	小勒奥，你们又回来啦。你们也还好吧？
刚果	视力所及之处，都很和谐。我们待在上面，一切都很好。
贝媞	我对你们的父亲也是这么说的。你瞧，诺亚，年轻人就必须待

在一起。

勒奥　　小阳伞呢，我刚才问，那些小阳伞在哪儿？

贝媞　　很快就来，勒奥，就一会儿。我都挂在外边了，有点湿了。孩子们，花园看上去成这样了！（她跑进院子里）

诺亚　　你们回来，太好了。有很多工作。不仅仅是这些收藏。我已经预先做了一部分登记。你们看，这就是我做的。我小心翼翼地把标签揭下来，有一部分是自己脱落的，我们将要把这些裱起来，想办法识别过去写的说明文字。肯定可以抢救一些，尽管还有很多工作，就像刚才说的那样。全部都需要重新鉴定，新写说明文字。我是这样设想的：我们要把这些卡片现代化、简单化，但是仍然按照过去那种地域性的编排。

刚果　　明白了，您现在就要开始吗？

诺亚　　不是的，还有时间。先要整理院子。我们大家必须一起动手，我们肯定能行的。很奇怪啊，孩子们，但是你们可以相信我，我感觉到有一种力量，一种力量。

勒奥　　你一直都是相当有力气的。

诺亚　　说得对，我的儿子。但是，现在又是从底下开始，而且知道会是什么结果。我们不要浪费时间了。也许我们还能找到一些老物件和旧胶鞋。我先去了。别让人等你们太久。贺恩！

贺恩　　好的，爸爸，马上就到。你也很快就会来的，对吗，尤塔？

尤塔　　你去吧，我说过，我会来的。（贺恩跟着诺亚走了）

勒奥　　该死的！这些破事。这一堆破烂卡片。

刚果　　只要他收藏墨水瓶，他就什么也听不见了。这件事并没有什么坏处啊。

勒奥　　假如不是那么乏味无聊，不是在任何一出三流戏剧里作为爆料节目出现的话，我真想杀了他这个老家伙。谋杀亲爹啊！

刚果　这是你说的,这不值。

勒奥　但是,我们走之前,必须要出点什么事。(他环顾四周,寻找什么。)对啊,这架座钟。

刚果　这是要干什么?它早就停了,彻底坏掉了,只不过看上去还是一架座钟罢了。

勒奥　他们很快就会让人修好的。

刚果　可能吧,他们为什么不应该修呢?

勒奥　我们把它带走,快点,动手啊。

刚果　什么,带走这件家具?我想,你是要去北极啊。你们想象一下啊。尤塔,请你注意啊。我和这个勒奥,或者说,勒奥和我,我们俩到了北极,还有这架座钟。

北极,站立着一架座钟,

啊,祖国,啊,祖国。

我们用冻僵的耳朵倾听,

钟停摆了,它似乎也冻僵了。

勒奥　拜托了,我们要给北极配点家具。

刚果　一定要这样吗,勒奥?

勒奥　你也看见了,这架座钟在这里完全是多余的。

刚果　但是,没有那个长的和那个短的指针,没有在此之间的那些必不可少的分分秒秒,还有什么用处呢?

尤塔　你们还要辩论很久吗?

刚果　尤塔,我的孩子,你肯定理解我。这个可恶的勒奥想把这架座钟和所有里面的……

尤塔　我是无所谓的。你们拿走好了,或者留在这里也行。无论如何,你们现在赶快走吧。

勒奥　快帮一把,刚果。

250

刚果	好吧，我走在后面。
勒奥	不行，我的小朋友，你曾经是拳击手啊……
尤塔	你们现在赶紧离开吧！
刚果	你瞧，尤塔生气了，她也认为，我应该走在后面。
尤塔	要我说啊，你们干脆把它锯成两半好了。
刚果	好主意，勒奥，我们把它锯成两半吧。
尤塔	我让步好了。锯成两半，是绝对不行的。帮一把，我是说，从后面。
刚果	勉强同意了啊。

他们搬动座钟，这时座钟打开了，从里面走出来一个男人。他戴着一个蓝色的袖章，上面有一只白色的鸽子。

检查员	请原谅，打搅一下。在你们搬走这架座钟，或者有意把它锯开、弄坏之前，我必须先确定一下损坏的程度。我是主管这一片的损失情况检查站派来的，"快速救援"组织也隶属于这个机构。在灾难发生后，立刻赶赴现场，是我们的职责。
刚果	您这就已经到达现场了。您先说说，袖章上的是什么。
检查员	一只鸽子啊。在洪水灾难之后，我们总是佩戴有鸽子的袖章，发生火灾后，我们总是佩戴有灰烬中再生的长生鸟。您是这栋房子的住户吗？
刚果	嗯，这我也说不好。
检查员	请您准确地回答我。您是不是住在本地的？
尤塔	不是的，他们是碰巧在这儿，这栋房子只住了四个人。一个是我，其他的都在院子里。
检查员	那我就在我的清单上填写四个人。（从公文包里取出一张清单）

尤塔　　请您填吧，四个人。这两位马上就离开这里。

勒奥　　果不其然吧。由于你的磨蹭，我们现在被迫仓促动身。

他们想移动座钟。

检查员　站住。这架座钟是怎么回事？是这栋房子的固定家具，还是你们有权支配的？你们有没有获得授权？

尤塔　　在某种程度上可以说，这是送给他们俩的礼物。要是我们有一架钢琴，他们也可以带走。他们喜欢音乐。你们倒是赶紧搬着这架座钟，走吧。

检查员　那么我必须记录下来。

尤塔　　随您便吧。勒奥。

勒奥　　还有什么事？

尤塔　　你想就这么走啦？

勒奥　　难道我要哭吗？啊，原来你是想让我说再见。那就，再见吧。

尤塔　　何时再见？

勒奥　　何时？如果有一天再下雨的话，下很大的雨，我们还会从任何一个箱子里爬进来，好吧，再见。

刚果　　等一下。你听过那个鞋带比鞋子贵八倍的故事吗？嗯呐，你没有听过？我讲给你听，尤塔。不是现在，下一次吧。

刚果和勒奥搬着座钟下场。

尤塔　　就这些吗？我必须一直惦记着吗？我们的座钟站立在北极，有一根鞋带比鞋子贵很多？您到底还想干什么？

检查员　我说过了，小姐，确定损坏的程度。用不了多少时间的。这里

	涉及的显然只是部分损坏。大概没有任何人员的伤亡吧？
尤塔	没有，所有的人都还活着。
检查员	还有任何其他迫切的愿望吗？
贺恩	（从院子里进来）现在来吧，尤塔。
尤塔	马上就来了。你想知道，我是否有什么愿望？如果有，为什么不说出来呢？我的愿望是，再继续下雨，直到水涨到这么高，这么高！

尤塔慢慢地离开房间。

（全剧终）

wäre wohl alles anders
(auch zwischen Dir und mir)
wenn sie, die Birne, nicht die
Erkenntnis gebracht hätte.

诗歌

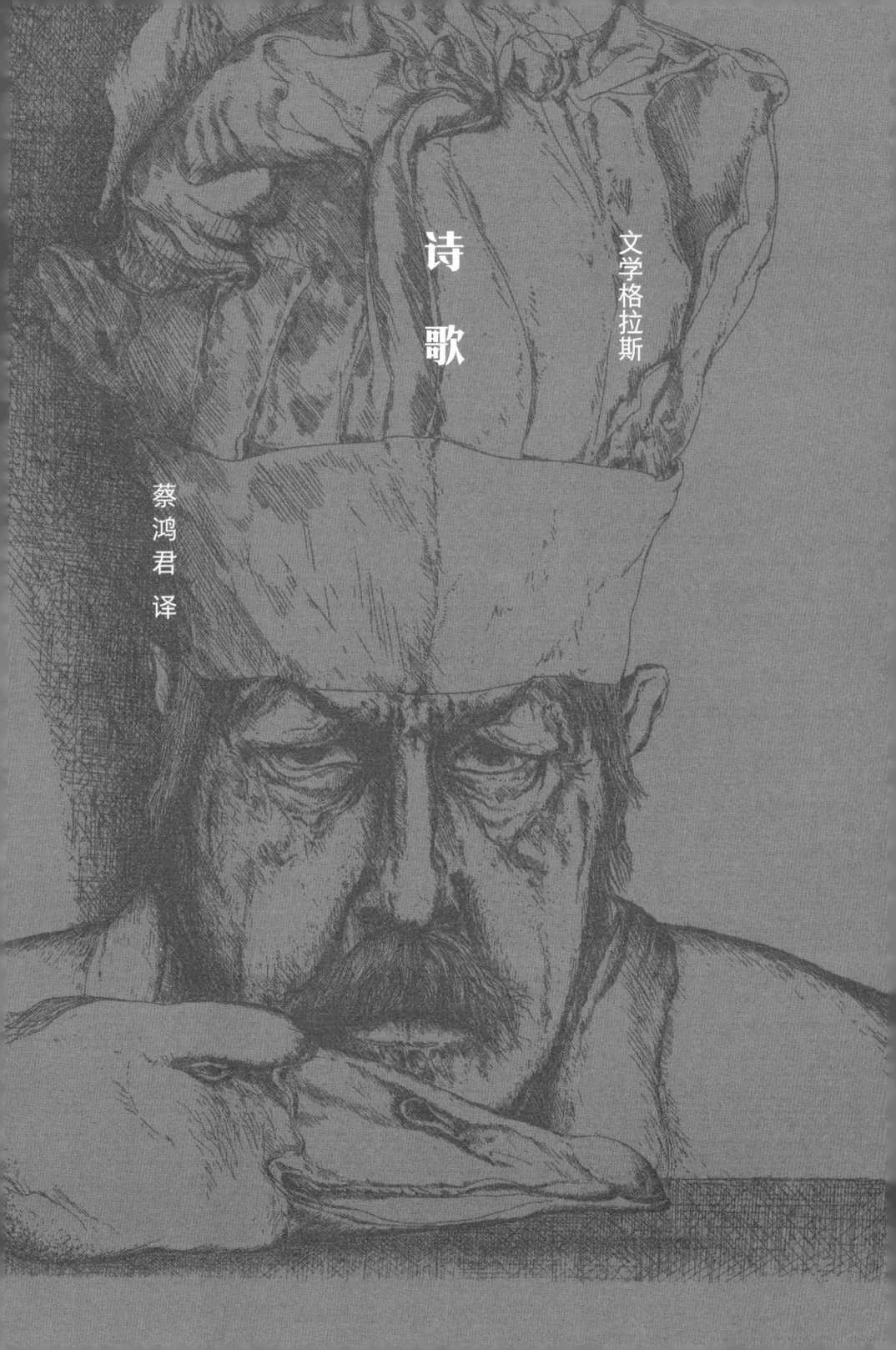

文学格拉斯

蔡鸿君 译

幽睡的百合

在幽睡的百合之间
醒者的脚步忙个不停。
假如他只知道数字
这个伶俐的词
他就能够
呼风唤雨。
干燥的兽角。
狂笑的野兽干燥的角
你刺向彼此相爱的人
悲伤的纸片。
啊,他们生活中的快速协议。
来去匆匆
在幽睡的百合之间。

这是积雪深处的一阵笑声。
林中空地上
在睡者
时常变化的空隙之间
沙在飞奔。
啊,你是人间的旧烦恼
假如死者也在移动。
一只野兽和一颗星星

它们悲伤地交谈。

这是水晶上的一辆雪橇

漂亮而又蒙着抑郁。

这是积雪深处的一阵笑声。

维纳斯的血盛在灰色托盘里出售。

日渐消瘦的星星

追猎着诗人。

啊，雪中的阵阵呼喊

黄金和叫喊组成的圆环，

点

在兽角的风景中。

一个孩子醒了

他穿过夜的缝隙

屏住呼吸匆匆窥视

时间。

维纳斯的血盛在灰色托盘里出售。

风信鸡的优点

它们几乎不占空间

站在气流包围的杆子上

从不啄食我温顺的椅子。

它们从不鄙视坚硬的梦幻外皮,

从不追寻邮差每天早晨

遗落在我门前的那些字母。

它们站在那里,

从胸口一直到旗帜

一块宽容的平面,全是小写的,

不忘一片羽毛,不忘一个符号……

它们让门敞开,

钥匙始终是比喻:

时而啼叫。

它们下的蛋如此之轻

易于消化,娇嫩透明。

谁已经看见这一时刻,

黄色感到厌烦,竖起了耳朵,沉默不语。

这种寂静如此柔和,

维纳斯下巴上的肉,

我给它们哺乳。

每当东风吹拂,

隔墙轻轻翻起，

新的一章展现在面前，

我幸福地倚着篱笆，

不用去数这些鸡的数目——

因为它们数不清且在不断增加。

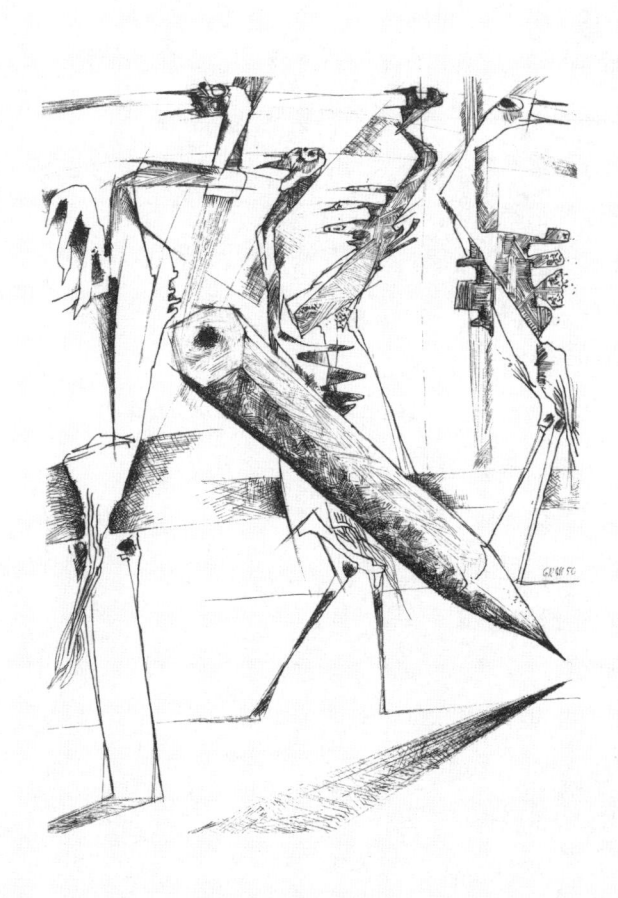

洪水

我们等待雨霁,
虽然我们已经习惯
站在窗帘后面,不让别人看见。
调羹已经变成筛子,
无人再敢伸手。
大街上漂来许多东西,
那是人们在干燥时小心收藏之物。
看见邻居用坏的床是多么尴尬。
我们经常站在水位标尺前
比较我们的忧虑,如同比较手表。
有些东西可以调整。
然而当容器盈满外溢,祖传量具已满,
我们就只能祈祷上帝。
地下室已被水淹,我们把箱子搬到高处
照单清点箱中之物。
没有丢失任何东西。
洪水必然很快退去,
我们开始补缀阳伞。
再次穿过广场,一定非常艰难,
显而易见,拖着铅一样沉重的阴影。
我们会首先发现缺了窗帘
还会经常钻进地下室,

去观察洪水
给我们留下的那条线。

夜里的体育场

足球慢慢地飞上天空。
这时人们看见,看台座无虚席。
诗人独自站在球门前,
可是,裁判吹响了哨子:越位。

施工

一周前来了一批泥瓦工
带来了需要的东西。
他们把它砌在墙上,
那个我们竭力回避的鸡形风向标。
这种声音慢慢爬行,穿过何种偶然?
今天,肉汤依然冰凉。
我们颤抖着站在一边注视着那些母鸡,
它们正在让灰浆慢慢减少,
它们还需要石灰吗?

佩皮塔

煤炭躺在码头，
黑色的，只有黑色的。
佩皮塔，穿上你的白色连衣裙。

你的肉又鲜又嫩。
不要呼唤苍蝇
和摸索报纸的
手指。
你的舌头失去感觉。
佩皮塔，佩皮塔，什么是佩皮塔。
煤炭躺在码头，
鱼在天空消失
还有鱼刺，吉他，佩皮塔。
或者死亡，一个游客
坐下来，摘去太阳镜。
他喊道：佩皮塔，过来，
把报纸拿来，
我们想玩填字游戏——佩皮塔。

盐躺在码头，
白色的，失去了光彩。
佩皮塔，穿上你的黑色连衣裙。

家庭

在我们的博物馆 —— 那是我们每个周日**必去之地** ——
开辟了一个新的展室。
我们被堕胎的孩子们,面色苍白、神情严肃的胚胎,
坐在那里的简朴的玻璃瓶里
为他们父母的未来担忧。

信念

我的房间密不透风,
虔诚的,一支香烟,
如此神秘,以致无人敢
收取一份租金
或者问起我的妻子。
昨天当那只苍蝇死去,
我不用日历便能明白,
十月,一个舞蹈老师鞠了一躬,
想买走我的几张被禁的小画。
我在门外接待来客,
邮件贴在窗玻璃上,
外面,雨也一同阅读,
里面,我的房间密不透风,

糊墙纸上没有争吵，
亲吻已被钟表吞下，
从来没有被绊倒，碰伤膝盖，
因为一切都顺从让步，
虔诚的，一支香烟，
它以为是垂直的，
垂直的，蜘蛛，一只铅锤，
去探究每一个浅滩，
我们绝不会搁浅。

没有尽头的床单

一个昏暗的房间，
钟表嘀嗒尖厉刺耳。
裱糊匠的手一再想
抚慰黄色的图案。
右耳里是三角轨道，
左耳里是一支基督降临节的歌曲；
仿佛埃玛努艾尔意味着睡觉
和床铺永恒的宁静。

这条床单越来越长，没有尽头。
无须雨水和酵母的植被，
惧怕牙医，
惧怕理发师，

他可以让他那修理过的声音
在头发上方屈服，
可以在那里看见
平常只有我的帽子才能看见的东西。

我累了。
心脏在椅子之间跳动，
仅仅是吃力地
为许多额外负担困扰。
呼吸敲打门户，
翻阅着旧日历，
直到他穿上一件洁净的衬衫。
在窗户变脏之前，
我必须紧盯着那些香烟
并且伸手去摸烟灰缸。

轨道三角地[*]

清洁女工从东迁往西。
喂，伙计，留在这儿，你要去那边干什么；
过来吧，伙计，你想在这儿干什么。

轨道三角地，用热腺

[*] 轨道三角地，柏林的一个车站，是一个三角形的轨道交通枢纽。

擅长结网的蜘蛛，
在此安营扎寨，架线铺轨。

结网如一座座桥梁，严丝无缝
即使有东西落入网中，铆钉松动，
它也会自行铆合。

我们经常坐车，向友人们展示，
这儿就是轨道三角地，我们下车
扳着手指数数有几条轨道。

道岔迷人，清洁女工在迁徙，

尾灯垂青于我，蜘蛛却在
捕捉苍蝇，让清洁女工通行。

我们执迷地盯着热腺
读着热腺写出的文字：
轨道三角地，您即将离开

轨道三角地和西区。①

忧心忡忡

当我们想越过巨大的彩虹
回家，
我们已十分疲惫。

我们靠着彩虹的栏杆
忧心忡忡，
彩虹可能会渐渐苍白。

当我想越过巨大的彩虹
回家，
我已十分疲惫。

① 第二次世界大战后，柏林被分成苏联管辖的东区和美、英、法管辖的西区。东西区之间原有的交通线全部被堵断，只设有一些过境口。轨道三角地是离开柏林西区的最后一个车站。

我靠着你和彩虹的栏杆

忧心忡忡,

你们俩,你和彩虹

都会渐渐苍白。

樱桃

当爱情踏着高跷
大步跨过碎石路
来到林中,
我最想看的是樱桃
樱桃树中辨樱桃。

不再感到伸手嫌太短,
无须梯子
每次它总是缺少一根横挡,
也不必再仅靠落果和果酱。

甜且更甜,几乎变成黑色;
乌鸫的梦就是如此之红 ——
谁在亲吻谁,
当爱情
踏着高跷来到林中。

新船下水

如果这是海鸥的要求,
我将建造一艘船,
我会在新船下水之际
感到幸福快乐,
穿一件耀眼的衬衫,
让香槟开道
令波涛分流,
两者缺一不可。

谁将会来致辞?
谁可能来宣读下水令,
而不被刺瞎双眼?
总统?
我将给你起个什么船名?
我该把你的沉没称之为**安娜**
还是**哥伦布**?

在蛋里

我们生活在蛋里。
蛋壳的内壁上
我们涂抹了一些不正派的图画
和我们敌人的名字。
我们正在被孵化。

谁在孵化我们,
他同时也孵化着我们的铅笔。
有朝一日破壳而出,
我们将立刻
为这位孵化者画一幅肖像。

假设我们正在被孵化。
我们设想是一只乐于助人的家禽
我们写课堂作文
题目是关于这只孵化我们的母鸡
的颜色与品种。

我们何时破壳而出?
蛋里的一些预言家
愿意承担一般性的报酬,
却对孵化时间的长短争论不休。

他们假设了某一天。

出于无聊和真正的需要
我们发明了孵化箱。
我们为蛋里的后代非常担忧。
我们很愿意向这只照料我们的母鸡,
推荐我们的专利。

但是,我们的头上有一个顶盖。
衰老的雏鸡,
具有语言知识的胚胎
说了一整天话
仍在继续谈论他们的梦。

假如我们现在不是正在被孵化?
假如这个壳永远也破不了?
假如我们的视野现在和将来

都仅仅是我们涂鸦的这片天地？

我们希望，我们将被孵化出来。

如果我们只是还在谈论孵化，

就始终存在担心，有人，

在我们的蛋壳外面，感到饥饿，

把我们打碎扔进平底锅，再撒上盐。

那我们该怎么办，你们这些蛋里的兄弟们？

诺曼底

海滩上的碉堡

无法摆脱上面的水泥。

偶尔会来一位垂暮之年的将军

抚摩着一个个射击孔。

或许还有一些游客

为了体验五分钟的痛苦——

风、沙、纸、尿：

总是在入侵。

海战

一艘美国航空母舰

和一座哥特式教堂

一起沉入

太平洋的中心

面对着面。

直到最后一刻

年轻的助理牧师都在弹着管风琴。

飞机和天使都挂在空中

无法落下来。

准时

下面一层楼

有一位年轻的太太

每隔半小时

打一次她的孩子。

因此

我卖掉了手表

完全相信

这只在我下面的

严厉的手,

屈指可数的几支香烟

放在我的旁边;

我的时间已经做了调整。

狄安娜*——或者目标

每次她用右手
越过右肩伸向箭筒，
她总是迈出左腿。

当她击中我的时候，
她的目标也击中了我的灵魂，
对她来说，我的灵魂犹如一个目标。

绝大多数都是静止的目标，
每个星期一

* 狄安娜：罗马神话中的月亮女神和狩猎女神。

碰伤我膝盖的总是它们。

但是她,拥有狩猎执照,
总是奔跑着
让人在一群猎犬之间拍照。

每次她答应,就总能击中,
她击中的是大自然的目标,
但是也有充填的物件。

我始终表示拒绝
让一个没有影子的想法
伤害我的投下影子的躯体。

然而,你,狄安娜,
手持弓箭
也是我的目标,要对我负有责任。

雾

不会游泳的人游泳,
喜欢做怪相的人
不再做怪相,
让他的脸休息。

绕过吸烟者,轻而易举,
爱嚼舌头的人
和不善言辞的人,
却不得不脱帽致意。

令人惊奇的是,
歌剧院从前静悄悄待着的地方,
借助着了凉的灯光
长出了泰坦尼克号邮轮。

叫卖报纸的人
没有放弃叫卖:
谁愿意在雾中阅读,
雾所造成的一切?

短路

每个房间,甚至厨房,我都开了灯。
邻居们说过:这是一栋喜庆的房子。
可我却孤零零地,与灯光为伴,
直到闻到保险丝烧断的焦味。

三周之后

当我旅行归来
打开家门,
桌子上放着那个烟灰缸,
是我忘了把它清空。
这种事情不容再次发生。

幸福

一辆空空荡荡的公交车
穿过繁星点点的黑夜。
司机也许正在唱歌
沉浸于幸福之中。

一百度的时候

每一次都惊讶不已
当烧水壶里的水
开始引吭高歌。

血球

赤裸着
仅仅是身材匀称,
你真让我感到遗憾。
我试图挪动你的膝盖。
你那下陷的腰让我深思。
我不知道,你为何如此丑陋,
我的眼睛却又为何离不开你;
投向绿色或者眺望河流,
天生丽质
没有一根锁骨。

我爱你
只要有可能。
我愿意为你的
白血球和红血球
想出一幕芭蕾舞。
当帷幕落下时,
我将寻找你的脉搏并且确定,
这笔花费是否值得。

萨图恩

我住在这幢大房子里
——从熟知下水道的
老鼠,
到一无所知的
鸽子——
有许多预感。

迟迟回家,
用钥匙
打开房门
寻找钥匙之际发觉,
我需要一把钥匙,
才能在自己的家里歇息。

大概早就饿了,
用我的双手
吃了一只鸡
吃鸡的时候发觉,
我吃的
是一只冰冷的死鸡。

然后我弯腰，
脱掉两只鞋
当我脱鞋时发觉，
我们必须弯腰，
如果我们想要
脱掉鞋子。

我平躺着，
抽着香烟
一定是在黑暗中，
当我把烟灰
从香烟抖落的时候。
有人张开了手。

夜里，萨图恩来了
张开他的手。
用我的烟灰
萨图恩在刷牙。
我们慢慢地上升
进入他的大嘴。

我的橡皮

1. 我的橡皮
用我的橡皮的眼睛来看
柏林是一座美丽的城市。

在一个星期天，
牙痛和厌倦在心中萦回，
我对我的橡皮说：
我们应该去旅行，
如你所说，我们偷偷溜走
分摊我们的牙痛。

始终面对烟灰缸
我们已经筋疲力尽：
我的口袋装满了入场券——
我却再也找不到钥匙。

2. 失落
昨天我失落了我的橡皮
没有它，我感到孤立无助。
我妻子问：出了什么事？
我回答：会出什么事？
我失落了我的橡皮。

3. 找回

有人捡到了我的橡皮。

在勒尔特火车站的废墟里

它帮助了拆房工人：

它已经变小

再也无法使用。

4. 合作

今天我买了一块新橡皮，

把它放在写坏的纸上

盯着它看。

我和我的橡皮，我们非常勤奋，

手拉手地工作。

5. 下午

如果我的橡皮睡觉，

我就用双手工作。

要充分利用时间：

我的橡皮很难得睡觉。

6. 怀疑

有些人说，可以留下一些错误的线条，

而我的橡皮

却只追踪着那些正确的。

最近它想触碰一下家中的弊端

吸干了我的铅笔的骨髓，

现在铅笔躺在那里：空心而且再也无法削尖。

7. 夜间
在屋顶和烟囱之上
很快将不再如此明亮。
我的橡皮和月亮，
两者均在缩小。

8. 告别
今天我又花钱为自己买了一块新橡皮。
我把它装在口袋，带到这儿，带到那儿。
我的足迹踏踏实实，紧随我的身后 ——
就像从前我忘了付账追在我后面的一个跑堂。

今天我又花钱为自己买了
一块新橡皮。
我偷偷溜走，无影无踪，
跑堂付了我的啤酒账。

谎言

您的右肩下垂，
我的裁缝说。
因为我曾经用右肩背着书包，
我回答道，脸变得通红。

上相

我走进树林
拍照小松鼠
让人冲洗胶卷
看见的是，我咔嚓的三十二张相片
都是我的祖母。

阿多诺的舌头

他坐在有暖气的房间里
有一个美丽舌头的阿多诺
他用这个美丽的舌头玩耍嬉戏。

从楼梯上来了几个屠夫，
他们有规律地登上楼梯，
屠夫们越来越近。

阿多诺掏出那个
擦得亮晶晶的小圆镜
照了照美丽的舌头。

屠夫们没有敲门。

他们是用屠宰刀打开了
阿多诺的门,他们没有敲门。

阿多诺正巧独自一人,
独自和他的舌头在一起;
他在等待着词语、纸张。

当屠夫们经过楼梯
离开这栋房子的时候,他们
把那个美丽的舌头带回了自己的家。

很久以后,来了一个有舌苔的舌头,
作为阿多诺的舌头,被剪短了的,
要求成为那个美丽的舌头——

太迟了。

所有的人

和索菲一起,
我们去采蘑菇,
我的诗就这样开始。
当奥阿用她的第三只乳房喂我,
我学会了数数。
当阿曼达削土豆皮时,

我从土豆皮的飘飞中

看到我的历史进程。

因为希比勒·米劳想庆祝父亲节,

所以她的结局很惨。

原来梅斯特维娜喜欢的只是

圣阿达尔贝特,永远喜欢。

修女卢施在拔波兰鹅的毛,

我则无所事事地把这些绒毛吹走。

阿格涅斯,

从来不锁门,

性情温和,凡事总是三心二意。

寡妇蕾娜忧愁焦虑,

身上散发着甘蓝和白菜的味道。

维佳是个避难所,但我却要逃离她。

多罗特娅曾经美丽得犹如一根冰柱。

玛丽亚还活着,变得更加冷酷。

但是——比目鱼说——少了一个女人。

是的——我说——在我的旁边

伊瑟比尔驾梦远去。

我们的梦在升腾

我们的梦在升腾。
两人都很清醒

相对而立
直到疲乏困倦。

我梦见的这只老鼠说：
我梦见了一个人。
我竭力说服他，直到他相信，
他梦见了我，并在梦中说：
这只我梦见的老鼠以为真的梦见了我；
我们在镜子里对视
并询问对方。

这可能吗？ 两者，
老鼠和我
相互梦见
难道是第三种类型的梦？

最后，一旦词汇用尽，
我们将会看见，什么是真实的
而非人力所及。

鼓励安娜

不要担心。
只要还在下雨，
就不会有人发现，

你的木偶在哭泣。

不要害怕。
我退出了手枪里的子弹,
所有的子弹都是我们的。
我们可以以此消磨时光。

不要担心。
我将抓住这些声响,
关进一个个小盒子
然后送到邮局。

不要害怕。
我遮挡住了我们的名字。
没有人会知道,当我们叫对方的时候,
我们互相怎么称呼。

检查

我们必须全体下车,
用钥匙打开箱子
让人看看里面的东西:

解开手巾上的结,
证明鞋子就是鞋子,

三只左脚的袜子，两只右脚的。

一本书，因为没有题词而受到怀疑。
这些手绢为什么
绣上如此不规则的图案？

梳子也要发出响声：放到录音带上。
牙刷应该保证，
我们的舌头不得随便乱说。

尽管如此，我们是幸运的：心脏
在衬衣之间
散发着无害的肥皂味。
（也没有人注意到，我们
将烟叶裹在薄薄的纸里，
烟叶又被卷成香烟，
很快就在那边——化作烟雾——暴露了
他们的要塞。）

自恋者

还能将哈巴狗
不拴狗链
带到何处去散步？

狗在门上蹭痒,

在地板上撒尿,

直到我能看见自己的倒影。

我真美。

这是我的狗说的,他对我很忠诚。

我们俩都很蠢——但却永垂不朽。

没有雨伞

雨越下越大。

一个老妇人开始哭泣。

从旁边开过一辆警车

冲着她高喊:振作起来。

雨并非为您而下。

对策

我不愿意重复自己,

鹦鹉说:我

不愿意重复自己。

上帝是可以证实的,

神甫说，然后跨上自行车
以此为证。

墨水承担责任，
法官说
然后签字画押。

我头疼，
我说
然后脱掉鞋子。

错误

空气里有一首诗
或者链子中的一环，
倒数第二支香烟。

我想到一条鲽鱼，
然后平躺在地上
害怕弄伤我自己。

最终我坐在桌子边上。
旁边是我的剪刀，
它要剪断纸张，毁坏名誉。

纸和烟叶都很便宜。
花费的钱迅速烟消雾散。
空气里不曾有过一首诗。

滑稽地在双人床上

独自一人,举止怪异,
不愿被当作独自一人

独自蹦来跳去,
希望博得掌声。

独自一人,无法相处,
听见自己给自己挠痒。

独自去购物:摇铃,喇叭,
发出声响的器具。

独自外出,与自己约会,
为自己订的都是双人份。

独自一人睡觉
没有任何干扰。

并非苹果

一切或许完全不是这样，
你我之间亦是如此，
是梨子，并非苹果
让我们获得了认知和罪恶
无论长的还是圆的。

广告

我正在寻找什么，
并不想找到它。

我可以相伴变老的
也可以一同衰亡的。

盖有质检标记的
又没有任何怪味的。

假如我知道这个词的话，
就会去刊登一条广告：

为我寻找，仅仅为我自己，
即使在雨天也适合我的，

即使我突然得了黑星病,
也还是为了我……

也许你会出现,正是那个我在寻找的。

拾来之物——给不读书的人

所有字母旁边的东西
　格外引人注目:
　　这样一些东西,
　　　弯曲的钉子或者碎屑,
　　　　是一块橡皮擦过留下的。

碎片

碎片易得。
石头恰好握在手中,
玻璃杯亦轻便适手。
意志的自由
在两者之间嬉闹。

只有四行

所有的铅笔已经削尖。
词汇随时听候调遣。
然而仍有一些余话
永远不会说出口。

镜中像

当他看够了自己之后
美少年纳喀索斯
将一块石头扔进了水塘。

遗产

房子已经没了
留下的只有钥匙，
包括地下室的，
地下室也已经没了
连同那里的几具尸体。①

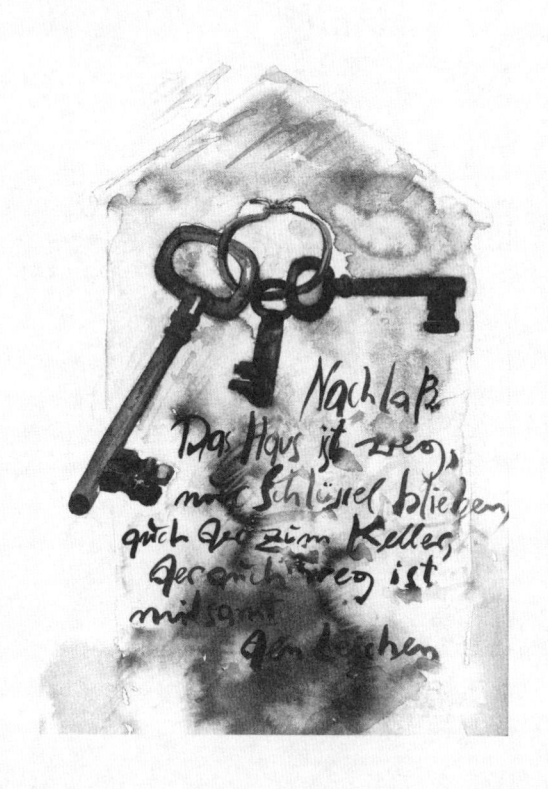

---

① 地下室里的尸体，是德语谚语，指不为人知的秘密。

我的旧打字机*

我的旧打字机
是我如何勤奋撒谎的证人
从一稿到另一稿
我跳过一个打字错误
更接近了真相。

启程之前

因为我们心神不定,
两把红色的空椅子
在绿色之中
悠闲自得聊了一个晚上。

争论

石头和鱼
喋喋不休,
坚持不懈一直在交谈。

* 原名是《我的旧奥利维蒂》,格拉斯一直使用意大利出产的奥利维蒂(Olivetti)牌子的打字机。

蘑菇

既有美味可口的，
　又有不宜食用的，
　　后者让胃很不舒服
　　　还有几个，它们创造了历史。

为了你

我的鞋空空荡荡
装满了旅行计划
它们知道很多冤枉路，
条条都是通向你的。

为了告别

为了告别
我弄翻了墨水瓶。
如果有人以后想要
给我身上弄些污点，
他得先装满这个小瓶
弄脏自己的手指；

写下的东西会慢慢褪色。

临终圣餐

我想带着一袋坚果
还有全新的牙齿
一起被埋葬。
　在我躺着的地方，
　　要是发出坚果开裂的响声，
　　　准会有人推测：
　　　　这是他，
　　　　　永远还是他。

信任

不，你没有咬断
那个关于短暂幸福的
光秃秃的提示。
因此我们的两个蛋
完好无损，留存备用。

搁浅

坚挺的攀升
穿云破雾
达到更高之后,
伊卡洛斯和伊卡拉开始下坠
快得超过了想象,
轻盈地落在沙丘,
他们在那里 —— 仍然坚挺如初 ——
计划下一次的飞行。

一个奇迹

刚用过,软塌塌,
历经数年,
仍然挺立
　——堪称奇迹!
　　他挺立着——
愿意让你,让我和你,惊羡,
诋毁,共同受用。

事后

当我们彼此分开
慢慢收线,
饥饿感顿时而生,
伸手可及的地方
只有胡萝卜:很脆,
因为是生的。

雪中起舞

在如此之多反复无常的天气之后 ——
树木挺立在潮湿的一片灰晦之前,
冬天毫无新气 ——
下雪,还是下雪!
雪降落在东部和西部,
覆盖了大地,万物皆同,
似乎因天气的缘故
社会主义获得了胜利
卡赫曼①,那位推云大师
——在《每日新闻》之后——

① 卡赫曼(Jörg Kachelmann),德国著名天气预报电视节目主持人。

曾经对此有过预报

让我们在雪中起舞吧,
只要雪未融化,
就在吱嘎作响的皑皑白雪中留下足迹,
足迹会保留着,保留着,
直至 —— 有人预报 —— 冰消雪融,
东方和西方又赤裸相见,
毫无遮挡,泾渭分明。

让我们在雪中翩翩起舞吧。

其实

其实,我们本想去采蘑菇。
但后来我们找到了对方
越靠越近
紧贴在了一起。

同样的旋律

比吹羽毛更重的
是肉体的爱,
除非,两人
  在同一时间感受到
    对方的轻。

无耻

我们像动物那样
互相舔着对方
事后 ——
心满意足且筋疲力尽 ——
再用同一根舌头

寻找文雅的词汇，
向对方解释这个世界：
油价上涨，
退休制度之缺陷，
贝多芬最后一曲四重奏的
不解之处。

来自习惯的床

飞越小岛——
去哪里？
那里，亲爱的，去那里，
在草地与树林之间
矗立着我们的房子。

预防牙疼

用向右和向左缠绕的铁丝网
刷掉铁锈，放入玻璃杯
用高度酒搅拌，
为了每喝一口都可以冲洗口腔。

抗感冒良方

将一只风干的蟾蜍
在冬季用研钵捣成粉末,
装在一个袋子里,
放在枕头底下。

门上的祝辞

尚可使用的榔头,
不再有用的镰刀,
挂在门的上方:挡住来访
也吓退了蟑螂。

固执己见

不是化学,而是自然,
催生了这种特殊的蘑菇,
它让我们——谨慎食用——有可能,
抵抗衰老。

预防措施

用热牛奶
冲洗橡胶靴,
再把牛奶洒在身后,
以此消除所有痕迹。

球是圆的

我的球有一个凹陷。
从少年时起,我就压它,
压它;但是
它也愿意仅有一面是圆的。

硬与轻

随风而来,留下的:
　石头和羽毛,
　　聚集在草地。

寂静在增长。
　只有那些过世的友人在喃喃低语,

谁曾经说了什么，说的是谁，
　　也有盖棺定论的话，当时，
　　　　所有的人异口同声。

不久——可以预感到——
　　我也将只能自说自话，
　　　　津津乐道我是怎样的人。

示众

一切都发生在洋葱
　　被剥去了一层层外皮
　　　　对我有过帮助之后。

瞧，他站在那儿，被剥去了外衣，
　　很多人现在都这么高喊，
　　　　他们并不想自己用手拿起洋葱，
　　　　　　因为他们害怕找到什么，不，更糟糕的是，
　　　　　　　　他们害怕找不到任何
　　　　　　　　　　可以让人认出他们的东西。

愚蠢的奥古斯特*

这个月份与童年时代
　　萨拉萨尼马戏团的那个小丑,
　　　　恰好同名。

扮鬼脸,
　　做怪相,
　　　　一如十四岁时那样。

我自己也觉着挺滑稽,
　　面对正义者们的
　　　　临时审判。

仍然戴着那个尖尖的帽子,纸叠的
　　用的是昨天的报纸,
　　　　任何时候都有效。

---

* 马戏团的红脸小丑,泛指愚蠢的人。奥古斯特(August)这个词在德语中还有"八月"的意思。萨拉萨尼马戏团曾经是德国最著名的马戏团,成立于1912年。

疑惑

怎么办?
　　通过报纸 —— 通过哪一家报纸? ——
　　　来保住脸面?

或者,请求读者,翻开这本书,
　让他来找到这个迷失在一个
　　不愿意结束的时代的我?

我现在练习步伐
　在向下倾斜的路上,
　　却不知走向何方。

狗疑惑地注视着我。

好主意

当我双腿无力
　或者想要钻进矮树丛的时候，
　　　朋友们会准时打来电话：
你必须挺住！
　你能够挺住。
　　　这都是出于嫉妒，夏天的空当。
　　　　一切都会过去的。
　　　　　必须挺住。
是的，我说，那当然。
　仅仅是泛泛的嫉妒。
　　　夏天的空当，①如过去一样。
　　　　会挺住的，
　　　　　只要过一段时间，再过一段时间……
我费力走几步
　屈膝钻进矮树丛。
　　　啊，我的朋友们，你们的主意，真好。

---

① 夏季由于政治家休假，体坛没有比赛，新闻媒体没有新闻可报道的这段时间。

我的污点

迟了,他们说,太迟了。
　　迟了几十年。
　　　我点点头:是的,等了很久,
　　　　直到我找到了词语
　　　　　来表达那个被用滥了的词:羞愧。

除了所有让我能够被人识别的标志之外,
　在我身上现在有了这个污点,
　　对于那些毫无瑕疵
　　　伸出指头指指戳戳的人,
　　　　清晰可见。

残岁余生的装饰物。
　或许应该伪装一下,
　　试一试沉默这件外套?
　　　从此以后,在呱呱叫的青蛙中间
　　　　我的周围一片宁静。

但是我现在就要说,不,尽管如此。
　不加掩盖
　　是获得批准的过失。
　　　过去和现在的事,

直截了当地说出来,绝不会太迟。

污点承载着责任。

秋季的收获

几场以女性名字命名的风暴,
最近登上了头版头条,
它们掀掉了屋顶,造成了许多轻微损失
使得保险公司不得不给予赔偿,
有一场风暴把我们院子里的两棵很老的果树连根拔起。
它们现在躺在那里,就像什么也没有发生过,
枝繁叶茂,果实累累,
果实仍在继续长大,慢慢成熟,
果汁充盈
足以度过漫长的冬天,
即使还会有风暴,甚至比气象预报的
更加肆虐,更加疯狂。

十一月在途中

太阳低垂，
投下了长长的影子
他找不到合适的话语
跌进了墨水瓶。
近来思路总被扯断
他只好默默地数着飞蝇的遗骨。
刚写完的那些故事带来的余温
仍旧留在嘴角，
他却不知道有何妙法，
能够抵御从脚到头的寒气。

他现在吹口哨唤狗，
可是狗却不肯过来。

大胆的爱

很晚,厨房里的收音机
播放了最后的新闻,
我们互相数着
对方的那一小堆药片,
全都是处方药。
有的时候
我们会突然感到
激动,突发奇想,不可抗拒,
我吞下了她的药片,她吞下了我的。

然后我们静静地等待 —— 肩并肩 ——
想去体验到底会发生什么事。

晚年的欢乐

自从我们体弱多病，
孩子们回来得更加频繁。
他们的到来给我们带来欢乐
混合着些许惊讶。

我的自来水笔

一辈子都在我身边
它让我的手更加光彩。
它想要找到的东西，总能找得到：
那些无家可归的
或者下落不明的词语。
它们站在阳光下瑟瑟发抖
等待着
被允许投下一个影子。

谁在听我说

我的书房盖在画坊旁边
采光来自玻璃屋顶

唯一的窗户可以看见
邻近树林的灌木丛，
蓝山雀，红胸鸲
和一对松鼠在嬉戏，
藏在那里的存货足以它们越冬。

时而有一只乌鸫在啄窗玻璃，
它想知道，
我在新的文稿里写了什么。
那么我就逐字逐句读一遍吧：
几首诗歌作为一生的总结。

这只今天被好奇心驱使的乌鸫
不再啄窗玻璃，
而是歪着头倾听
或许能够——这是我所希望的——将听到的东西
编入他们晚间的歌中：
并不那么令人诧异的声音
以及偶尔让人感到尖锐刺耳的鸣叫。

必须要说的话

我为何沉默不语,太久地绝口不提,
那些有目共睹并在无数次实兵推演中
操练过的,在其结束时,我们作为幸存者
充其量只是脚注吗?

自称拥有的率先打击权,
或许可能会灭绝
这个被一个吹牛大王奴役的,
引导着集体狂欢的伊朗民族,
仅仅就是因为推测在其权力范围下
正在制造一颗原子弹。

然而,我为什么不许自己
提及另一个国家的名称?
很多年来 —— 虽然严格保密 ——
那里一直拥有不断增长的核潜力
但却脱离监督,因为任何检查
都被拒之门外。

公众舆论对这一事实讳莫如深,
我也沉默,屈身其下
我感觉这是自欺欺人

同时也感到压抑,
一旦稍有释放,
便可能受到惩罚;
"反犹太主义"的罪名随时降临。

但是现在,因为我的国家,
这个因自身犯下的,
无可比拟的罪行,
一次又一次遭到质问的国家,
据称又再一次地,纯商业性地,
虽以如簧巧舌,声称是为了补偿过失,
要向以色列
再提供一艘潜艇,其特性
就是能够制导毁灭一切的弹头
射向那个并未证实存在
唯一一颗原子弹的地方,
而且仅仅是担心证据将确凿无疑,
所以我要说出,必须要说的话。

然而,我为何沉默至今?
因为我以为,我的出身,
带上了永难磨灭的污点,
不许我说出这一事实真相,
并加之于那个我一直心怀感念,
愿意执手同行的国家。

我为何现在才说,

风烛残年,墨汁将尽:

核大国以色列的当今政府

危害着本已脆弱不堪的世界和平?

因为必须要说,

明天就可能成为现实;

还因为我们——作为德国人已经罪责深重——

很可能会成为一次犯罪的供货商,

这是可以预见的,因此我们犯下的同谋罪

不可能以任何通常的借口

得以洗刷。

必须承认:我不再沉默,

是因为我已经对西方的虚伪

感到厌倦;而且还寄予希望,

但愿有很多人也打破沉默,

要求这一显见危机的

肇事者放弃武力

同时坚持不懈,

直至以色列的核潜力

与伊朗的核设施

在获得两国政府的批准下

接受一家国际机构

不受干扰的持续性检查。

唯有如此,才有助于以色列人和巴勒斯坦人,

也有助于生活在那里的每一个人，
疯狂笼罩的地区
人们近在咫尺，却势不两立，
最终，也有助于我们。

垂柳

我们当年亲手栽下的那棵垂柳，
紧邻池塘
枝条低垂，向外伸展，
如今已不复存在，
枯死了，并无旧病沉疴，
不得不锯掉
只留下一片空地，
大得足以写下模糊的回忆。

新栽的那棵怯生生地立在池塘边
垂挂着稀稀落落的枝条，
与我们隔空相对，
也在缅怀那棵老树，
照片为证，
它把倒影投在了浑浊的水面。

带来欢乐的

十月的栗子
湿漉漉的
握在手中。

孩子们期待着,
直到十二月慢慢走过,
圣诞树开始落叶。

进入二月
白昼渐长
许下了很多诺言。

八月的晨露
为蜘蛛网
披上了银装。

艺术格拉斯

艺术格拉斯

我的艺术生涯

蔡鸿君 译

学画生涯

艺术格拉斯

一九四六年至一九四七年的冬天冷得出奇，冻僵的人在挨饿，饥饿的人在床上冻得发抖，在这个冬天，十九岁年轻人的毫无顾忌让我有可能把一切都押在唯一的一张幸运卡上：我想成为雕塑家；然而杜塞尔多夫艺术学院由于缺少煤炭被迫关闭了。因此我就先在两家墓碑作坊接受了石匠和石刻工的培训。凭借一些早已不知去向的砂石、大理石和贝壳石灰石的作品，以及在杜塞尔多夫拉特区的慈善之家为一些老年男人画的肖像素描，我在一九四八年至一九四九年的冬季学期终于考进了这所艺术学院，我当时在慈善之家一间放着十张床的房间里得到了一个睡觉的铺位。

在那些年里，杜塞尔多夫艺术学院深受那些在校任教的艺术家影响，比如艾瓦德·马塔雷[1]、奥托·潘科克[2]。在听了几学期赛普·马格斯[3]的课之后，我转到奥托·潘科克的门下，他的坚定不渝的政治态度对我产生的影响之大，远远超过了我当时愿意承认的范围，潘科克是一个显而易见的和平主义者，从他的木刻作品都能看得出来。

五十年代的头几年，带来了第一批护照。因此我也和成千上万的同龄人一样，去了南方。沿着前人踏出来的德意志小路，去佛罗伦萨、佩鲁贾、罗马、巴勒莫旅行……从一九五一年的两个假期里，诞生了我的"意大利速写本"。我沿途搭车，不知道靠什么维生，一边画画一边写诗，这些诗从来没有发表过，直到现在才和许多速写一起放到桌子上，已经变得很陌生。

在这些速写之后，是一些画在撕得不规整的包装纸上并用干了的画笔抹擦过的素描，这些画的主题始终都是意大利之旅，和此后写的诗一样，展现的都是田园风光。

杜塞尔多夫非常努力，不仅想成为新贵，而且想变成小巴黎，艺术学院也与城市一起努力，法国之行除了耐用结实的风格之外也让人意识到，我缺少的是一位要求高的老师。我公开说出要换地方。锋芒毕露，草率行事，已经过时。客观冷静，实事求是，才是必要的。除了装素描和诗歌的文件夹，我带到柏林的只是一个装满工具的助产士包、换洗的衬衣和袜子。雕塑家、画家路德维希·加布里尔·施里贝尔[4]由于其他的原因也放弃了杜塞尔多夫。通过他的协助，我谋求成为我选择的老师卡尔·哈通[5]的学生。

柏林教我变得现实，我也找到了安娜[6]。作为美术学院的学生，我依靠每个月五十马克的奖学金生活，是由我父亲的矿工保险机构支付的，他不再经商，而是当了矿工，因为是东部来的难民。当然，柏林并不是一下子就教我变得现实，而是过了一段时间，直到我确定了目标；安娜来的次数也渐渐多了。

诗歌已经写了五十三首,她也出场了。

　　风景水彩画和静物画受到路德维希·加布里尔·施里贝尔的影响很大,素描则越来越多地尝试独立性:鸟、母鸡和公鸡,也作为雕塑和最早的版画的主题。

　　虽然在此期间我也画过很多鱼,第一条比目鱼——这是我的主食,很多绿色的鲱鱼,这种鱼当时的价格是每磅三十五芬尼,但是,占绝对多数的是各种各样的鸡,甚至进了第一本诗集《风信鸡的优点》的标题诗歌,还有印在英式小册子里的诗歌与绘画。在第一本书出版之前,我已经受到了"四七社"的邀请。在此前的那些年里,绘画与写作是走着完全不同的道路,两种项目现在第一次以梦幻般的表现形式进行训练;它们都是靠一种墨水维生。

* 以下七篇文字译自君特·格拉斯《六十年工作坊记事》。"我的艺术生涯"及小标题系译者所加。

① 艾瓦德·马塔雷(Ewald Mataré, 1887—1965),德国雕塑家、画家。
② 奥托·潘科克(Otto Pankok, 1893—1966),德国画家、雕塑家。
③ 赛普·马格斯(Sepp Mages, 1895—1977),德国画家、美术教授。
④ 路德维希·加布里尔·施里贝尔(Ludwig Gabriel Schrieber, 1907—1975),德国雕塑家、画家,曾任柏林美术学院院长。
⑤ 卡尔·哈通(Karl Hartung, 1908—1967),德国雕塑家。1955年至1967年担任德国艺术家联盟主席。
⑥ 安娜·施瓦茨(Anna Schwarz),瑞士舞蹈演员,1954年与格拉斯结婚,1978年离婚。

艺术格拉斯 — 学画生涯

意大利速写 - 1
1951

意大利速写-2
1951

艺术格拉斯 — 学画生涯

法国速写 - 1
1952

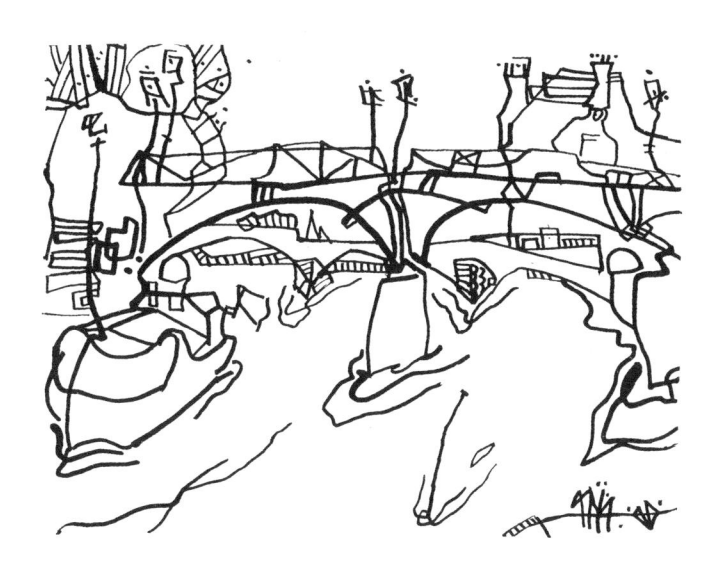

法国速写-2
1952

艺术格拉斯 — 学画生涯

杜塞尔多夫速写
1952

戴帽子的女士
粗钢笔画
1952

安娜
1953
柏林

艺术格拉斯 — 学画生涯

艺术格拉斯 ● 学画生涯

最早的石刻版画
1954
柏林

柏林速写
1955

艺术格拉斯 — 学画生涯

早期的比目鱼
炭笔画
1955

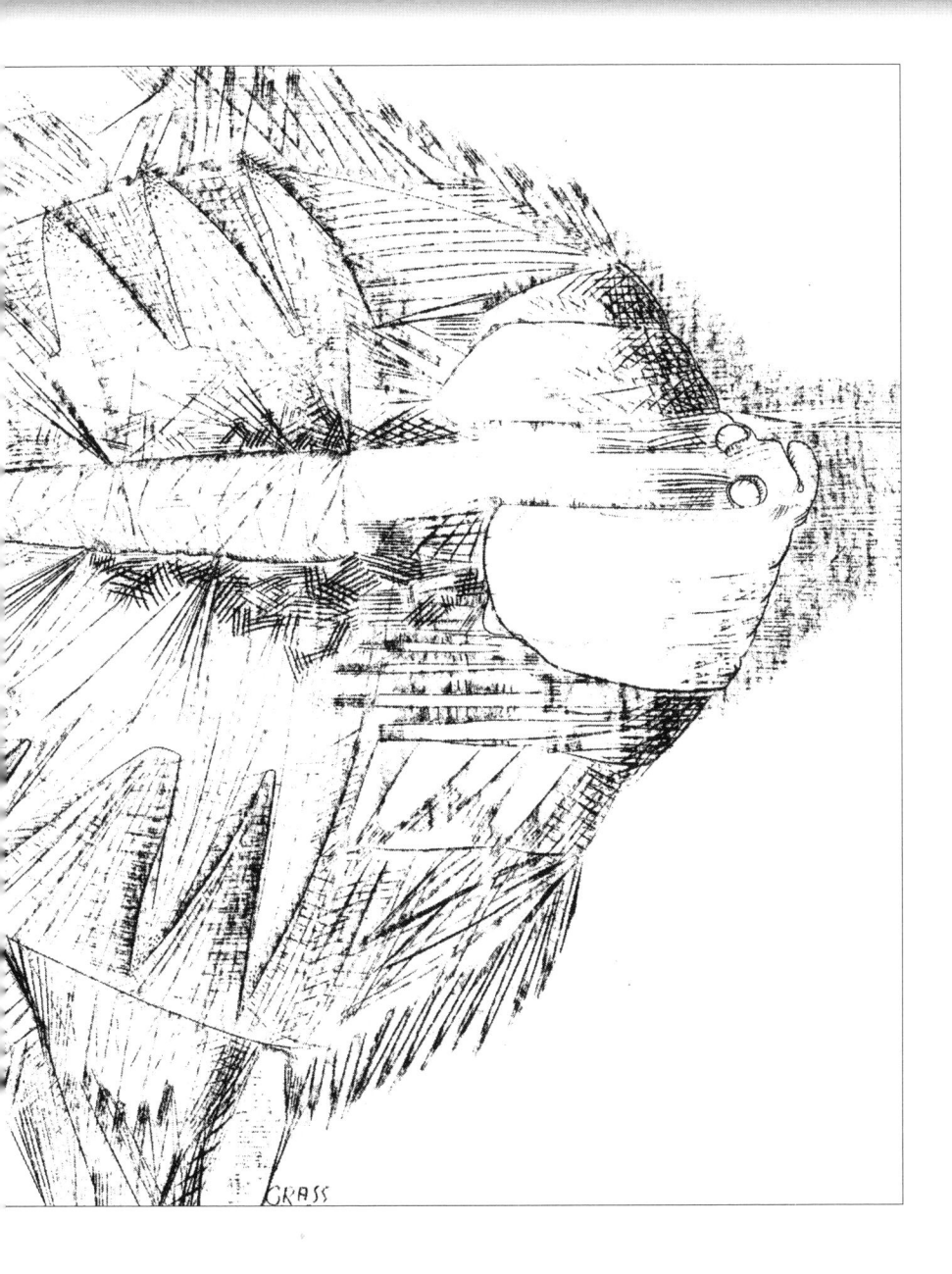

艺术格拉斯 — 学画生涯

第一幅木刻作品
1955
柏林

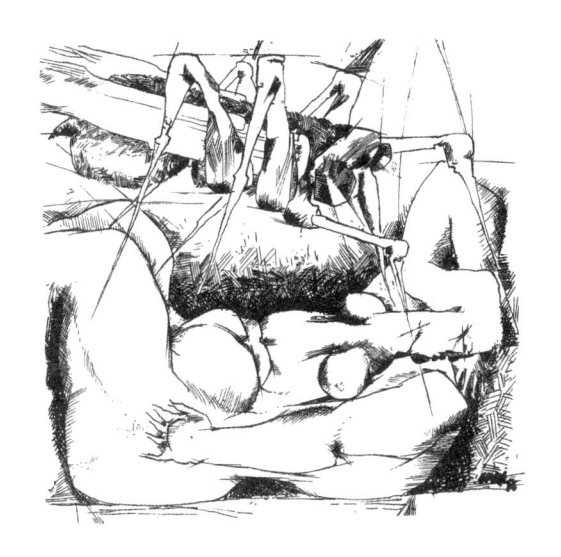

《风信鸡的优点》速写
钢笔画
1955 / 1956

艺术格拉斯 — 学画生涯

木偶娜娜的日常生活
钢笔画
1956

铅笔速写
1956

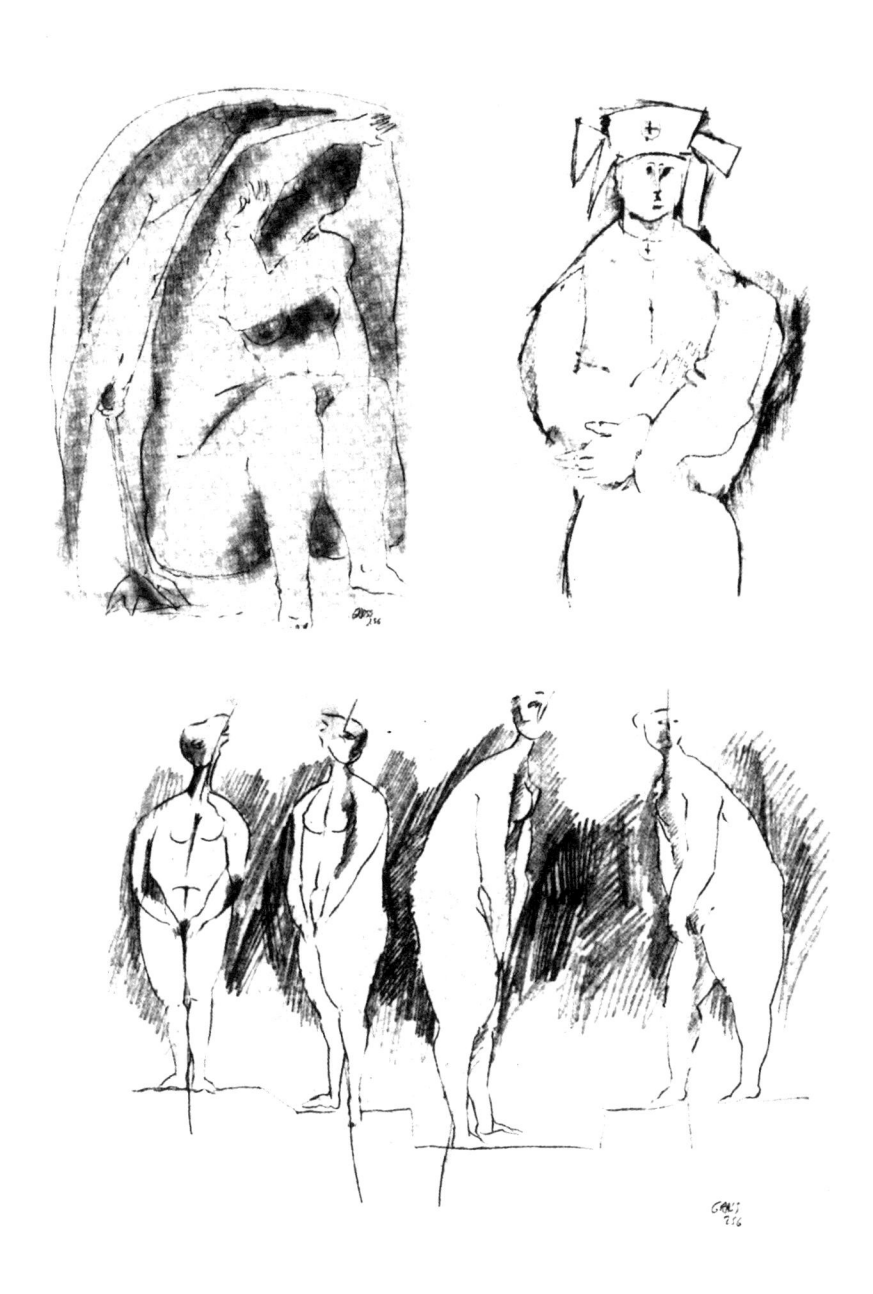

厨师
炭笔画
1957

四胞胎
炭笔画
1958

芭蕾舞剧《稻草人》速写
墨水画
1958

咖啡厅音乐
水彩画
1952
巴黎

巴黎郊区的街道
水彩画
1952

鸡
水彩画
1954

提契诺
水彩画
1955

艺术格拉斯 一 学画生涯

手握苹果的女孩
雕塑
1950

艺术格拉斯 — 学画生涯

公鸡
雕塑
1954

比目鱼
雕塑
1955

艺术格拉斯 — 学画生涯

鸟
雕塑
1955

艺术格拉斯

图书封面

除了一幅偶然获救的素描、少许速写、女护士与鳗鱼配对以及图书封面的几张草稿之外，对第一部长篇小说没有任何其他绘画的东西。经过三年半持续的写作，《铁皮鼓》这本书出版了，当时我在我的工作室，那间有暖气的屋子里，染上了病，被称作结核瘤，肺里形成了小结节，但是这种病是可以治愈的，从手稿的第五百页开始，我成了两个儿子的父亲，他俩的名字叫弗兰茨和劳乌尔，这本书出版以后，我被称为"著名的"，但同时也是"声名狼藉的"，戴高乐将军上台掌权，巴黎也不再有任何吸引力，我在那里终归只是外国人，几乎不认识法国人，我们在一九六○年春天考虑回到柏林：现在有足够的钱，也有兴趣写诗，寻找新的机会：

对策

我不愿意重复自己，
鹦鹉说：我

不愿意重复自己。

上帝是可以证实的,
神甫说,然后跨上自行车
以此为证。

墨水承担责任,
法官说
然后签字画押。

我头疼,
我说
然后脱掉鞋子。

  图书封面的工作每次都是在手稿交付排版之后,校样尚未出来的时候开始的。这是一个放松的过程,也就是说,从大量草稿中慢慢产生图书封面,这可以避免让人掉进那个臭名昭著的、让所有刚刚完成他们的长篇小说或短篇小说的作家犯困打哈欠的洞。在写散文作品时,我的工作方式源自我早年当石头雕塑师的经验,一直围绕着一个大石块左看右看,再三琢磨,所以我的叙述性作品总是先后出现好几稿,叙事作品的表面保持粗糙,直到看校样时还不得不做一些修改。

  就像《比目鱼》那时一样,也是从许多铜版画里选了一幅作为设计《相聚在特尔格特》这部小说封面的模板。是乌特的耳朵,比

352

目鱼冲着它说话。乌特带来了马尔特和汉斯[①]，后者用孩子的笔为我将《比目鱼》写成了一个七页纸的删节本。从此我们一起生活。从那一系列铜版画也能看出，是从什么时候开始的。但是，与我一起寻找乌特的那首诗，是我很早以前写的：

广告

我正在寻找什么，
并不想找到它。

我可以相伴变老的
也可以一同衰亡的。

盖有质检标记的
又没有任何怪味的。

假如我知道这个词的话，
就会去刊登一条广告：

为我寻找，仅仅为我自己，
即使在雨天也适合我的，
即使我突然得了黑星病，
也还是为了我……

也许你会出现，正是那个我在寻找的。

总是我的那三个庇护所：贝伦多夫的工作室、丹麦的小屋、葡萄牙的阁楼，在那里，一稿又一稿，诞生了《格林的词语》的手稿。我一边读校样，一边画了许多字母的花饰，设计了图书封面。

① 乌特·格努奈特（Ute Grunert，1936—2021），1979年与格拉斯结婚。马尔特和汉斯是她与前夫的儿子。

《风信鸡的优点》封面
1956

《铁皮鼓》封面设计稿（上）与封面
1959

《猫与鼠》封面设计稿（上）与封面
1961

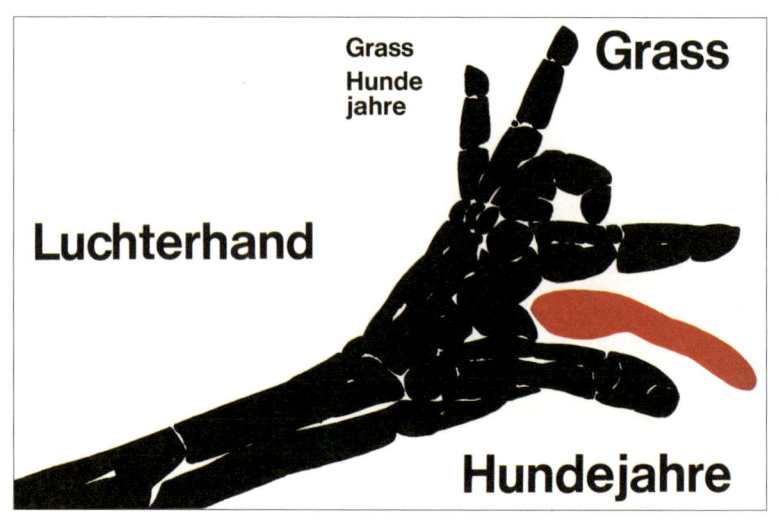

《狗年月》封面设计稿（上）与封面
1963

《局部麻醉》封面设计稿与封面（右下）
1969

艺术格拉斯 — 图书封面

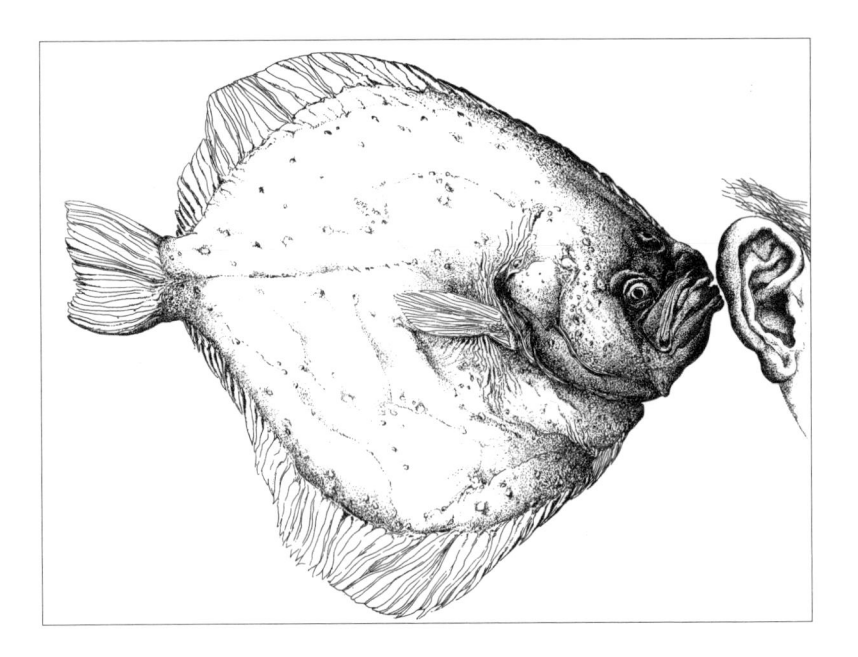

《比目鱼》版画（上）与封面
1977

《相聚在特尔格特》封面（上，1979）
与蚀刻版画（下，1982）

361

《母鼠》封面
1986

《伸舌》封面设计稿（上）与封面
1988

363

艺术格拉斯 ● 图书封面

《枯木》封面（上）与内页
1990

艺术格拉斯 | 图书封面

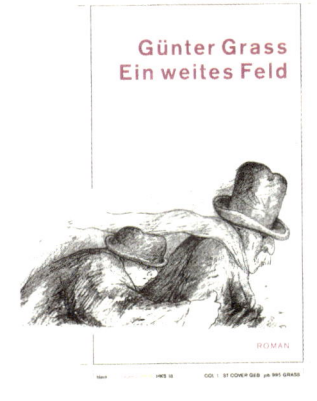

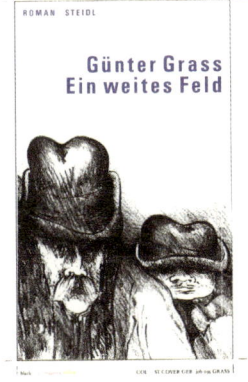

《辽阔的原野》从画稿（上），
封面设计（中）到封面（下）
1995

365

艺术格拉斯 | 图书封面

《拾来之物 —— 给不读书的人》封面
1997

艺术格拉斯 图书封面

《我的世纪》封面
1999

《蟹行》封面
2002

《剥洋葱》封面
2006

艺术格拉斯 ● 图书封面

《盒式相机》封面与广告
2008

《铁皮鼓》出版五十周年纪念版封面（上）与护封
2009

艺术格拉斯 ● 图书封面

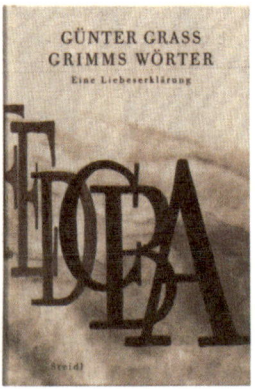

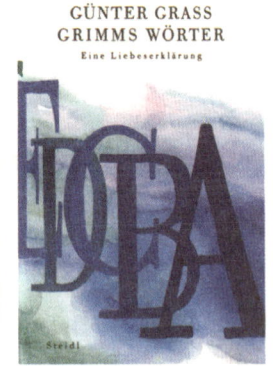

《格林的词语》书套、亚麻布硬封、护封、内页
2010

372

艺术格拉斯 · 图书封面

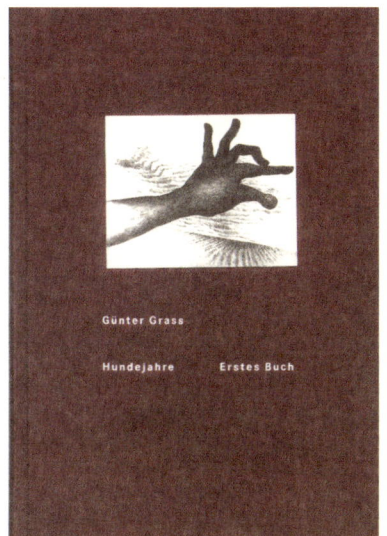

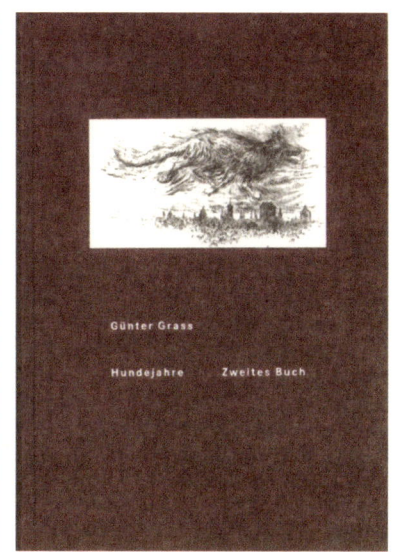

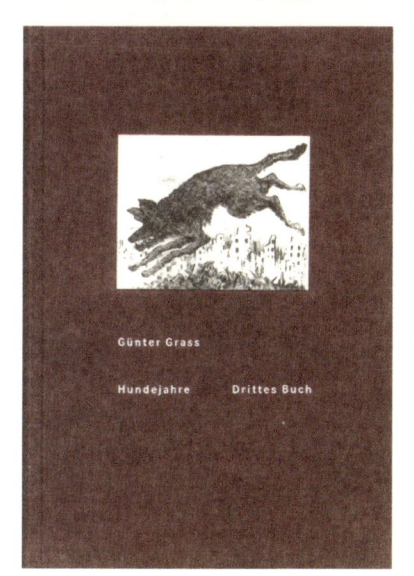

《狗年月》纪念版三卷本封面与函套设计
2013

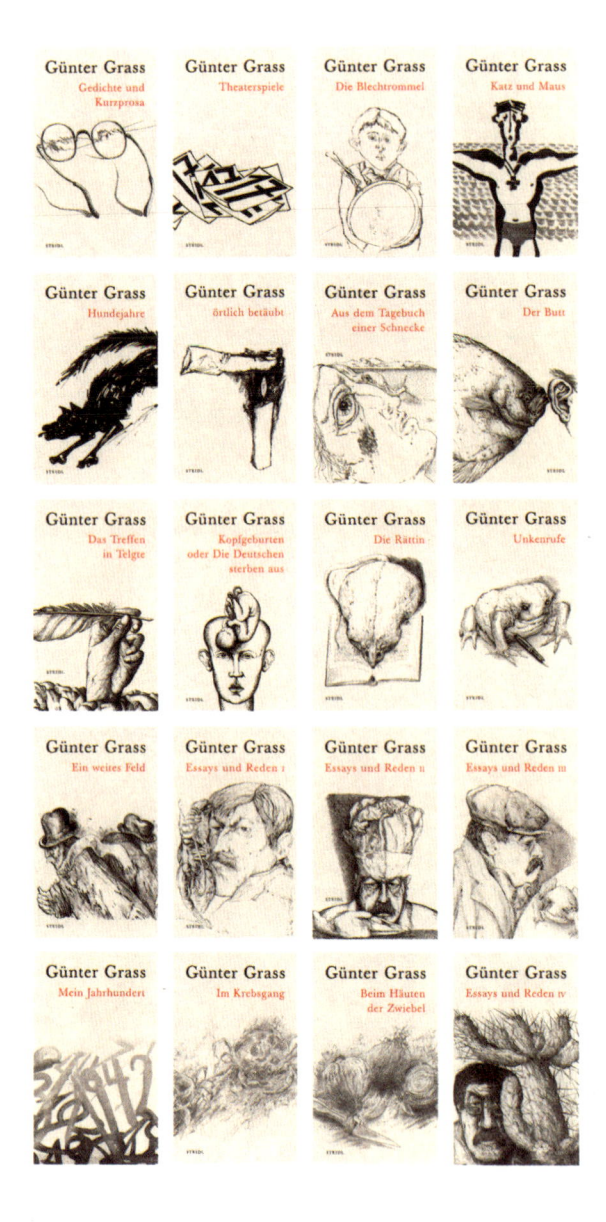

《格拉斯文集》简装版封面
2009

版画

艺术格拉斯

一九七二年,开始持续制作蚀刻版画。此间已经做了二百五十多件。主要是铜板,很少用锌版。这种材料很合适我。开始是作为《蜗牛日记》的余音,然后又抢在《比目鱼》的前头,陪伴着它,毫无过渡阶段就通向了小说《相聚在特尔格特》。

好多年里,我在安瑟姆·德雷尔[1]的工作室印制蚀刻版画。自从弗里策·马古尔[2]先是在弗里德瑙的家里,后来在新科尔恩区的乌特曼大街开设了一个设置齐全的工作室以后,我的蚀刻版画都是在那里印制的。这是建立在印刷油墨上的友谊。

然后,丹麦的一个邀约,来得正是时候:他们想要为汉斯·克里斯汀·安徒生的童话配十到十二幅石刻版画,作为作品集,印刷一百二十份,为了纪念安徒生诞辰二百周年。我从《拇指姑娘》开始,画在石板和石板转印纸上,画了很多张,越来越多。出于对这项工作的乐趣,很快就产生了出版的念头,挑选一些有名的和不怎么为人熟悉的童话装订成一本书,把这本有插图的书献给我的孩子们和孩子的孩子们,大概也希望其他的人、其他的孩子以及孩子的孩子们也会有兴趣,一起去寻找那个失踪的凯[3],或者一起大声朗读安徒生的童话,就像汉斯·克里斯汀·安徒生当年那样做,围成大大小小的圈子。

还在我写作对话小说《盒式相机——暗房的故事》期间,就产生了许多钢笔画,后来又有许多"小玛丽捧着阿克发盒式相机"的石刻版画;写作和绘画用的是同一种墨水。

《狗年月》这部长篇小说早在它产生的那段时间里就激发我画了许多素描。现在应该全面地继续下去。我决定做蚀刻版画,而且是采用九十年代初我在写作小说《铃蟾的叫声》时练习过的一种版画技术。二〇一〇年夏天画了大量的初稿,然后在不同尺寸的铜板上做出了第一批蚀刻版画和干刻版画。

钢针作为工具。在对这本年轻时写的书做了一年半的回顾之后,我为长篇小说《狗年月》纪念版画了一大批速写和上百个主题图,其中也有很多蚀刻版画。我不得不有所选择。

---

[1] 安瑟姆·德雷尔(Anselm Dreher, 1940—),在德国柏林经营画廊,出版艺术图书,编辑出版了《君特·格拉斯的版画目录》(1980)、《绘画与写作——作家君特·格拉斯的雕塑创作》(1982)。
[2] 弗里策·马古尔(Fritze Margull, 1945—),从2000年起经营印制版画的工作室,参与编辑出版了君特·格拉斯的《五十年工作坊记事》和《六十年工作坊记事》。
[3] 凯是安徒生童话《冰雪女王》里的人物。

女人和鱼
蚀刻版画
1973

玩偶的回归
蚀刻版画
1973

艺术格拉斯 版画

鲈鱼、花鳅、黄鳕鱼
蚀刻版画
1974

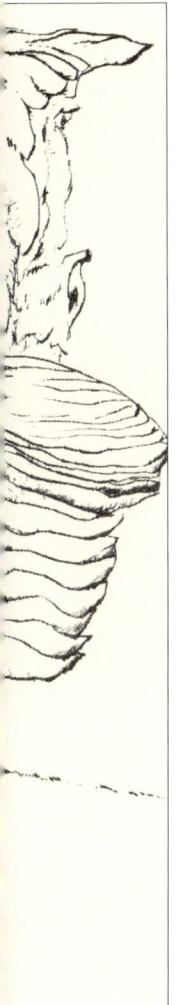

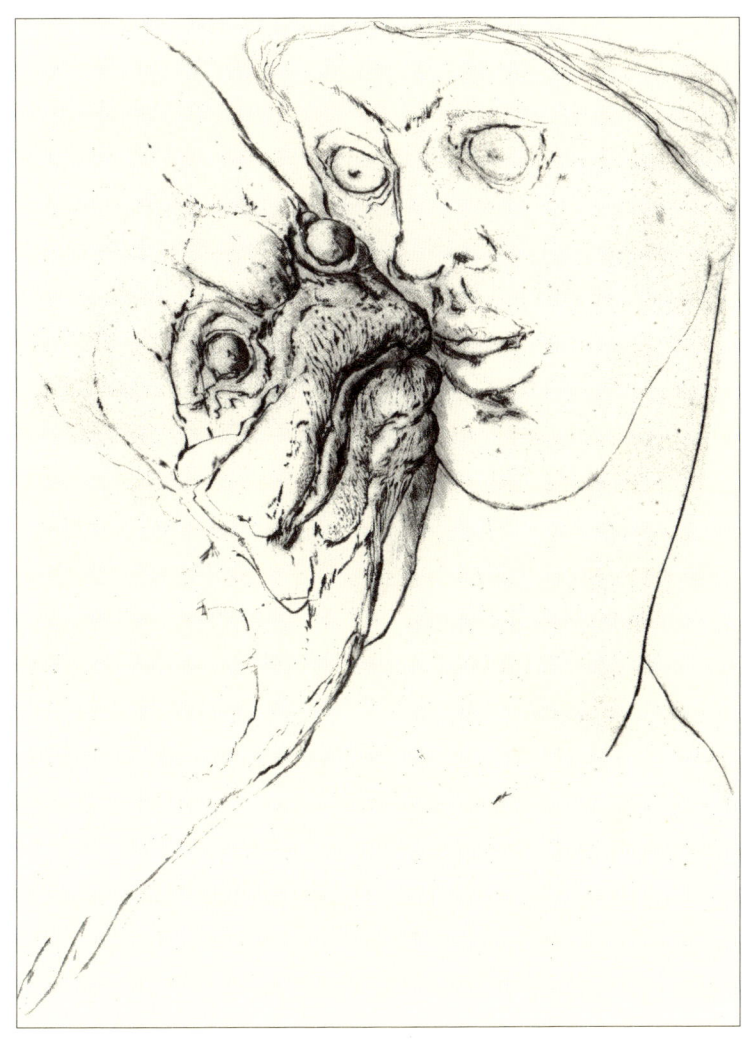

艺术格拉斯 版画

吻
蚀刻版画
1975

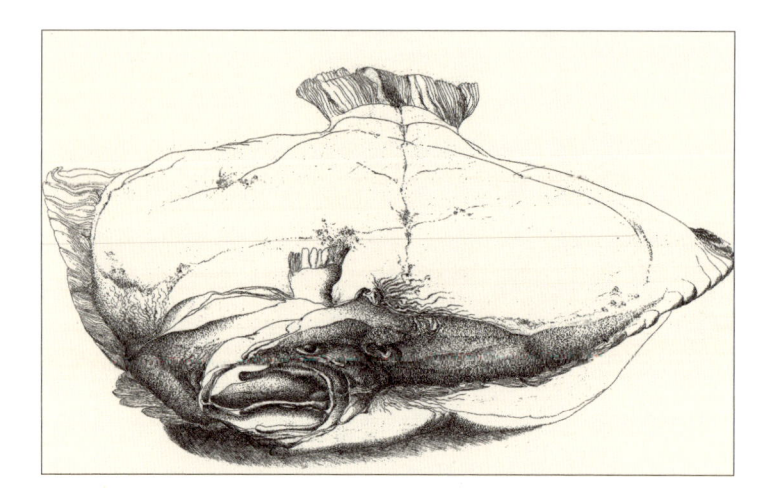

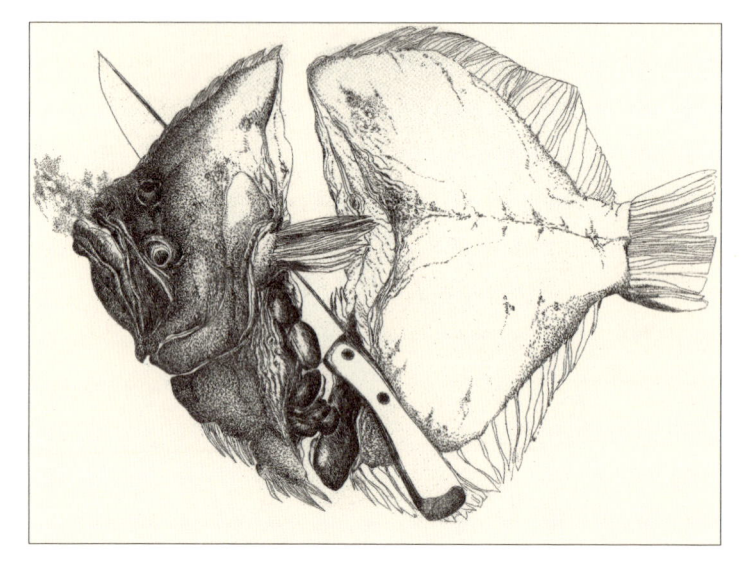

艺术格拉斯 — 版画

沙子里的比目鱼
蚀刻版画
1977

比目鱼和刀子
蚀刻版画
1977

艺术格拉斯 ● 版画

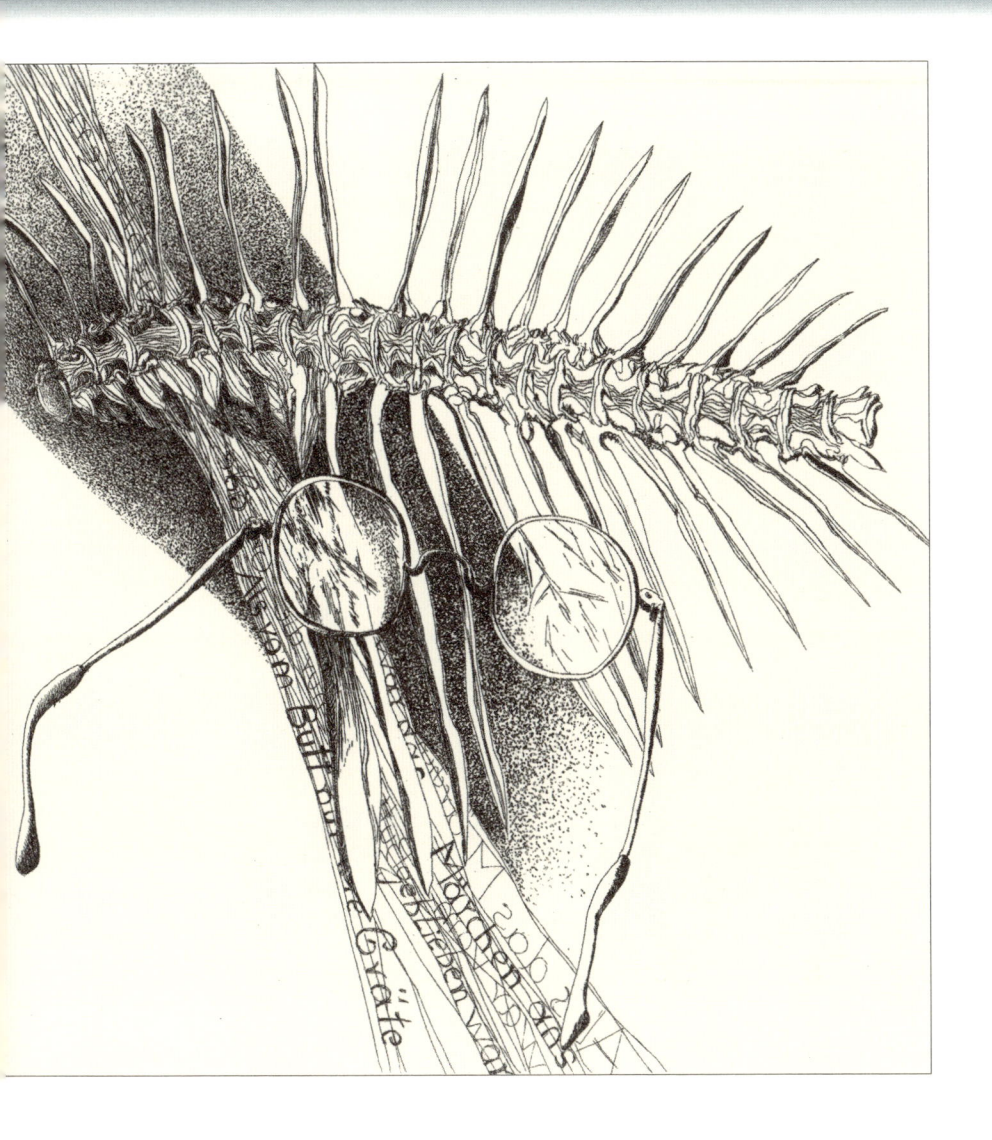

当童话结束的时候
蚀刻版画
1977

艺术格拉斯 · 版画

我当时在场
蚀刻版画
1978

威斯特伐利亚和约
蚀刻版画
1979

艺术格拉斯·版画

她的天鹅
蚀刻版画
1979

向日葵和鹅头
蚀刻版画
1981

乌特在利姆诺斯岛
石刻版画
1981

大鲈鱼
石刻版画
1981

艺术格拉斯 版画

在鸟之间
石刻版画
1981

所有四个
石刻版画
1982

艺术格拉斯 ● 版画

斗鸡
石刻版画
1982

碎片
石刻版画
1982

387

作家海因里希·伯尔的打字机
蚀刻版画
1983

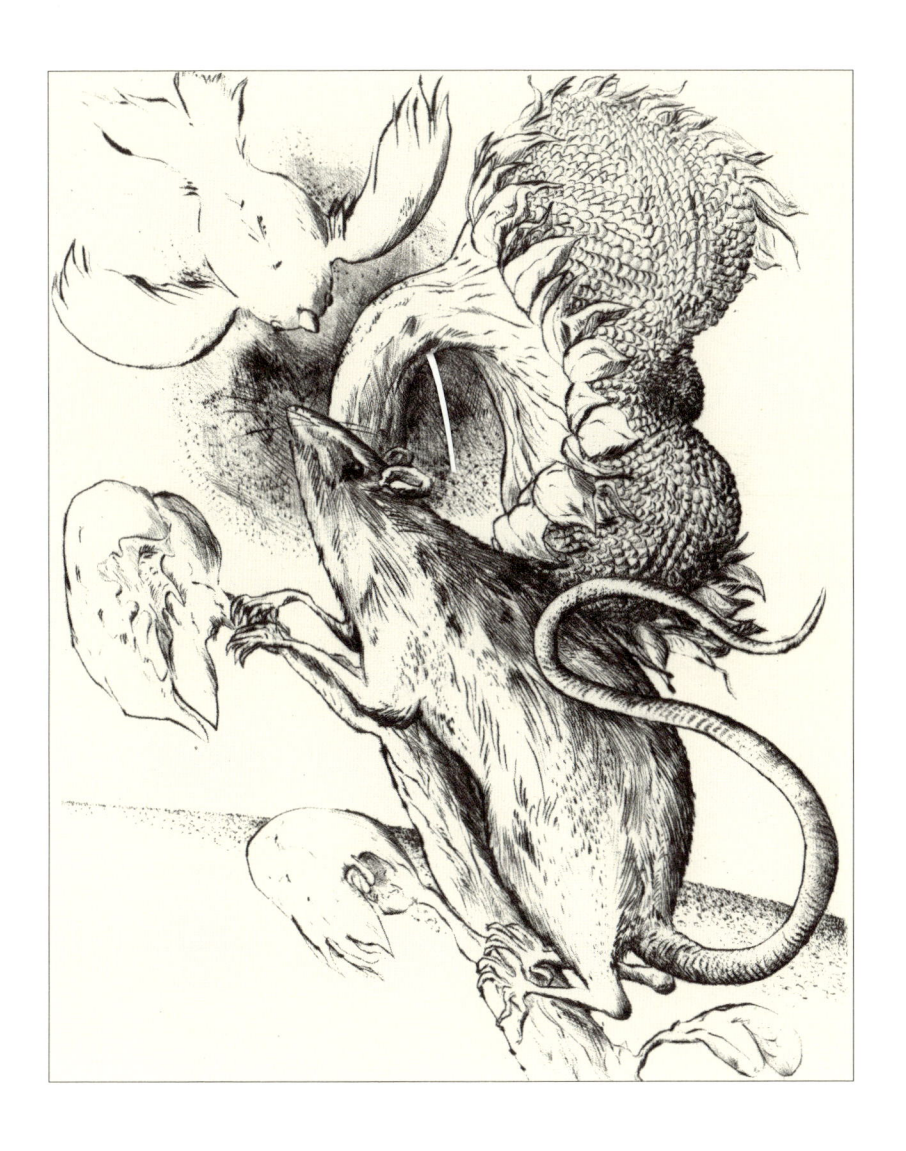

艺术格拉斯 版画

老鼠、鸟和向日葵
蚀刻版画
1985

艺术格拉斯 ▎版画

阅读鼠
蚀刻版画
1985

枯木
石刻版画
1990

安徒生童话：坚定的锡兵
石刻版画
2004

安徒生童话：丑小鸭
石刻版画
2004

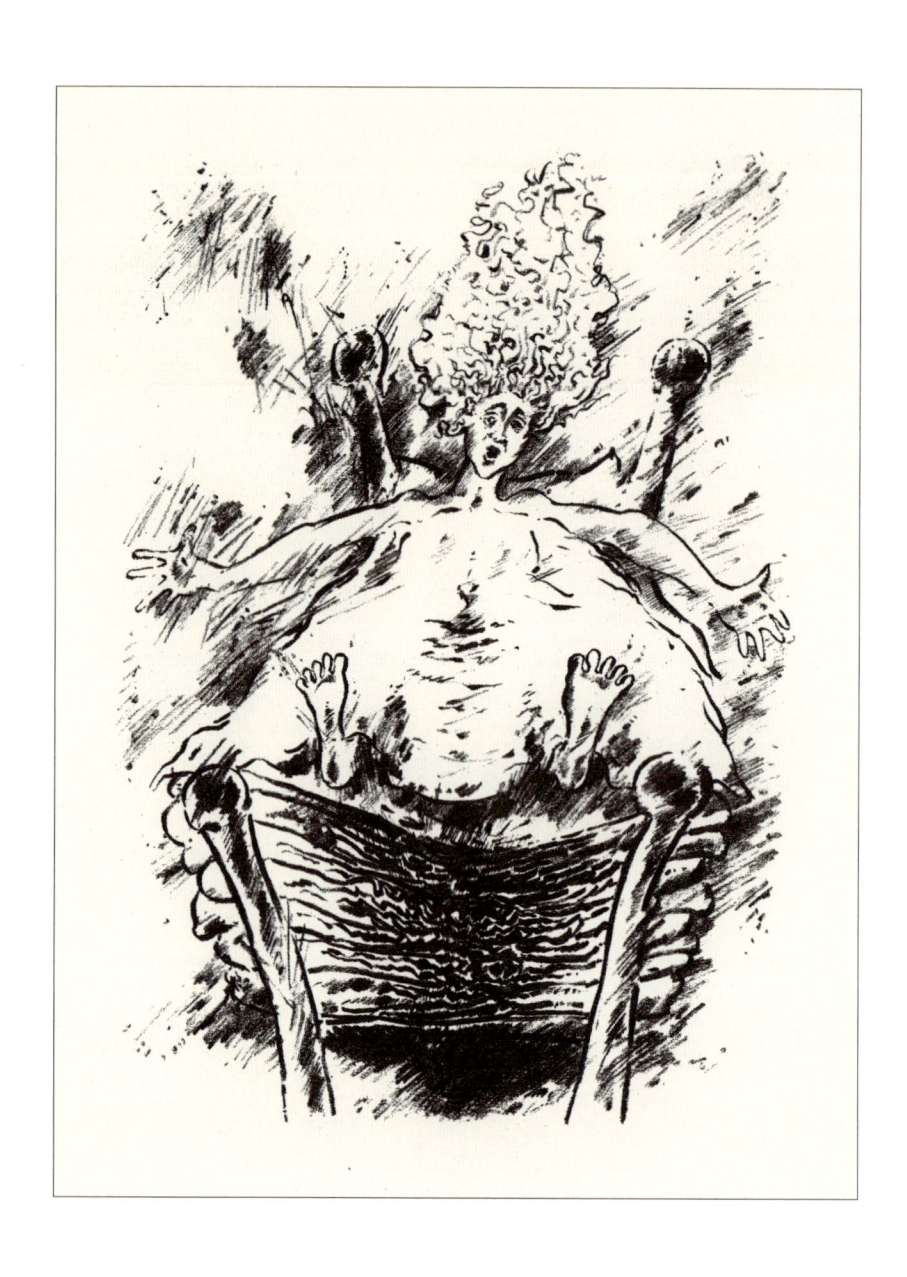

艺术格拉斯 — 版画

安徒生童话：豌豆上的公主
石刻版画
2004

在欧洲山毛榉之间
石刻版画
2006

小玛丽捧着阿克发盒式相机
蚀刻版画
2008

五个奥斯卡（《铁皮鼓》纪念版）
石刻版画
2009

艺术格拉斯 · 版画

艺术格拉斯 — 版画

《狗年月》纪念版插图
石刻版画
2013

艺术格拉斯

友人肖像

　　那些来过我的并不固定的画室的人，比如作家，本地的或者旅途路过时顺便看看的，都会冒一点风险，就是必须保持一段时间不能动。六十年代早期，我画过格雷戈里·柯尔索[1]、彼得·吕姆克尔夫[2]、君特·布鲁诺·福克斯[3]和总是很严肃的乌韦·约翰森[4]。莱因哈特·勒陶[5]的耳朵引人注目，我很喜欢。这幅水彩画展示的是：色彩未干的彼得·毕克瑟[6]。因为《李尔王》那首诗，产生了演员兼导演弗里茨·科尔特纳[7]的肖像草图。马克斯·弗里施[8]曾经在弗里德瑙附近住过一段时期，为了与瑞士保持距离，从为他画的几张素描发展成了那幅蚀刻版画《双重的马克斯》。尽管加布里勒·沃曼[9]和赫尔加·诺瓦克[10]可能相隔很远，但是她们很适合素描。在墨西哥举办的一次作家聚会有足够的休息时间，为瓦斯克·珀帕[11]和马林·索雷斯库[12]画了肖像。早在我为塔德乌斯·罗维奇[13]在墨西哥画像（后来又做成了蚀刻版画）之前，就写

过 ·首献给他的诗：

来自拉多姆斯科的人

塔德乌斯在豌豆上奔跑。
他不可能回答。
舌头是横着的。

但是我在听。
波兰也有一张嘴。
其实声音很轻，但没有涂过油。

为他端上一碗热汤。
他可以。
鞋子也有一个地方。

还有更密的针脚。
缝纫让人快乐。
他的裂缝则不情愿。

仲夏，一个好朋友去世了。在我的日记里有如下记载："昨天，大约中午时分，彼得·吕姆克尔夫去世了。当我们在此后不久赶到罗瑟堡的时候，我发现他的额头还是温热的……"我画了一张他的侧面像。

跟他说话很容易。我们彼此倾听，我们分享一本又一本书，我最后一次读到的是他的诗集《天堂鸟的屎》。我多么乐意带着他一起去进行我的追踪格林兄弟的旅行，去哥廷根、卡塞尔、柏林，去法兰克福的保罗教堂，在这些我们俩坚持不懈辛勤耕耘的词汇田地，在我们政治上一起努力的战场上。

400

孤独的诗
——悼念彼得·吕姆克尔夫

在心跳停止四五分钟之后，
没有了呼吸，
我们在他的身边：额头还是温热的，
后来，当额头变冷时，
我滴了三滴意大利白兰地擦拭。

在睡梦中去世：他的侧面像很好看，
这是我一蹴而就画成的。
没有留下遗言：闭上嘴！
因为下巴是动摇的，
任何时候都很方便，
所以这本厚厚的诗集——
简称这一本《康拉迪》⑭——
就必须作为支架。

我们已经预料到死亡。
他很好商量，夜里
在其他地方忙碌，接近中午时到达，
没有影子，从光中出现：
值得信赖的客人。

屋外是夏天。
鸟鸣太响。

啊，朋友！谁现在还会

关心你的诗歌？平平仄仄，

仄仄平平，

孤独地寻找对方，

徒劳地等待着你，

大师出手将其连在一起。

① 格雷戈里·柯尔索（Gregory Corso，1930—2001），美国垮掉派优秀诗人。
② 彼得·吕姆克尔夫（Peter Rühmkorf，1929—2008），德国作家。
③ 君特·布鲁诺·福克斯（Günter Bruno Fuchs，1928—1977），德国作家。
④ 乌韦·约翰森（Uwe Johnson，1934—1984），德国作家。
⑤ 莱因哈特·勒陶（Reinhard Lettau，1929—1996），德国作家，后移民美国并加入美国国籍。
⑥ 彼得·毕克瑟（Peter Bichsel，1935— ），瑞士德语作家。
⑦ 弗里茨·科尔特纳（Fritz Kortner，1892—1970），奥地利著名演员和导演，出演过莎士比亚《李尔王》里的主角。
⑧ 马克斯·弗里施（Max Frisch，1911—1991），瑞士德语作家。
⑨ 加布里勒·沃曼（Gabriele Wohmann，1932—2015），德国女作家。
⑩ 赫尔加·诺瓦克（Helga Novak，1935—2013），德国女作家。
⑪ 瓦斯克·珀帕（Vasko Popa，1922–1991），塞尔维亚作家。
⑫ 马林·索雷斯库（Marie Sorescu，1936—1996），罗马尼亚作家。
⑬ 塔德乌斯·罗维奇（Tadeusz Róśewicz，1921—2014），波兰作家，出生在拉多姆斯科。
⑭ 卡尔·奥拓·康拉迪（Karl Otto Conrady，1926—2020），德国文学史专家，选编了很多德语诗集，在德国流传很广，因此人们简称他选编的诗集为《康拉迪》。

艺术格拉斯 — 友人肖像

乌韦·约翰森
炭笔素描
1961

艺术格拉斯 — 友人肖像

弗里茨·科尔特纳
墨水笔和铅笔素描
1967

加布里勒·沃曼
炭笔素描
1960

艺术格拉斯·友人肖像

君特·布鲁诺·福克斯
炭笔素描
1961

格雷戈里·柯尔索
炭笔素描
1960

艺术格拉斯 — 友人肖像

塔德尔斯·罗维奇
铅笔素描
1981

艺术格拉斯 ● 友人肖像

莱因哈特·勒陶
炭笔素描
1964

彼得·毕克瑟
水彩画
1961

艺术格拉斯 ● 友人肖像

马林 · 索雷斯库
铅笔素描
1981

瓦斯克 · 珀帕
铅笔素描
1981

艺术格拉斯 — 友人肖像

彼得·吕姆克尔夫
炭笔素描
1960

艺术格拉斯 — 友人肖像

戈尔达·梅尔
蚀刻版画
1973

双重的马克斯
蚀刻版画
1975

艺术格拉斯 — 友人肖像

塔德乌斯·罗维奇
蚀刻版画
1981

艺术格拉斯 友人肖像

赫尔加·诺瓦克
铅笔素描
1981

马克斯·弗里施
炭笔素描
1974

瓦尔特·赫德
铅笔素描
2001

艺术格拉斯 — 友人肖像

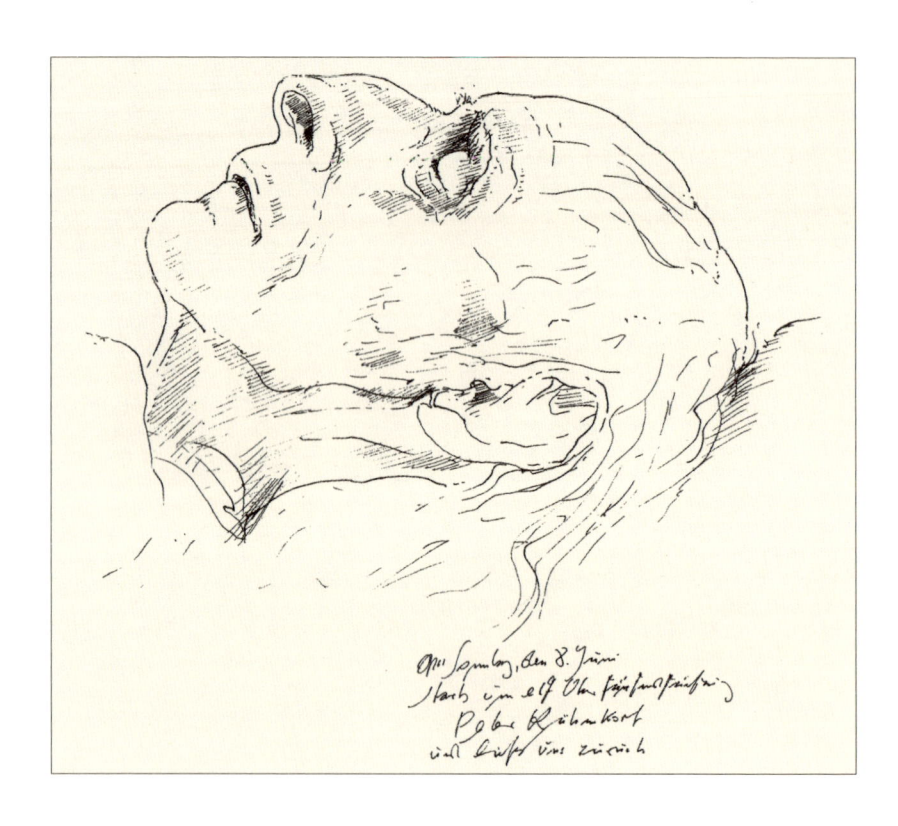

彼得·吕姆克尔夫躺在临终床上
素描
2008

素描

艺术格拉斯

对我来说，一旦词语不起作用，绘画就显得比从前任何时候都必不可少。

偶然路过或者驻足片刻时的速写，就像是用钉子钉牢的。紧张地注视：那些让人沉默的东西，那些无法描述的东西，希望能被画出来，用画记录下来。最终，词语又有了可能。在一九六九年那个蜗牛之年，我写日记，这对我是很有必要的，这一次夹杂了很多表现孟加拉日常生活的素描。在不间断记录的日记里，有一些空洞，形成了《伸舌》这首十二节的城市之诗的第一稿，这首诗成就了一本书的书名，在一段保持紧凑的散文和这首在加尔各答写出初稿的诗歌之间，排列着许多跨页的夹杂着文字的素描，这些都是从速写发展而来的。

我很长时间都沉湎于加尔各答的绘画。在贝伦多夫新的工作室——从一个马厩改建的——我用气味难闻的墨鱼汁画画，它是装在拧紧的果酱玻璃瓶里从葡萄牙带回来的，在葡萄牙的工作室里已经试用过。炭笔素描和墨鱼汁素描数量居多。还有一些现场转印到纸上的石刻版画。鉴于加尔各答的现实情况，我——闯进了死亡的木头[①]——不可能停止用绘画来成为见证人。

然后就出现了长篇小说《辽阔的原野》，最初的书名是《托管》。……手写的书稿也夹杂着一些素描，在这部小说出版之前，并未受到那些预先设定的评论的骚扰。

第二稿，第三稿，第四稿。在休息时，为了与站立式斜面工作台上的奥利维蒂打字机保持一定的距离，我沐浴着从北面斜射进来的阳光，画了很多大尺寸的炭笔素描，让小说里的那对搭档——冯提和他那个白天和夜里都不分离的影子霍夫塔勒，出场表演并且变换形象。也有一些石刻版画。这些素描经常会对那些后来写的章节有所启发，这对完全不同的人以场面滑稽的方式移动，他们试图排在长队里逃脱，像球一样滚成一团或者打着雨伞围绕着一个火山口的边缘。

[①] 1990年，格拉斯出版散文绘画集《枯木》。

厨师
炭笔画
1960

艺术格拉斯 素描

屈膝的修女
水墨画
1960

艺术格拉斯 — 素描

祈祷的修女
水墨画
1961

艺术格拉斯 — 素描

劳拉
硬笔画
1967

艺术格拉斯 — 素描

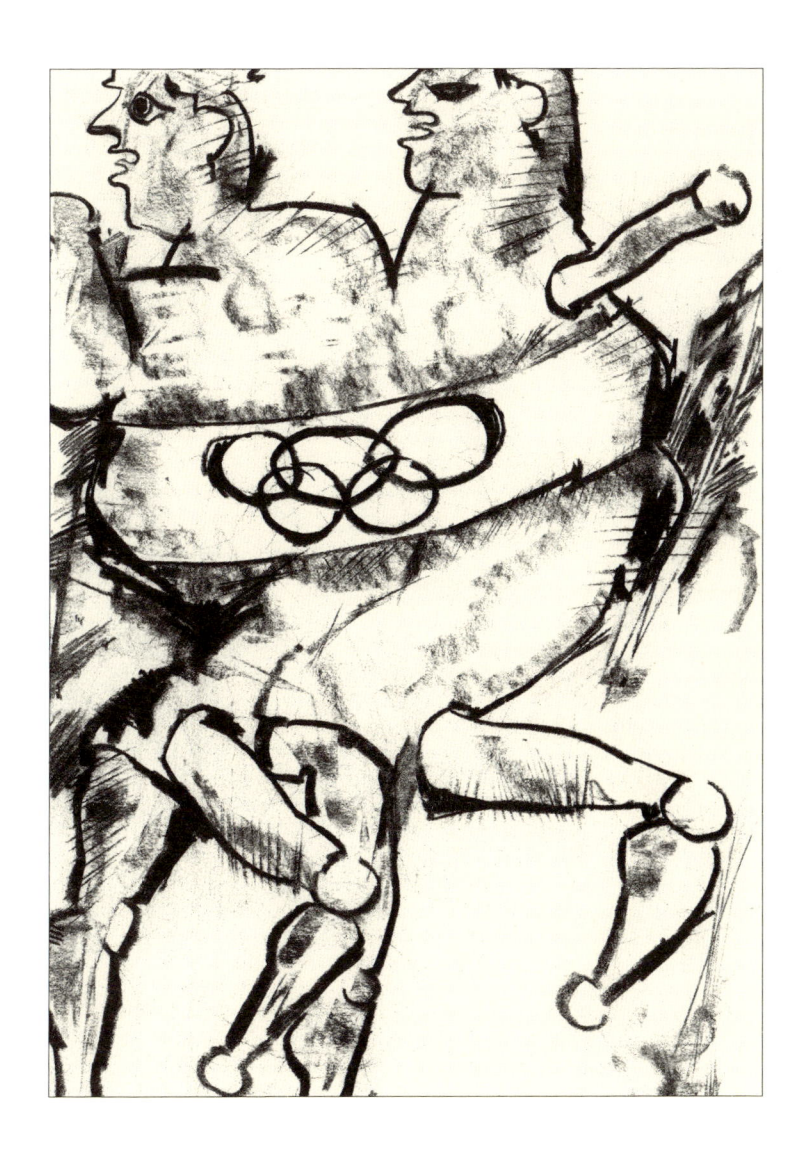

在马拉松与雅典之间
炭笔画
1968

蜗牛赛跑
水墨画
1971

艺术格拉斯 素描

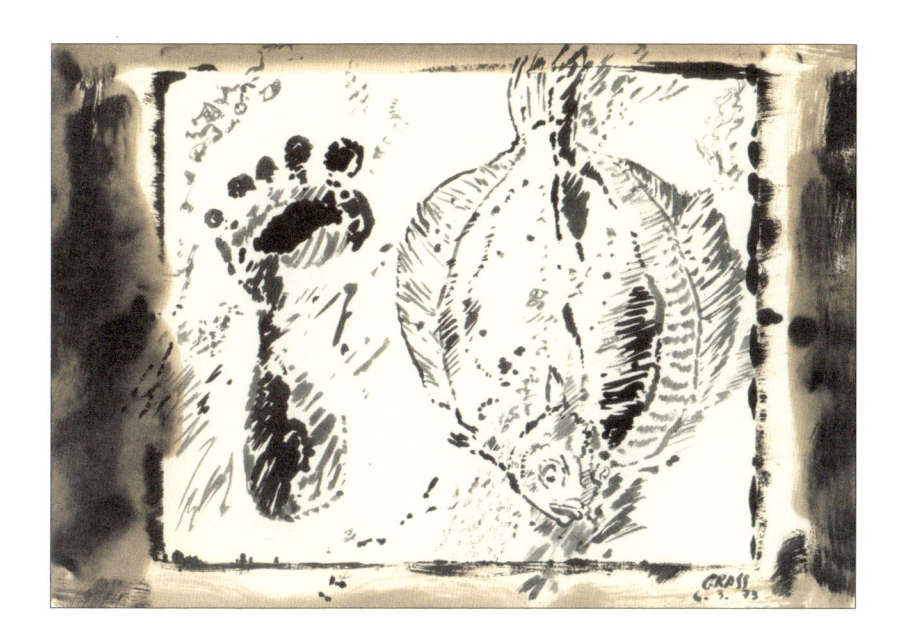

一脚长的鲽鱼
沥青漆和硬笔
1973

山羊的头
画在照片上的硬笔画
1973

艺术格拉斯 — 素描

鱼的争吵
硬笔和毛笔画
1974

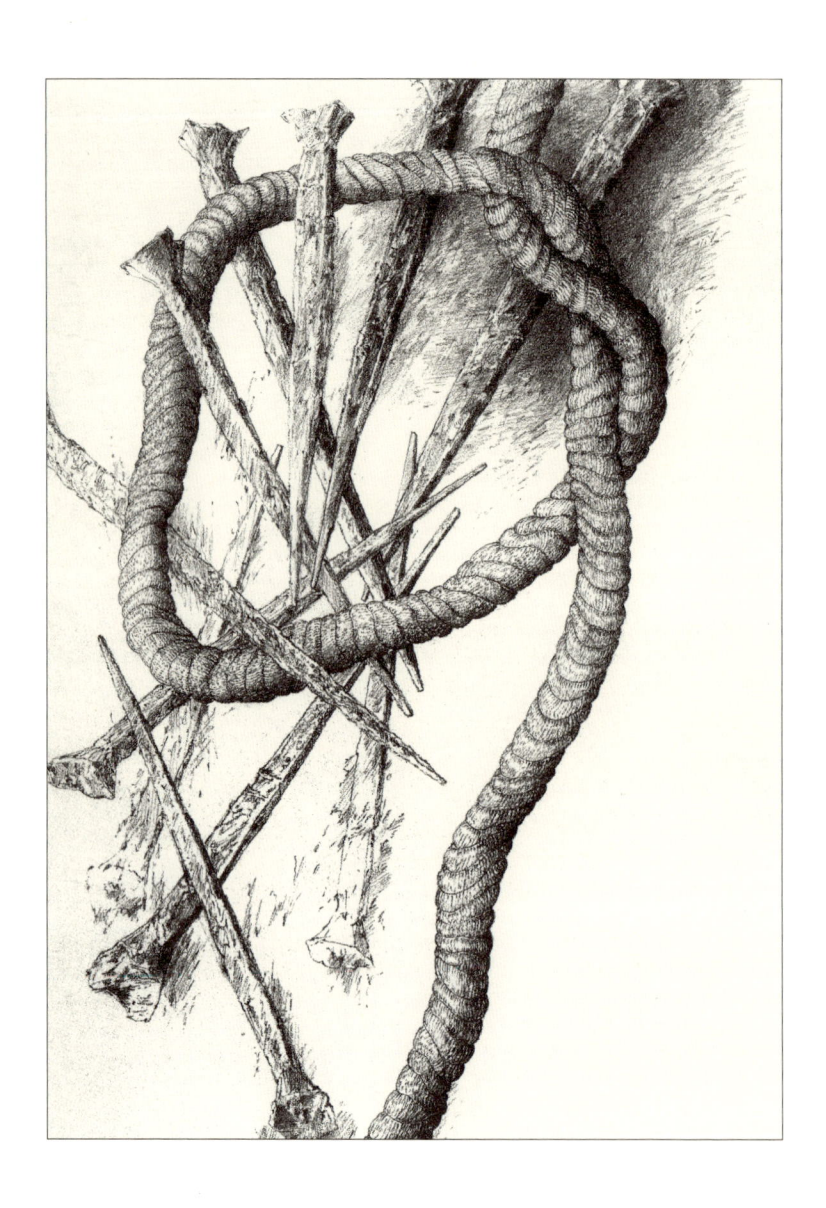

钉子与绳索
铅笔画
1977

艺术格拉斯 | 素描

乌特与螯虾
硬笔画
1979

《母鼠》
手稿上的速写
1984

汉斯和格蕾特
炭笔画
1985

鼠王
毛笔水墨画
1985

阵风
赭石笔画
1986

艺术格拉斯 — 素描

欧洲山毛榉
赭石笔画
1986

大地上的鳕鱼
赭石笔画
1986

孟加拉日常生活
手稿上的速写
1986

在椰子壳之间
炭笔画
1987

艺术格拉斯 素描

加尔各答
硬笔画
1987

风灾
炭笔画
1989

狼尾森林
铅笔画
1990

艺术格拉斯 素描

阿尔特德伯恩矿场前
炭笔画
1990

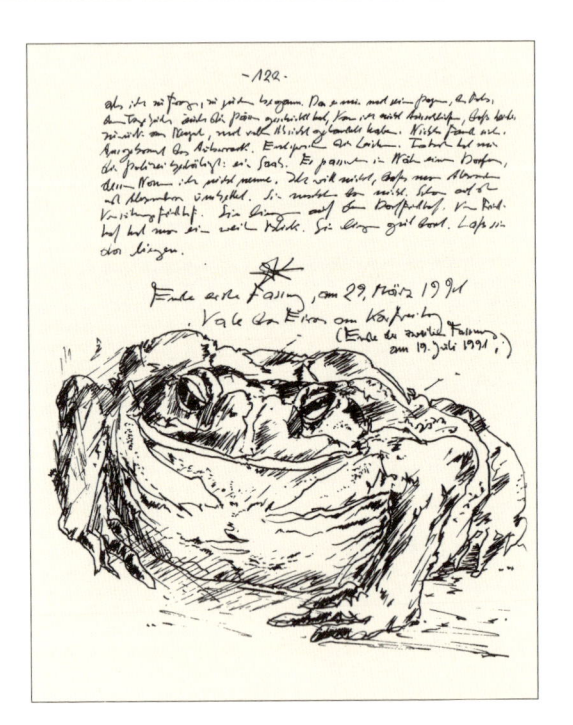

《铃蟾的叫声》
手稿上的速写
1991

铃蟾
天然墨鱼汁
1992

艺术格拉斯 — 素描

托管
铅笔画
1992

《辽阔的原野》
手稿上的速写
1993

我们正面临什么
铅笔画
1995

艺术格拉斯 — 素描

最后的舞蹈：起飞与倒立
炭笔画
2002

艺术格拉斯 — 素描

快步向前
炭笔画
2002

也门速写
钢笔画
2002

艺术格拉斯 素描

我家的狗卡拉
炭笔画
2003

艺术格拉斯 — 素描

安徒生和我
炭笔画
2004

艺术格拉斯 · 素描

剥洋葱
赭石笔画
2006

《蜉蝣》插图
钢笔画
2012

《万物归一》插图
2015

水彩画

艺术格拉斯

　　一定是那些早就被主流艺术思想解雇了的缪斯中的一位，给了我一些启发，让我鼓起勇气，翻出了那个自从六十年代以来就一直落满灰层的水彩画箱。在灰－棕－蓝－绿的序曲（作为冯提和霍夫塔勒这个主题的余音）之后，就是丹麦的那个名叫"狼尾森林"的树林，多年以前，我在那里画了很多倒下的树木，出版了散文绘画集《枯木》，现在，这个树林向我呈现的，是得以幸存的大自然。我画了很多树干光滑的欧洲山毛榉的水彩画，并没有去了解一下当前艺术期望值的要求，面对这些各不相同的树木，我感到很幸运，因为我至少是暂时逃脱了所有那些盯着文学的赏金追逐者。

　　水彩画不允许有任何其他杂念。几乎没有一种以艺术为前提的手工技能，像这种用水彩作画的工作，它要求这种从犹豫的等待到迅速决定用色的交替互动。湿的在湿的中间。或者说，在半干的状态中，在明亮的背景前。没有画家都熟悉的轮廓图。始终都要看着大自然，它呈现的形式和色彩之多，远远超过我们冥思苦想的大脑所能想出的东西。

　　我甚至带着水彩画箱做过几次旅行。有一次短期住医院，然后又有一次较长时间住医院，我都带着它，不过却没有碰过任何一种水彩。尽管如此，我在梦里画水彩画，这些梦却没有允许出现任何一幅完成的画：一切都消失了。

　　一九九六年春天，在一次与我的三个女儿赴翁布里亚[①]的旅行之后，文字混进了水彩画，也可能是通过这个私人的三和弦释放出来的。一直到冬天，写了一些四行诗、五行诗、七行诗，这些诗的第一个版本都是用毛笔写在还没干的主题图上的。这些都是包围着我已经几十年的物品：我的雕塑棒，钥匙，这些钥匙失去的房子，我的那台旧奥利维蒂打字机，手工锻打的已经生锈的铁钉，盛满铅笔的陶罐，晒衣绳上我的褪了色的外套。重新发现的东西，但也是重新找回的拾物，是产生这些文字和图画的起因。还有我熟悉的那些风景：丹麦的夏季小岛默恩[②]，贝伦多夫家里的苹果园，油菜地，水渠，葡萄牙的庇护所[③]，那里的鱼和鱼刺，我在海滩跑步留下的脚印，还有一只名叫"星期天"的小兔子，都成了我画画的主题。

　　我将这种新的写诗形式称为"水彩诗"，这个术语几乎不会在学校的德语教学中派上用场。

　　最终，一百一十六件反映了这一年历程的找回的拾物，被交付印刷成书。我已经在五月底的日记里答应过，"这本书应该成为一件珍品，我想将它作为送给我自己的七十岁生日的礼物"，其实一九九七年四月这就已经差不多兑现了：我的出版人同时也是印制人④，我有可能在他那里陪伴这本书的设计、修改直到印制完成。

又一次写得一干二净。很好，这样我就有可能让水彩画箱保持湿润。我一直在练习，准备了一份用即兴诗组成的海报礼物："献给彼得·吕姆克尔夫七十岁生日的七个传统和翻新的菜谱并绘制成图"。

① 翁布里亚位于意大利中部，首府佩鲁贾。
② 默恩岛位于波罗的海，每逢夏季格拉斯夫妇经常住在那里。
③ 每逢冬天，格拉斯夫妇经常会在葡萄牙住一段时间。
④ 格哈尔德·施戴德（Gerhard Steidl, 1950—   ），出版格拉斯所有图书的施戴德出版社的社长。

艺术格拉斯 ● 水彩画

围绕着深渊
水彩画
1995

艺术格拉斯 水彩画

老树
水彩画
1996

艺术格拉斯 ● 水彩画

给我的女儿们，劳拉、海伦娜和内莉
水彩画
1996

易北河 — 吕贝克 — 水渠
水彩画
1996

艺术格拉斯 ■ 水彩画

五月的红椅子
水彩画
1996

艺术格拉斯 — 水彩画

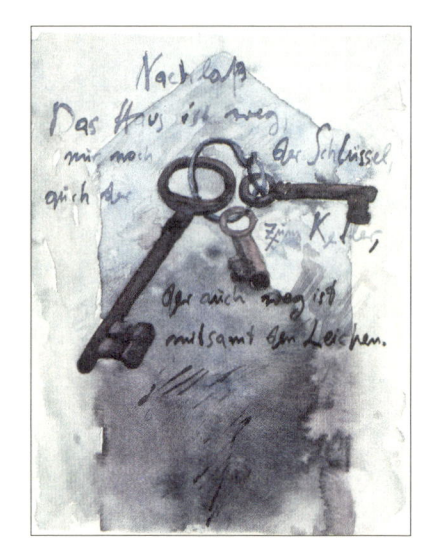

《拾来之物 —— 给不读书的人》
水彩诗的初稿
1996

艺术格拉斯 ● 水彩画

迟到的好奇
水彩画
1996

艺术格拉斯 — 水彩画

可能是我的呼吸
水彩画
1996

只有四行
水彩画
1996

艺术格拉斯 — 水彩画

我的旧打字机
水彩画
1996

艺术格拉斯 — 水彩画

为了告别
水彩画
1996

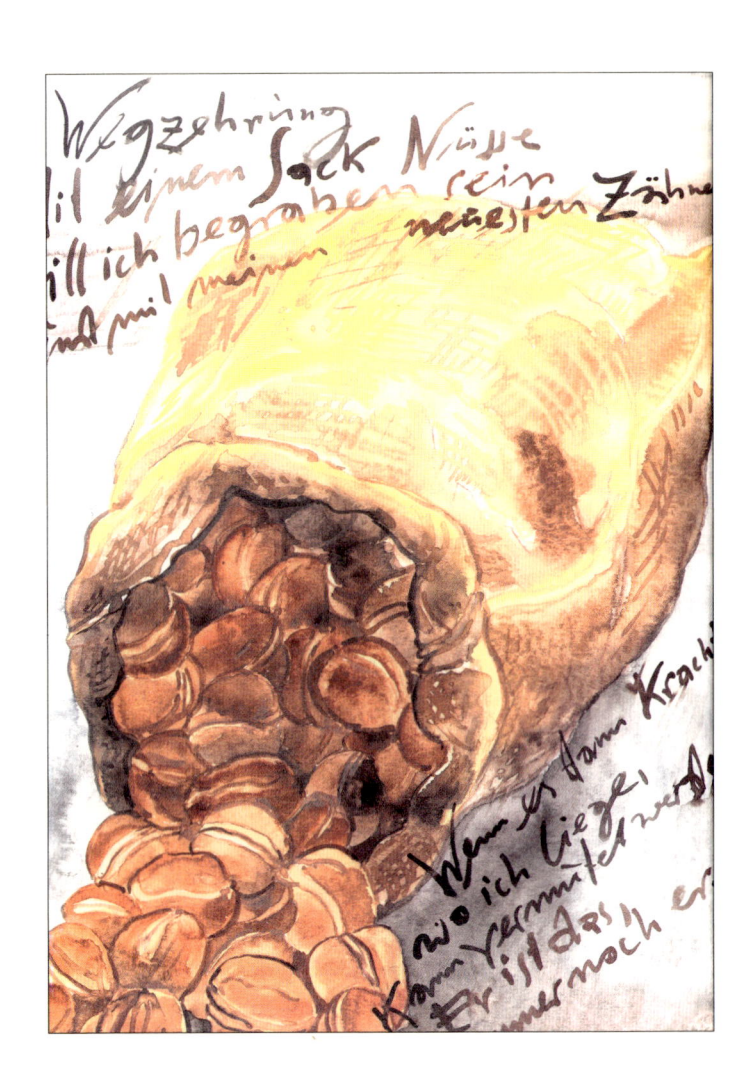

艺术格拉斯 — 水彩画

临终圣餐
水彩画
1996

艺术格拉斯 水彩画

疲惫的鞋
水彩画
1997

艺术格拉斯 — 水彩画

苹果树开花
水彩画
1997

艺术格拉斯 — 水彩画

艺术格拉斯 — 水彩画

瓶子与柠檬
水彩画
1997

艺术格拉斯 — 水彩画

《我的世纪》
水彩画
1999

《我的世纪》画稿
水彩画
1997

《我的世纪》画稿
1997/1998

风景里的石头
水彩画
1999

艺术格拉斯 水彩画

云下的柠檬
水彩画
1999

艺术格拉斯 ▎水彩画

丹麦的"狼尾森林"
水彩画
1999

艺术格拉斯 — 水彩画

献给彼得·吕姆克尔夫的生日海报
水彩画
1999

混合的蘑菇
水彩画
2000

艺术格拉斯 水彩画

丘陵上空的鱼骨
水彩画
2000

一把樱桃
水彩画
2000

艺术格拉斯 水彩画

烤架上的鱼
水彩画
2000

2000年元旦和1月2日
水彩画

艺术格拉斯

陶艺与雕塑

我停下了写作。双手几乎还没有感觉到自由,那种几十年来一直被盖住的兴趣就又冒了出来。我的一个女儿劳拉是做陶艺的,她建议我做些陶土的作品。在韦沃尔斯弗莱特[①]附近有烧陶的窑炉。我又找回了我的那些小动物:比目鱼、蜗牛、鳗鱼、鹅……戴着帽子的厨师也想被做成雕塑头像。

使用湿陶土的工作带来的一个副作用:我抽烟减少了。七十年代中期,我这个抽香烟的改成抽烟斗了,卢茨·阿诺德好意地送了三个烟斗,然而,即使是烟斗也在做模型期间熄灭了;还有一个证据,证明使用吸烟工具是多么的幼稚,无论是直管烟斗还是弯如天鹅脖子的,无论是长雪茄还是那四五十支自己卷的香烟,在这里,时间上有些滞后,为它们致上在一个尘封多年的文件夹里发现的悼词。

然后我又重新开始写作(就像是被迫的):在湿的陶土薄片上,这些陶片做成波浪形的,蹾得很结实,散放在木头格栅上风干,然后再经过烧制。(假如整本小说《母鼠》——长达五百页——都是这样写成的,那将是独一无二的孤品。)但是终究还是写在纸上的手稿,最初的书名是《大海》或者《新伊瑟贝尔》,先是由一些片段和散文诗组成,但是一旦母鼠说了算之后,这些就都被抛弃了。

　　赤陶!这种自人类有史以来神一般的工艺。人头犹如花瓶,空心的,用红色的陶土制成。那些每天都在电视里报纸上看到的东西,内战的无名尸体成排地盖着裹尸布,成了我的题材。白色的陶土,薄薄地上了一层釉。站立着工作。就像在站立式斜面工作台前一样,现在是站在转盘前面。眼睛一直就盯着成型的过程。

　　在我的笔记本里排列着很多零碎的想法、草稿的开头、速写、短暂的猜测。有一个词总是不断地出现,作为对一种向侧面行进、装作后退、实际在前行的叙述方式的提示,这个从观察得出的名称叫"蟹行"。还要持续一段时间,直到这种顽强紧逼的行走方式通过推迟发生的事件找到了合适的题目。还产生了一些赤陶雕塑。在用白色陶土做的盖着裹尸布的尸体之后,我用红色陶土做了一些男人的头作为空心物体:"微笑的男人""月亮里的男人""躺着的人头"。

　　然后我又毫不费力地找到了一个新的题材:作为应对灰暗和绝望的"蟹行"的一种调剂,轻松愉快的活动是很合适的。从湿的陶土,后来用的是红色的,诞生了一对一对跳舞的人,顺便画了一些炭笔素描展示运动姿势,当他们一对一对完好无损地离开烧陶的窑炉的时候,还做了一系列石刻版画,最后还写了一些诗,所有这一切都收入了《最后的舞蹈》这本合集并且轻松地解开了一些受年龄所限的忧郁之结。

一个持续了一年的工作流程，在此期间出版了一本水彩画选集，我的画廊经营商弗兰克·托马斯·高林出版了我的文件夹《菜单》，里面是七幅石刻版画和一些诗歌，他为一本汇集我的雕塑作品的书做准备，并且在2002年秋季以《烧过的土》为书名出版了。我终于能够重复庆祝自己的七十五岁生日，在吕贝克的铸钟人大街，一座以我的名字命名的房子，通过一个图片、手稿、雕塑的展览揭幕，在一对对跳舞的人之后，主题有所变化，出现了五对"情侣"，而且是"倒立者"和一堆表现这些主题的素描画。

① 韦沃尔斯弗莱特是德国石勒苏益格－荷尔斯泰因州的一个市镇。1970年至1985年，格拉斯一家曾经在此居住。

艺术格拉斯 ● 陶艺与雕塑

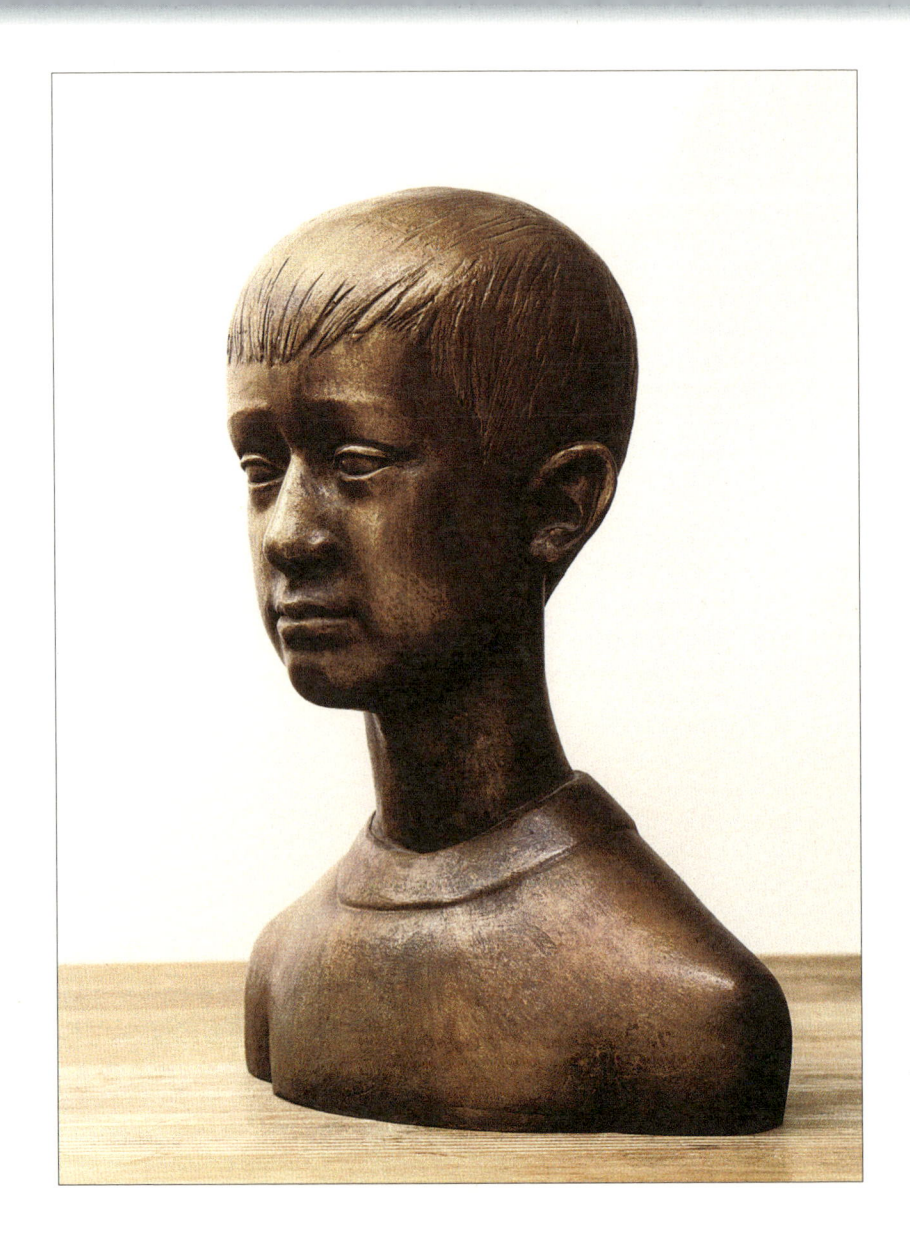

劳乌尔
雕塑
1965

艺术格拉斯 ● 陶艺与雕塑

啊，比目鱼！
雕塑
1981

平放着的比目鱼
雕塑
1982

艺术格拉斯 ● 陶艺与雕塑

与上帝的女崇拜者
雕塑
1982

在鸟儿之间
雕塑
1981

艺术格拉斯 — 陶艺与雕塑

鸟形女人
雕塑
1982/1983

四个鸟形女人
雕塑
1983

492

艺术格拉斯 ● 陶艺与雕塑

戴蘑菇帽的女人
雕塑
1981

艺术格拉斯 ● 陶艺与雕塑

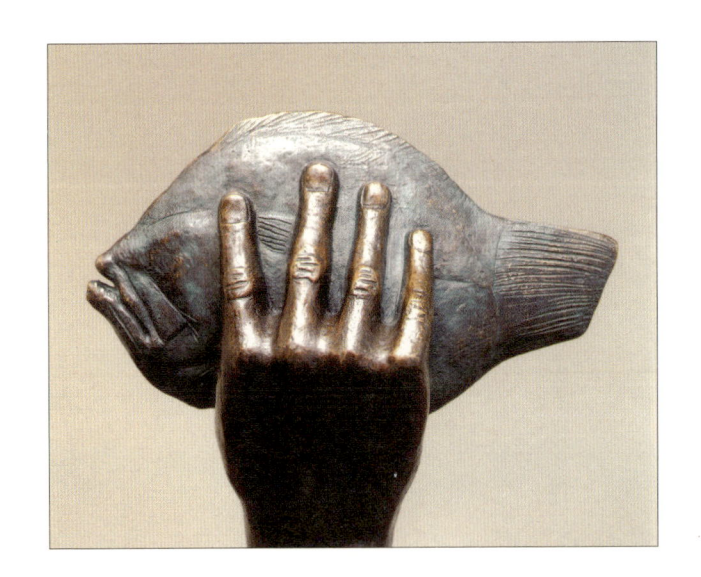

手抓比目鱼
雕塑
1982

494

鹅
雕塑
1982

在十一月十一日
雕塑
1981

艺术格拉斯 ● 陶艺与雕塑

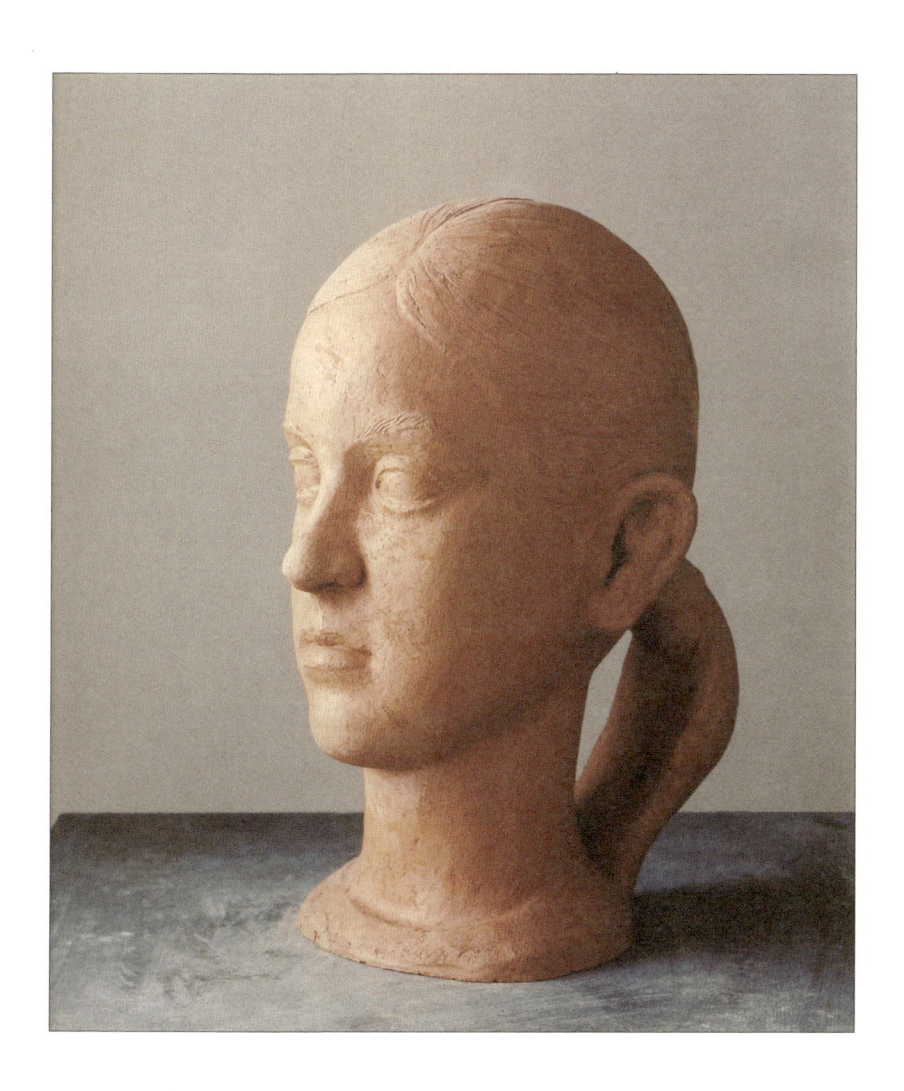

内勒
雕塑
1989

艺术格拉斯 — 陶艺与雕塑

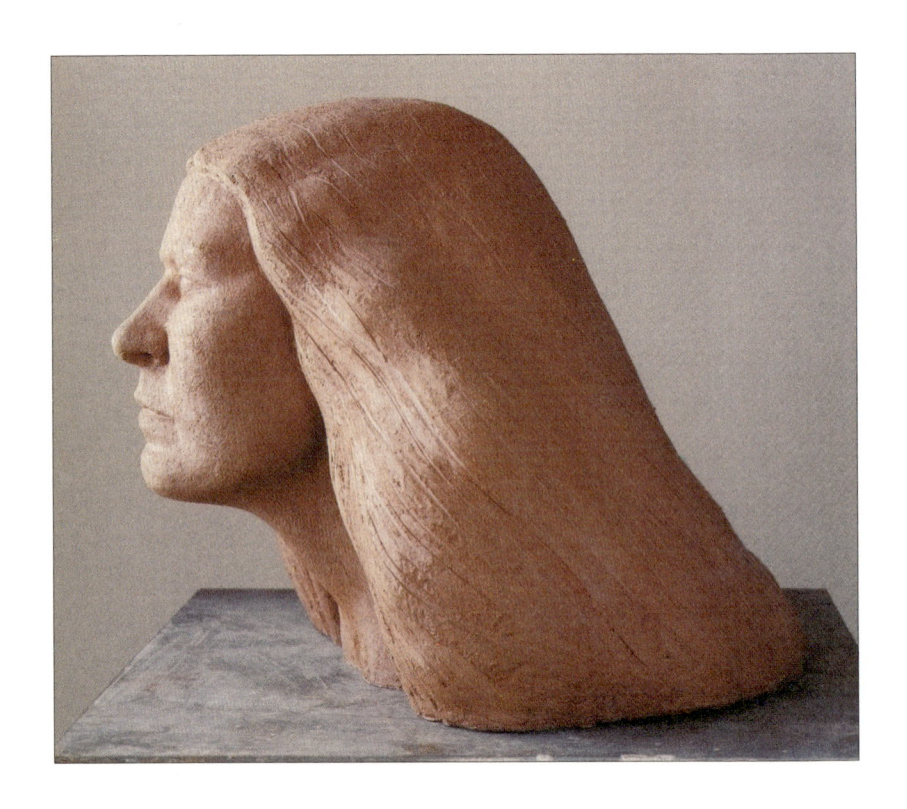

乌特
雕塑
1981

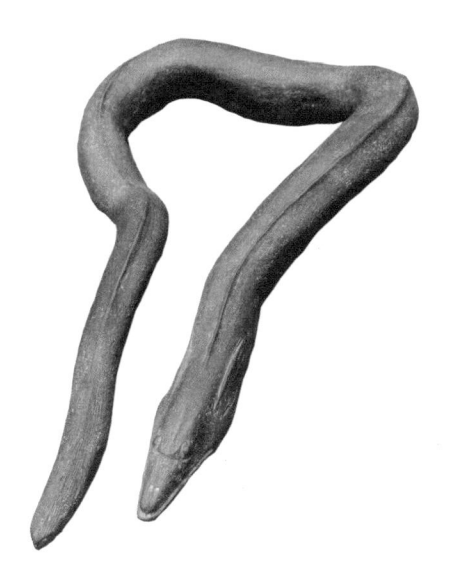

我送给伊瑟贝尔的鳗鱼
雕塑
1981

鳗鱼
雕塑
1981

艺术格拉斯 ● 陶艺与雕塑

手套
雕塑
1981

怀孕的劳拉
雕塑
1984

艺术格拉斯 ● 陶艺与雕塑

两个厨师
雕塑
1982

艺术格拉斯 ● 陶艺与雕塑

胖老鼠
雕塑
1984

两个姑娘与老鼠
雕塑
1984

艺术格拉斯 ❶ 陶艺与雕塑

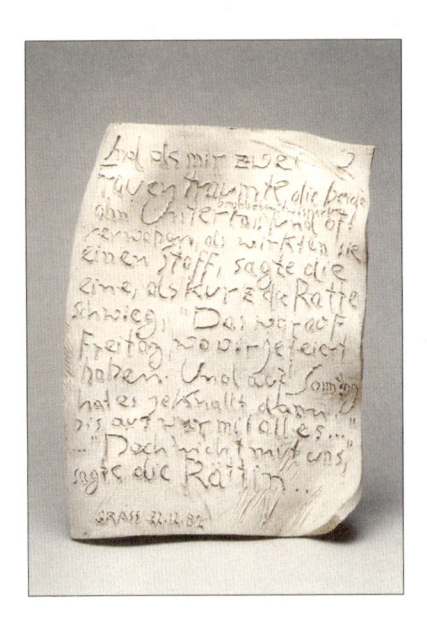

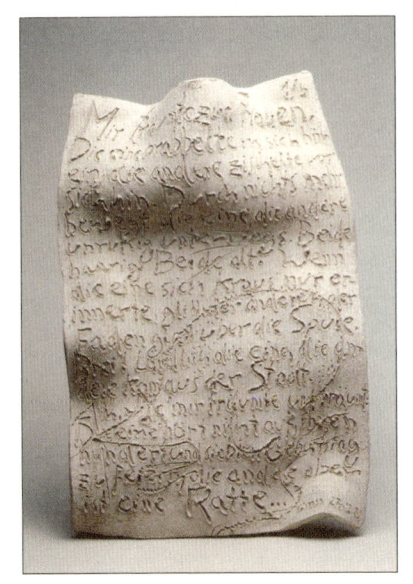

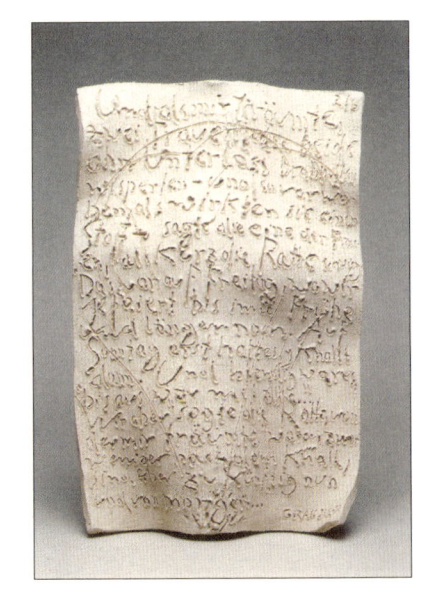

我梦见了两个女人
雕塑
1982

四只老鼠
雕塑
1983

艺术格拉斯 ● 陶艺与雕塑

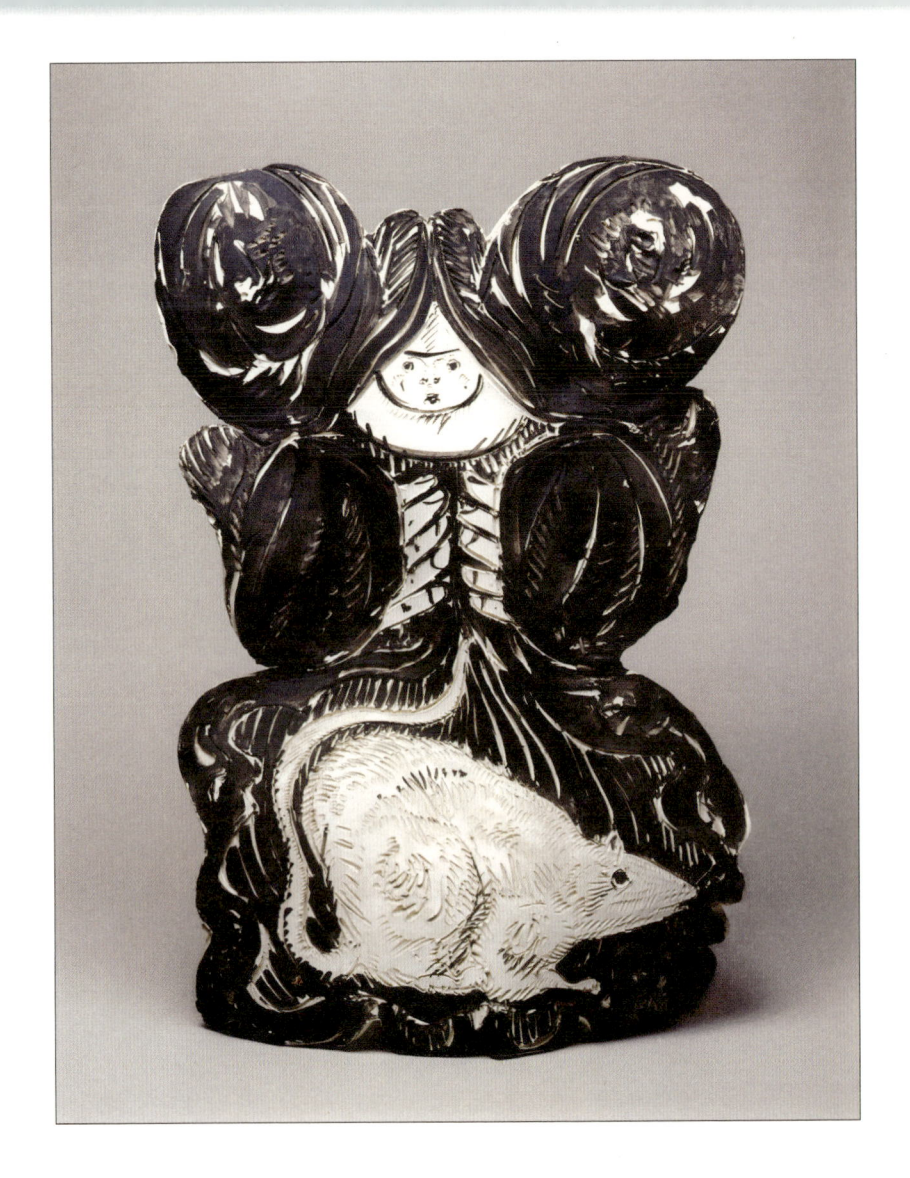

修女与老鼠
雕塑
1983

艺术格拉斯 | 陶艺与雕塑

两具裹着布的尸体
雕塑
2000

艺术格拉斯 ● 陶艺与雕塑

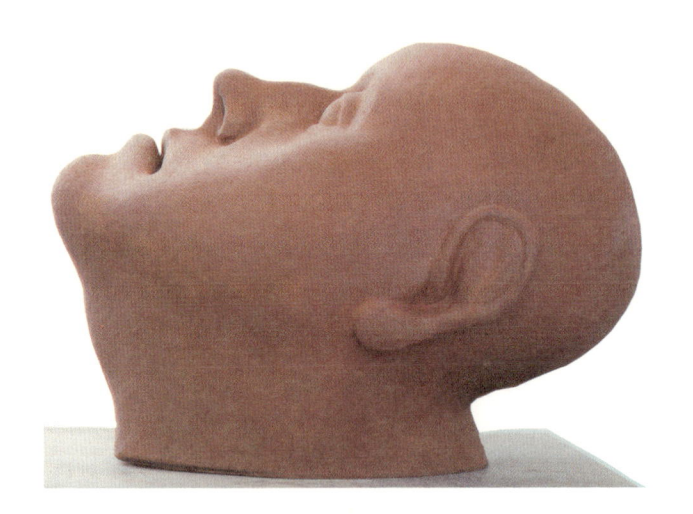

月亮里的男人
雕塑
2000

平躺着的男人头
雕塑
2000

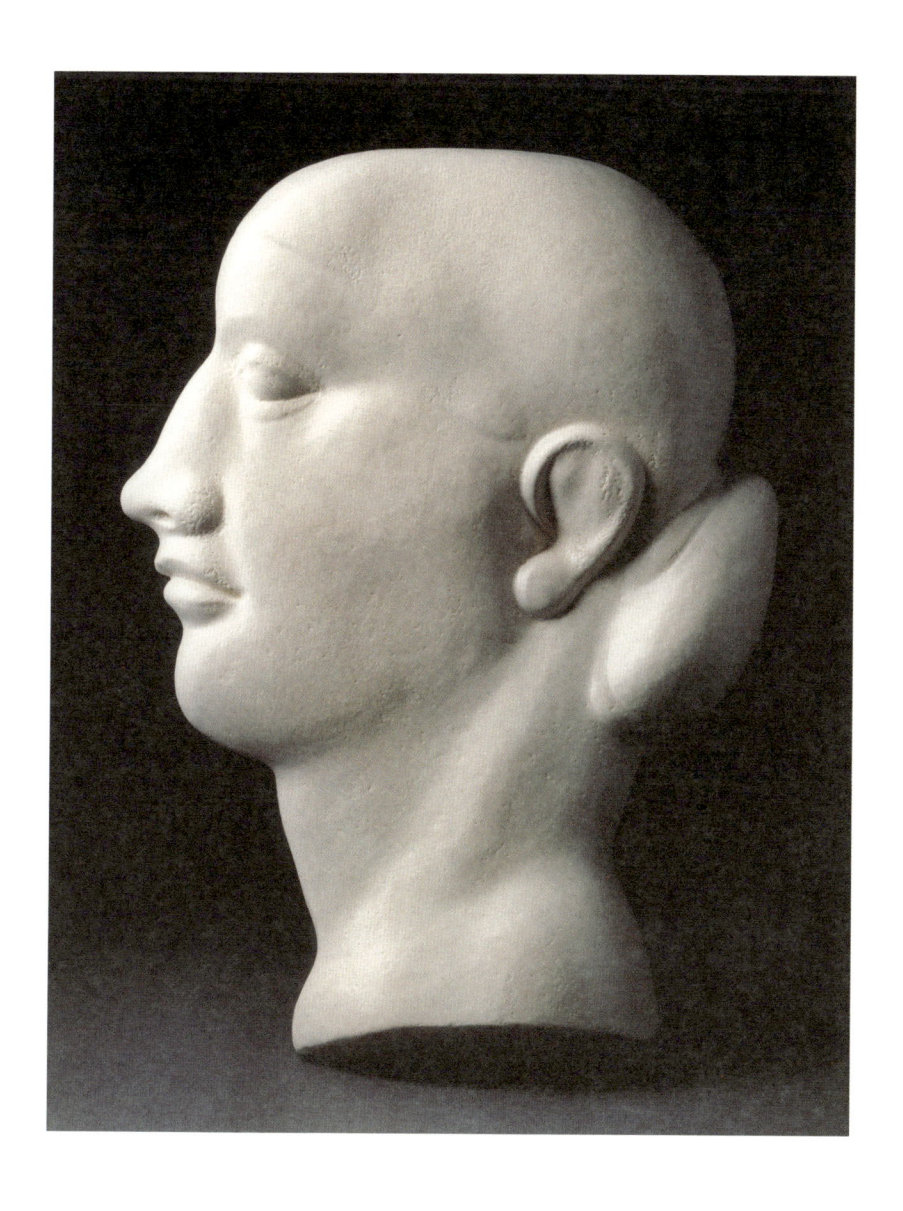

平躺着女人头
雕塑
2001

艺术格拉斯 ● 陶艺与雕塑

艺术格拉斯 ● 陶艺与雕塑

快步舞
雕塑
2002

艺术格拉斯 · 陶艺与雕塑

摇滚舞
雕塑
2002

艺术格拉斯 ● 陶艺与雕塑

"几乎成功了"和"成功了"
赤陶雕塑
2003

艺术格拉斯 ▎陶艺与雕塑

四个站立的女人
赤陶雕塑
2005

格拉斯生平与创作年表

1927年	10月16日,格拉斯出生在但泽(今波兰的格但斯克),父亲是德意志人,母亲是属于西斯拉夫的卡舒布人,他的父母经营一家小店,出售来自德国殖民地国家的产品。
1933年至1944年	在但泽上小学和高级文理中学。
1944年至1945年	当过防空助手,"二战"后期参军,1945年4月在科特布斯负伤,在玛丽亚温泉市战地医院治疗,被美军俘获后关进设在巴伐利亚的战俘营。
1946年	从战俘营获释后,在希尔德斯海姆的钾矿场做工。
1947年至1948年	在杜塞尔多夫当石匠学徒。
1948年至1952年	在杜塞尔多夫艺术学院学习,师从塞普·马格斯和奥托·潘科克。
1951年和1952年	游历意大利和法国。
1953年至1956年	在柏林造型艺术学院学习,师从卡尔·哈通。1956年以优异成绩毕业,并荣获"艺术大师的学生"荣誉称号。

1954年	与安娜·施瓦茨结婚。育有三男一女。1978年离婚。
1955年	《幽睡的百合》（Lilien aus Schlaf）在南德广播电台举办的诗歌竞赛中获三等奖。第一次在柏林参加"四七社"朗读活动。
1956年	诗集《风信鸡的优点》出版。移居巴黎。在斯图加特举办第一次雕塑作品展。
1957年	剧作《洪水》在法兰克福大学生舞台首演。
1958年	剧作《叔叔，叔叔》在科隆市立剧场首演。在"四七社"朗读《铁皮鼓》章节，获"四七社"奖。获德国联邦工业联合会文化促进奖。
1959年	《铁皮鼓》出版。芭蕾舞剧《五个厨师》在法国艾克斯莱班和德国波恩首演。芭蕾舞剧《零头布》在埃森市立剧场首演。独幕剧《骑马去骑马回》在法兰克福市立剧场首演。《还有十分钟到达布法罗》在波鸿话剧院首演。不来梅市政厅拒绝向格拉斯颁发不来梅文学奖。
1960年	诗集《轨道三角地》出版。从巴黎迁居柏林。获柏林评论家奖。
1961年	《猫与鼠》出版。剧作《恶厨师》在柏林席勒剧院首演。参与支持维利·勃兰特竞选联邦议员。
1962年	《铁皮鼓》获得法国文学奖——最佳外语书奖（Le meilleur livre étranger）。
1963年	《狗年月》出版。成为柏林艺术科学院成员。
1964年	剧作《金小嘴》在慕尼黑室内剧场首演。
1965年	参加德国社会民主党竞选活动。获得德国最高文学奖——毕希纳奖。美国凯尼恩学院授予格拉斯荣誉博士学位。

1966年	剧作《平民试验起义》在柏林席勒剧院首演。《猫与鼠》被改编拍摄成故事片。
1967年	诗集《盘问》出版。参加德国社会民主党在石荷州与柏林市的竞选活动。
1967年至1970年	担任法兰克福市立剧场的顾问。
1968年	获冯塔纳奖。
1969年	《局部麻醉》出版。剧作《在此之前》在柏林席勒剧院首演。获特奥多尔·豪斯奖。参加德国社会民主党在联邦议会的竞选活动。
1970年	芭蕾舞剧《稻草人》在柏林德意志歌剧院首演。《剧作集》出版。随同维利·勃兰特出访华沙。参加德国社会民主党在北威州和巴伐利亚州的竞选活动。
1971年	《诗歌选集》出版。参加德国社会民主党在莱法州、石荷州和柏林市的竞选活动。
1972年	《蜗牛日记》出版。参加德国社会民主党在联邦议会的竞选活动。在石荷州的韦沃尔斯弗莱特购买了一座老式房子。
1973年	随同维利·勃兰特出访以色列。
1974年	文集《公民和他的声音》出版。
1975年	出访印度。
1976年	与海因里希·伯尔、卡罗拉·斯特恩共同发起出版期刊《L-76》。参加德国社会民主党在联邦议会的竞选活动。画册《和索菲一起走进蘑菇》出版。美国哈佛大学授予格拉斯荣誉博士学位。
1977年	《比目鱼》出版。获意大利蒙泰罗文学奖（Premio Internazionale Mondello）。画册《当比目鱼只剩下鱼刺

	的时候》出版。
1978年	为翻译《比目鱼》，举办第一次译者研讨会。出资颁发德布林文学奖，主办者是柏林艺术科学院。出访日本、印度尼西亚、泰国、印度、肯尼亚等地。获意大利维亚雷焦国际文学奖和波兰亚历山大·马克夫斯基奖章。
1979年	与乌特·格努奈特结婚。出访中国、新加坡、印度尼西亚、菲律宾、埃及等。《相聚在特尔格特》出版。亲自将《铁皮鼓》改编成电影脚本，该片由沃尔克·施隆多夫导演，获得联邦德国最高电影奖——金碗奖、戛纳电影节"金棕榈奖"、奥斯卡最佳外语故事片奖（1980年）。
1980年	《大脑产儿或德国人正在死绝》出版。暂停写作，重新开始自五十年代中断的雕塑工作。
1982年	绘画散文集《绘画与写作》（上）出版。出访尼加拉瓜。加入德国社会民主党。获意大利罗马的安东尼奥·费特里特利文学奖（Antonio-Feltrinelli-Preis）。
1983年	当选为柏林艺术科学院院长。
1984年	绘画散文集《绘画与写作》（下）出版。从韦沃尔斯弗莱特迁居汉堡。
1985年	将韦沃尔斯弗莱特的老式房子捐赠给柏林市，设立"德布林之家"，用于支持年轻作家的写作。在吕贝克附近的贝伦多夫买下一座房子。
1986年	《母鼠》出版。从汉堡迁居贝伦多夫。结束柏林艺术科学院院长任职。从1986年8月到1987年1月，住在印度加尔各答。
1987年	十卷本《格拉斯文集》出版。

1988年	《伸舌》出版。
1989年	因为柏林艺术科学院没有支持作家萨尔曼·拉什迪，格拉斯宣布退出柏林艺术科学院。
1990年	《枯木》出版。
1991年	《四十年工作坊记事》出版。
1992年	《铃蟾的叫声》出版。获意大利格林扎内·卡沃尔奖（Premio Grinzane Cavour）。退出德国社会民主党，因为在难民问题上意见不同。
1993年	获西班牙伊达尔戈奖（Premio Hidalgo）和意大利委员会奖（Premio Comites）。格但斯克市授予格拉斯荣誉市民称号。施戴德出版社获得格拉斯作品的全球版权。
1994年	获巴伐利亚艺术科学院文学大奖。获捷克的卡雷尔·卡佩克奖（Karel-Čapek-Preis）。
1995年	《辽阔的原野》出版。获赫尔曼·柯思腾奖牌（Hermann Kesten-Medaille）和汉斯·法拉达奖。将他的办公室从柏林搬到吕贝克。
1996年	获丹麦文化奖——索宁奖（Sonningprisen）。获托马斯·曼奖。
1997年	《拾来之物——给不读书的人》出版。设立资助吉卜赛人的基金会，颁发奥托·潘科克奖。
1998年	参加德国社会民主党与绿党争取联合执政的竞选活动。
1999年	《我的世纪》出版。获西班牙阿斯图里亚斯亲王奖，是第一位获得该奖的非西班牙语作家。9月30日得知获诺贝尔文学奖。
2000年	与作家彼得·吕姆克尔夫共同设立沃尔夫冈·克彭基金会。

2001年	画册《使用水彩》出版。《五十年工作坊记事》出版。
2002年	《蟹行》出版。出访韩国。设在吕贝克的"格拉斯之家"揭幕。出访也门。
2003年	诗集《最后的舞蹈》出版。
2004年	诗集《诗歌战利品》出版。
2005年	柏林自由大学同时授予格拉斯和匈牙利作家伊姆雷·凯尔特斯荣誉博士学位。
2006年	《剥洋葱》出版。
2007年	诗集《愚蠢的奥古斯特》出版。获恩斯特·托勒奖。
2008年	《盒式相机》出版。
2009年	《铁皮鼓》五十周年纪念版出版。二十卷《格拉斯文集》出版。
2010年	《格林的词语》出版。
2011年	格拉斯夫妇成立君特和乌特·格拉斯基金会。
2012年	诗集《蜉蝣》出版。
2013年	《维利·勃兰特与君特·格拉斯书信集》出版。《狗年月》纪念版出版。
2014年	《六十年工作坊记事》出版。
2015年	4月13日在吕贝克去世。8月诗歌散文集《万物归一》出版。
2022年	遗稿《雕像人》出版。

蔡鸿君 编译